作者简介

·**徐 进**
北京大学法学院法律硕士
大成律师事务所律师
拥有丰富的公司投融资、改制重组及劳动人事实务经验，
擅长商事诉讼及知识产权诉讼。

·**付 勇**
北京大学法学院法律硕士
大成律师事务所律师
擅长劳动人事、投资并购等公司法律业务，致力于劳动法
及公司法研究。

·**王洋林**
北京大学法学院法律硕士
北京市第一中级人民法院民事审判庭法官
在劳动法、婚姻法及传统民商法领域具有丰富审判经验，
著有相关论文多篇。

热点争议处理
法律依据
与案例指导

劳动合同争议

处理法律依据 与案例指导

徐进 付勇 王洋林／著

中国法制出版社
CHINA LEGAL PUBLISHING HOUSE

序　言

在大陆法的传统中，法律被区分为"公法"与"私法"，凡一方代表公权力或者其内容直接关涉公共利益的关系，由公法调整；凡双方为平等的私权主体或仅关涉私人利益的关系，由私法调整。民法即为私法的典型。而在民法上，雇主与雇员之间的关系不过是交换劳动力的一种契约，"一方愿打，一方愿挨"，便是公平的。不过，近代以来社会观念的变革很快就否定了这种"形式公平"的合理性，越来越多的社会干预介入到雇佣关系之中，由于资本的强大支配力和劳动力供求需方市场的形成，社会力量把法律保护的砝码更多地置放于已经严重倾斜的天平之劳动者一边，借以使其两端实现真正的平衡。于是，传统的雇佣合同越来越浸透公权力的干预，此种合同主要条款的设置，早已不再是双方在本不真正平等的基础上自由协商的结果。而同时跨越公法和私法两个领域的"劳动合同"以及"劳动法"的出现，则是此种社会变革和法律改革的直接结果。

劳动合同是连接劳动者和用人者的纽带，是双方预先安排的利益和风险分配方案，也是劳动者的法律保护工具。然而，劳动合同的特殊性却又可能使之首先成为理论研究的"弃儿"：严格按照公、私法分类传统所进行的部门法学学科分类，劳动合同法既不能算作公法（因为双方主体中没有一方是公权力的代表），但也没有被算作私法（因为劳动合同法中进入了太多的公法规范）。在1999年3月颁布的《合同法》起草过程中，曾有过关于要不要规定"雇佣合同"的讨论，但一些想要把某些临时性提供劳务的合同（如钟点工服务、雇用家庭保姆等）以雇佣合同的名称纳入合同法所规定的有名合同中的学者，也完全没有把企业和工人之间的劳动合同予以"私法化"的企图。于是，公法学者自然不会去研究劳动合同，而私法学者也多半不会愿意投入更多的精力去研究其立法原则和法律思想与纯正的"契约自由"相距甚远的劳动合同。而劳动法学者的辛勤工作，在缺乏公法和私法学术力量的共同关注和支持的情况下，也难以得到应有的重视，这一观察结论，至少可以通过一个事实得以证明：在中国法学会直接领导下的各个主要专业研究学会早已兴旺发达之时，劳动法学研究会的建立却姗姗来迟。

劳动合同纠纷的仲裁和诉讼也有可能成为法律实务中的"弃儿"。由于劳动合同的特殊性，其争议解决机制也不同于一般的民事合同。劳动争议仲裁由不得当事人自由选择，但又并非司法裁判，亦非完全"一裁终决"，于是同一纠纷案件的处理会在仲裁和诉讼之间转换。而一方面仲裁裁决会相当程度地影响司法判断，另一方面分处两种不同环境的法庭和仲裁庭又不可能遵循完全相同的技术规则和裁判思路，由此，劳动合同争议的最终裁判结果的确定性和可预见性，便不可能不打折扣，而此种不确定性，恰恰是律师们最不喜欢的。与此同时，劳动合同纠纷多发生于特定劳动者与特定用人单位之间，大规模的集团诉讼不是太多发生，故其争议标的（金额）与一般经济纠纷相比，常常微不足道。就劳动者一方而言，其屡弱的支付能力很难让律师得到像样的报酬，除非有为穷人服务的高尚品质或者因为能力不强、资源不足或是运气不好而无案可办，否则很难让大律师们代理此类案件。在北京，曾经听说过某个律师事务所专门处理外资、合资企业的劳资纠纷案件并且业绩辉煌，仔细一问，才知道别人是专为资方服务的。

然而在一个主要由成千上万的劳动者组成的生活社会，在一个主要由用人单位和劳动者之间的纽带联结的经济社会，劳方和资方的和谐相处是多么重要！在这里，既不能允许存在劳动者永远有理的法律偏差，也不能允许存在没有人为劳动者说公道话的社会偏差，而如果有更多的学者少一点名利寻求、多一点社会责任感，重视、关注和研究劳动合同法的理论，如果有更多的律师少一点金钱计较、多一点仁爱之心，重视、关注和研究处理劳动合同纠纷的实务，则我们所生活的社会，肯定会变得更美好一些。

三位从北京大学法学院毕业的年轻律师和法官写出了这样一本有关劳动合同纠纷法律实务的书，告诉我们很多很多真实发生的案例并且告诉我们这些纠纷怎么解决以及应该怎么解决，他们实在是做了一件极其有意义的工作。

是为序。

北京大学法学院　尹田
2008 年 10 月 29 日于北大陈明楼

目 录

2

5

6

8

前　言

　　2008 年，是我国劳动法发展历史上具有里程碑意义的一年。《劳动合同法》、《劳动争议调解仲裁法》的正式实施和《劳动合同法实施条例》的出台，全面反映了我国劳资关系的现状，也将深刻影响劳资关系的未来走向。

　　近年来，中国经济取得了长足的进步，但广大劳动者的权益保护状况并没有得到足够的改善。上世纪 90 年代后，非公有制经济的快速发展带来了劳动关系的多元化、复杂化，侵害劳动者权益的问题日益突出。另外，用人单位原有的劳动管理体制也无法适应新形势的需要。

　　《劳动合同法》、《劳动合同法实施条例》、《劳动争议调解仲裁法》等法律的规范加大了用人单位的违法成本，提高了劳动者的维权收益，并降低了劳动者的维权成本，对于用人单位的内部管理提出了更高的要求。这将进一步激励劳动者的维权行为，规范用人单位的用工行为，并要求用人单位根据法律要求转变用人方式和管理方法。

　　徒法不足以自行。无论是劳动者还是企业，都需要详细了解法律的最新规定，充分掌握劳动关系下各自的权利和义务。一旦发生劳动争议，他们可以依照法律的有关规定进行公平有序的处理。只有经过这种长期的实践之后，这些新颁布的法律才能真正深入人心，从而有效地改善我国的劳资关系。

　　正是基于这种背景和判断，作为工作在劳动争议处理一线的律师和法官，我们携手编写了这本书，试图在五个章节中全面解读劳动争议中的各种法律问题：

　　第一章为劳动合同订立争议。包括员工招用争议、就业歧视争议、无固定期限劳动合同订立争议等内容。

　　第二章为劳动合同履行争议。包括试用期争议、保密义务与竞业禁止、工作地点和工作内容争议、劳动报酬争议、工作时间和休息休假争议、职业培训和服务期争议、用人单位规章制度履行争议、劳动保护和劳动条件、职业防护争议、女职工和未成年人保护争议以及社会保险争议。

第三章为劳动合同解除争议。包括经济补偿金争议、赔偿金争议、劳动合同无效争议。

第四章为特殊用工争议。包括劳动派遣争议和非全日制用工争议。

第五章为劳动争议仲裁、诉讼程序。

我们注意到,在劳动法领域,现有的著作多以单纯的法条解析为主,即使涉及到具体案例,也并未从司法工作者的多重角度,对之进行深入的实务剖析,这不利于读者准确把握相关法律适用中的实际问题。因此,在编写过程中,我们力求本书能体现如下特点:

第一、全面。全书涵盖了各类劳动争议,全面分析了劳动法相关法律法规。在对劳动争议的实体问题进行阐述的同时,我们还就劳动争议的程序问题进行了介绍,帮助读者了解劳动仲裁、诉讼的基本知识,特别是程序中最为重要的证据问题。

第二、新颖。全书采取"法律规定 + 案例指引"的方式编排体例,方便读者根据自身的需求在最短的时间内找到贴切的案例参考。我们将《劳动合同法》、《劳动合同法实施条例》、《劳动争议调解仲裁法》、《就业促进法》、《就业服务与就业管理规定》等最新法律法规的主要内容融入鲜活的案例中,通过以案说法的方式,帮助读者在短时间内熟悉相关内容。本书还大量使用了图表,使读者一目了然地掌握相关法律知识。

第三、务实。书中所选用的案例均为我国司法实践中的真实案例,具有重要的借鉴和指导意义。凭借在劳动争议处理工作中积累的丰富经验,我们试图从律师和法官的双重角度,全面剖析劳动争议处理中的实务问题。

以务实的精神解决实务的问题,是我们的共同理念,也是这一理念,促成了本书的面世。我们希望本书能对劳动法领域的司法实务工作者有所帮助,也希望广大的劳动者和企业能以本书作为参考,去处理劳动关系中的实际问题。

第一章　劳动合同订立争议处理

第一节　员工招用争议

在人才市场，用人单位希望找到合适的员工，劳动者希望找到合适的工作。这个招用的过程中，双方需要充分交换信息，并进行适当的考核，如果彼此都能合乎对方的标准，则能够建立劳动关系。在这个过程中，交换哪些信息，设定什么样的录用标准就是法律关心的问题。在实践中，由于供求关系中用人单位占相对优势，用人单位为追求自身利益的最大化，设定违法的录用标准、不如实告知应聘者相关信息、扣押应聘者证件或要求提供担保的事情时有发生，员工招用争议随之不断。有鉴于此，《劳动合同法》、《就业服务与就业管理规定》等法律法规就员工招用问题进行了专门规定。

一、有关员工招用的法律规定

有关员工招用的法律规定主要围绕着用人单位的自主用人权、劳动者的平等就业权和职业中介机构的权利义务展开。《劳动法》第17条第1款规定："订立和变更劳动合同，应当遵循平等自愿、协商一致的原则，不得违反法律、行政法规的规定。"从而确立了订立劳动合同的基本原则。员工录用当然也需要遵守平等自愿的原则。正如《就业服务和就业管理规定》第9条所规定的："用人单位依法享有自主用人的权利。用人单位招用人员，应当向劳动者提供平等的就业机会和公平的就业条件。"

法律在确认用人单位自主用人权的前提下，侧重强调劳动者的平等就业权的保护，这主要体现在以下五个方面：

第一，录用过程中，用人单位和劳动者双方知情权的保护。一方面，用人单位应当尊重劳动者的知情权，履行告知义务。根据

《劳动合同法》第8条规定，用人单位招用劳动者时，应当如实告知劳动者工作内容、工作条件、工作地点、职业危害、安全生产状况、劳动报酬，以及劳动者要求了解的其他情况。另一方面，劳动者也应当尊重用人单位的知情权，履行相应的告知义务。根据《就业服务和就业管理规定》，劳动者求职时，应当如实向公共就业服务机构或职业中介机构、用人单位提供个人基本情况以及与应聘岗位直接相关的知识技能、工作经历、就业现状等情况，并出示相关证明。

第二，限制用人单位违法扣押劳动者居民身份证等证件和要求劳动者提供担保。《劳动合同法》明确规定，用人单位招用劳动者，不得扣押劳动者的居民身份证和其他证件，不得要求劳动者提供担保或者以其他名义向劳动者收取财物。违者需要承担相应的法律责任。

第三，明确以欺诈、威胁或乘人之危订立的劳动合同无效。

第四，禁止用人单位各种类型的就业歧视。如性别歧视、残疾人歧视、户籍歧视、乙肝病毒歧视等。该部分笔者将以专节的形式进行论述，此处就不赘言。

第五，明确职业中介机构在录用过程中的法律责任。职业中介机构提供虚假就业信息，为无合法证照的用人单位提供职业中介服务的，由劳动行政部门或者其他主管部门责令改正；有违法所得的，没收违法所得，并处1万元以上5万元以下的罚款；情节严重的，吊销职业中介许可证。职业中介机构扣押劳动者居民身份证等证件的，由劳动行政部门责令限期退还劳动者，并依照有关法律规定给予处罚。违反劳动合同法、就业促进法的规定，职业中介机构向劳动者收取押金的，由劳动行政部门责令限期退还劳动者，并以每人500元以上2000元以下的标准处以罚款。

有关员工录用的法律规定可见下表：

法律＼内容	知情权和保密义务	禁止扣押证件、收取财物等行为	禁止欺诈、威胁或乘人之危
劳动法	第17条　订立和变更劳动合同，应当遵循平等自愿、协商一致的原则，不得违反法律、行政法规的规定。 第18条　下列劳动合同无效：……采取欺诈、威胁等手段订立的劳动合同。		
劳动合同法	第8条　用人单位招用劳动者时，应当如实告知劳动者工作内容、工作条件、工作地点、职业危害、安全生产状况、劳动报酬，以及劳动者要求了解的其他情况；用人单位有权了解劳动者与劳动合同直接相关的基本案情，劳动者应当如实说明。	第9条　用人单位招用劳动者，不得扣押劳动者的居民身份证和其他证件，不得要求劳动者提供担保或者以其他名义向劳动者收取财物。	第26条　下列劳动合同无效或者部分无效：（一）以欺诈、胁迫的手段或者乘人之危，使对方在违背真实意思的情况下订立或者变更劳动合同的；
劳动合同法实施条例			第18条　有下列情形之一的，依照劳动合同法规定的条件、程序，劳动者可以与用人单位解除固定期限劳动合同、无固定期限劳动合同或者以完成一定任务为期限的劳动合同：……（八）用人单位以欺诈、胁迫的手段或者乘人之危使劳动者在违背真实意思的情况下订立或者变更劳动合同的；……

法律　　内容	知情权和保密义务	禁止扣押证件、收取财物等行为	禁止欺诈、威胁或乘人之危
			第19条　有下列情形之一的，依照劳动合同法规定的条件、程序，用人单位可以与劳动者解除固定期限劳动合同、无固定期限劳动合同或者以完成一定工作任务为期限的劳动合同：……（六）劳动者以欺诈、胁迫的手段或者乘人之危，使用人单位在违背真实意思的情况下订立或者变更劳动合同的；……
就业促进法	第39条第2款　用人单位通过职业中介机构招用人员，应当如实向职业中介机构提供岗位需求信息。禁止任何组织或者个人利用职业中介活动侵害劳动者的合法权益。	第41条　职业中介机构不得有下列行为：（一）提供虚假就业信息；（二）为无合法证照的用人单位提供职业中介服务；……（四）扣押劳动者的居民身份证和其他证件，或者向劳动者收取押金；……	

法律 内容	知情权和保密义务	禁止扣押证件、收取财物等行为	禁止欺诈、威胁或乘人之危
就业服务和就业管理规定	第7条 劳动者求职时，应当如实向公共就业服务机构或职业中介机构、用人单位提供个人基本情况以及与应聘岗位直接相关的知识技能、工作经历、就业现状等情况，并出示相关证明。 第11条 用人单位委托公共就业服务机构或职业中介机构招用人员，或者参加招聘洽谈会时，应当提供招用人员简章，并出示营业执照（副本）或者有关部门批准其设立的文件、经办人的身份证件和受用人单位委托的证明。招用人员简章应当包括用人单位基本情况、招用人数、工作内容、招录条件、劳动报酬、福利待遇、社会保险等内容，以及法律、法规规定的其他内容。 第12条 用人单位招用人员时，应当依法如实告知劳动者有关工作内容、工	第14条 用人单位招用人员不得有下列行为：（一）提供虚假招聘信息，发布虚假招聘广告；（二）扣押被录用人员的居民身份证和其他证件；（三）以担保或者其他名义向劳动者收取财物；……	

法律＼内容	知情权和保密义务	禁止扣押证件、收取财物等行为	禁止欺诈、威胁或乘人之危
	作条件、工作地点、职业危害、安全生产状况、劳动报酬以及劳动者要求了解的其他情况。用人单位应当根据劳动者的要求，及时向其反馈是否录用的情况。第13条 用人单位应当对劳动者的个人资料予以保密。公开劳动者的个人资料信息和使用劳动者的技术、智力成果，须经劳动者本人书面同意。		

二、有关员工招用的常见争议

（一）违反告知义务引发的劳动争议

用人单位以及劳动者的诚实信用，是构建与发展和谐稳定的劳动关系的不可或缺的途径。用人单位和劳动者都应当秉承诚信原则，按照法律规定履行相应的告知义务。但实践中，由于各种原因，用人单位或劳动者未能履行告知义务的情况并不少见，也因此引发了不少争议。

案例指引：劳动者持假文凭与用人单位签订劳动合同致使劳动合同无效案

1. 争议焦点

劳动者持假文凭是否可以认定为欺诈？欺诈订立的劳动合同是否无效？

2. 基本案情

6

某公司招聘软件开发人员，要求大学本科及以上学历，能熟练运用 C 语言进行软件开发。刚到北京的李某是名大专毕业生，他经过专业软件培训机构的培训，拥有近三年的软件开发经验。为尽快解决工作问题，虽然看到某公司要求大学本科以上学历，但还是报名参加了该公司的招聘。经过笔试和面试，李某顺利通过某公司的考核。在办理入职手续时，李某谎称自己是计算机本科学历且取得了学士学位。某公司见李某的能力较强便信以为真，并要求其提供学历学位证书。入职后，李某向人力资源部提供了伪造的某名牌大学学位证书。在工作中，李某表现非常突出，在公司一项软件开发工作中起到了关键作用。公司为了留住李某，决定为其办理工作居住证，但在办理工作居住证过程中，有关机关发现某公司提供的李某的学历学位证书系伪造，并将相关手续退回。公司遂以李某欺骗公司使公司名誉受到损失为由解除了与李某的劳动合同。李某不服，提起仲裁，要求撤销公司解除劳动合同的决定，继续履行劳动合同。

3. 仲裁结果

劳动争议仲裁委员会认为，《劳动法》第 18 条中明确规定，采取欺诈、威胁等手段订立的劳动合同无效；无效的劳动合同，从订立的时候起，就没有法律约束力。李某隐瞒了自己学历的真实情况，谎称自己具有大学学历，且这种欺诈行为致使某公司作出了违背其真实意愿的意思表示，与其签订了劳动合同，构成了欺诈行为。因此，李某与某公司订立的劳动合同应属无效合同。裁定驳回李某的仲裁请求。

4. 作者评析

在本案中，尽管李某经过了某公司的考核，工作能力也获得了认可，但是这些都不能否定其违反诚实信用原则、实施欺诈行为的违法性。某公司以李某欺诈为由解除其劳动合同于法有据，最终也得到了劳动仲裁委员会的支持。

劳动者在订立劳动合同时应遵循诚实信用原则。在民法领域，诚信原则被奉为"帝王条款"，是具有最高效力的基本原则。这次劳动合同法也将其规定为基本原则之一。诚信原则要求企业和员工订立和履行劳动合同时要保持诚实、善意，信守承诺和遵守法律，不侵害对方的利益和社会公共利益。诚信原则的最低要求是不得欺诈隐瞒，所以《劳动合同法》、《就业促进法》、《就业服务与就业管理规定》等法律法规都规定了企业和员工在招聘求职阶段的如实告知义务，以保障双方的知情权。

由于我国劳动力市场供求关系不平衡，用人单位往往处于相对强势的地位，不能平等地对待求职者。招聘单位的情况、信息对求职者的透明度往往是极低的，甚至有些单位还故意发布虚假信息，欺骗或非法招用求职者。因此，《劳动合同法》、《就业促进法》、《就业服务与就业管理规定》等法律法规虽然同时规定了用人单位和劳动者都享有知情权，但从立法技术上看，采用了倾斜型立法，这主要表现在两个方面：

一是知情权的"情"上的不同。

根据《劳动合同法》第8条的规定，劳动者不仅有权知道工作内容、工作条件、工作地点、职业危害、安全生产状况、劳动报酬等情况，还可以根据自己的想法了解"其他情况"。如用人单位相关的规章制度，包括用人单位内部的各种劳动纪律、规定、考勤制度、休假制度、请假制度、处罚制度以及企业内已经签订的集体合同等，用人单位都应当进行详细地说明。如果用人单位未告知或者不如实告知这些情况，导致劳动者作出错误的意思表示而签订劳动合同，被认定构成欺诈的，则劳动合同无效或者部分无效。如果因此给劳动者造成损害的，用人单位依法还应当承担赔偿责任。根据《就业服务与就业管理规定》第11条，用人单位的告知义务还体现在用人单位的招用人员简章上。招用人员简章应当包括用人单位基本情况、招用人数、工作内容、招录条件、劳动报酬、福利待遇、社会保险等内容，以及法律、法规规定的其他内容。招用人员简章将是争议发生时的重要证据，用人单位和劳动者都应当予以重视。

但是，立法者出于对劳动者隐私权的保护，要求用人单位仅可了解劳动者与劳动合同直接相关的基本情况。根据《就业服务与就业管理规定》第7条，劳动者与劳动合同直接相关的基本情况主要包括：个人基本情况以及与应聘岗位直接相关的知识技能、工作经历、就业现状等情况。劳动者须出示相关证明。

当然，任何权利都不能被滥用，知情权毕竟是在求职招聘过程中的权利，出于对用人单位的保护，劳动者的知情权不能扩大到与所应聘岗位不相关的内容。

二是知情权的"知"的方式不平等。

劳动合同法要求用人单位需主动向劳动者告知相关情况，即使劳动者不想了解，也不能免除用人单位的告知义务。但是，劳动者对自身情况没有主动告知的义务，只有用人单位向劳动者了解相关情况时，劳动者才有如实告知的义务。

还需要注意的是，用人单位须承担保密义务。根据《就业服务与就业管理规定》第13条，用人单位应当对劳动者的个人资料予以保密。公开劳动者的个人资料信息和使用劳动者的技术、智力成果，须经劳动者本人书面同意。

（二）非法扣押证件，要求员工提供担保或以其他名义收取财物引发的劳动争议

实践中，有些用人单位为防止出现劳动者在工作中给用人单位造成损失，不赔偿就不辞而别的情况，利用自己的强势地位，在招用劳动者时要求劳动者提供担保或者向劳动者收取风险抵押金的行为，是一种不合法的行为。劳动监察部门对这种情况进行了大量查处，执法力度较大，使大多数用人单位不敢再明目张胆地向劳动者收取抵押金，但转而采取了一些变相的方法或手段，达到向员工收取抵押金的目的。如收取服装费、电脑费、住宿费、培训费、集资款（股金）等，变相获取风险抵押金。甚至有一些犯罪分子利用劳动者求职心切，收取高额抵押金后逃之夭夭，造成新的社会不安定因素。此外，用人单位还通过扣押劳动者的居民身份证或者其他证件，如暂住证、资格证书和其他证明个人身份的证件等，以达到掌控劳动者的目的。针对这些违法现象，《劳动合同法》第9条规定，用人单位招用劳动者，不得扣押劳动者的居民身份证和其他证件，不得要求劳动者提供担保或者以其他名义向劳动者收取财物。《最高人民法院关于审理劳动争议案件适用法律若干问题的解释（二）》第5条规定，劳动者与用人单位解除或者终止劳动关系后，请求用人单位返还其收取的劳动合同定金、保证金、抵押金、抵押物产生的争议，或者办理劳动者的人事档案、社会保险关系等移转手续产生的争议，经劳动争议仲裁委员会仲裁后，当事人依法起诉的，人民法院应予受理。因此，用人单位有上述违法行为的，劳动者可以向法

院提起诉讼，人民法院应当依法受理。但起诉之前，争议须先经劳动争议仲裁委员会仲裁。

案例指引一：张某诉某出租车公司归还保证金案

1. 争议焦点

以劳动者存在过错为由拒不归还保证金是否合法？

2. 基本案情

2004年7月，张某与丰台区某出租车公司签订合同，约定由公司提供一辆夏利车给他运营，他每月上缴2600元。随后，他向公司交纳了保证金1万元。2005年6月23日，张某的夏利车在正常运营过程中突然起火，最终报废。经消防部门认定，起火原因为车辆内部故障自燃所致。2005年9月22日，公司决定对张某留公司察看1年，并处分他赔偿事故全部经济损失。但张某并未进行赔偿。此后，公司给张某换了一辆富康车继续运营。

2007年10月，张某的车被公司收回更新。一个月后，公司要求与其解除合同。张某要求公司退回他所交保证金1万元遭拒，公司还要求他对夏利车自燃的损失进行赔偿。张某随后起诉。

开庭时，出租车公司辩称，张某不按规定对车辆进行保养、及时维修，出车不检查车辆，最终导致车辆自燃报废，应是事故的责任人。因他重新运营后总以各种借口不交纳赔偿金，公司无奈之下只好收车并扣保证金。此外，出租车公司当庭反诉要求张某赔偿车辆自燃造成的各项损失共计6.7万余元。

3. 法院判决

法院认为，出租车公司在与张某的合同终止时，应当将保证金退还。消防部门认定车辆起火原因是车辆内部故障自燃所致，未明确造成事故的具体原因。出租车公司称张某是责任人，并提起反诉请求，但证据不足，法院难以支持。

4. 作者评析

出租车行业向劳动者违法收取保证金的现象非常普遍。本案中法院的判决只是从合同法的角度进行要求出租公司归还保证金。判决中隐含着法院的一个判断，因为车辆起火不能确认是张某的责任，所以出租车公司不能追究张某的责任。法院采取了过错原则来判断案件的是非曲直。换言之，如果车辆起火可以归责于张某，那么出租车公司有权不将保证金退还。这实际上已经与《劳动合同法》的有关规定相抵触。

《劳动合同法》第9条规定："用人单位招用劳动者，不得扣押劳动者的居民身份证和其他证件，不得要求劳动者提供担保或者以其他名义向劳动者收取财物。"

该条规定有以下几层意思：（1）用人单位招用劳动者，不论是对新员工还是老员工，都不得要求提供担保。（2）不得扣押属于劳动者的任何证件。其中特别将身份证提出与其他证件并列是因为身份证对于每一个公民来说都是相当重要的，因此特别强调其重要性。（3）用人单位不得要求劳动者提供任何形式的担保。（4）不得向劳动者收取财物。有的单位为了转嫁生产成本，要求劳动者承担在工作中使用的劳动保护用品费用，这也是法律所不允许的。

《劳动合同法》第84条还规定："用人单位违反本法规定，扣押劳动者居民身份证等证件的，由劳动行政部门责令限期退还劳动者本人，并依照有关法律规定给予处罚。用人单位违反本法规定，以担保或者其他名义向劳动者收取财物的，由劳动行政部门责令限期退还劳动者本人，并以每人五百元以上二千元以下的标准处以罚款；给劳动者造成损害的，应当承担赔偿责任。劳动者依法解除或者终止劳动合同，用人单位扣押劳动者档案或者其他物品的，依照前款规定处罚。"

用人单位扣押员工身份证的行为同时也违反了我国《居民身份证法》，需要承担相应的行政责任。《居民身份证法》第15条第3款规定："任何组织或者个人不得扣押居民身份证。但是，公安机关依照《中华人民共和国刑事诉讼法》执行监视居住强制措施的情形除外。"第16条规定："有下列行为之一的，由公安机关给予警告，并处二百元以下罚款，有违法所得的，没收违法所得：……（三）非法扣押他人居民身份证的。"

向员工收取押金的行为同样违法，劳动者可以向单位所在地的劳动监察部门举报，也可以向劳动仲裁部门申请仲裁，对仲裁结果不服的，可以向人民法院提起劳动争议诉讼。

劳动者有权拒绝用人单位以各种形式和名义向自己收取定金、保证金（物）或抵押金（物）。根据原劳动部《关于贯彻执行〈中华人民共和国劳动法〉若干问题的意见》第24条的规定，用人单位在与劳动者订立劳动合同时，不得以任何形式向劳动者收取定金、保证金（物）或抵押金（物）。对违反规定的，由公安部门和劳动行政部门责令用人单位立即退还给劳动者本人。《劳动合同法》第84条也规定了向劳动者收取财物或者扣押劳动者证件的法律责任，即：用人单位违反本法规定，扣押劳动者身份证等证件的，由劳动行政部门责令限期退还劳动者本人；依照有关法律规定给予处罚。用人单位违反本法规定，要求劳动者提供担保、向劳动者收取财物的，由劳动行政部门责令限期退还劳动者本人，按每一名劳动者500元以上2000元以下的标准处以罚款；给劳动者造成损害的，用人单位应当承担赔偿责任。

在劳动者中确实有极少数违法乱纪分子利用工作条件的便利，损害用人单位的利益。同时由于他们流动性较大，发生事故时不易于追究责任，导致个别用人单位只能通过收取风险抵押金、抵押物或扣押身份证等方式来避免损失，但是这种做法是不合法的。如果用人单位想要避免劳动者给单位造成损失，不承担赔偿责任就离职的风险，应当通过加强内部管理来解决，而不能简单地采用收取抵押金（物）的违法方式。

案例指引二：某公司与肖某财产损害赔偿纠纷案

1. 争议焦点

劳动合同解除后用人单位能否扣留劳动者证件？扣留证件的，是否应当承担赔偿责任？

2. 基本案情

肖某于2001年10月第一次入职某公司，双方在2002年3月1日签订了劳动合同，约定肖某的工作岗位是业务员，月薪为2300元，合同期限为2002年3月1日至2003年2月28日。2002年4月，肖某离开某公司。2003年4月，肖某再次入职某公司，担任总经理助理，约定工资为2300元/月，每月28日现金发放当月工资。2004年1月，肖某任副总经理助理，工资调整为2600元/月。肖某第二次入职某公司时双方没有签订劳动合同和培训合同。2003年8月和2004年12月，肖某分别考取了拍卖师从业资格证和拍卖师执业资格证。2003年8月25日，某公司为肖某报销了"拍卖从业资格培训"

的费用1600元；2004年11月5日，某公司为肖某报销了"参加拍卖师考试"的费用4677元（含交通费、住宿费、培训费）；2004年12月27日，某公司为肖某报销了"拍卖师副证、拍卖师铭牌座"的费用240元和"拍卖师服"费用900元。在肖某参加培训期间，某公司按2600元/月的标准金额向肖某发放了工资。2005年5月12日，肖某向某公司递交了《辞职报告》，内容为："我今年3月份向公司提出了有关拍卖师待遇方面的请求，被公司拒绝。其后经过两个月的协商，至今双方最终未能取得共识。而且因为双方难以统一观点，影响了工作的气氛，我在这种氛围中很难继续工作。鉴于以上原因，我今天正式向公司提出辞职报告，准备于2005年6月12日离开公司。请公司妥善安排我的工作交接事宜，因为现在我实际上并不负责具体工作，加上近期身体不太舒适。我请求在工作交接完后，剩余时间请事假休息一下。"2005年5月18日，某公司做出《关于对肖某同志工作另行安排的决定》，内容为："肖某同志在2004年经公司决定，由公司出钱送去参加拍卖师的培训和考试。其考上拍卖师后，还未为公司服务，就提出要求公司增加工资，如公司不同意其要求，就要求调走等不合理的要求。现肖某又向公司提出辞职。根据肖某同志的情况，公司认为，肖某经公司培养考上拍卖师才几个月的时间，还未按双方约定要为公司服务五年，就提出辞职，因此，不予批准，并决定免去肖某副总经理助理的职务，调到业务部当业务员和兼职拍卖师，工资降为1500元。本决定自2005年5月1日起执行。"2005年5月20日，肖某收到该决定，并自2005年6月12日离职。某公司不归还肖某的拍卖从业人员培训证书、拍卖师执业资格证书、拍卖师执业资格证副证和劳动手册，也未支付肖某2005年6月1日至12日的工资。2005年6月13日，肖某向劳动争议仲裁委员会申请仲裁，要求解除与某公司的劳动关系；要求某公司归还拍卖从业人员培训证书、拍卖师执业资格证书、拍卖师执业资格证副证及劳动手册原件各一本；支付肖某2005年6月1日至12日的工资600元等。2005年8月19日，劳动争议仲裁委员会作出裁决：一、某公司与肖某双方劳动关系于2005年6月12日起解除；二、某公司归还肖某拍卖从业人员培训证书、拍卖师执业资格证书、拍卖师执业资格证副证及劳动手册；三、某公司支付肖某 2005 年 6 月 1 日至 12 日的工资 600 元；四、驳回某公司的反诉请求。某公司不服该裁决遂诉至法院。

诉讼中，肖某向法院提交了拍卖师变更注册单位审批表及另一拍卖公司的复函，证明其在离职后已有单位愿意接收，因某公司未在上述审批表上盖章及未归还肖某拍卖师执业资格证书，造成调动手续未能办成，并于 2005 年 9 月 13 日向法院提起侵权之诉，认为某公司迟延交付执业证书，应当赔偿从 2005 年 6 月 13 日至 2006 年 7 月 13 日共 13 个月的劳动收入损失。

3. 法院判决

法院认为，依劳动法的规定，劳动者享有解除劳动合同的权利。肖某已依劳动法的规定，提前 30 日通知了某公司解除劳动合同，故双方的劳动关系依法于 2005 年 6 月 12 日解除。某公司应尊重肖某作为劳动者应有的权利，于解除合同当日返还有关的执业证书。但其无故扣押肖某的相关证件，行为不当。由于执业证书是拍卖师变更或重新注册的必要凭证，某公司的过错行为，导致了肖某无法执业，直接造成其劳动收入损失，故某公司应当对其侵权行为承担赔偿责任。综上所述，法院判决：一、某公司与肖某双方的劳动关系于 2005 年 6 月 12 日起解除。二、自判决发生法律效力之日起 5 日内，某公司返还肖某拍卖从业人员培训证书、拍卖师执业资格证、拍卖师执业资格证副证及劳动手册。三、赔偿肖某损失 33800 元。

4. 作者评析

扣押证件，特别是职业资格方面的证件，违反了劳动法的相关规定，将严重影响劳动者的重新就业，因而还将构成侵权。侵权行为有一般侵权行为和特殊侵权行为之分。就一般侵权责任而言，必须具备以下四个要件才能构成：（1）损害事实的客观存在，即必须在客观上造成财产损害或精神损害；（2）行为具有违法性，如因合法行为造成损害，则行为人不承担责任；（3）不法行为与损害后果之间有因果关系；（4）行为人主观上有过错，包括故意和过失。在本案中，某公司非法扣押了肖某的执业证书，导致肖某无法执业，直接造成肖某可得利益损失，某公司的非法行为和损害结果之间存在直接的因果关系，某公司主观上也存在故意，因此某公司扣押肖某执业证书的行为构成侵权，劳动者在要求归还证件的同时，还可以一并提起侵权之诉。赔偿的额度可参照原任职报酬标准计算。用人单位在劳动合同解除后扣押证件时间越长，承担的损害赔偿责任越大。这也再次提醒，用人单位要严格按照《劳动合同法》第50条的要求，在劳动合同解除或终止时出具解除或终止劳动合同的证明，并在15天内为劳动者办理档案和社会保险关系转移手续，同时办理好有关交接工作。

（三）招用未与原单位解除劳动合同的职工引发的劳动争议

除了《劳动合同法》第69条所规定的"从事非全日制用工劳动者可以与一个或者一个以上用人单位订立劳动合同"，我国劳动法并不承认双重劳动关系。因此在司法实践中普遍遵循劳动者在同一时间只能与一个用人单位形成劳动关系的原则。但由于种种原因，用人单位又经常会有意或无意招用未与原单位解除劳动合同的职工，并因此引发劳动者、用人单位和劳动者原单位之间的争议，特别是在用人单位与劳动者原单位存在竞争关系的情形下。

案例指引：严某诉某彩扩公司案

1. 争议焦点

招用未与原单位解除劳动合同的职工是否合法？招用单位是否应当承担法律责任？

2. 基本案情

严某于2001年5月参加工作，与被诉人某彩扩公司签订了为期5年的劳动合同，在被诉人彩扩中心任冲片员，并于2002年2月至2003年3月到日本接受彩扩技术专业培训。2005年10月5日，严某提出调往中外合资某广告服务公司工作，要求与被诉人提前解除劳动合同，被诉人没有同意。此后，严某工作不认真，不好好上班。同年11月6日，被诉人总经理曲某找严某谈话，指出："你是我们公司的技术骨干，如果你认为在彩扩中心工作不适宜，我可以考虑在公司内部进行调整，如果你非要调走，必须满足这样两个条件：一是交出公司住房，二是要赔偿技术培训费5万元。在没有办完手续之前，请你认真工作，否则我们要严肃处理。"严某将谈话情况告诉了某广告服务公司，当时广告服务公司正缺彩扩专业技术人员，经理李某就对严某说："你先在我们公司干着，聘用你的事由我们公司出面与彩扩公司解决。"

被诉人与第三人曾几次交涉协商，在协商过程中，被诉人提出，如果某广告服务公司同意赔偿彩扩公司培训严某的5万元培训费，且一次付清，严某可以不交住房而且可在款付清3日内办理合同解除手续。某广告服务公司认为彩扩公司索要培训费太高，只同意付给3万元，致使几次协商均未达成协议。在此情况下，严某一直在某广告服务公司上班，2005年12月20日，被诉人召开职工代表大会，经讨论，认为申诉人严某11月15日后既未办理任何手续，又不到单位上班，连续旷工时间已超过15天，决定对严某予以除名，劳动合同自行解除，严某档案作废。

申诉人严某不服被诉人对自己作出的除名后自动解除劳动合同的决定，因此向当地劳动争议仲裁委员会提出申诉，要求撤销被诉人作出的处理决定。

3. 仲裁结果

劳动争议仲裁委员会认为：严某作为全民所有制企业劳动合同制工人，应聘到外资企业工作，首先应与原单位解除劳动合同，然后再与受聘单位签订劳动合同。但是在严某提前一个月与被诉人提出解除劳动合同要求时，被诉人以交出住房、返还培训费为由拒绝解除劳动合同，从严某方面看解除劳动合同要求是正当的；从被诉人方面看索要培训费也是合理的。严某在既未办理解除劳动合同手续，又未办理合同制工人转移单位手续的情况下，不到原单位上班，对此事负有主要责任；第三人"求才"精神固然情有可原，但应待申诉人办理有关手续并清偿被诉人培训费后，方能正式聘用。严某的旷工是由于第三人造成的，因此，第三人应负连带责任。被诉人以旷工为由除名和自行解除劳动合同的处理欠妥。

仲裁委员会在查清事实的基础上，对此案进行了调解，各方当事人经协商一致，达成如下协议：（1）撤销被诉人某彩扩公司作出的"对严某予以除名，劳动合同自行解除的决定"，被诉人应积极协助某广告服务公司办理严某转移工作单位的有关手续，并将严某档案移交某广告服务公司。（2）第三人中外合资某广告公司向被诉人某彩扩公司支付严某技术培训费4万元，其中两万元在2006年1月末付清，其余的2万元以某广告服务公司为被诉人公司制作广告的业务费的形式结清。（3）案件受理费、处理费300元，申诉人、被诉人各负担75元，第三人负担150元。

4. 作者评析

本案是因为招用未与原单位解除劳动合同的职工而引起的赔偿责任的典型案例。《劳动合同法》第91条规定："用人单位招用与其他单位尚未解除或者终止劳动合同的劳动者，给其他用人单位造成损失的，应当承担连带赔偿责任。"《违反〈劳动法〉有关劳动合同规定的赔偿办法》第6条规定："用人单位招用尚未解除劳动合同的劳动者，对原用人单位造成经济损失的，除该劳动者承担直接赔偿责任外，该用人单位应当承担连带赔偿责任。其连带赔偿的份额应不低于对原用人单位造成经济损失总额的百分之七十。向原用人单位赔偿下列损失：（一）对生产、经营和工作造成的直接经济损失；（二）因获取商业秘密给原用人单位造成的经济损失。"只要用人单位招用了未与其他单位解除劳动合同的劳动者，且因此造成了经济损失，就应当承担责任。因此，用人单位在招用员工时，一定要查明员工是否与其他单位尚存在劳动关系，以避免可能发生的风险。

第二节　就业歧视争议

虽然在法律面前人人平等，但在现实生活中，由于各种原因，劳动者面临着诸多就业歧视。我国"就业歧视"现象实际中很是普遍并表现得五花八门，如户籍歧视；性别歧视；年龄歧视；身高歧视；相貌歧视；对"乙肝病毒携带者"的歧视；民族、种族歧视；宗教信仰歧视；残疾人的疾患歧视；地域或方言歧视；学历和经验歧视；经历背景歧视；婚姻状况歧视；姓氏歧视；血型歧视；特别是在就业形势日趋紧张的现实下，各种变相的就业歧视层出不穷。但是，被纳入法律调整的禁止范畴主要限于性别、宗教信仰、民族、种族和身体残疾、对"乙肝病毒携带者"的歧视五个方面。

一、有关就业歧视的法律规定

纵观我国现行关于禁止就业歧视的法律规范，平等就业、禁止就业歧视，是我国宪法、劳动立法确立的一项劳动就业的基本原则，贯穿于劳动就业的整个过程。包括录用、聘用、转正、晋级、职称评定、劳动报酬、生活福利、劳动保险等各方面。

我国现行法律体系中，禁止针对性别、宗教信仰、民族、种族和身体残疾、"乙肝病毒携带者"的就业歧视的法律规定主要集中在《劳动法》、《劳动合同法》、《就业促进法》、《就业服务和就业管理规定》、《妇女权益保障法》、《残疾人保障法》等法律法规中，具体请见下表：

	性别	宗教信仰	民族、种族	身体残疾	乙肝病毒携带者
宪法	男女平等原则	宗教自由	民族平等原则		
劳动法	第12条 劳动者就业，不因民族、种族、性别、宗教信仰不同而受歧视。 第13条 妇女享有与男子平等的就业权利。在录用职工时，除国家规定不适合妇女的工种或岗位外，不得以性别为由拒绝录用妇女或者提高对妇女的录用标准。				
劳动合同法	第42条 劳动者有下列情形之一的，用人单位不得依照本法第四十条、第四十一条的规定解除劳动合同：……（二）在本单位患职业病或者因工负伤并被确认丧失或者部分丧失劳动能力的；……（四）女职工在孕期、产期、哺乳期的；……				
就业促进法	第25条 各级人民政府创造公平就业的环境，消除就业歧视，制定政策并采取措施对就业困难人员给予扶持和援助。 第26条 用人单位招用人员、职业中介机构从事职业中介活动，应当向劳动者提供平等的就业机会和公平的就业条件，不得实施就业歧视。 第27条 国家保障妇女享有与男子平等的劳动权利。用人单位招用人员，除国家规定的不适合妇女的工种或者岗位外，不得以性别为由拒绝录用妇女或者提高对妇女的录用标准。用人单位录用女职工，不得在劳动合同中规定限制女职工结婚、生育的内容。 第28条 各民族劳动者享有平等的劳动权利。用人单位招用人员，应当依法对少数民族劳动者给予适当照顾。				

	第29条　国家保障残疾人的劳动权利。各级人民政府应当对残疾人就业统筹规划，为残疾人创造就业条件。用人单位招用人员，不得歧视残疾人。 第30条　用人单位招用人员，不得以是传染病病原携带者为由拒绝录用。但是，经医学鉴定传染病病原携带者在治愈前或者排除传染嫌疑前，不得从事法律、行政法规和国务院卫生行政部门规定禁止从事的易使传染病扩散的工作。 第31条　农村劳动者进城就业享有与城镇劳动者平等的劳动权利，不得对农村劳动者进城就业设置歧视性限制。
就业服务 和就业管 理规定	第4条　劳动者依法享有平等就业的权利。劳动者就业，不因民族、种族、性别、宗教信仰等不同而受歧视。 第5条　农村劳动者进城就业享有与城镇劳动者平等的就业权利，不得对农村劳动者进城就业设置歧视性限制。 第9条　用人单位依法享有自主用人的权利。用人单位招用人员，应当向劳动者提供平等的就业机会和公平的就业条件。 第16条　用人单位在招用人员时，除国家规定的不适合妇女从事的工种或者岗位外，不得以性别为由拒绝录用妇女或者提高对妇女的录用标准。用人单位录用女职工，不得在劳动合同中规定限制女职工结婚、生育的内容。 第17条　用人单位招用人员，应当依法对少数民族劳动者给予适当照顾。 第18条　用人单位招用人员，不得歧视残疾人。 第19条　用人单位招用人员，不得以是传染病病原携带者为由拒绝录用。但是，经医学鉴定传染病病原携带者在治愈前或者排除传染嫌疑前，不得从事法律、行政法规和国务院卫生行政部门规定禁止从事的易使传染病扩散的工作。用人单位招用人员，除国家法律、行政法规和国务院卫生行政部门规定禁止乙肝病原携带者从事的工作外，不得强行将乙肝病毒血清学指标作为体检标准。 第20条　用人单位发布的招用人员简章或招聘广告，不得包含歧视性内容。

其他法律法规	《妇女权益保障法》第四章劳动和社会保障权益《女职工劳动保护规定》第3条			《残疾人保障法》第3条、第34条	
参加的国际条约	《1951年女男同工同酬公约（第100号公约）》,《经济、社会及文化权利国际公约》,《就业及职业歧视公约》、《残疾人权利公约》				

二、有关就业歧视的劳动争议

（一）性别就业歧视

在中国，男女平等长期以来是一项得到全社会承认的根本原则。国家《宪法》、《劳动法》、《妇女权益保障法》等法律都对妇女权益做出了全面规定，使妇女的政治、文化教育、劳动、财产、人身和婚姻家庭权利得到充分的法律保障。但是，由于市场经济改革带来的新问题和矛盾，在现实社会和经济生活中，妇女权益受到侵害的现象仍然存在，其中对妇女劳动权益的侵害，尤其是妇女在就业方面受到不平等对待是一个主要问题。我国《劳动法》、《劳动合同法》、《妇女权益保障法》、《就业服务与就业管理规定》等法律法规就妇女平等就业权保护作出了相应的规定。

第一，在录用阶段，根据《就业促进法》第27条和《就业服务与就业管理规定》第16条，除国家规定的不适合妇女从事的工种或者岗位外，用人单位不得以性别为由拒绝录用妇女或者提高对妇女的录用标准。用人单位录用女职工，不得在劳动合同中规定限制女职工结婚、生育的内容。这意味着，国家法律不仅仅保证女职工的合法就业权利，更打破了以往不少企业与女职工进行"不得结婚、不得生孩子"等"潜规则"的约定。

第二，在晋职、晋级、评定专业技术职务等方面，根据《妇女权益保障法》第25条的规定，应当坚持男女平等的原则，不得歧视妇女。

第三，在工作安排方面，根据《妇女权益保障法》第26条，任何单位均应根据妇女的特点，依法保护妇女在工作和劳动时的安全和健康，不得安排不适合妇女从事的工作和劳动。

第四，妇女在经期、孕期、产期、哺乳期受特殊保护。根据《妇女权益保障法》第27条和《劳动合同法》第42条规定，任何单位不得因结婚、怀孕、产假、哺乳等情形，降低女职工的工资，辞退女职工，单方解除劳动（聘用）合同或者服务协议。但是，女职工要求终止劳动（聘用）合同或者服务协议的除外。

最后，在退休阶段，根据《妇女权益保障法》第27条，各单位在执行国家退休制度时，也不得以性别为由歧视妇女。

案例指引：退休性别歧视案

1. 争议焦点

女职工比男职工早5年退休是否构成歧视？

2. 基本案情

生于1949年10月的周香华退休前任建行平顶山分行出纳部副经理。2005年1月，建行平顶山分行以周香华已达到法定退休年龄为由，通知其办理退休手续。周香华认为自己应和男职工同龄退休，单位要求自己55周岁退休的决定与我国宪法和法律的有关规定相抵触，应予以撤销，遂向劳动仲裁部门提起仲裁。2005年10月11日，平顶山市仲裁庭根据国务院《关于安置老弱病残干部的暂行办法》规定裁决：因申诉人未提供支持其观点的有效证据和法律依据，故仲裁庭对申诉人的申诉请求不予支持。2005年10月28日她向湛河区法院递交了民事起诉状。

3. 法院判决

法院审理认为，周香华认为被告为其办理退休手续的决定违背了宪法关于男女平等的原则，要求予以撤销的理由无法律依据，法院不予支持。

4. 作者评析

在我国，宪法尚未进入司法层面，宪法不能直接进入司法程序。

宪法的有关规定必须通过具体的法律法规实现。《妇女权益保障法》第27条规定，各单位在执行国家退休制度时，不得以性别为由歧视妇女。但是，现行法律并不认为《关于安置老弱病残干部的暂行办法》所规定的"男性60岁退休、女性55岁退休"是男女不平等的表现，并且1978年国务院发布《关于安置老弱病残干部的暂行办法》规定"男年满60周岁，女年满55周岁退休"主要是出于对女性身体保护的角度考虑，是考虑到女性群体的身体、心理特征与男性的差异，为了照顾女性职工，让她们能够在劳累了大半生后能安享天伦之乐而制定的政策规定，这恰恰体现了国家对于女性的特殊保护。

因而，可以预见，在《关于安置老弱病残干部的暂行办法》被废止之前，女性劳动者提起类似诉讼恐怕也难逃败诉的结局。

（二）残疾人就业歧视

根据第二次全国残疾人抽样调查数据推算，中国目前各类残疾人总数为8296万人，占全国人口总数6.34%。在现实社会中，残疾人整体处于社会的底层，生存、就业、教育、康复、婚姻、家庭等生活权利缺乏有力保障。据测算，在我国，有1/3左右的贫困残疾人处于绝对贫困状态，2/3左右的贫困残疾人处于相对贫困状态。就业是民生之本，也是解决残疾人生活的根本出路。但是，在供求失衡的劳动力市场，具有劳动能力的残疾人的就业比常人面临更多的包括就业歧视在内的各种障碍。

案例指引：李某诉某银行支行违法解除劳动合同案

1. 争议焦点

一肾摘除是否表明身体状况达到严重缺陷的程度？用人单位是否可以此为由解除劳动合同？

2. 基本案情

1987年3月，原告李某因摔伤被摘除右肾。1993年8月初，原告得知被告某银行支行招工即报了名。8月16日，原告经被告目测合格，8月20日由被告组织到医院进行体检。体检结论为"健康"。体检时原告未向医生表明自己右肾被摘除，医院也没有检查出来。8月23日，原告参加了被告组织的对体检合格人员进行的培训。8月28日，被告分配原告到其所属的横村办事处从事实习会计工作。9

月1日，原、被告签订了一份劳动合同，合同内容包括：合同期5年（自1993年9月1日至1998年8月31日）；工种为业务；实行6个月试用期；合同期间，有符合国务院发布的《国家企业实行劳动合同制暂行规定》第12条情况的，被告可以解除劳动合同等。该合同经原、被告双方签字、盖章，并经县劳动局劳动争议仲裁科鉴证生效。12月中旬，被告知悉原告右肾摘除，经医院B超检查属实。1994年2月24日，被告以原告右肾摘除，存在严重身体缺陷，不符合该银行所属省分行制定的《招工、招干、调入人员及新职工转正的暂行规定》中有关身体的录用条件为由，作出解除李某劳动合同的决定。原告不服被告的决定，于同年8月11日向县劳动争议仲裁委员会申请仲裁。该委员会经对该案审理后，于12月6日作出桐劳仲案字（1994）第01号仲裁结果书，维持某银行支行对李某解除劳动合同的决定。李某对裁决不服，于12月21日向县人民法院提起诉讼。

原告李某诉称：被告以我少一只肾，存在严重身体缺陷为由，单方面决定解除劳动合同是不正确的。从医学临床实践看，少一只肾，只要肾功能正常，不会对身体构成严重危害，且浙江医科大学附属第二医院证明我肾功能正常，可以正常工作；从银行工作性质看，银行工作属脑力劳动，我所从事的是"银行会计"，少一只肾，根本不会给会计工作造成不利，也不影响银行职员需要具备的外表形象；从国家体检政策上看，《普通高校招生体检标准》规定少一只肾的人可以报考金融类大专院校；从执行政策的操作上看，省分行制定的"暂行规定"是承认国家《普通高校招生体检标准》的。为此，请求法院撤销被告解除劳动合同的决定，责成被告继续履行劳动合同。

被告某银行支行辩称：原告右肾摘除，体检时未向我行和体检医师说明，后经人反映和医院复查证实；省行、市行已明确表态，原告不符合省行关于新职工必须具备的"身体健康，无严重疾病的缺陷"的录用要求；根据劳动人事部有关文件规定，劳动合同制工人在试用期间，经发现不符合录用条件的，录用单位有权单方面解除其劳动合同；我行对原告右肾摘除认定为严重缺陷的理由是鉴于对本银行职工要求较高而言，不排除其他行业认为此类缺陷为一般缺陷而予以录用的可能性。根据上述理由，请求法院维持我行解除劳动合同的决定。

3. 法院判决

县人民法院在审理期间委托市中级人民法院法医技术处对原告体能情况进行了鉴定。鉴定结论为原告在生理上存在缺少右肾的缺陷，但其具有正常的生活能力、工作能力及社会活动能力，其身体状况未达到严重缺陷的程度。

桐庐县人民法院审理后认为：原、被告签订的劳动合同符合有关规定，是合法有效的。原告因摔伤被摘除右肾，但其身体状况未达到严重缺陷的程度，且原告在试用期内工作期间，身体健康，身体状况能胜任被告分配的业务工种。所以，应认定原告是符合被告对新招收职工身体方面的录用条件的，被告认为原告存在严重身体缺陷的理由不能成立。原告要求撤销被告对其所作出的解除劳动合同的决定，并要求继续履行劳动合同的诉讼请求，依法应予支持。根据国务院《国营企业实行劳动合同制暂行规定》①第7条、第14条第（五）项之规定，于1995年12月1日作出判决：（一）撤销被告某银行支行关于解除李某劳动合同的决定；（二）被告某银行支行与原告李某继续履行劳动合同。

某银行支行不服一审判决，向市中级人民法院提出上诉。

市中级人民法院审理后认为，某银行支行与李某签订的劳动合同符合有关规定，合法有效。李某因外伤右肾被摘除系事实，但身体并未达到严重缺陷的程度，仍能适应其所担负的工作。原审法院依法所作的判决并无不当。某银行支行之上诉理由和请求，依法不予支持。根据《中华人民共和国民事诉讼法》第153条第1款第（一）项之规定，于1996年1月30日作出判决：驳回上诉，维持原判。

终审后，某银行支行于1996年4月15日通知李某到其所属的分水办事处工作。李某接到通知后报到上班。

4. 作者评析

---

① 该规定已被《国务院关于废止2000年底以前发布的部分行政法规的决定》（2001年10月6日国务院令第319号公布）废止。

24

本案虽然发生在《劳动法》施行之前，"右肾"被摘除可能不属于社会一般观念中的"残疾"，但其中贯穿的"反对残疾人就业歧视"和《促进就业法》、《就业服务与就业管理规定》、《残疾人保障法》的法律精神是一脉相承的，因此，我们可以借由此案例对"残疾人或有身体缺陷的劳动者歧视"问题进行分析。本案中，原告虽缺少右肾，但肾功能正常。法院委托法医技术处对原告身体状况进行鉴定。鉴定结论为原告虽缺少右肾，但是有正常的生活能力、工作能力及社会活动能力，身体状况未达到严重缺陷的程度。据此，法院判决某银行支行解除劳动合同的决定无效。

不可否认，由于身体存在这样或那样的缺陷，残疾人可能无法完全等同于正常人的表现。但是，这并不代表残疾人不具备劳动能力，无法胜任工作，也不代表残疾人的工作表现一定会比正常人差。因此，应当为残疾人创造一个公平就业的机会。法律从多个角度作出了规定，对多个主体提出了要求。

首先，法律对残疾人保障在职工的招用、转正、晋级、职称评定、劳动报酬、生活福利、休息休假、社会保险等方面均有规定。《残疾人保障法》第38条第2款规定，在上述方面不得歧视残疾人。第64条规定在职工的招用等方面歧视残疾人的，由有关主管部门责令改正；残疾人劳动者可以依法向人民法院提起诉讼。《就业促进法》第29条规定，国家保障残疾人的劳动权利。各级人民政府应当对残疾人就业统筹规划，为残疾人创造就业条件。用人单位招用人员，不得歧视残疾人。

其次，在解除劳动关系环节，根据《劳动合同法》第42条规定，因患职业病或者因工负伤并被确认丧失或者部分丧失劳动能力的劳动者，用人单位不得依照该法第40、41条的规定与之解除劳动关系，为残疾人反就业歧视从招聘延伸到解聘的全部过程。

再次，更为重要的是，根据《残疾人保障法》第64条和《就业促进法》第62条，残疾人在遭受歧视时有权向人民法院起诉。从而为残疾人在遭受就业歧视提供了救济途径。

最后，《残疾人就业条例》还对残疾人自身提出了要求，即残疾人应当提高自身素质，增强就业能力。客观地说，残疾人在就业中遭受歧视，与其自身素质和能力具有一定关系。从这一点来讲，在国家和社会通过法律、制度、措施和环境对残疾人就业给予支持和帮助，改善其就业待遇的同时，对于残疾人自身仍有相当大的意义。

（三）传染病病原携带者就业歧视

按照1992年全国肝炎血清流行病学调查结果推算，全国约有1.2亿人是乙肝表面抗原携带者。由于公众对乙型病毒性肝炎（以下简称"乙肝"）存在认识上的误区，造成侵害乙肝表面抗原携带者就业权益的事件时有发生，社会反映强烈。甚至发生了因在体检时被查出乙肝"小三阳"未被录取为公务员的乙肝病毒携带者怒杀人事局工作人员的惨剧。可喜的是，在各方力量的努力下，《就业促进法》、《就业服务和就业管理规定》、《关于维护乙肝表面抗原携带者就业权利的意见》终于就禁止乙肝歧视作出了专门的规定。

案例指引：高某诉某公司乙肝歧视案

1. 争议焦点

用人单位招用人员，是否可以乙肝"小三阳"为由拒绝录用？

2. 基本案情

高某曾是上海某单位的助理工程师。后某公司邀请他到该公司工作。经过慎重考虑，高某表示同意。此后，高某还完成了一份由某公司经理发的测试卷，该经理在看过测试卷后称可以接收其任职。不久后，高某按照公司的要求进行了体检，体检结果显示其为乙肝"小三阳"。当高某拿着体检结果及相关材料到某公司报到时，公司拒绝与其签订劳动合同。高某认为，公司的行为违背了"用人单位招用人员，不得以乙肝'小三阳'为由拒绝录用"的原则，属于就业歧视，因此将其告上了法庭。

对此，某公司始终辩称，高某并不是因为乙肝体检结果被拒绝录用的，而是因为培训不合格，不符合上岗要求，以及其他综合因素。

3. 法院判决

法院经审理认为，某公司要求高某进行体检时，公司的培训已经结束，如其公司确实是因为培训原因而拒绝录用，则其在培训结束一段时间后要求高某进行入职体检与常理不符。而且，某公司也没有提供充分证据证明其在邀请原告应聘后又拒绝录用存在其他合理理由。因此，法院认定，某公司就是因为高某体检结果为乙肝

"小三阳"而拒绝录用。

同时，法院认为，高某有理由对某公司将录用自己形成合理信赖。在某公司违反平等就业原则，拒绝录用高某的情况下，公司应该赔偿高某自原单位离职至其再次就业前的信赖利益损失。此外，某公司以体检结果作为拒绝聘用高某的理由，无疑会导致高某遭受巨大的心理压力及承受精神痛苦，因此法院判令该公司向高某书面赔礼道歉，并赔偿原告精神损害抚慰金 2000 元。

4. 作者点评

由于公众对乙肝存在认识上的误区，造成侵害乙肝表面抗原携带者就业权益的事件时有发生。为了创造公平就业的环境，保护包括乙肝在内的传染病病原携带者的合法权益，于 2008 年 1 月 1 日起施行的《就业促进法》、《就业服务与就业管理规定》就此作出了专门规定。在本案中，某公司在邀请高某应聘后却又以高某体检结果为乙肝"小三阳"而拒绝录用，构成了就业歧视，违反了《就业促进法》、《就业服务与就业管理规定》、劳动和社会保障部《关于维护乙肝表面抗原携带者就业权利的意见》等法律、法规和规章。本文在此做一归纳：

第一，除法律、行政法规或国务院卫生行政部门另有规定，用人单位不得以是传染病病原携带者为由拒绝录用。

《就业促进法》第30条和《就业服务和就业管理规定》第19条第 1 款规定，用人单位招用人员，不得以是传染病病原携带者为由拒绝录用。但是，经医学鉴定传染病病原携带者在治愈前或者排除传染嫌疑前，不得从事法律、行政法规和国务院卫生行政部门规定禁止从事的易使传染病扩散的工作。

第二，除法律、行政法规或国务院卫生行政部门另有规定，用人单位不得强行将乙肝病毒血清学指标作为体检标准。

《就业服务与就业管理规定》第 19 条第 2 款明确规定：用人单位招用人员，除国家法律、行政法规和国务院卫生行政部门规定禁止乙肝病原携带者从事的工作外，不得强行将乙肝病毒血清学指标作为体检标准。违反规定的，劳动保障行政部门可以根据《就业服务与就业管理规定》第 68 条的规定，责令改正，并可处以 1000 元以下的罚款，对当事人造成损害的，用人单位还应当承担赔偿责任。

第三，用人单位不得以劳动者携带乙肝表面抗原为理由拒绝招用，也不得以此为由辞退乙肝表面抗原携带者。

劳动和社会保障部《关于维护乙肝表面抗原携带者就业权利的意见》明确规定：除国家法律、行政法规和卫生部规定禁止从事的易使乙肝扩散的工作外，用人单位不得以劳动者携带乙肝表面抗原为理由拒绝招用或者辞退乙肝表面抗原携带者。根据《劳动合同法》第48条，用人单位以劳动者携带乙肝表面抗原为理由解除或者终止劳动合同，劳动者要求继续履行劳动合同的，用人单位应当继续履行；劳动者不要求继续履行劳动合同或者劳动合同已经不能继续履行的，用人单位应当依照《劳动合同法》第87条规定支付赔偿金。

（四）外貌就业歧视

爱美之心人皆有之，用人单位对员工的外貌有所要求也可以理解，但应当在法律允许的范围之内。但是，出于各种原因的考虑，外貌歧视在我国长期存在。用人单位往往以貌取人，侵犯了劳动者的平等就业权。

案例指引：秋子诉某公司相貌歧视案

1. 争议焦点

用人单位是否可以相貌为由解除劳动合同？

2. 基本案情

2007年11月，秋子通过了上海某教育投资管理咨询有限公司面试，在这家教育培训企业位于郑州的华北大区教学部，接受了为期15天的培训，获得了教育投资管理咨询有限公司颁发的教师资格证，并签订劳动合同。2007年12月21日，秋子接到公司通知，要求前往公司的加盟学校华东大区嘉善分校工作，并在那里担任英语老师。但因长相原因（秋子幼时曾患先天脑积水，因此大脑比一般人大些，她戏称自己是"大头女孩儿"），华东大区嘉善分校拒绝接收。之后，教育投资管理咨询有限公司的负责人赵某表示拒绝履行劳动合同。2007年2月7日，秋子向上海市长宁区劳动争议仲裁委员会提起劳动仲裁，秋子认为判断一个人是否胜任教师这个职业，评定的标准应该是这个人是否具有足够渊博的知识，以及对教育事业是否具有责任心和对学生是否具有爱心。《教师法》规定：国家实行教师资格制度。中国公民凡遵守宪法和法律，热爱教育事业，具有良好的思想品德，具备本法规定的学历或者经国家教师资格考试合格，有教育教学能力，经认定合格的，可以取得教师资格。可见，法律没有要求必须具有漂亮容貌的人才可以当教师，更没有规定教师头的大小必须在普通人的范围内。虽然申诉人头比正常人大，但其他各方面的能力都和正常人没有区别。申诉人受过大学教育，获得相应学位和学历，同时，热心公益事业，具有爱心和强烈的责任心，并获得了该教育投资管理咨询有限公司颁发的初级教师资格证。由此可见，申诉人能够胜任教师职业。被诉人仅仅因为申诉人的头比普通人偏大，拒不按照合同约定履行劳动合同，违反了《劳动法》有关规定。同时，被诉人在申诉人向其询问工作安排的过程中，多次贬低申诉人的相貌，违反了《民法通则》有关规定，对申诉人的名誉权造成了侵害。申诉人请求：裁决被诉人返还申诉人培训费260元；裁决被诉人返还申诉人车票差价50元；赔偿申诉人精神损失费5万元，并在媒体上公开赔礼道歉；裁决被诉人向申诉人支付违约金1万元；被诉人承担本案仲裁费用。

3. 仲裁结果

在劳动争议仲裁委员会的组织下，双方达成调解：被诉人为秋子提供一份3年的正式劳动合同，以支持其从事公益事业，合同期间，秋子可以以该公司员工的身份参与公益事业，无须上岗就能领基本工资。

4. 作者评析

正如上文所述，法律对性别、宗教信仰、民族、种族和身体残疾、"乙肝病毒携带者"的就业歧视禁止已经作出明确规定，但是对于相貌、身高等就业歧视并无明确规定，劳动者在遭受相貌歧视时只能援用法律的原则性规定。《就业促进法》第26条规定，用人单位招用人员、职业中介机构从事职业中介活动，应当向劳动者提供平等的就业机会和公平的就业条件，不得实施就业歧视。在本案中，秋子利用法律武器维护合法权益的行为受到舆论的关注，本案最终有一个比较圆满的结果。但是，在现实当中还存在更多的相貌歧视需要消除。本案给我们提供了一个启示，劳动者在遭受歧视时，一要勇敢地利用法律武器维护自身的权益；二要注意保留遭受歧视的相关证据。在本案中，秋子巧妙地获取了公司负责人以相貌为由拒绝履行劳动合同的两份录音证据；三要借助媒体、网络的力量，提高用人单位的歧视成本。

（五）农民工就业歧视

据有关部门统计，我国农村外出就业的农民工有1.26亿。农民工为中国经济的发展和城市化进程作出了巨大的贡献。但是，我国农民工就业歧视现象严重，已经成为和谐社会的一道伤疤。为此，国家制定和发布了一系列法律、法规，出台了一系列政策措施对农民工就业歧视进行治理。《就业促进法》第31条和《就业服务与就业管理规定》第5条均规定农村劳动者进城就业享有与城镇劳动者平等的劳动权利，不得对农村劳动者进城就业设置歧视性限制。《国务院关于解决农民工问题的若干意见》、《国务院办公厅关于进一步做好改善农民进城就业环境工作的通知》等规范性文件也作出了相应规定。

但是，农民工就业歧视不同于性别、相貌、健康等歧视只是体现在就业的某一方面，而是存在于就业的全过程：如拒不签订劳动合同、职业隔离（绝大多数农民工都为蓝领工作者）、社会保障的不平等、工资普遍低下、工资不及时全额支付等等，不一而足。因此，对于农民工就业歧视，应当具体问题具体分析，参看本书的其他章节。

第三节　劳动关系确认争议

劳动关系是劳动法调整的对象，劳动争议案件处理的前提即为确认双方是否存在劳动关系，这是劳动争议案件的基础法律关系。

《劳动法》第2条规定：在中华人民共和国境内的企业、个体经济组织和与之形成劳动关系的劳动者，适用本法。根据该条规定，只有劳动关系才受劳动法调整，但我国法律却未对劳动关系作出明确的界定。原劳动部《关于贯彻执行〈中华人民共和国劳动法〉若干问题的意见》第2条规定："中国境内的企业、个体经济组织与劳动者之间，只要形成劳动关系，即劳动者事实上已成为企业、个体经济组织的成员，并为其提供有偿劳动，适用劳动法。"从此条文中可以看出，只要劳动者事实上已成为企业、个体经济组织的成员，并为其提供有偿劳动，即建立了劳动关系。但上述规定仍有三方面的不足：一是如何认定已成为企业、个体经济组织的成员尚缺乏法定的标准；二是此规定不能概括停薪留职、下岗等状态下的劳动关系，因为这些劳动关系中，劳动者已不再为用人单位提供有偿劳动；三是未对劳动者的资格条件进行规定，用人单位也很少作出具体、全面的相应规定。在现行法律规范中比较接近劳动关系本意的，应是2005年劳动和社会保障部《关于确立劳动关系有关事项的通知》，其中指出："用人单位招用劳动者未订立书面劳动合同，但同时具备下列情形的，劳动关系成立：（一）用人单位和劳动者符合法律、法规规定的主体资格；（二）用人单位依法制定的各项劳动规章制度适用于劳动者，劳动者受用人单位的劳动管理，从事用人单位安排的有报酬的劳动；（三）劳动者提供的劳动是用人单位业务的组成部分。"该通知为解决劳动关系确认纠纷提供了较为明确的依据。《劳动合同法（草案）》明确了劳动关系的概念，依据该草案的第3条："本法所称劳动关系，是指用人单位招用劳动者为其成员，劳动者在用人单位的管理下提供有报酬的劳动而产生的权利义务关系。"这个定义比较准确的界定了劳动关系的内涵，为以后解决相应纠纷提供了参考[①]。因此，劳动关系是指用人单位与劳动者运用劳动能力实现劳动过程中形成的一种社会关系。其主体是确定的，即一方是用人单位，另一方必然是劳动者。

劳动关系应具有以下特点：（1）劳动关系的当事人一方是劳动者，另一方是用人单位。劳动者指劳动力所有者，包括所有自愿参加社会劳动的公民。用人单位指生产资料的所有者或经营管理者，在我国包括企业、个体经济组织和一定范围中的国家机关、事业单位、社会团体。（2）劳动关系具有在社会劳动过程中形成和实现的特征。只有将劳动者与用人单位提供的生产资料相结合以实现社会劳动的过程中，才可能形成劳动者与用人单位之间的法律关系。实现社会劳动过程，也就是劳动法律关系得以实现的过程。劳动过程形成和实现劳动法律关系，使劳动法律关系与市场、流通过程中形成和实现的民事法律关系区别开来。（3）劳动关系兼有人身关系和

---

① 　正式颁布实施的《中华人民共和国劳动合同法》并无此条，编者注。

财产关系的双重性质。人身关系是指具有人身属性的社会关系。劳动力存在于劳动者肌体内不能与劳动者分离，劳动者向用人单位提供劳动力时，将其人身在一定限度内交给了用人单位，劳动力的支付过程也就是劳动者生命的实现过程。另一方面，劳动关系又具有财产关系的属性。财产关系是人们在物质资料生产、分配、交换和消费过程中形成的社会关系。劳动是人们谋生的主要手段，人们通过劳动来换取生活资料，因此劳动关系也必然体现为劳动力的让渡与劳动报酬的交换关系。（4）劳动关系建立后、解除前，劳动者始终作为用人单位组织中的一员而存在，这与劳动关系建立后双方不再是两个平等的民事主体相对应。劳动者因为是用人单位的成员而受指挥与控制。劳动关系的一方劳动者，要成为另一方所在单位的成员，要遵守单位内部的劳动规则以及有关制度。

一、有关劳动关系确认的法律规定

作为劳动争议案件处理的前提，确定争议双方存在劳动关系就成了首要问题。关于如何确定双方之间的劳动关系，法律做了如下规定：

法律	规定	备注
劳动法	第16条　劳动合同是劳动者与用人单位确立劳动关系、明确双方权利和义务的协议。建立劳动关系应当订立劳动合同。	劳动关系确认的一般条件
	第18条　下列劳动合同无效：（一）违反法律、行政法规的劳动合同；（二）采取欺诈、威胁等手段订立的劳动合同。无效的劳动合同，从订立的时候起，就没有法律约束力。确认劳动合同部分无效的，如果不影响其余部分的效力，其余部分仍然有效。劳动合同的无效，由劳动争议仲裁委员会或者人民法院确认。	劳动合同无效，双方存在事实劳动关系

法律	规定	备注
	第7条 用人单位自用工之日起即与劳动者建立劳动关系。用人单位应当建立职工名册备查。	劳动关系存在的前提
	第10条 建立劳动关系,应当订立书面劳动合同。已建立劳动关系,未同时订立书面劳动合同的,应当自用工之日起一个月内订立书面劳动合同。用人单位与劳动者在用工前订立劳动合同的,劳动关系自用工之日起建立。	签订书面劳动合同是建立劳动关系的要求
劳动合同法	第14条 无固定期限劳动合同,是指用人单位与劳动者约定无确定终止时间的劳动合同。 用人单位与劳动者协商一致,可以订立无固定期限劳动合同。有下列情形之一,劳动者提出或者同意续订、订立劳动合同的,除劳动者提出订立固定期限劳动合同外,应当订立无固定期限劳动合同:(一)劳动者在该用人单位连续工作满十年的;(二)用人单位初次实行劳动合同制度或者国有企业改制重新订立劳动合同时,劳动者在该用人单位连续工作满十年且距法定退休年龄不足十年的;(三)连续订立二次固定期限劳动合同,且劳动者没有本法第三十九条和第四十条第一项、第二项规定的情形,续订劳动合同的。 用人单位自用工之日起满一年不与劳动者订立书面劳动合同的,视为用人单位与劳动者已订立无固定期限劳动合同。	签订无固定期限劳动合同的条件

法律	规定	备注
	第97条第2款　本法施行前已建立劳动关系，尚未订立书面劳动合同的，应当自本法施行之日起一个月内订立。	《劳动合同法》实施前后的衔接
劳动合同法实施条例	第4条　劳动合同法规定的用人单位设立的分支机构，依法取得营业执照或者登记证书的，可以作为用人单位与劳动者订立劳动合同；未依法取得营业执照或者登记证书的，受用人单位委托可以与劳动者订立劳动合同。 第5条　自用工之日起一个月内，经用人单位书面通知后，劳动者不与用人单位订立书面劳动合同的，用人单位应当书面通知劳动者终止劳动关系，无需向劳动者支付经济补偿，但是应当依法向劳动者支付其实际工作时间的劳动报酬。 第6条　用人单位自用工之日起超过一个月不满一年未与劳动者订立书面劳动合同的，应当依照劳动合同法第八十二条的规定向劳动者每月支付两倍的工资，并与劳动者补订书面劳动合同；劳动者不与用人单位订立书面劳动合同的，用人单位应当书面通知劳动者终止劳动关系，并依照劳动合同法第四十七条的规定支付经济补偿。 前款规定的用人单位向劳动者每月支付两倍工资的起算时间为用工之日起满一个月的次日，截止时间为补订书面劳动合同的前一日。	

法律	规定	备注
	第7条 用人单位自用工之日起满一年未与劳动者订立书面劳动合同的，自用工之日起满一个月的次日至满一年的前一日应当依照劳动合同法第八十二条的规定向劳动者每月支付两倍的工资，并视为自用工之日起满一年的当日已经与劳动者订立无固定期限劳动合同，应当立即与劳动者补订书面劳动合同。 第11条 除劳动者与用人单位协商一致的情形外，劳动者依照劳动合同法第十四条第二款的规定，提出订立无固定期限劳动合同的，用人单位应当与其订立无固定期限劳动合同。对劳动合同的内容，双方应当按照合法、公平、平等自愿、协商一致、诚实信用的原则协商确定；对协商不一致的内容，依照劳动合同法第十八条的规定执行。 第17条 劳动合同期满，但是用人单位与劳动者依照劳动合同法第二十二条的规定约定的服务期尚未到期的，劳动合同应当续延至服务期满；双方另有约定的，从其约定。	

法律	规定	备注
关于确立劳动关系有关事项的通知	用人单位招用劳动者未订立书面劳动合同,但同时具备下列情形的,劳动关系成立:(一)用人单位和劳动者符合法律、法规规定的主体资格;(二)用人单位依法制定的各项劳动规章制度适用于劳动者,劳动者受用人单位的劳动管理,从事用人单位安排的有报酬的劳动;(三)劳动者提供的劳动是用人单位业务的组成部分。	
最高人民法院关于审理劳动争议案件适用法律若干问题的解释	第16条 劳动合同期满后,劳动者仍在原用人单位工作,原用人单位未表示异议的,视为双方同意以原条件继续履行劳动合同。一方提出终止劳动关系的,人民法院应当支持。 根据《劳动法》第二十条之规定,用人单位应当与劳动者签订无固定期限劳动合同而未签订的,人民法院可以视为双方之间存在无固定期限劳动合同关系,并以原劳动合同确定双方的权利义务关系。	原劳动合同期满后形成的事实劳动关系

二、有关劳动关系确认的劳动争议

对于用人单位而言,与劳动者建立劳动关系的成本要高于与劳动者建立劳务关系。在成本的驱使下,不少用人单位通过不签订劳动合同等方式试图避免与劳动者建立劳动关系。但是,劳动关系的成立并不以劳动合同的订立为必要条件。一旦双方发生争议,用人单位降低成本的目的并不一定能够实现,甚至还有可能遭受更大的损失。

（一）劳动关系认定的证据争议

案例指引一：陈某与某公司要求确认劳动关系案

1. 争议焦点

介绍信是否能够证明劳动关系的存在？

2. 基本案情

某公司是一家商品经销公司，代理销售各个厂家的产品。陈某自2006年1月起从事三鹿厂奶粉的理货及销售业务，工作地点有时在某公司，有时在各个超市。2007年6月7日，陈某因工资、社会保险等问题到海淀区劳动监察部门举报。监察部门在调查中发现，某公司否认与陈某之间存在劳动关系，双方存在争议，故答复陈某到仲裁委员会申请仲裁，认定劳动关系。陈某申请仲裁，要求该公司支付拖欠的工资。在庭审中，陈某主张其是某公司的职工，某公司按月通过银行存折向其发放工资，但陈某未对此提供证据。为证明其主张，陈某提供了其工作期间某公司出具给北京市某超市的介绍信，介绍信主要内容是介绍员工陈某到该超市进行三鹿奶粉的产品维护、促销等工作。某公司主张，公司所有在册人员中没有陈某，双方未签订过劳动合同，公司也未向陈某支付过劳动报酬，陈某是其代理的三鹿厂家的业务员，在北京从事三鹿奶粉的促销工作，公司也不对其日常劳动进行管理。关于介绍信，某公司对真实性表示认可，但主张由于超市无法直接从厂家进货，而是通过作为代理商的某公司进货，厂家不在北京，某公司为陈某开具介绍信，是为了便于其在超市开展工作，促进代理产品的销售。

3. 仲裁结果

海淀区劳动争议仲裁委员会裁决：驳回陈某的申诉请求。

4. 作者评析

劳动合同是确定劳动关系最为有效的证据。陈某未与被诉单位签订劳动合同，没有认定双方存在劳动关系的直接证据。从劳动关系的实质来看，财产性和隶属性是劳动关系的基本特征。劳动者为用人单位提供劳动，用人单位向劳动者支付劳动报酬，使劳动关系具有财产性。同时，双方劳动关系建立后，用人单位与劳动者之间即建立管理与被管理、指挥与服从的内部关系，使劳动关系具有隶属性。因此，确认双方之间是否存在劳动关系的两个重要标志即用人单位向劳动者发放工资和对劳动者的劳动进行管理。

案例中，陈某提供的唯一证据是某公司为其出具的介绍信，从形式、取得方式及内容上看，公司为陈某开具介绍信的原因及目的显然是为了便于陈某进入超市对公司代理的三鹿奶粉进行理货促销等工作，是否能证明陈某与某公司之间存在劳动关系，还需结合其他证据综合认定。某公司既未对陈某的劳动过程实施管理，也未向陈某支付过工资，不具备劳动关系的实质特征。因此，仅仅以介绍信作为双方之间属于劳动关系的证据，显然并不充分、确凿。目前，随着企业经营方式的多样化，用人单位的用工形式也发生了诸多变化，劳动关系的双方虽然是特定主体，即用人单位和劳动者，但并非符合主体条件的双方当事人之间均为劳动关系。陈某作为劳动者，某公司作为企业，双方之间的关系与劳动有关，但是这种关系是基于销售代理关系所产生的，实质上是一种业务关系。因此，介绍信只能作为认定劳动关系的辅助证据，确认劳动关系，还是应从实质特征予以认定。

在司法实践中，认定是否存在事实劳动关系的关键在于证据。笔者在此提醒劳动者，在用人单位拒绝签订劳动合同时一方面要积极向劳动监察部门反映，另一方面也要积极搜寻和保留工资卡、工资单、考勤表、工作证、场牌、劳动手册、单位的各种指派通知，以备将来之用。

案例指引二：王某与某晚报劳动关系确认案

1. 争议焦点

《工作证》是否能够证明劳动关系的存在？

2. 基本案情

被诉人系某晚报公司，申诉人王某于1997年11月23日在某晚报担任投递员，从事某晚报的征订、投递及其他物品配送工作。被诉人发给王某加盖有其公章的《工作证》。2002年11月13日，双方签订为期1年的《劳务责任协议书》，就相关工作进行了约定。2004年8月28日，申诉人参加了被诉人组织的"公司基层骨干训练营，并经考核认定，申诉人初步掌握了业务开拓、客户服务、员工激励及基层管理的相关技能，被诉人发给申诉人结业证书。被诉人于2005年3月15日制定《发行站投递员工作考评制度》，对包括申诉人在内的发行站投递员在工作纪律、服务质量、发行业绩、投递线路横向产品业绩等四个方面进行考评。

2005年4月19日，双方再次签订《劳务责任协议书》，内容包括：被诉人委托申诉人提供的劳务是在天河或其他发行站投递报纸、收订报纸及送水、回收废报等；被诉人视工作岗位需要确定申诉人的工作时段，并在申诉人按要求完成工作任务后支付劳务费；被诉人为申诉人购买人身意外保险，申诉人如以自由职业者身份在户口所在地的区劳动部门缴纳基本养老保险后，可凭缴费收据向被诉人申领50元/月的社保补贴，申诉人不得以任何理由向被诉人提出有关社保方面的要求；协议有效期自2005年4月19日起至2006年4月19日止。

被诉人要求投递员在每日13时30分到发行站进行准备工作，待某晚报印刷出厂并送到发行站后即按固定路线投递，投递员在投递时必须使用被诉人的工作服、工作证、自行车、包等工具；投递时不得从事非被诉人业务的工作；根据投递线路的不同，完成投递的时间为3到5个小时不等；被诉人对投递员在完成投递之外是否在其他用人单位从事兼职工作不作限制，但禁止投递员在从事非被诉人业务时以被诉人的名义进行，使用被诉人的工作服、工作证、工具等。被诉人按月通过银行转帐支付投递员劳动报酬。

庭审中申诉人要求确认申诉人与被诉人之间自1997年11月23日至今存在劳动关系；被诉人为申诉人补办1997年11月23日至今的养老、失业、医疗、工伤等社会保险的缴交手续。

被诉人认为，与申诉人曾签有《劳务责任协议书》，其中明确双方的法律关系是劳务关系。物流配送人员确实持有"工作证'，所谓"工作证"主要是为了使物流配送人员取得客户信任，方便出入小区或者上门服务需要，"工作证"不能证明双方之间成立劳动关系。关于"培训证书"，被诉人辩称被诉单位的证书是固定版式，其颁发对象是各基层业务管理人员（合同制员工），被诉人在定期为各基层骨干业务管理人员进行业务培训，也会对部分完成劳务的物流配送人员（劳务工）进行培训，目的是为了使物流配送人员更好地履行劳务。关于申诉人提供的"工资表"没有被诉人签名，被诉人不承认该证据的真实性。被诉人在财务账上管理人员为"工资账"，劳务人员为"劳务账"。申诉人提供的银行存折上入账时是"工资",是由于银行出账只有"工资"、"奖金"两个项目。《发行站投递员工作考评制度》明确指出本考评制度是为了规范发行站投递员劳务行为,指导劳务工更好地履行劳务。申诉人要求认定为其劳务关系为劳动关系,没有依据。

3. 仲裁结果

劳动争议仲裁委员会认为,申、被诉双方均为《劳动法》调整的劳动关系适格当事人,申诉人作为劳动者具有完全的劳动权利能力和行为能力,而被诉人是具有独立法人资格和用人资格的企业。根据申、被诉双方签订的《劳务责任协议书》和实际的履行,申诉人作为被诉人的投递员,接受被诉人的劳动管理,从事的是被诉人安排的有报酬的劳动,且申诉人提供的劳动是被诉人业务的组成部分,根据劳动和社会保障部《关于确立劳动关系有关事项的通知》第1条的规定,申、被诉双方建立的是劳动关系而非劳务雇佣关系,双方签订的《劳务责任协议书》实为劳动合同。

被诉单位投递员的工作任务为每日 13 时 30 分开始按固定线路投递某晚报,至 18 时结束,申诉人每日工作不超过 5 小时,且被诉人在《劳务责任协议书》中允许包括申诉人在内的投递员,在工作时间之外从事兼职工作,被诉人与申诉人建立的劳动关系,符合用人单位灵活用工、劳动者自主择业的非全日制用工模式。非全日制用工形式突破了传统的每日工作 8 小时,劳动者固定只为一个用人单位提供劳动的全日制用工形式,符合现实生活中用人单位节约用工成本、劳动者充分利用可工作时间获取报酬的双重需要,对此,劳动保障部在《关于非全日制用工若干问题的意见》中加以明确和规范,正式承认了非全日制用工模式,并纳入劳动法的调整范畴。被诉人对包括申诉人在内的投递员的劳动关系,应按非全日制用工模式进行管理,申、被诉双方均应承担相应的劳动权利和义务。

根据《关于非全日制用工若干问题的意见》第 10 条的规定,从事非全日制工作的劳动者应当原则上参照个体工商户的参保办法参加基本养老保险,并可以个人身份参加基本医疗保险。被诉人应当按照双方在《劳务责任协议书》中的约定,凭缴费收据向申诉人支付社保补贴 50 元/月。申诉人要求被诉人补办基本养老保险和医疗保险费的缴交手续，没有依据，仲裁委员会不予支持。被诉人应当按照国家有关规定为非全日制劳动者缴纳工伤保险费，申诉人要求被诉人补办工伤保险费缴交手续，应向社会保险经办机构申请解决，以行政方式处理被诉单位的违法行为。

根据《劳动法》、劳动和社会保障部《关于确立劳动关系有关事项的通知》第1条和《关于非全日制用工若干问题的意见》的规定，劳动争议仲裁委员会裁决确认申、被诉双方存在非全日制用工形式的劳动关系。

4. 作者评析

本案争议的焦点问题有两点：第一，双方之间存在的是劳动关系还是劳务关系；第二，若是劳动关系，则应如何进行管理。

劳务雇佣关系是一般民事经济关系，属于私法调整的范畴，当事人只要具备相应的民事行为能力和权利能力即可，并按照意思自治原则自行约定双方的权利和义务。而劳动关系是不完全的契约关系，属于公法调整的范畴，劳动关系的当事人只能是具有劳动权利能力和行为能力的劳动者与用人单位，此外，国家法律对于劳动权利和义务有非常明确的规定，如社会保险、最低工资标准等，在法律规定的基础上，当事人可在平等自愿、协商一致的基础上约定额外的劳动权利和义务，作为法定权利和义务的补充。

(1) 劳务关系的概念和特征

劳务关系是指两个或两个以上的平等主体之间就劳务事项进行等价交换过程中形成的一种经济关系。劳务关系是一种传统的经济社会关系，它早于现代社会的劳动关系。在产业社会初期，雇佣关系的法律调整一直属于私法范畴。随着经济的不断发展，资本家不断加重对雇佣者的剥削压迫，使得雇佣者不断奋起反抗，迫使国家不得不通过制定法律来维护雇佣者的权利，作为公力干预私域生活的劳□人身保护法律渐渐步出传统民法的私法自治领域。随着劳动保护制度的不断加强，立法不断完善，就出现了较完备的劳动法，适用于调整这类雇佣关系。但传统的雇佣关系一直没有被消灭，在社会生产的各个领域以不同的方式存在着。由于我国立法体制的不完善，使得我国现有雇佣关系有部分得不到法律的调整。我国社会主义改造完成后，国营企业和集体企业吸纳了几乎所有的劳动力，致使劳动与资本合流，政企不分，企业与劳动者之间的社会关系成为了准行政关系。由于这些原因，导致雇佣劳动远离了中国社会长达近30年。20世纪90年代中期，我国在《合同法》的起草论证过程中，针对《经济合同法》、《技术合同法》及《涉外经济合同法》将我国合同制度分割得支离破碎的局面，该法草案曾设"雇佣合同"一章作为有名合同，旨在统一我国合同制度。然而1999年《合同法》出台时"雇佣合同"一章被取消了，我国现今的经济生活根本未超越传统雇佣契约与劳动合同相互协进的历史阶段，社会生活中许多雇佣关系不可能全部受到《劳动法》的规制，民法调整传统雇佣关系仍具有不可替代的作用。

劳务关系是我国《合同法》的调整对象。《合同法》第2条规定："本法所称合同是平等主体的自然人、法人、其他组织之间设立、变更、终止民事权利义务关系的协议。"所以，劳务关系中，劳务提供者可以是自然人、法人或其他组织，雇主也可以是自然人、法人或其他组织。劳务关系是一种顾名思义的通俗称呼，在我国《合同法》中没有这类名词。

劳务关系具有以下特点：

第一，劳务关系主体具有广泛性与平等性。劳务关系的主体既可以是法人之间的关系，也可能是自然人之间的关系，还可能是法人与自然人之间的关系，主体具有广泛性。劳务关系主体地位具有平等性，其性质属于民事法律关系，一方当事人向另一方当事人提供的是活劳动，是一种劳务行为。双方签订合同时应依据《合同法》的公平原则进行。

第二，劳务关系的内容和表现形式具有多样性。除法律有强制性规定以外，劳务关系双方当事人完全可以以其自由意志决定合同的内容及相应的条款，就劳务的提供与使用、受益双方意定，内容既可以属于生产、工作中某项专业方面的需要，也可以属于家庭生活。在劳务关系中，一方当事人向另一方当事人提供的是活劳动，即劳务，它是一种行为。劳务需求方对劳务行为的要求侧重有所不同，或侧重于劳务行为本身即劳务行为的过程，如运输合同；或侧重于劳务行为的结果即提供劳务所完成的劳动成果，如承揽合同。约束劳务关系的合同可以是书面形式，也可以是口头形式和其他形式。

第三，劳务的提供者自主管理，自由支配劳动力。劳务的需求者一般仅享有劳动成果，不对劳务提供者进行管理与控制。劳务的提供者与需求者之间是一种经济关系，劳务需求者只关心劳动成果，而劳务提供者仅需对劳动成果负责，故劳务关系中义务的履行，在无特别约定的情况下，不一定是合同的订立人亲自履行，即可以替代履行。

（2）劳动关系与劳务关系的区别

从以上论述可以看出，劳动关系与劳务关系在某些方面具有相同点，主要表现为两类关系均以劳动之给付为目的，两类合同均为双务、有偿及继续性合同。但这些相同只是形式上的相同，二者还有诸多的区别。

第一，主体方面的不同。根据《劳动合同法》第2条规定："在中华人民共和国境内的企业、个体经济组织（以下统称用人单位）和与之形成劳动关系的劳动者，适用本法。国家机关、事业组织、社会团体和与之建立劳动合同关系的的劳动者，依照本法执行。"劳动关系的主体是确定的，即一方是用人单位，另一方必然是劳动者。原劳动部《关于贯彻执行〈中华人民共和国劳动法〉若干问题的意见》在第一部分适用范围中对此进一步界定，其中第1条明确："劳动法第二条中的'个体经济组织'是指一般雇工在七人以下的个体工商户。"可见，自然人不能以个人名义成为劳动关系中的用工主体，最低限度的要求是必须为经过工商登记的个体工商户。劳动者是符合条件的自然人。劳务关系的主体是不确定的，可能是两个平等主体，也可能是两个以上的平等主体。《合同法》第2条规定："本法所称合同是平等主体的自然人、法人、其他组织之间设立、变更、终止民事权利义务关系的协议。"所以，劳务关系的主体可能是法人之间的关系，也可能是自然人之间的关系，还可能是法人与自然人之间的关系。也就是说劳务关系中，劳务提供者可以是自然人、法人或其他组织，雇主也可以是自然人、法人或其他组织。

第二，客体方面的不同。劳动关系的客体是劳动关系主体双方的权利义务共同指向的对象，即劳动者的劳动行为。劳务关系的客体比较广泛，既包括行为，也包括物、智力成果及与人身不可分离的非物质利益（人格和身份）。

第三，支付报酬的形式不同。劳动关系支付报酬的方式多以工资的方式定期支付（一般是按月支付），有规律性。劳务关系多为一次性的即时清结或按阶段按批次支付，没有一定的规律。

第四，社会关系的性质和稳定性不同。劳动关系两个主体之间不仅存在财产关系即经济关系，还存在着人身关系，即行政隶属关系。也就是说，劳动者除提供劳动之外，还要接受用人单位的管理，服从其安排，遵守其规章制度等。劳动关系双方当事人，虽然法律地位是平等的，但实际生活中的地位是不平等的。这就是我们常说的用人单位是强者，劳动者是弱者。而劳务关系两个主体之间只存在财产关系，或者说是经济关系。即劳动者提供劳务，用人单位支付劳务报酬。彼此之间不存在行政隶属关系，而是一种相对于劳动关系当事人，主体地位更加平等的关系。劳动关系是在用人单位与劳动者之间产生的一种劳动者提供劳动，用人单位付报酬的稳定关系，反映的是一种持续的生产资料、劳动者、劳动对象之间结合的关系，而劳务关系当事人之间体现的是一种即时清结或者延时清结的不稳定关系。

第五，争议解决的程序不同。劳动关系当事人之间发生纠纷，必须先经过劳动争议仲裁委员会的仲裁，劳动仲裁是民事诉讼的前置程序，未经仲裁不得诉讼。当事人向劳动争议仲裁委员会申请仲裁的时效期间为1年。仲裁时效期间从当事人知道或者应当知道其权利被侵害之日起计算。因当事人一方向对方当事人主张权利，或者向有关部门请求权利救济，或者对方当事人同意履行义务，仲裁时效中断。从中断时起，仲裁时效期间重新计算。因不可抗力或有其他正当理由，当事人不能在规定的仲裁时效期间申请仲裁的，仲裁时效中止。从中止时效的原因消除之日起，仲裁时效期间继续计算。劳务关系属于一般民事关系，因此产生的争议属于一般民事纠纷，不由劳动争议仲裁委员会处理，不必经过任何前置程序，可以直接向人民法院提起诉讼。其权利受到保护的诉讼时效期间一般为2年。劳务纠纷诉讼的时效适用《民法通则》关于时效中止和中断的规定。

第六，受国家干预程度的不同。国家常以法律强制性规范规定

44

劳动关系，干预劳动关系内容的确定。以劳动合同的解除为例，用人单位只有在具备劳动法律规定的可以解除合同的条件时，方可解除，而且单方解除的须提前30天通知劳动者，未提前通知的，视为合同未解除。再如，工资的支付，用人单位必须以货币的形式按月支付工资。劳务关系的当事人在约定事项上具有较大的自由协商余地，除非约束劳务关系的劳务合同违反法律、法规的强制性规定，否则，当事人可以基于合同自由原则对合同条款充分协商。在劳务合同中，当事人可以约定解除合同的条件和时间，雇主解除合同是否提前30天通知雇员，由当事人自主约定，法律并不干预；在劳务关系中，当事人有权约定雇主支付工资的形式，既可以约定以人民币支付，也可以约定以其他形式的支付手段（股票、债券、外币等）支付工资；可以按月支付，也可以按年或按日支付。

第七，社会保障方面的不同。在劳动关系中，根据《劳动法》第72、73条之规定，用人单位有义务为劳动者缴纳社会保险费用，以保障劳动者依法享受社会保险待遇。用人单位必须为劳动者缴纳养老保险、大病统筹保险、失业保险，这是用人单位必须履行的法定义务，不得由当事人协商变更。劳务关系中接受劳务一方只需按照劳务合同约定支付报酬即可，不必支付额外的社会保险费用。正是由于劳务关系与劳动关系的上述显著差别，一些用人单位与明明是劳动关系的职工，签订的却是劳务合同，以此逃避应当承担的责任和义务。而不少劳动者由于不是十分了解这两者之间的差别，就糊里糊涂签下了劳务合同，以致自己应有的权利得不到保护。由于某些不法用人单位利用劳务合同欺骗劳动者的现象越来越多，法律法规应尽快明确劳动关系与劳务关系的认定，不能让钻空子者有可乘之机。

（二）劳动合同期满仍在原用人单位工作引发的劳动关系争议

案例指引：张某与某广告公司劳动争议案

1. 争议焦点

劳动合同期满，劳动者仍在原用人单位工作，双方是否存在劳动关系？

2. 基本案情

张某在一家广告公司工作。2007年12月，她与广告公司签订的2年期劳动合同到期。广告公司借口接受行业检查，故意拖延办理员工合同续签事宜。一个月后，张某在上班途中遭遇车祸。事发后，张某要求享受工伤待遇，广告公司则以双方已不存在劳动关系为由予以拒绝。

3. 法院判决

法院审理认为，劳动合同期满后，劳动者仍在原用人单位工作，原用人单位未拒绝的，应视为双方形成不定期劳动合同关系。广告公司虽然未与张某续订合同，但由于双方已经形成了一个多月的事实劳动关系，应视为双方续订了劳动合同。单位应按照有关规定为劳动者提供工伤、医疗待遇。

4. 作者评析

合同到期后，劳动者应该与单位及时续签劳动合同，避免发生纠纷。虽然未续签合同的事实劳动关系亦受法律保护，但在聘用期等问题上仍具有不确定性，劳动者将面临随时被"炒鱿鱼"的风险。劳动者应注意收集用人单位"故意拖延"不续订劳动合同的证据，以便在造成损害后向用人单位索取赔偿。比如要求单位尽快跟自己签订劳动合同的谈话记录、证人证言、单位要求填写的有关表格、单位借口拖延续订的证据等等。工伤的相关规定对于事实劳动关系同样适用。事故发生后，劳动者无需有任何顾虑，可以直接依法向劳动行政部门提出工伤事故认定和工伤保险待遇申请。同时，发生工伤后，不要无期限地等待单位的所谓"说法"，错过申请工伤认定的期限，将给当事人造成损失。

（1）事实劳动关系的分类

根据有关规定，事实劳动关系可分为以下两种：

①原劳动合同到期，单位与职工既未终止劳动关系又未续签劳动合同，但职工仍在原单位工作，所形成的事实劳动关系。此种事实劳动关系又分为两种情况：一种是不符合无固定期限劳动合同的签订条件的。另一种是依据《劳动合同法》第14条和《劳动法》第20条规定，符合无固定期限劳动合同的签订条件的。

②从工作之日起就未签订过劳动合同的事实劳动关系。此类事实劳动关系又分为两种情况：一种是从用工之日起，工作时间不满1

年，不符合无固定期限劳动合同的签订条件的。另一种是自用工之日起满1年不与劳动者订立书面劳动合同的，视为用人单位与劳动者已订立无固定期限劳动合同。

（2）两种事实劳动关系的处理及经济补偿金的支付条件

第一类的第一种情况，应依据《最高人民法院关于审理劳动争议案件适用法律若干问题的解释》第16条及劳动和社会保障部办公厅《关于对事实劳动关系解除是否应该支付经济补偿金问题的复函》之规定，即任何一方提出终止，都应当支持。

第一类第二种情况符合《劳动合同法》第14条规定的条件，用人单位应当与劳动者签订无固定期限劳动合同而未签订的，应视为双方之间存在无固定期限劳动合同关系，并以原合同确定的双方权利义务继续履行，只有出现法律规定可以解除劳动合同的情况，双方才有可能解除劳动关系，而不存在终止的情况，如一方提出解除合同，应按解除劳动合同关系处理。

第二类第一种情况应按原劳动部办公厅《关于用人单位不签订劳动合同，员工要求经济补偿问题的复函》规定，劳动者因要求单位支付经济补偿金发生争议，向劳动争议仲裁委员会申请仲裁，仲裁委员会应当受理，并依据《劳动法》第98条、《违反和解除劳动合同的经济补偿办法》等有关规定处理，即只要具备支付经济补偿金的法定条件的应当支付。

第二类的第二种情况符合《劳动合同法》第14条第3款第2项规定的条件，视为用人单位与劳动者已订立无固定期限劳动合同，其处理办法与第一类第二种情况相同。

第四节　无固定期限劳动合同争议

2007年9月起，企业中接连裁员风潮"地震"般接踵而来：华为的"辞职门"事件；沃尔玛的无原则清退员工事件；四川某央企无故大裁员事件等。以上事件，被认为是用人单位误解《劳动合同法》第14条关于无固定期限劳动合同的相关规定所导致。

《劳动合同法》按劳动合同的期限将劳动合同分为三类：固定期限劳动合同、无固定期限劳动合同和以完成一定工作任务为期限的劳动合同。其中，第14条第1款规定：无固定期限劳动合同，是指用人单位与劳动者约定无确定终止时间的劳动合同。

与之相对应，固定期限劳动合同是指用人单位与劳动者约定合同终止时间的劳动合同。两者最大的区别在于是否可以到期终止。依据法律规定，劳动关系的结束可以分为到期终止和解除两种方式。固定期限劳动合同在约定期限届满时劳动合同效力自然终止，对于不愿意继续使用的员工用人单位只要不续签即可，而无固定期限劳动合同由于没有明确的劳动合同到期的具体时间，因而不存在到期终止，用人单位要想单方结束与劳动者的劳动关系，就必须采取解除合同的方式，而解除劳动合同则必然受到《劳动合同法》等诸多法律法规的限制，因此，诸多企业"害怕"与职工签订无固定期限劳动合同，本质上是对企业应该承担的社会责任的一种逃避。《劳动合同法》的颁布，对无固定期限劳动合同而言，在一定程度上弥补了现行法律的不足，必然会对无固定期限劳动合同的订立和实践起到一定作用。

一、有关无固定期限劳动合同的法律规定

对于无固定期限劳动合同的订立条件，1994年颁布的《劳动法》就已经作出了规定。《劳动合同法》及其实施条例的颁布施行，对无固定期限劳动合同作了更具体的规范，并明确了应当订立无固定期限劳动合同而未订立时的法律责任。相关法律规定见下表：

法律	具体规定	备注
劳动法	第20条　劳动合同的期限分为有固定期限、无固定期限和以完成一定的工作为期限。 　　劳动者在同一用人单位连续工作满十年以上，当事人双方同意续延劳动合同的，如果劳动者提出订立无固定期限的劳动合同，应当订立无固定期限的劳动合同。	
劳动合同法	第12条　劳动合同分为固定期限劳动合同、无固定期限劳动合同和以完成一定工作任务为期限的劳动合同。 第14条　无固定期限劳动合同，是指用人单位与劳动者约定无确定终止时间的劳动合同。 用人单位与劳动者协商一致，可以订立无固定期限劳动合同。有下列情形之一，劳动者提出或者同意续订、订立劳动合同的，除劳动者提出订立固定期限劳动合同外，应当订立无固定期限劳动合同：（一）劳动者在该用人单位连续工作满十年的；（二）用人单位初次实行劳动合同制度或者国有企业改制重新订立劳动合同时，劳动者在该用人单位连续工作满十年且距法定退休年龄不足十年的；（三）连续订立二次固定期限劳动合同，且劳动者没有本法第三十九条和第四十条第一项、第二项规定的情形，续订劳动合同的。 　　用人单位自用工之日起满一年不与劳动者订立书面劳动合同的，视为用人单位与劳动者已订立无固定期限劳动合同。	关于无固定期限劳动合同的详细规定

49

法律	具体规定	备注
	第19条　劳动合同期限三个月以上不满一年的，试用期不得超过一个月；劳动合同期限一年以上不满三年的，试用期不得超过二个月；三年以上固定期限和无固定期限的劳动合同，试用期不得超过六个月。	与无固定期限劳动合同相关的试用期规定
	第41条第2款　裁减人员时，应当优先留用下列人员：……（二）与本单位订立无固定期限劳动合同的；……	
	第82条第2款　用人单位违反本法规定不与劳动者订立无固定期限劳动合同的，自应当订立无固定期限劳动合同之日起向劳动者每月支付二倍的工资。	罚则
劳动合同法实施条例	第18条　有下列情形之一的，依照劳动合同法规定的条件、程序，劳动者可以与用人单位解除固定期限劳动合同、无固定期限劳动合同或者以完成一定工作任务为期限的劳动合同：（一）劳动者与用人单位协商一致的；（二）劳动者提前30日以书面形式通知用人单位的；（三）劳动者在试用期内提前3日通知用人单位的；（四）用人单位未按照劳动合同约定提供劳动保护或者劳动条件的；（五）用人单位未及时足额支付劳动报酬的；（六）用人单位未依法为劳动者缴纳社会保险费的；（七）用人单位的规章制度违反法律、法规的规定，损害劳动者权益的；（八）用人单位以欺诈、胁迫的手段或者乘人之危，使劳动者在违背真	无固定期限劳动合同的解除条件；无固定期限劳动合同并非"铁饭碗"

法律	具体规定	备注
	实意思的情况下订立或者变更劳动合同的；（九）用人单位在劳动合同中免除自己的法定责任、排除劳动者权利的；（十）用人单位违反法律、行政法规强制性规定的；（十一）用人单位以暴力、威胁或者非法限制人身自由的手段强迫劳动者劳动的；（十二）用人单位违章指挥、强令冒险作业危及劳动者人身安全的；（十三）法律、行政法规规定劳动者可以解除劳动合同的其他情形。 第19条　有下列情形之一的，依照劳动合同法规定的条件、程序，用人单位可以与劳动者解除固定期限劳动合同、无固定期限劳动合同或者以完成一定工作任务为期限的劳动合同：（一）用人单位与劳动者协商一致的；（二）劳动者在试用期间被证明不符合录用条件的；（三）劳动者严重违反用人单位的规章制度的；（四）劳动者严重失职，营私舞弊，给用人单位造成重大损害的；（五）劳动者同时与其他用人单位建立劳动关系，对完成本单位的工作任务造成严重影响，或者经用人单位提出，拒不改正的；（六）劳动者以欺诈、胁迫的手段或者乘人之危，使用人单位在违背真实意思的情况下订立或者变更劳动合同的；（七）劳动者被依法追究刑事责任的；（八）劳动者患病或者非因工负伤，在规定的医疗期满后不能从事原工作，也不	

法律	具体规定	备注
	能从事由用人单位另行安排的工作的；（九）劳动者不能胜任工作，经过培训或者调整工作岗位，仍不能胜任工作的；（十）劳动合同订立时所依据的客观情况发生重大变化，致使劳动合同无法履行，经用人单位与劳动者协商，未能就变更劳动合同内容达成协议的；（十一）用人单位依照企业破产法规定进行重整的；（十二）用人单位生产经营发生严重困难的；（十三）企业转产、重大技术革新或者经营方式调整，经变更劳动合同后，仍需裁减人员的；（十四）其他因劳动合同订立时所依据的客观经济情况发生重大变化，致使劳动合同无法履行的。	
最高人民法院关于审理劳动争议案件适用法律若干问题的解释	第16条第2款 根据《劳动法》第二十条之规定，用人单位应当与劳动者签订无固定期限劳动合同而未签订的，人民法院可以视为双方之间存在无固定期限劳动合同关系，并以原劳动合同确定双方的权利义务关系。	

二、有关无固定期限劳动合同的劳动争议

《劳动合同法》第14条放宽了签订无固定期限劳动合同的条件，扩大了必须签订无固定期限劳动合同的范围。依法签订无固定期限劳动合同是用人单位的法定义务。但是在实践中，用人单位以种种理由拒绝与劳动者签订无固定期限劳动合同的情况十分普遍，引发了大量劳动争议。

（一）工作满10年拒不签订无固定期限劳动合同引发的劳动争议

案例指引：杨某与某建筑公司无固定期限劳动合同案

1. 争议焦点

连续工作 11 年是否应当签订无固定期限劳动合同？

2. 基本案情

杨某在一家建筑公司连续工作已 11 年，其劳动合同即将到期，杨某认为公司应与其签订无固定期限劳动合同。可是，当杨某向公司提出该要求时，却遭到了拒绝，公司负责人说要么续签一个 5 年期限的合同，要么终止劳动关系，杨某遂以公司应与其签订无固定期限劳动合同为由申请劳动争议仲裁。

3. 仲裁结果

劳动争议仲裁机关经审理，裁决建筑公司应当与杨某签订无固定期限劳动合同，并按杨某月工资 2 倍的标准支付杨某一月份的工资。

4. 作者评析

首先，建筑公司应当与杨某签订无固定期限劳动合同。《劳动法》第 20 条规定：劳动者在同一用人单位连续工作满 10 年以上，当事人双方同意续延劳动合同的，如果劳动者提出订立无固定期限的劳动合同，应当订立无固定期限的劳动合同。

《劳动合同法》第 14 条第 2 款规定："用人单位与劳动者协商一致，可以订立无固定期限劳动合同。有下列情形之一，劳动者提出或者同意续订、订立劳动合同的，除劳动者提出订立固定期限劳动合同外，应当订立无固定期限劳动合同：（一）劳动者在该用人单位连续工作满十年的；（二）用人单位初次实行劳动合同制度或者国有企业改制重新订立劳动合同时，劳动者在该用人单位连续工作满十年且距法定退休年龄不足十年的；（三）连续订立二次固定期限劳动合同，且劳动者没有本法第三十九条和第四十条第一项、第二项规定的情形，续订劳动合同的。"

据此，本案中杨某符合订立无固定期限劳动合同的条件。当杨某要求订立该种合同时，建筑公司予以拒绝，这是违法的。

其次，劳动仲裁机关裁决建筑公司双倍支付杨某工资是有法律依据的。《劳动合同法》第 82 条第 2 款规定：用人单位违反本法规定不与劳动者订立无固定期限劳动合同的，自应当订立无固定期限劳动合同之日起向劳动者每月支付2倍的工资。

应当说明的是，签订了无固定期限劳动合同，并不意味着劳动关系可存续至劳动者退休。实践中，不少人认为签订了无固定期限劳动合同，就等于有了"铁饭碗"。其实不然，无固定期限合同只是无确定终止时间的劳动合同，并非终身合同。因为它有法定的解除、终止条件。只要出现《劳动合同法》第39、40、41条所规定的可以解除劳动合同的情况，如劳动者违反规章制度，严重失职、营私舞弊，给单位造成重大损失的等，用人单位仍然可以解除无固定期限劳动合同。

（二）以短期劳动合同代替无固定期限劳动合同引发的劳动争议

案例指引：中国工商银行某市支行与余某无固定期限劳动合同争议案

1. 争议焦点

连续工作19年，用人单位是否可以只签订为期1年的劳动合同？

2. 基本案情

中国工商银行某市支行职工余某在本单位连续工作了19年，在合同期限届满之时，单位发出了续订劳动合同意向书，余某向单位明确提出：（1）同意续签劳动合同；（2）要求订立无固定期限劳动合同；（3）在劳动合同条款和义务方面要求进行平等、自愿、协商一致。但单位只同意与余某签订为期1年的劳动合同，导致续签合同未成，该支行向余某发出终止劳动合同通知书。余某遂向劳动争议仲裁委员会申请仲裁，要求该支行与其签订无固定期限劳动合同。

3. 仲裁结果

劳动争议仲裁委员会经过审理查明，余某申诉的情况属实，遂裁决支持了余某的申诉请求，裁决该中国工商银行某市支行与余某签订无固定期限劳动合同。

4. 作者评析

本案争议的焦点是，在同一单位连续工作满10年的劳动者是否有权要求用人单位订立无固定期限的劳动合同。根据《劳动合同法》第14条第2款第一项的规定，劳动者在该用人单位连续工作满10

年的，如果劳动者提出订立无固定期限的劳动合同，用人单位应当与其订立无固定期限的劳动合同。

实践中，有的用人单位会无视《劳动合同法》中关于10年工作期限的规定，任意侵犯劳动者受法律保护的合法权益。《劳动合同法》规定了不依法签订无固定期限劳动合同时的法律责任，即该法第82条第2款规定："用人单位违反本法规定不与劳动者订立无固定期限劳动合同的，自应当订立无固定期限劳动合同之日起向劳动者每月支付二倍的工资。"因此本案中，劳动争议仲裁委员会裁定该单位与余某订立无固定期限劳动合同是正确的，且该单位应该承担向余某支付应签订无固定期限劳动合同之日起算的2倍工资。

（三）工作时间计算引发的劳动争议

案例指引：某建设工程公司与梁某劳动争议案

1. 争议焦点

梁某在某建设工程公司的工作时间是否符合签订无固定期限劳动合同的标准？

2. 基本案情

梁某于1985年进入某水利工程总队工作，双方于1995年10月21日签订了期限为自1995年10月21日至2005年12月31日的《劳动合同书》。2001年8月26日，某建设工程公司经工商登记成立，某水利工程总队是其股东之一。2002年6月20日，某水利工程总队和某建设工程公司作出了《解除、订立劳动合同通知书》，内容为："梁某同志，你与'某水利工程总队'签订的劳动合同，由于在政府的指导下进行企业改制，已无法继续有效履行，且个人身份置换金已经支付，改制政策已经享受完毕，因此自2002年6月30日即时解除；由'某建设工程公司'与你重新订立劳动合同，本合同2002年7月1日起生效。由于工作量巨大故推迟至2002年7月31日前发到你手中。特此通知。"

2002年7月1日，某建设工程公司与梁某签订《劳动合同书》，合同期限为2002年7月1日至2005年6月30日，后双方于2005年7月1日将劳动合同续订至2006年6月30日止。2006年6月30日劳动合同到期后双方未再签订《劳动合同续订书》。梁某进入某建设工程公司后仍在原工作岗位从事原职务工作，较之其在某水利工程总队工作相比未发生变化。2007 年 5 月 31 日某建设工程公司作出《通知》并向梁某送达，内容为："梁某同志，你与某建设工程公司所签订的劳动合同将于 2007 年 6 月 30 日届满。经公司研究决定不再与你继续签订劳动合同。如需调动工作单位或转入职介中心，请于 2007 年 6 月 30 日前办理。过期将按照有关程序转移档案关系，其他手续另行通知。特此通知。"

梁某以要求某建设工程公司与其签订无固定期限劳动合同为由申诉至北京市海淀区劳动争议仲裁委员会。2007 年 9 月 14 日，仲裁委员会裁决如下：某建设工程公司与梁某签订无固定期限劳动合同。

某建设工程公司不服劳动争议仲裁委员会裁决，向一审法院起诉称，2002 年某水利工程总队根据国家有关政策决定减持在某建设工程公司的国有股转让给职工，自愿受让股权的职工可以与某水利工程总队解除劳动合同并以解除合同的身份置换金及配送的工资结余股作为受让上述国有股的出资而成为某建设工程公司员工及职工持股会会员。据此，梁某自愿领取了在某水利工程总队的身份置换金 38，862 元并将该款及某水利工程总队赠送的工资结余转配股 18 581.69 元连同个人现金出资 6500 元作为入资交付给某建设工程公司。梁某与某水利工程总队的劳动合同已经解除，其在某建设工程公司工作不满 10 年且已解除劳动合同，故梁某不具备与某建设工程公司签订无固定期限劳动合同的条件。请求判令：（1）确认某建设工程公司不应与梁某签订无固定期限劳动合同；（2）确认某建设工程公司与梁某解除劳动关系；（3）诉讼费由梁某承担。

梁某在原审法院答辩称：某建设工程公司称双方曾于 2002 年解除劳动合同没有事实依据。我从 1987 年参加工作至今一直是某水利工程总队职工，未解除劳动关系，且从未领取经济补偿金。我与其他职工签字的身份置换金并非经济补偿金，某建设工程公司在让职工签字时称以股权的形式体现奖励，是依据法律政策用公司增值的净资产奖励给员工的入资款，该款不直接领取，而是直接兑现成奖励职工的公司股份。我在某建设工程公司连续工作时间超过 10 年，完全符合签订无固定期限劳动合同的法律条件。综上，我不同意某建设工程公司的诉讼请求。

对某水利工程总队和某建设工程公司联合作出的《解除、订立劳动合同通知书》，梁某否认某水利工程总队和某建设工程公司向其送达过；某建设工程公司则主张是集体发放的通知书，故无梁某签收的证据。

审理中，某建设工程公司为证明某水利工程总队向梁某支付的解除劳动合同经济补偿金已包含在梁某的入资款中，向法庭提供了有梁某签字的《某建设工程公司身份置换金领取表》，表上记载梁某领取的身份置换金为 38，862 元；某建设工程公司还提供了一份 2002 年 5 月 28 日的"收据"，其上注明某建设工程公司收到梁某入资款 639，43.69 元。梁某对"收据"真实性不持异议，但主张款项名目是入资款而非经济补偿金。

3. 法院判决

一审法院经审理认为：梁某与某建设工程公司于 2002 年 7 月 1 日签订《劳动合同书》，双方依法建立劳动关系，该劳动合同于 2006 年 6 月 30 日期限届满后，双方均未作出终止劳动关系的意思表示，且梁某仍在某建设工程公司工作，故双方于劳动合同期限届满后形成事实劳动关系。鉴于双方已形成事实劳动关系，故某建设工程公司于 2007 年 5 月 31 日以双方劳动合同将于 2007 年 6 月 30 日届满故不再继续签订劳动合同为由通知终止与梁某的劳动关系缺乏依据，不发生法律效力。对于某建设工程公司主张某水利工程总队已解除与梁某劳动关系一节，某建设工程公司未能向法庭提供已向梁某有效送达 2002 年 6 月 20 日《解除、订立劳动合同通知书》的证据；同时，某建设工程公司亦不能证明向梁某支付的"身份置换金"系"解除劳动合同的经济补偿金"，梁某对于某建设工程公司关于两者等同的主张亦不予认可，故法院对于某建设工程公司所持某水利工程总队与梁某的劳动关系已于 2002 年 6 月 30 日解除的主张不予认可。既然梁某未与水利工程总队解除劳动关系，而梁某进入某建设工程公司后工作岗位及职务并未发生变化，故法院认为此系劳动关系主体的变更。根据《北京市劳动局关于解除劳动合同计发经济补偿金有关问题处理意见的通知》第 3 条规定，"因用人单位合并、兼并、合资、单位改变性质、法人改变名称或职工成建制调动、组织调动等原因而改变工作单位的，其改变前在原单位的工作时间应计算为在本单位的工作时间。"因此，梁某在某水利工程总队的工作时间应连续计算在某建设工程公司的工作时间，即梁某在某建设工程公司的连续工作时间已满10年。根据劳动法的有关规定，梁某要求签订无固定期限劳动合同的，某建设工程公司应该与梁某签订无固定期限劳动合同。依据《劳动法》第20条第2款，判决：某建设工程公司与梁某存续劳动关系，某建设工程公司于本判决生效后7日内与梁某签订无固定期限的劳动合同。

某建设工程公司不服一审法院判决，向二审法院提起上诉，请求撤销原判，依法支持上诉人在一审的诉讼请求。二审法院经审理后认为：本案争议的焦点有以下两个方面：(1) 梁某与某建设工程公司之间的劳动合同是否已经解除。(2) 梁某是否符合签订无固定期限劳动合同的条件。

(1) 关于梁某与某建设工程公司之间的劳动合同是否已经解除

梁某与某建设工程公司于2002年7月1日签订《劳动合同书》，双方依法建立劳动关系，双方的权利、义务受《劳动法》调整。梁某的劳动合同于2006年6月30日期限届满后，双方均未作出终止劳动关系的意思表示，且梁某仍在某建设工程公司工作，故双方于劳动合同期限届满后形成事实劳动关系。鉴于双方已形成事实劳动关系，故某建设工程公司于2007年5月31日以双方劳动合同将于2007年6月30日届满故不再继续签订劳动合同为由通知终止与梁某的劳动关系缺乏依据，因此不发生法律效力。

对于某建设工程公司主张某水利工程总队已解除与梁某劳动关系一节，某建设工程公司未能向法庭提供已向梁某有效送达2002年6月20日《解除、订立劳动合同通知书》的证据；同时，某建设工程公司亦不能证明向梁某支付的"身份置换金"系"解除劳动合同的经济补偿金"，且某建设工程公司在二审中提供的四份证据亦无法证明其以上观点，梁某对于某建设工程公司关于两者等同的主张亦不予认可。故法院对于某建设工程公司所持某水利工程总队与梁某的劳动关系已于2002年6月30日解除的主张不予认可。

(2) 梁某是否符合签订无固定期限劳动合同的条件

既然梁某未与水利工程大队解除劳动关系，而梁某进入某建设工程公司后工作岗位及职务并未发生变化，故法院认为此系劳动关系主体的变更。根据《北京市劳动局关于解除劳动合同计发经济补偿金有关问题处理意见的通知》第 3 条规定,"因用人单位合并、兼并、合资、单位改变性质、法人改变名称或职工成建制调动、组织调动等原因而改变工作单位的,其改变前在原单位的工作时间应计算为在本单位的工作时间。"因此,梁某在某水利工程总队的工作时间应连续计算在某建设工程公司的工作时间,即梁某在某建设工程公司的连续工作时间已满 10 年。根据《劳动法》第 20 条第 2 款及《北京市劳动合同规定》第 45 条之规定,梁某要求签订无固定期限劳动合同的,某建设工程公司应该与梁某签订无固定期限劳动合同。

据此,二审法院判决:驳回上诉,维持原判。

4. 作者评析

(1) 某水利工程总队与梁某之间的劳动合同是否已经解除

本案虽为无固定期限劳动合同订立的争议,但解决该问题的前提却是确定某水利工程总队与梁某之间的劳动关系是否已经解除,从而确定梁某在某建设工程公司的工作时间是否符合签订无固定期限劳动合同的标准。

由于本案发生在《劳动合同法》实施之前,依据《劳动法》第26 条,劳动合同订立时所依据的客观情况发生重大变化,致使原劳动合同无法履行,经当事人协商不能就变更劳动合同达成协议的,用人单位可以解除劳动合同,但是应当提前 30 日以书面形式通知劳动者本人。《劳动合同法》第 40 条亦有相同规定。对于《劳动法》的这一规定,原劳动部《关于〈劳动法〉若干条文的说明》第 26条规定,本条中的"客观情况"指:发生不可抗力或出现致使劳动合同全部或部分条款无法履行的其他情况,如企业迁移、被兼并、企业资产转移等,并且排除本法第 27 条所列的客观情况。

依据以上规定,用人单位解除劳动合同的,应该符合《劳动法》第 26 条所规定的三项标准,且依法履行通知义务。同时根据《最高人民法院关于审理劳动争议案件适用法律若干问题的解释》第 13 条之规定:因用人单位作出的开除、除名、辞退、解除劳动合同、减少劳动报酬、计算劳动者工作年限等决定而发生的劳动争议,用人单位负举证责任。本案中,某水利工程总队转换为某建设工程公司系国企改制,若某水利工程总队欲证明其已与梁某解除劳动合同,首先需证明其已经履行了法定的通知义务。

从本案情况来看，某水利工程总队和某建设工程公司于 2002 年 6 月 20 日作出了《解除、订立劳动合同通知书》，用以解除某水利工程总队和梁某的劳动合同。对此《解除、订立劳动合同通知书》是否合法送达至梁某，应由某建设工程公司负举证责任。梁某否认某水利工程总队和某建设工程公司向其送达过，而某建设工程公司则主张是集体发放的通知书，故无梁某签收的证据。因某建设公司无法证明梁某已收到该《解除、订立劳动合同通知书》，应视为该《解除、订立劳动合同通知书》未合法送达。据此，可以认为某水利工程总队与梁某之间的劳动合同并未解除。

（2）身份置换金是否等同于经济补偿金

身份置换金是否应等同于经济补偿金，是本案的核心问题，也是双方当事人在法庭上激烈争论的焦点。

依据《劳动法》第 28 条规定：用人单位依据本法第 24 条、第 26 条、第 27 条的规定解除劳动合同的，应当依照国家有关规定给予经济补偿。

《劳动合同法》第 46 条亦规定：有下列情形之一的，用人单位应当向劳动者支付经济补偿：……（3）用人单位依照本法第四十条规定解除劳动合同的；……。

本案中，某建设工程公司为证明某水利工程总队向梁某支付的解除劳动合同经济补偿金已包含在梁某的入资款中，向法庭提供了有梁某签字的《某建设工程公司身份置换金领取表》，表上记载梁某领取的身份置换金为 38，862 元。某建设公司据此主张该身份置换金即为某水利工程总队与梁某解除劳动合同的经济补偿金，该身份置换金的计算方法也是按照解除劳动合同的经济补偿金进行计算，该身份置换金已与配送的工资结余股作为国有股的入资款；梁某领取了身份置换金，即为领取了解除劳动合同的经济补偿金。而梁某对"收据"真实性不持异议，但主张款项名目是入资款而非经济补偿金。

既然双方对身份置换金的性质存在严重争议，我们就来研究一下身份置换金背后的法律问题。

身份置换主要指国企（不包括集体和民营企业）在所有制性质发生变化时，在职职工身份的转换。为了顺利改制，地方政府按工龄和当地职工收入等因素给付这些职工一笔费用，这笔费用就叫身份置换金（费）。

关于身份置换金，惟一的"依据"在于：2003年7月3日，财政部、劳动和社会保障部与国有资产管理局联合出台了一个国有企业主辅分流的方案，其中规定职工从国有大中型企业分流到国企，不给经济补偿金，分流到其他企业给经济补偿金。我国现行的与劳动法相关的法律法规中并无身份置换金的相关规定。

在学界，学者普遍认为身份置换金和经济补偿金不是一个概念。经济补偿金是提前解除劳动合同的一种补偿，身份置换金是地方土政策。各地政府关于身份置换金的做法是安民政策，引起诉讼的话，不应该得到法律的支持。身份置换金和经济补偿金不同点很多，原因、结果、依据等都不同，用身份置换金代替经济补偿金，是对职工权益的侵犯。[①]

据此可以看出，身份置换金并不等同于经济补偿金，身份置换金没有法律依据但给付并不违法；经济补偿金的给付是有严格的法律规定的，是法定义务，必须给付。

显然，本案中的某建设工程公司主张梁某已经收到单位的身份置换金，并据此认为某水利工程总队已经与梁某解除劳动合同并支付了经济补偿金，这种观点不应得到支持。

（3）梁某是否符合签订无固定期限劳动合同的条件

目前，关于无固定期限劳动合同订立的法律规定前表已经列明，此处不再赘述。

本案中，某建设工程公司认为梁某与某水利工程总队的劳动合同已经解除，其在某建设工程公司工作不满10年，故梁某不具备与某建设工程公司签订无固定期限劳动合同的条件。但从以上分析可知，梁某并未与某水利工程大队解除劳动关系，虽然梁某与某建设工程公司之间又于2002年7月1日签订《劳动合同书》，但因某建设工程公司与某水利工程总队之间系国企改制关系，且梁某进入某建设工程公司后仍在原工作岗位从事原职务工作，较之其在某水利工程总队工作相比未发生变化，故应视为双方仅劳动关系主体发生

---

① 李秀平："身份置换费的猫步"，载《法律与生活》，2004年第6期。

了变更。

《北京市劳动局关于解除劳动合同计发经济补偿金有关问题处理意见的通知》第3条规定："因用人单位合并、兼并、合资、单位改变性质、法人改变名称或职工成建制调动、组织调动等原因而改变工作单位的，其改变前在原单位的工作时间应计算为在本单位的工作时间。"依据该条文，梁某在某水利工程总队的工作时间应连续计算在某建设工程公司的工作时间，即梁某在某建设工程公司的连续工作时间已满10年。根据《劳动法》第20条及《北京市劳动合同规定》第45条之规定，梁某要求签订无固定期限劳动合同的，某建设工程公司应该与梁某签订无固定期限劳动合同。

第二章 劳动合同履行争议处理

第一节 试用期争议

试用期是用人单位和劳动者为相互了解、选择而约定的不超过 6 个月的考察期。用人单位可以利用这一考察期考察劳动者是否胜任工作，避免用人单位遭受不必要的损失。劳动者可以利用这一考察期进一步了解用人单位的工作内容、劳动条件、劳动报酬等是否符合劳动合同的约定，从而维护自身的利益。

但是，在实际用工过程中，由于用人单位居于强势地位，滥用试用期侵犯劳动者权益的现象比较普遍，包括什么样的劳动岗位需要约定试用期，约定多长的试用期，试用期的工资待遇，以什么作为参照设定试用期等，实践中比较混乱。试用期问题也成为《劳动合同法》立法过程中劳动者意见最多的问题之一。因此，很有必要专门就与试用期有关的法律问题及争议进行详细论述。

一、有关试用期的法律规定

《劳动法》规定，劳动合同可以约定试用期。试用期最长不得超过 6 个月。实践当中，用人单位通常不管是什么性质、多长期限的工作岗位，也不管有没有必要约定试用期，一律约定试用期，只要期限不超过劳动法规定的 6 个月即可，用足法律规定的上限。有的用人单位与劳动者签 1 年期限的劳动合同，其中半年为试用期；有的生产经营季节性强的用人单位甚至将试用期与劳动合同期限合二为一，试用期到了，劳动合同也到期了；有的劳动者在同一用人单位往往被不止一次约定试用期，换一个岗位约定一次试用期。

有鉴于用人单位上述滥用试用期、侵犯劳动者合法权益的行为，《劳动合同法》在坚持《劳动法》确立的劳动合同试用期制度框架基础上，对试用期的内容作了补充和完善，对试用期与劳动期限的关系，试用期的次数，试用期的工资待遇，试用期用人单位和劳动者合同解除权的行使，违反试用期的法律责任等问题做出了有针对性的规定。《劳动合同法实施条例》在《劳动合同法》的基础上对试用期的起算进行了明确。

有关试用期的法律规定具体见下表：

法律	规定	备注
劳动法	第21条　劳动合同可以约定试用期。试用期最长不得超过六个月。	试用期的原则性规定
劳动合同法	第19条　劳动合同期限三个月以上不满一年的，试用期不得超过一个月；劳动合同期限一年以上不满三年的，试用期不得超过二个月；三年以上固定期限和无固定期限的劳动合同，试用期不得超过六个月。 同一用人单位与同一劳动者只能约定一次试用期。 以完成一定工作任务为期限的劳动合同或者劳动合同期限不满三个月的，不得约定试用期。 试用期包含在劳动合同期限内。劳动合同仅约定试用期的，试用期不成立，该期限为劳动合同期限。 第20条　劳动者在试用期的工资不得低于本单位相同岗位最低档工资或者劳动合同约定工资的百分之八十，并不得低于用人单位所在地的最低工资标准。 第21条　除劳动者有本法第三十九条和第四十条第一项、第二项规定的情形外，用人单位不得解除劳动合同。用人单位在试用期解除劳动合同的，应当向劳动者说明理由。	

法律	规定	备注
	第37条 ……劳动者在试用期内提前三日通知用人单位,可以解除劳动合同。 第70条 非全日制用工双方当事人不得约定试用期。 第83条 用人单位违反本法规定与劳动者约定试用期的,由劳动行政部门责令改正;违法约定的试用期已经履行的,由用人单位以劳动者试用期满月工资为标准,按已经履行的超过法定试用期的期间向劳动者支付赔偿金。	对劳动法试用期制度的补充和细化:试用期与劳动合同种类的关系、试用期和劳动合同期限的关系、试用期的起算、试用期的次数、试用期的待遇、试用期劳动合同的解除、违法试用期的法律责任
劳动合同法实施条例	第15条 劳动者在试用期的工资不得低于本单位相同岗位最低档工资的80%或者不得低于劳动合同约定工资的80%,并不得低于用人单位所在地的最低工资标准。	试用期的工资待遇:双重最低限制

二、有关试用期的常见劳动争议

(一) 试用期约定方式或期限不合法而引发的劳动争议

虽然我国法律对于试用期已经有明确的规定,但一些用人单位在劳动合同试用期上仍然存在不规范的行为。一些企业以试用为由在试用期上玩花招,设置种种陷阱,以逃避自身义务,侵犯劳动者合法权益。其中最典型的侵权行为有试用期不签订劳动合同,试用期遥遥无期,非法延长试用期。

案例指引:赵某诉某公司劳动争议案

1. 争议焦点

用人单位是否可以考评未通过为由延长试用期?

2. 基本案情

2003年2月28日赵某与某公司签订了期限从2003年3月1日到2004年2月29的劳动合同,期中前两个月为试用期,试用期工资为2500元,试用期后工资为3000元。赵某3月3日开始上班,五一期间按公司规定领取了过节费500元。5月9日某公司书面通知赵某,因其未通过试用期考评,按公司的规章制度,对第一次不能通过考评的试用期员工,公司暂不录用,延长试用2个月后,考评通过的,才予以录用。6月30日公司书面通知赵某因其不能胜任工作,未通过公司第二次考评,公司决定不予录用,要求他当日结算工资,完成工作交接手续。赵某对公司的做法表示愤怒,要求公司支付解除劳动合同的经济补偿金,但被拒绝。赵某向劳动争议仲裁委员会提出申诉,要求某公司补发2003年5月、6月转正工资的差额部分,并支付赵某1个月的工资。

某公司认为公司在试用期解除不符合录用条件的职工,是用人单位的权利,根据规定也不需提前30天通知或支付一个月工资。赵某未能按时获得公司转正,原因在于其自身水平达不到公司要求,单位要求延长试用期,他也并未提出异议,故单位继续支付试用期工资并无不妥。

仲裁委员会认为,试用期中,某公司应当及时对赵某进行各方面的考核,决定是否予以录用,认为赵某不能胜任的,应当在试用期内决定与其解除劳动关系,单方延长试用期的做法欠妥。但因赵某并未及时提出异议,试用期的延长可视为经过了赵某同意。根据《上海市劳动合同条例》的有关规定,劳动合同期为1年的,试用期最长为3个月,故双方只能将2003年5月作为试用期,6月份应当作为试用期后的正式合同履行期。合同履行期间,某公司应当发给赵某转正待遇,提出解除劳动合同的,应当提前30天通知,并在30天内继续承担用人单位的义务。故裁决某公司补发赵某2003年6月的工资500元,因未提前30天通知解除劳动合同,应支付赵某一个月的工资2750元。

某公司不服,向法院提起诉讼。

3. 法院判决

法院认为，某公司在试用期内应及时对赵某考评，决定是否予以录用。试用期经过即进入正式合同履行期，双方均负有完全履行合同约定的义务。试用期过后，某公司单方决定延长试用期的做法没有法律依据，其延长试用期的通知不能作为双方协商一致延长试用期的依据，故对其提出的延长试用期不予采信。赵某虽继续在某公司工作，但因试用期延长未经赵某同意，只能视为赵某在继续履行劳动合同。合同履行期间，某公司应当按合同的约定，给付赵某转正待遇；解除劳动合同的，应当提前30天通知，未提前通知的，应自通知之日起30天内继续承担用人单位的义务，支付赵某1个月的工资。故判决：某公司补发赵某2003年5月、6月工资1000元，支付一个月的工资2875元。

　　4. 作者评析

　　本案审理时，《劳动合同法》尚未出台，法院不认可某公司提出的延长试用期的主张的依据是双方对于延长试用期并未达成意思表示一致，公司单方面延长试用期的做法没有法律依据。这种观点当然符合法律规定。但是，《劳动合同法》生效以后，法院今后碰到类似问题，无需再援用合同法有关意思表示的规定，完全可以按照《劳动合同法》有关规定，径行判决用人单位延长试用期的做法无效。

　　根据《劳动合同法》等法律有关规定，试用期应当同时具备五个方面的要件才能被认定合法有效：

　　一是建立劳动关系的用人单位和劳动者订立了书面劳动合同，如果双方当事人建立劳动关系没有通过订立书面劳动合同的形式进行，那么试用期不成立。

　　二是当事人订立的确定双方劳动关系的书面劳动合同合法有效。

　　三是当事人订立的合法有效的书面劳动合同约定了试用期。试用期是一个约定的条款，如果双方没有事先约定，用人单位就不能以试用期为由解除劳动合同。劳动合同双方当事人必须就试用期条款充分协商，取得一致，试用期条款才能成立。合同是双方当事人意思表示一致的结果，是在互利互惠基础上充分表达各自意见，并就合同条款取得一致后达成的协议。因此，任何一方都不得凌驾于另一方之上，不得把自己的意志强加给另一方，更不得以强迫命令、胁迫等手段签订劳动合同试用期条款。如果书面劳动合同中没有约定试用期，劳动合同一方当事人单方面规定的试用期并不能当然地成为劳动合同中的试用期。实践中，很多用人单位错误地认为，既然在招聘简章、招聘文件或在招聘、面试、培训过程中用人单位已经告知劳动者或用人单位规章制度已经统一规定有试用期，就没有必要在劳动合同中重复约定。这种观点是错误的。根据法律规定，这种情况不产生试用期的法律约束力。

四是试用期的长短符合《劳动合同法》的规定。《劳动合同法》第19条限定了能够约定试用期的固定期限劳动合同的最短期限，并且在劳动法规定试用期最长不得超过6个月的基础上，根据劳动合同期限的长短，将试用期细化。具体规定是：劳动合同期限在3个月以上的，可以约定试用期。也就是说，固定期限劳动合同能够约定试用期的最低起点是3个月。劳动合同期限1年以上3年以下的，试用期不得超过2个月；3年以上固定期限和无固定期限的劳动合同试用期不得超过6个月。以完成一定工作任务为期限的劳动合同或者劳动合同期限不满3个月的，不得约定试用期。试用期包含在劳动合同期限内。劳动合同仅约定试用期的，试用期不成立，该期限为劳动合同期限。

在实践当中，与《劳动合同法》相比，有些地方规定了对劳动者更有利的规定，如《上海市劳动合同条例》对试用期的期限作出规定："劳动合同期限不满六个月的，不得设试用期；满六个月不满一年的，试用期不得超过一个月；满一年不满三年的，试用期不得超过三个月；满三年的，试用期不得超过六个月。"此时，发生试用期争议的，应当按照有利于劳动者利益的原则，适用该地方性法规。

五是试用期的次数符合《劳动合同法》的规定。《劳动合同法》第19条第2款规定，同一用人单位与同一劳动者只能约定一次试用期。这包括四方面的意义：其一，在试用期内解除劳动合同，不管是用人单位解除还是劳动者解除，用人单位再次招用该劳动者时，不得再约定试用期。其二，劳动者试用期结束后，不管是在劳动合同期限内，还是劳动合同续订，用人单位不得再约定试用期，用人单位也不得延长或增加试用期。其三，在试用期结束解除劳动合同后又招用该劳动者的，用人单位不得再约定试用期。其四，劳动合同续订或者劳动合同终止后一段时间又招用劳动者的，对该劳动者用人单位不得再约定试用期。

（二）试用期工资待遇违法而引发的劳动争议

用人单位滥用试用期的第二个表现是试用期间付给劳动者的薪金待遇低。实践中，试用期劳动者薪金待遇低的现象非常普遍，很多用人单位视试用人员为廉价劳动力，任意压低基本薪水，甚至不给工资。这也是用人单位热衷于约定试用期的重要原因之一。因此而引发的劳动争议也不在少数。

案例指引：张某诉某公司劳动争议案

1. 争议焦点

试用期的工资是否可以低于最低工资？

2. 基本案情

2006 年 8 月 7 日，张某应聘到某公司，并与公司签订了"试用员工工资、奖金制度"协议。协议约定：张某应聘润滑油的销售工作，试用期为 3 个月，基本工资为 1000 元，奖金在公司所派任务完成的情况下每桶提取 10 元。如未完成销售任务每月结款 10 桶润滑油，公司有权给予处罚或者不发试用期基本工资。张某称，他从合同签订之日起便开始上班，但是由于任职期间他未能推销出润滑油，公司拒绝向其支付工资。9 月 18 日，张某申请辞职。后向劳动争议仲裁委员会提出仲裁申请，要求公司支付工资，仲裁委员会裁决支持了张某的请求。某公司不服向法院提起诉讼。

3. 法院判决

法院经审理认为，有关协议违反了《劳动法》关于用人单位支付给劳动者的工资不得低于当地最低工资标准，工资应当按月支付给劳动者本人，不得克扣或者无故拖欠劳动者工资的规定。裁定该条款的约定，不具有法律效力，某公司应按协议约定每月 1000 元的标准向张某支付试用期工作期间的工资。

4. 作者评析

最低工资标准制度是维护劳动者取得劳动报酬的合法权益，保障劳动者个人及其家庭成员的基本生活的而建立的基本劳动制度。根据《劳动法》和《最低工资规定》的有关规定，用人单位支付劳动者的工资不得低于当地最低工资标准。低于当地最低工资标准支付劳动者工资的，由劳动行政部门责令支付劳动者的工资报酬、经济补偿，并可以责令支付赔偿金。试用期的工资虽然可以适当低于试用期满的工资，但也不能低于当地最低工资标准。本案中，某公司以张某试用期未完成销售任务而不发试用期基本工资，违反最低工资标准的法律强制性规定，归于无效。

《劳动合同法》和《劳动合同法实施条例》在最低工资制度的基础之上，对试用期间劳动者待遇过低或得不到保障突出的问题，做出了有针对性的规定。《劳动合同法》第 20 条规定，劳动者在试用期的工资不得低于本单位相同岗位最低档工资或者劳动合同约定工资的 80%，并不得低于用人单位所在地的最低工资标准。《劳动合同法实施条例》第 15 条对此进行细微调整，规定：劳动者在试用期的工资不得低于本单位相同岗位最低档工资的 80% 或者不得低于劳动合同约定工资的 80%，并不得低于用人单位所在地的最低工资标准。对本条的理解，应把握以下几点：

第一，劳动者和用人单位双方当事人在劳动合同里约定了试用期工资，而约定的试用期工资又高于本条规定的标准的，按约定执行。

第二，约定试用期工资应当体现同工同酬的原则。试用期间对于劳动者而言主要是一个熟悉工作环境、了解工作内容，学习业务流程的过程，向用人单位提供的劳动价值较之相同岗位的正式工要少，法律也允许用人单位酌情减少劳动者试用期的工资。但是，任何劳动者进入新的用人单位和工作岗位都有一个适应的过程，而且试用期的劳动者的工作时间与相同岗位的正式工并无二致，因此，法律不允许劳动者试用期的工资与转正后的工资或相同岗位的其他正式工的工资有太大差异。

第三，劳动者在试用期的工资，本条实际上规定了两个最低标准：一是不得低于本单位同岗位最低档工资的 80%；二是劳动合同约定工资的 80%。这就存在着按哪一个标准执行的问题，正确的理解应当是条文里两者相比取其高。

第四，劳动者在试用期的工资不得低于用人单位所在地的最低工资标准。《劳动法》第 48 条规定，国家实行最低工资保障制度。用人单位支付劳动者的工资不得低于当地最低工资标准。

第五，法律允许在试用期内的工资与试用期满后的工资有所差异，但劳动者的权利并不受试用期的影响。这些权利包括取得劳动报酬的权利、休息休假的权利、获得劳动安全卫生保护的权利、接受职业技能培训的权利、享受社会保险和福利的权利、提请劳动争议处理的权利以及法律规定的其他劳动权利。还包括依照法律规定，通过职工大会、职工代表大会或者其他形式，参与民主管理或者就保护劳动者合法权益与用人单位进行平等协商的权利。不能因为试用期的身份而加以限制，与其他劳动者区别对等。

（三）试用期违法解除劳动合同而引发的劳动争议

用人单位滥用试用期的第三种表现形式是试用期内随意解聘，变相盘剥劳动者。因为按照现行《劳动法》规定，劳动者在试用期内如达不到录用条件，用人单位可以随时解除劳动合同，且不用支付任何经济补偿。于是，有的用人单位在生产旺季大量招人，而在试用期结束前突然解除劳动合同。对此，《劳动合同法》对于在试用期中用人单位解除劳动合同进行了规范和限制，下文将结合案例对此进行详细阐述。

案例指引：朱某与某科技情报研究所劳动合同纠纷上诉案

1. 争议焦点

用人单位是否能以劳动者试用期未能按时完成指定工作等为由解除劳动合同？谁应当承担举证责任？

2. 基本案情

1999 年 8 月 1 日，朱某与科情所订立了劳动合同，约定：本合同自 1999 年 8 月 7 日起生效，生效前 3 个月为试用期。合同有效期采取无固定终止期限的形式；本合同至清洁工作完成时终止；其完成标志是服从科情所管理，完成所里分配的工作任务，遵守所里制定的规章制度和劳动纪律；科情所根据朱某所在岗位及技能水平、劳动成果等情况，按照国家、省有关政策规定和本企业内部分配办法，以货币形式按月支付朱某劳动报酬，但不得低于当地最低工资标准 180 元。双方在合同中又约定了其他事项：（1）科情所安排朱某为清洁工，岗位工资每月 200 元；（2）如果上级主管部门根据国家有关法规、政策下达裁减非编人员通知时，科情所有权解除劳动合同；（3）如每月 5 天以上不能完成工作任务，科情所有权解除劳动合同。合同签订后，朱某即在科情所做清洁工。1999年10月28日，科情所以朱某未能按时完成指定工作，会议室长期没有打扫，未参加所里大扫除为由，以蚌情所字（99）08号文件决定解除与朱某的劳动合同。朱某不服，向蚌埠市劳动争议仲裁委员会申请仲裁，要求：（1）确认合同部分无效；（2）撤销3个月试用期；（3）撤销"双方约定的其他事项"内容；（4）恢复等级工资、调级、升级、福利按国家规定执行；（5）要求给予加班工资。蚌埠市劳动争议仲裁委员会审理后，裁决：（1）双方签订的劳动合同有效；（2）3个月试用期及双方约定的其他事项未违反有关法律规定；（3）申诉人的其他请求事项不予支持。朱某对该仲裁结果不服，提起诉讼。一审法院审理后，判决：（1）科情所与朱某签订的劳动合同中"三个月试用期"部分、"最低工资标准180元"部分无效；（2）撤销蚌情所字（99）08号决定，劳动合同继续履行；（3）驳回朱某的其他诉讼请求。诉讼费50元，由科情所负担。

宣判后，朱某和科情所均不服，均提起上诉。朱某的上诉理由为：（1）原审法院判决对星火技术开发部的性质、设立时间、终止时间以及上诉人进入星火开发部的时间认定有误，对上诉人申请仲裁与科情所作出解除劳动合同的决定前后顺序认定有误；（2）上诉人应按照科情所在编人员确定等级和保险福利待遇；（3）仲裁费、二审案件受理费、送达费应全部由科情所承担。科情所的上诉理由为：（1）劳动合同的试用条款有效；（2）朱某在试用期间的工作表现不符合录用条件，科情所解除劳动合同依据充分；（3）朱某在被解除劳动合同后，未在法定期限内申请劳动仲裁，法院对该请求不应受理。

3. 法院判决

法院认为，科情所以朱某未能按时完成指定工作、会议室长期没有打扫、未参加所里大扫除为由，解除与朱某的劳动合同，仅提供了其办公室出具的朱某工作表现以及其职工李某、赵某的证言，证明力不强，科情所解除朱某的劳动合同的事实依据不充分，该决定应予撤销。

4. 作者评析

在本案中，科情所以朱某在试用期未能按时完成指定工作等为由解除劳动合同，但由于提供的证据不充分而未能获得法院支持。那么，用人单位在试用期解除劳动合同应当符合什么条件？违法解除需要承担什么要的法律责任？

根据《劳动合同法》、《劳动合同法实施条例》规定，试用期用人单位解除劳动合同应当符合如下条件：

（1）劳动者存在《劳动合同法》第39条和第40条第一项、第二项规定的情形。《劳动合同法》第21条规定，在试用期中，除劳动者有本法第39条和第40条第一项、第二项规定的情形外，用人单位不得解除劳动合同。反而言之，劳动者发生以下情形之一，用人单位有权解除劳动合同。否则，用人单位不得解除劳动合同：①在试用期间被证明不符合录用条件的；②严重违反用人单位的规章制度的；③严重失职，营私舞弊，给用人单位造成重大损害的；④劳动者同时与其他用人单位建立劳动关系，对完成本单位的工作任务造成严重影响，或者经用人单位提出，拒不改正的；⑤因以欺诈、胁迫的手段或者乘人之危，使对方在违背真实意思的情况下订立或者变更劳动合同的情形致使劳动合同无效的；⑥被依法追究刑事责任的；⑦劳动者患病或者非因工负伤，在规定的医疗期满后不能从事原工作，也不能从事由用人单位另行安排的工作的；⑧劳动者不能胜任工作，经过培训或者调整工作岗位，仍不能胜任工作的。

（2）用人单位解除劳动合同必须在试用期未届满之前提出。也就是说，只有在劳动者尚在试用期间，被证明不符合录用条件的，用人单位才能依据《劳动合同法》第21条的规定，单方解除劳动合同。试用期结束后，即使用人单位有证据证明劳动者不符合录用条件的，也不能按照此条的规定，单方解除劳动合同，而只能按照劳动法和劳动合同法的规定，给劳动者调整工作岗位或进行培训，劳动者仍不能胜任工作的，用人单位可以解除劳动合同，但必须提前30日通知，并按规定支付经济补偿金。

（3）即使劳动者符合《劳动合同法》第39、40条规定的情形之一，用人单位需要在试用期与劳动者解除劳动合同的，应当向劳动者说明理由。

（4）用人单位解除劳动合同需要承担举证责任。须提供劳动者不符合录用条件或存在其他七种情形的证据。

（5）试用期用人单位单方面解除劳动合同，也应当将理由通知工会。试用期用人单位解除劳动合同也是用人单位单方解除合同，也应当遵循《劳动合同法》第43条的规定，事先将理由通知工会。

如果用人单位在试用期未按照上述条件解除劳动合同或不尽应尽的义务，劳动者诉诸法律时，用人单位要承担败诉的风险，劳动者可要求继续履行。劳动者不要求继续履行劳动合同或者劳动合同已经不能继续履行的，用人单位必须支付1个月的工资作为赔偿金。《劳动合同法》第48条规定，用人单位违反本法规定解除或者终止劳动合同，劳动者要求继续履行劳动合同的，用人单位应当继续履行；劳动者不要求继续履行劳动合同或者劳动合同已经不能继续履行的，用人单位应当依照本法第47条规定的经济补偿标准的二倍向劳动者支付赔偿金；用人单位支付赔偿金后，劳动合同解除或者终止。《劳动合同法》第47条规定，经济补偿按劳动者在本单位工作的年限，每满1年支付1个月工资的标准向劳动者支付。6个月以上不满1年的，按1年计算；不满6个月的，向劳动者支付半个月工资的经济补偿。由于试用期都不超过6个月，应向劳动者支付的经济补偿为半个月工资。按照《劳动合同法》第48条的2倍罚则，用人单位须支付1个月的工资作为赔偿金。

《劳动合同法》对于劳动者在试用期解除劳动合同的规定与《劳动法》有所不同。《劳动法》第32条规定，劳动者在试用期内可以随时通知用人单位解除劳动合同。而《劳动合同法》第37条则规定，劳动者在试用期单方解除劳动合同，应当提前3天通知用人单位。根据后法优于前法的原则，应当适用《劳动合同法》"提前三天通知"规则。因此，劳动者在试用期内发现用人单位存在不符合劳动合同规定的情形的，应当提前3天通知用人单位解除劳动合同，不要等到试用期的最后3天才提出。需要提醒劳动者注意的是，要注意保留"通知"的证据以证明自己的主张。

第二节　保密义务及竞业限制争议

在现代社会，商业秘密的重要性对企业来说是不言而喻的，在竞争日益激烈的商战中，企业保持核心竞争力的要素之一——商业秘密，就成为了重中之重。保护商业秘密有多种手段，在劳动合同中约定商业秘密保护条款是一种重要措施。但是，法律是利益平衡的工具，法律既要维护企业的合法权利，也要保护员工的工作和生存的权利。在劳动合同或者保密协议中约定员工在职期间负有保密义务和离职后的竞业限制时，基于权利义务对等的原则，企业应向员工支付一定数量的保密费，支付给员工一定的费用作为对员工竞业限制的补偿。然而在实践中，由于劳动合同中没有约定，或约定不明，或约定显失公平，常常引发劳动争议。在总结实践经验，平衡各方利益的基础上，《劳动合同法》就商业秘密和竞业限制作出了比较全面的新规定。

一、有关商业秘密和竞业限制的法律规定

（一）有关商业秘密的法律规定

根据《反不正当竞争法》第 10 条第 3 款，商业秘密是指不为公众所知悉、能为权利人带来经济利益，具有实用性并经权利人采取保密措施的技术信息和经营信息。商业秘密应当依照相关法律和有效规章制度进行认定。根据《国家工商行政管理局关于商业秘密构成要件问题的答复》，商业秘密的构成要件有三：一是该信息不为公众所知悉，即该信息是不能从公开渠道直接获取的；二是该信息能为权利人带来经济利益，具有实用性；三是权利人对该信息采取了保密措施。

《最高人民法院关于审理不正当竞争民事案件应用法律若干问题的解释》进一步就"不为公众所知悉"、"能为权利人带来经济利益，具有实用性"和"权利人对该信息采取了保密措施"进行了规定。该解释第 9 条一方面从正面规定，"不为公众所知悉"是指有关信息不为其所属领域的相关人员普遍知悉和容易获得；另一方面从反面列举了认定有关信息不构成"不为公众所知悉"的六种情形：
(1) 该信息为其所属技术或者经济领域的人的一般常识或者行业惯例；(2) 该信息仅涉及产品的尺寸、结构、材料、部件的简单组合等内容，进入市场后相关公众通过观察产品即可直接获得；(3) 该信息已经在公开出版物或者其他媒体上公开披露；(4) 该信息已通过公开的报告会、展览等方式公开；(5) 该信息从其他公开渠道可

以获得；（6）该信息无需付出一定的代价而容易获得。

司法解释第10条对"能为权利人带来经济利益、具有实用性"进行了扩张解释，"能为权利人带来经济利益、具有实用性"是指有关信息具有现实的或者潜在的商业价值，能为权利人带来竞争优势。

司法解释第11条对"保密措施"进行了定义，"保密措施"是指权利人为防止信息泄漏所采取的与其商业价值等具体情况相适应的合理保护措施；规定了人民法院认定"权利人是否采取了保密措施"的方法，人民法院应当根据所涉信息载体的特性、权利人保密的意愿、保密措施的可识别程度、他人通过正当方式获得的难易程度等因素，认定权利人是否采取了保密措施；并具体列举了可以认定"权利人对该信息采取了保密措施"的7种具体情形：（1）限定涉密信息的知悉范围，只对必须知悉的相关人员告知其内容；（2）对于涉密信息载体采取加锁等防范措施；（3）在涉密信息的载体上标有保密标志；（4）对于涉密信息采用密码或者代码等；（5）签订保密协议；（6）对于涉密的机器、厂房、车间等场所限制来访者或者提出保密要求；（7）确保信息秘密的其他合理措施。

商业秘密包括两部分：非专利技术和经营信息。如管理方法，产销策略、客户名单、货源情报等经营信息；生产配方、工艺流程、技术诀窍、设计图纸等技术信息。由于商业秘密的实用性和秘密性等特征，商业秘密既是企业极为重要的无形资产，也是诸多不法行为侵害的目标。

有鉴于此，我国对于商业秘密保护已经建立一个比较全面的包括法律、行政法规、地方地法规和部门规章，涵盖经济法、行政法、民法、刑法、劳动法等部门法的法律体系。反不正当竞争法中的不正当手段侵害商业秘密的行为，公司法中的公司高管人员的忠实义务，合伙企业法中合伙人不得从事与合伙企业相竞争的业务，合同法的保密附随义务，刑法中的侵犯商业秘密罪，劳动法中的保密义务，均是体现。依照法律规定或约定，负有保密义务或不得侵犯企业商业秘密的主体包括国家机关、商业秘密持有人之外的一切经营者、会计师、律师事务所等中介机构、企业高管、高级技术人员以及其他企业内部员工。

法律	规定	备注
反不正当竞争法	第10条第3款 商业秘密是指不为公众所知悉、能为权利人带来经济利益，具有实用性并经权利人采取保密措施的技术信息和经营信息。	商业秘密的定义
最高人民法院关于审理不正当竞争民事案件应用法律若干问题的解释	第9条 有关信息不为其所属领域的相关人员普遍知悉和容易获得，应当认定为反不正当竞争法第十条第三款规定的"不为公众所知悉"。 具有下列情形之一的，可以认定有关信息不构成不为公众所知悉：（一）该信息为其所属技术或者经济领域的人的一般常识或者行业惯例；（二）该信息仅涉及产品的尺寸、结构、材料、部件的简单组合等内容，进入市场后相关公众通过观察产品即可直接获得；（三）该信息已经在公开出版物或者其他媒体上公开披露；（四）该信息已通过公开的报告会、展览等方式公开；（五）该信息从其他公开渠道可以获得；（六）该信息无需付出一定的代价而容易获得。 第10条 有关信息具有现实的或者潜在的商业价值，能为权利人带来竞争优势的，应当认定为反不正当竞争法第十条第三款规定的"能为权利人带来经济利益、具有实用性"。 第11条 权利人为防止信息泄漏所采取的与其商业价值等具体情况相适应的合理保护措施，应当认定为反不正当竞争法第十条第三款规定的"保密措施"。 人民法院应当根据所涉信息载体的特性、权利人保密的意愿、保密措施的可识别程度、他人通过正当方式获得的难易程度等因素，认定权利人是否采取了保密措施。	

法律	规定	备注
	具有下列情形之一，在正常情况下足以防止涉密信息泄漏的，应当认定权利人采取了保密措施：（一）限定涉密信息的知悉范围，只对必须知悉的相关人员告知其内容；（二）对于涉密信息载体采取加锁等防范措施；（三）在涉密信息的载体上标有保密标志；（四）对于涉密信息采用密码或者代码等；（五）签订保密协议；（六）对于涉密的机器、厂房、车间等场所限制来访者或者提出保密要求；（七）确保信息秘密的其他合理措施。	对商业秘密"不为公众所知悉"、"能为权利人带来经济利益、具有实用性"、"保密措施"的解释
合同法	第43条　当事人在订立合同过程中知悉的商业秘密，无论合同是否成立，不得泄露或者不正当地使用。泄露或者不正当地使用该商业秘密给对方造成损失的，应当承担损害赔偿责任。	合同的保密附随义务
公司法	第149条　董事、高级管理人员不得有下列行为：……（七）擅自披露公司秘密；……	公司高管的保密义务
刑法	第219条　有下列侵犯商业秘密行为之一，给商业秘密的权利人造成重大损失的，处三年以下有期徒刑或者拘役，并处或者单处罚金；造成特别严重后果的，处三年以上七年以下有期徒刑，并处罚金：（一）以盗窃、利诱、胁迫或者其他不正当手段获取权利人的商业秘密的；（二）披露、使用或者允许他人使用以前项手段获取的权利人的商业秘密的；（三）违反约定或者违反权利人有关保守商业秘密的要求，披露、使用或者允许他人使用其所掌握的商业秘密的。 　　明知或者应知前款所列行为，获取、使用或者披露他人的商业秘密的，以侵犯商业秘密论。	侵犯商业秘密罪的构成及量刑

法律	规定	备注
劳动法	第22条 劳动合同当事人可以在劳动合同中约定保守用人单位商业秘密的有关事项。 第102条 劳动者违反本法规定的条件解除劳动合同或者违反劳动合同中约定的保密事项，对用人单位造成经济损失的，应当依法承担赔偿责任。	保密条款、劳动者违反保密义务的法律责任
劳动合同法	第23条 用人单位与劳动者可以在劳动合同中约定保守用人单位的商业秘密和与知识产权相关的保密事项。 对负有保密义务的劳动者，用人单位可以在劳动合同或者保密协议中与劳动者约定竞业限制条款，并约定在解除或者终止劳动合同后，在竞业限制期限内按月给予劳动者经济补偿。劳动者违反竞业限制约定的，应当按照约定向用人单位支付违约金。	劳动者的保密义务、保密协议
违反《劳动法》有关劳动合同规定的赔偿办法	第5条规定，劳动者违反劳动合同中约定的保密事项，对用人单位造成经济损失的，按《反不正当竞争法》第二十条的规定支付用人单位赔偿费用。	劳动者违反保密义务的法律责任（《反不正当竞争法》第20条 经营者违反本法规定，给被侵害的经营者造成损害的，应当承担损害赔偿责任，被侵害的经营者的损失难以计算的，赔偿额为侵权人在侵权期间因侵权所获得的利润；并应当承

法律	规定	备注
		担被侵害的经营者因调查该经营者侵害其合法权益的不正当竞争行为所支付的合理费用。)

（二）有关竞业限制的法律规定

竞业限制是指公司的职员（尤其是高级职员）在其任职期间不得兼职于竞争公司或兼营竞争性业务，在其离职后的特定时期和地区内也不得从业于竞争公司或进行竞争性营业活动。竞业限制的主要目的是为了保护企业的商业秘密不会随着职员的流动流向竞争性的企业，保持企业在竞争中的优势地位。竞业限制可以分为法定竞业限制义务和约定竞业限制义务。前者主要是《公司法》、《合伙企业法》、《个人独资企业法》等直接规定的公司董事、监事和高管人员，合伙企业的合伙人，投资人委托或者聘用的管理个人独资企业事务的人员等主体依法应当承担的法定义务。后者则是根据劳动合同的竞业限制条款或竞业限制协议，用人单位的高级管理人员、高级技术人员和其他负有保密义务的人员应当承担的约定义务。两者的区别如下：

	法定竞业限制义务	约定竞业限制义务
依据	《公司法》第149条 董事、高级管理人员不得有下列行为：……（五）未经股东会或者股东大会同意，利用职务便利为自己或者他人谋取属于公司的商业机会，自营或者为他人经营与所任职公司同类的业务；…… 《个人独资企业法》第20条 投资人委托或者聘用的管理个人独资企业事务的人员不得有下列行为：……（六）未经投资人同意，从事与本企业相竞争的业务；…… 《合伙企业法》第30条 合伙人不得自营或者同他人合作经营与本合伙企业相竞争的业务。	《劳动合同法》第23条 用人单位与劳动者可以在劳动合同中约定保守用人单位的商业秘密和与知识产权相关的保密事项。 对负有保密义务的劳动者，用人单位可以在劳动合同或者保密协议中与劳动者约定竞业限制条款，并约定在解除或者终止劳动合同后，在竞业限制期限内按月给予劳动者经济补偿。劳动者违反竞业限制约定的，应当按照约定向用人单位支付违约金。 第24条 竞业限制的人员限于用人单位的高级管理人员、高级技术人员和其他负有保密义务的人员。竞业限制的范围、地域、期限由用人单位与劳动者约定，竞业限制的约定不得违反法律、法规的规定。 在解除或者终止劳动合同后，前款规定的人员到与本单位生产或者经营同类产品、从事同类业务的有竞争关系的其他用人单位，或者自己开业生产或者经营同类产品、从事同类业务的竞业限制期限，不得超过二年。

	法定竞业限制义务	约定竞业限制义务
目的	忠实义务的保证，不限于保护商业秘密	限于保护商业秘密
主体	公司董事、监事和高管人员，合伙企业的合伙人，投资人委托或者聘用的管理个人独资企业事务的人员	用人单位的高级管理人员、高级技术人员和其他负有保密义务的人员
期限	在职期间	在职期间和离职后的一定期间
补偿	无	须支付经济补偿
责任	违法所得归企业所有，承担损害赔偿责任	违约金及损害赔偿责任

之所以特别指出法定保密义务，是想说明保密协议并非劳动者承担保密义务的前提条件，任何一名劳动者对用人单位都有保密附随义务。纵然不存在保密协议，劳动者也应当承担保密义务。保密协议的存在只是便利违约时违约责任和侵权责任的计算。

二、有关商业秘密和竞业限制的常见争议

商业秘密是用人单位极为重要的无形资产，对于保持用人单位的竞争力有着举足轻重的作用。因此，用人单位往往会通过制定保密制度、与重要员工签订保密协议或竞业禁止协议来保障用人单位的商业秘密。但是，在实践当中，有些员工利用职务之便牟取私利，泄露用人单位的商业秘密或从事与用人单位相竞争的业务，严重损害了用人单位的利益。用人单位为了保护自身的商业利益，同员工签订竞业限制协议却不支付相应的经济补偿。因此，引发了不少劳动争议，甚至出现侵犯商业秘密的犯罪行为。

（一）劳动者违反保密义务，侵犯商业秘密引发的争议

案例指引：某化工研究院诉陈某等侵害商业秘密纠纷案

1. 争议焦点

侵犯商业秘密如何认定？如何承担法律责任？

2. 基本案情

原告：某化工研究院

被告：陈某、程某、强某、埃索托普化工有限公司（以下简称"埃索托普公司"）、汇鸿国际集团土产进出口有限公司（以下简称"汇鸿公司"）

原告自1961年开始立项研发使用NO－HNO3化学交换法生产15N标记化合物，至1989年建成了15N标记化合物年产量为2.2千克的1号车间，1999年起向国外出口99%高丰度的15N标记化合物。2001年该技术被上海市高新技术成果转化项目认定办公室认定为上海市高新技术成果转化项目、上海高新技术成果转化项目百佳等。在被告埃索托普公司生产15N标记化合物之前，原告系我国唯一生产15N标记化合物的单位。原告为保护其自行研发的科研成果，制定了一系列保密制度，规定对泄密的处罚办法，开展对员工的保密教育等。根据上述保密制度，原告将15N技术的所有资料存档并列为"秘密"等级。

被告陈某于1992进入原告15N生产车间工作，后担任15N车间组长、工程师，全面负责15N的生产和管理工作，能够查阅15N技术资料、工艺图纸等，熟悉掌握15N技术的生产工艺和装置等。被告强某于1995年8月进入原告15N生产车间工作，1998年调入15N标记化合物合成组，主要从事15N标记化合物合成工作，担任高级工程师，熟悉掌握15N标记化合物的合成技术等。被告程某在原告下属的有机所工作，担任工程师。

2001年上半年，被告汇鸿公司的李X弟、李X明和案外人昆山某芳香油有限公司厂长王某等人共同商量出资成立一家生产15N标记化合物的公司，并通过被告程某介绍认识了被告陈某、强某。此后，被告陈某、强某借用他人名义参与投资，与李X明、王某等共同出资成立了被告埃索托普公司，李玉明担任法定代表人。2001年12月18日，李X明担任被告汇鸿公司的股东及董事。

在被告埃索托普公司筹备成立阶段，该公司在购买15N生产设备的过程中，当时尚未辞职还在原告化工院工作的被告陈某、程某即以被告埃索托普公司的名义到加工单位为被告埃索托普公司定制、验收了部分生产设备。被告埃索托普公司成立后，被告程某又先后怂恿被告陈某、被告强某到被告埃索托普公司工作。

2001年至2002年间，被告陈某、程某、强某陆续从原告处辞职或自行离职，并进入被告埃索托普公司，陈某利用其在原告处工作时掌握的15N技术，为该公司筹建了与原告相同的15N生产装置，并负责15N车间的生产管理；强某从事15N标记化合物的合成工作；程某担任总经理，负责公司的日常管理。

2002年7月至2003年8月期间，被告埃索托普公司销售各类15N标记化合物共计10335克。被告埃索托普公司的销售数量乘以原告同期同类品种规格的销售平均单价之积为人民币1499700.13元。原告销售毛利率为67.72%。上述期间被告埃索托普公司生产的15N标记化合物均通过被告汇鸿公司代理出口。经向海关查证，2003年9月至2004年4月期间，被告汇鸿公司代理埃索托普公司出口总额为201105美元。

为制止被告的侵权行为，原告先向上海市公安局普陀分局举报被告陈某、程某、强某、埃索托普公司涉嫌侵犯商业秘密罪。后上海市普陀区人民法院和上海市中级人民法院分别作出了上述四名被告的行为均构成侵犯商业秘密罪的刑事一审判决和终审裁定。此后，原告再提起民事诉讼，要求判令被告停止侵害商业秘密，销毁侵害商业秘密的专用设备，赔偿经济损失2319377.06元，承担律师代理费并赔礼道歉。

3. 法院判决

法院一审认为：原告15N技术符合商业秘密的构成要件，属于原告的商业秘密，应当受到法律的保护。被告陈某、强某系原告的主要技术人员，知悉15N技术属于原告的商业秘密，并负有保守该商业秘密的义务。但被告陈某、强某违反原告的保密要求，披露并允许被告埃索托普公司使用该商业秘密，构成商业秘密侵权；被告程某明知被告陈某、强某知悉原告15N技术的商业秘密，介绍被告陈某、强某到埃索托普公司工作，帮助埃索托普公司实施侵权行为，构成商业秘密侵权；被告埃索托普公司明知被告陈某、强某知悉原告15N技术的商业秘密，以不正当手段获取并使用了原告的商业秘密，构成商业秘密侵权；被告汇鸿公司在明知被告埃索托普公司生产侵权产品的情况下，仍销售侵权产品的行为，与其余四名被告共同构成商业秘密侵权。因此，被告陈某、程某、强某、埃索托普公司、汇鸿公司具有共同的侵权故意，应当共同承担停止侵害、消除影响、赔偿损失的民事责任。

一审判决五被告停止侵害原告的商业秘密，刊登启事消除影响，连带赔偿原告包括合理费用在内的经济损失人民币 230 万元。

一审判决后，被告埃索托普公司、被告汇鸿苏州公司不服，向上海市高级人民法院提起上诉。二审判决驳回上诉，维持原判。

4. 作者评析

本案是劳动者违反保密义务，侵犯商业秘密，被依法追究刑事责任和民事责任的典型案例。限于本书的主旨，笔者在此对于陈某等构成侵犯商业秘密罪不多做评述，而主要介绍陈某等如何违反保密义务，侵犯商业秘密，被判决承担民事赔偿责任。

本案涉及的法律问题有二：其一，被告陈某等人是否违反保密义务，侵犯了某化工研究院的商业秘密？其二，被告陈某等人如何承担法律责任？

在本案中，原告所拥有的 15N 技术被上海市高新技术成果转化项目认定办公室认定为上海市高新技术成果转化项目、上海高新技术成果转化项目百佳，具有良好的经济价值。原告为保护该技术制定了一系列保密制度，规定对泄密的处罚办法，开展对员工的保密教育并将 15N 技术的所有资料存档并列为"秘密"等级，可以认为原告已经采取了保密措施，该技术也不为公众所知悉。因此，该技术属于原告的"商业秘密"。陈某等人作为原告的主要技术人员，根据原告的保密制度应当承担保密义务。但是，陈某等人披露并允许被告埃索托普公司使用该商业秘密，明显违反了保密义务，侵犯了原告的商业秘密。

陈某等人的侵权行为，应当依法承担相应的法律责任。根据《违反〈劳动法〉有关劳动合同规定的赔偿办法》第 5 条，劳动者违反劳动合同中约定的保密事项，对用人单位造成经济损失的，按《反不正当竞争法》第 20 条的规定支付用人单位赔偿费用。《反不正当竞争法》第 20 条规定，经营者违反本法规定，给被侵害的经营者造成损害的，应当承担损害赔偿责任，被侵害的经营者的损失难以计算的，赔偿额为侵权人在侵权期间因侵权所获得的利润；并应当承担被侵害的经营者因调查该经营者侵害其合法权益的不正当竞争行为所支付的合理费用。可见，侵权损害赔偿数额可以根据权利人因被侵权所受到的损失及侵权人因侵权所获得的利益予以确定。本案根据原告因被侵权所受到的损失计算赔偿数额。最终判决其获得人民币230万元的经济赔偿。

（二）任职期间的竞业限制争议

任职期间不得兼职于竞争公司或兼营竞争性业务，是劳动者尤其是高级职员的法定义务。用人单位可以同劳动者约定更严格的竞业禁止义务。

案例指引：陈某与成都某公司劳动争议纠纷上诉案

1. 争议焦点

任职期间，劳动者是否可以从事与本单位相同业务？

2. 基本案情

陈某与某公司于2003年10月21日签订《聘用合同》。该《聘用合同》明确约定聘用期限为长期，陈某只为某公司独家服务，绝不另外从事同类工作等。某公司每月向陈某支付工资5000元，某公司为解决陈某后顾之忧，先向陈某支付30万元作为养老金。履约期间，陈某在未以书面形式通知某公司的情况下离开本职工作岗位，并于2005年开办了与某公司同类性质的食品厂。

某公司于2006年2月22日向市人事劳动争议仲裁委员会申请仲裁，市人事劳动争议仲裁委员会于2006年4月6日作出裁决，要求陈某返还某公司已支付的养老金30万元。陈某不服市劳动争议仲裁委员会的裁决向基层法院起诉，要求撤销裁决。

3. 法院判决

法院审理认为，陈某与某公司于2003年10月21日依法签订了《聘用合同》，建立了劳动关系，该《聘用合同》是双方在自愿平等、协商一致的基础上订立的劳动合同，双方必须履行劳动合同规定的义务。该《聘用合同》明确约定聘用期限为长期，陈某只为某公司独家服务，绝不另外从事同类工作等。陈某在履约期间，于2005年开办了与某公司同类性质的食品厂，陈某所提供的证据不足以证明自己开办食品厂是得到某公司同意和认可的。依照《民事诉讼法》第64条："当事人对自己提出的主张，有责任提供证据。"

《最高人民法院关于民事诉讼证据的若干规定》第2条："当事人对自己提出的诉讼请求所依据的事实或者反驳对方诉讼请求所依据的事实有责任提供证据加以证明。"陈某应承担举证不能的后果。陈某未经某公司同意而擅自开办与某公司同类性质的名称为成都耗子洞名特食品厂的行为违反双方签订的《聘用合同》约定，陈某应承担相应的民事责任，按《聘用合同》约定，陈某应返还某公司已支付的养老金30万元。《劳动法》第31条规定："劳动者解除劳动合同，应当提前三十日以书面形式通知用人单位。"本条规定了劳动者的辞职权，除此规定的程序外，对劳动者行使辞职权不附加任何条件。第102条规定："劳动者违反本法规定的条件或者违反劳动合同约定的保密事项，对用人单位造成经济损失的应当依法承担责任。"陈某在未以书面形式通知某公司的情况下离开本职工作岗位至今没有上班，既违反了双方《聘用合同》的约定，也违反了《劳动法》第31、102条的规定。陈某诉称因某公司未向陈某支付工资，故陈某才未到某公司上班的意见，由于陈某未提供证据予以证明，法院不予采纳。由于陈某的违约，某公司要求按双方约定，由陈某返还某公司已支付的养老金30万元的请求，法院予以支持。为此，根据《劳动法》第31、102条、《民事诉讼法》第64条和《最高人民法院关于民事诉讼证据的若干规定》第2条之规定，判决如下：陈某于本判决生效后5日内返还某公司支付的养老金30万元。

4. 作者评析

任职期间的竞业禁止是劳动者的法定义务。除非用人单位与劳动者另有约定，劳动者在任职期间不能从事与用人单位相竞争的业务。在本案中，陈某以某公司与其开办的食品厂之间的《关于委托加工协议》为证，认为某公司已经认可其个人的违约行为。笔者以为，这种说法是有一定说服力的。《关于委托加工协议》的存在就表明某公司同意与食品厂进行交易。只要该协议上有某公司的法定代表人和作为食品厂的开办人的陈某的签名，就可以认为某公司对于陈某的行为是知情并认可的。某公司实际上已经以其行为变更了《聘用合同》中的相关约定。这不仅让笔者想起"达娃之争"中宗庆后在合资公司之外建立大量非合资公司，合资公司与非合资公司之间存在大量的关联交易，从而给予宗庆后反驳达能竞业禁止之诉的理由。用人单位有必要汲取经验教训。

（三）离职以后的竞业禁止争议

案例指引：姚某与某公司竞业限制合同纠纷上诉案

1. 争议焦点

劳动者离职以后是否能够从事本单位的同类业务？不支付补偿金，竞业禁止协议是否有效？

2. 基本案情

姚某于 2002 年 10 月 26 日与某公司（以下简称甲公司）订立了劳动合同。该合同约定：合同期限为 2002 年 10 月 26 日至 2003 年 10 月 26 日止。在此期间，姚某担任甲公司的开发部经理兼总工程师，从事软件开发及技术管理工作。该合同第 22 条关于竞业限制约定：乙方（姚某）在终止或解除合同后，两年内不能到生产同类产品或经营同类业务且有竞争关系的其它相关单位任职，乙方违反合同约定解除合同或擅自解除合同的，应偿付给甲方违约金 10 万元。姚某于 2003 年 10 月 26 日离开甲公司，并于 2004 年 2 月 27 日在湖南长沙成立了乙公司，生产经营与甲公司的产品有竞争关系的同类产品。

3. 法院判决

原审法院认为，我国《劳动法》规定，劳动合同当事人可以在劳动合同中约定保守用人单位商业秘密的有关事项。甲公司与姚某签订的劳动合同系双方当事人自愿平等的基础上签订，意思表示真实，且没有违反法律的禁止性规定，因此，该劳动合同合法有效，对双方当事人均产生法律拘束力。根据该合同的约定，姚某在离职后 2 年内仍应该对甲公司商业秘密等负有维持其利益的义务。但姚某违反合同约定，在离开甲公司之后 2 年之内就成立公司，生产销售与甲公司产品有竞争关系的同类产品。姚某的上述行为，违反了双方合同中的相关约定，给甲公司造成了直接的经济损失，已构成违约。对此，姚某应当承担违约的民事责任。原审法院依据《合同法》第 8 条、第 43 条、第 107 条、第 114 条第 1 款、《劳动法》第 22 条之规定，判决：（1）被告姚某继续履行与原告甲公司签订的劳动合同中关于竞业限制的约定至 2005 年 10 月 25 日止。（2）被告姚某在本判决生效之日起十日内向原告甲公司支付违约金 10 万元。

（3）驳回原告的其他诉讼请求。案件诉讼费 5510 元，由被告姚某承担。

二审法院推翻了一审判决。二审法院认为本案属于约定竞业限制合同纠纷。由于竞业限制协议是对劳动者的劳动权和择业自由的限制，加之我国目前对竞业限制的对象、时限、范围、补偿等基本问题还没有法律层面上的规定，因此处理此类案件既要合乎法律的基本原则，又应公平合理。参照国家科学技术委员会《关于加强科技人员流动中技术秘密管理的若干意见》，劳动部《关于企业职工流动若干问题的通知》等相关部门规章的规定，以及司法实践中审理此类案件的经验，竞业限制协议必须符合以下条件方属合法、有效：（1）保护对象应是企业的重要商业秘密；（2）适用的主体应是有可能掌握企业商业秘密的技术人员或管理人员；（3）限制的时间、区域应当合理；（4）是否给被限制的主体合理的补偿。竞业限制协议规定劳动者在一定期限内不能从事自己擅长的工作，从而会造成一定的经济损失，因此在一定程度上限制了劳动者的劳动权和择业自主权，为实现企业与劳动者之间的利益平衡，企业必须对履行竞业限制义务的劳动者支付合理的补偿费，这种补偿构成对劳动者履行竞业限制义务的对价。除非劳动者有重大过错，无正当理由不支付补偿金的，竞业限制协议应为无效协议。本案上诉人姚某与被上诉人甲公司于 2002 年 10 月 26 日签订的劳动合同第 22 条对竞业限制作出了规定："乙方（姚某）在终止或解除合同后，两年内不能到生产同类产品或经营同类业务，且有竞争关系的其他相关单位任职。乙方违反合同约定解除合同或擅自解除合同的，应赔偿甲方为其支付的职业技术培训费，同时，应偿付给甲方违约金拾万元"。可以看出，该条款只规定了上诉人姚某应承担的义务，而对其应当享有的应给予竞业限制补偿费的权利却没有规定，因此，根据我国《合同法》第 3 条、第 5 条的规定，上诉人姚某与被上诉人甲公司签订的竞业限制条款违反了签订合同的平等、公平原则，因此，该条款规定应为无效。虽然被上诉人甲公司举出该公司制定了"关于竞业限制的规定"的证据，用以证明该规定中对竞业限制相对人的补偿已作出了相应规定，并作为聘用劳动合同的附件存在，但是该劳动合同并没有明确哪些制度是合同的附件，而被上诉人甲公司也没有举出证据证明上诉人姚某已阅示了该竞业限制规定。因此，被上诉人甲公司以该竞业限制规定是合同的附件来证明已对补偿问题作出规定的理由不能成立。且"关于竞业限制的规定"中关于"竞业限制补偿费在员工离开公司之日起每一年领取一次，具体时间在每满一年之日起十五日内"的规定，也违反了我国合同法规定的平等、公平原则，因而也是无效的。因为劳动权是宪法赋予公民的基本人权，择业自主权是劳动权的重要组成部分，商业秘密权是一种财产权，当两者发生冲突时，应侧重保护公民的劳动权。即使被上诉人提出的关于竞业限制的规定已为上诉人姚某所签阅，但由于该规定中对竞业限制相对人的补偿方式不是先予补偿而是事后补偿，这一规定也是显失公平的。故本案劳动合同中所约定的竞业限制条款无效，上诉人姚某没有履行竞业限制这一条款的义务。因此，被上诉人甲公司以制定"关于竞业限制的规定"程序合法，内容合法，没有侵犯员工合法权益，和被上诉人与上诉人签订的劳动合同第 22、25 条的约定一起构成证据链足以证明上诉人应承担竞业限制义务的答辩不能成立。

综上所述，二审法院认为，上诉人姚某关于一审法院认定劳动合同中关于竞业限制的条款合法有效，其证据与法律依据不足，与事实不符的上诉理由成立，本院予以支持。被上诉人甲公司的诉讼请求缺乏事实和法律依据，应予驳回。原审法院认定事实存在错误，适用法律不当，应予改判。判决撤销一审判决，驳回甲公司的诉讼请求。

4. 作者评析

本案中二审法院之所以作出和一审法院截然相反的判决，主要理由有二：一是某公司《关于竞业限制的规定》由于未能符合规章制度的生效要件而归于无效。二是认为竞业限制协议没有规定补偿，违反了签订合同的平等、公平原则，应为无效。对于前者，请参见笔者在规章制度部分的论述，此处不再赘言。此处主要就后者展开，分析一下竞业限制的生效要件。

首先需要注意的是，本案审理时，《劳动合同法》尚未出台，国家科学技术委员会《关于加强科技人员流动中技术秘密管理的若干意见》，劳动部《关于企业职工流动若干问题的通知》等相关行政规章依然有效。《劳动合同法》生效以后，《关于加强科技人员流动中技术秘密管理的若干意见》和《关于企业职工流动若干问题的通知》已经失效。今后认定竞业限制协议或条款是否生效应当根据劳动合同法进行判断。

《劳动合同法》第23条规定，用人单位与劳动者可以在劳动合同中约定保守用人单位的商业秘密和与知识产权相关的保密事项。对负有保密义务的劳动者，用人单位可以在劳动合同或者保密协议中与劳动者约定竞业限制条款，并约定在解除或者终止劳动合同后，在竞业限制期限内按月给予劳动者经济补偿。劳动者违反竞业限制约定的，应当按照约定向用人单位支付违约金。《劳动合同法》第24条规定，竞业限制的人员限于用人单位的高级管理人员、高级技术人员和其他负有保密义务的人员。竞业限制的范围、地域、期限由用人单位与劳动者约定，竞业限制的约定不得违反法律、法规的规定。在解除或者终止劳动合同后，前款规定的人员到与本单位生产或者经营同类产品、从事同类业务的有竞争关系的其他用人单位，或者自己开业生产或者经营同类产品、从事同类业务的竞业限制期限，不得超过2年。

可见，竞业限制协议必须符合以下条件方属合法、有效：

（1）竞业限制协议或条款的目的是保护公司的商业秘密。在发生争议时，用人单位需要证明商业秘密的存在和劳动者的知悉。如果企业不存在商业秘密或者劳动者无法知悉企业的商业秘密，竞业限制就缺乏存在的基础。

（2）竞业限制的主体限于用人单位的高级管理人员、高级技术人员和其他负有保密义务的人员。实际上限于知悉用人单位商业秘密和核心技术的人员，不可能面对每个劳动者。要求每个员工都要遵守所签订的竞业限制协议，实质反而无法追究，形同虚设，企业每人给一份经济补偿金也无力承受。

《劳动合同法实施条例（草案）》第21条规定，"公司中可以约定竞业限制的高级管理人员包括《中华人民共和国公司法》规定的公司经理、副经理、财务负责人、上市公司董事会秘书和公司章程规定的其他人员。其他用人单位的高级管理人员参照前款规定确定。"虽然正式公布的《劳动合同法实施条例》并无本条内容，但这并不妨碍劳动仲裁委员会和人民法院依照《公司法》的有关规定和用人单位的公司章程对劳动者是否属于高级管理人员的范围进行判断。高级技术人员是企业中那些获得高级技术职称的工程技术人员，比如高级工程师，高级监理师等。其他负有保密义务的人员是指高管人员和高级技术人员以外的知悉企业商业秘密并依约负有保密义务的人员。在劳动关系存续期间无法获知商业秘密或相关知识产权权利的人员（例如某软件开发公司聘用的收发室人员），无法作为竞业禁止的主体。

（3）竞业限制的时间、范围、地域应当合理，不得违反法律强制性规定。

首先，竞业限制的时间最长不得超过2年。《劳动合同法》第24条第2款规定，在解除或者终止劳动合同后，前款规定的人员（禁止限制的人员）到与本单位生产或者经营同类产品、从事同类业务的有竞争关系的其他用人单位，或者自己开业生产或者经营同类产品、从事同类业务的竞业限制期限，不得超过2年。在司法实践中，具体期限应由用人单位根据自身情况、行业状况、国内外惯例、劳动者获知商业秘密以及相关知识产权的深度，劳动者的个人品质等因素综合确定，不能搞一刀切，可以是6个月，或者1年，但最长不得超过2年。

其次，竞业限制的范围、地域应当合理。由于竞业限制限制了劳动者的劳动权利，竞业限制一旦生效，劳动者要么改行要么赋闲在家，因此不能任意扩大竞业限制的范围。鉴于商业秘密的范围可大可小，如果任由用人单位来认定，难免有被扩大之虞。原则上，竞业限制的范围、地域，应当以能够与用人单位形成实际竞争关系的地域为限。

（4）用人单位应当支付与劳动者约定的，公平而合理的竞业禁止补偿金。

如果劳动者无法获得相应的禁止补偿金，那么劳动者的正常生活就无法维系，在这种情况下，又有哪个劳动者会遵守竞业禁止的义务呢？没有片面的权利，也没有片面的义务，享受权利意味着要履行相应的义务，反之亦然。

首先，补偿金数额的确定应当是合理、公平的。根据劳动者受限制的程度、实践经验及从事该行业的职位、技能、业界影响力、工资水平、双方的意思表示等综合因素而定。一般来说，每月获得的补偿应比劳动者居住地所在地方规定的月最低工资高，应少于劳动关系存续期间获得的月工资。实践中，有些地区率先规定了竞业限制的补偿标准，当地的企业需要按照有关规定确定补偿标准。例如，《深圳经济特区企业技术秘密保护条例》规定，竞业限制协议约定的补偿费，按年计算不得少于该员工离开企业前最后一个年度从该企业获得的报酬总额的2/3。竞业限制协议中没有约定补偿费的，补偿费按照前款规定的最低标准计算。《珠海市企业技术秘密保护条例》规定，企业与员工约定竞业限制的，在竞业限制期间应当按照竞业限制协议中的约定向该员工支付补偿费；没有约定的，年补偿费不得低于该员工离职前一年从该企业获得的年报酬总额的1/2。

其次，竞业禁止补偿金必须在合同解除或终止后按月支付。实践中，有的企业约定在劳动关系存续期间预先付给劳动者，同工资一起发放，企业付出了成本，却无法达到预期效果。有的企业约定在限制期满后再支付的，竞业限制无效。

再次，需要注意的是，根据《劳动合同法》，在合同期间劳动者承担保密义务是不以用人单位支付保密费为前提的。因此，劳动者以没有保密费为由主张保密协议无效的，将得不到法院的支持。

竞业限制协议生效需要同时具备上述条件。反过来讲，竞业限制协议在履行过程中，如果上述条件发生变化，如该技术秘密已经公开，负有竞业限制义务的员工实际上没有接触到技术秘密的，用人单位无正当理由不支付或不按约定支付竞业限制补偿金等，竞业限制协议也会自行终止。因此，对于企业而言，竞业限制协议要真正发挥效果必须建立在企业除了保密协议之外的良好的保密措施的基础之上。

总之，对于保护企业商业秘密、挽留重要人才来说，竞业限制只是方法之一，而且是一种会给企业造成负担、给员工造成压力的消极方法，企业应该少用、慎用，而应多采取积极、人性的策略和手段，来提高自己的竞争力和防范风险的能力。

第三节　工作内容和工作地点争议

工作内容，是劳动法律关系所指向的对象，劳动者具体从事什么种类或者内容的劳动，这里的工作内容是指工作岗位和工作任务或职责。这一条款是劳动合同的核心条款之一，是建立劳动关系的极为重要的因素。它是用人单位使用劳动者的目的，也是劳动者通过自己的劳动取得劳动报酬的源由。工作地点是劳动合同的履行地，是劳动者从事劳动合同中所规定的工作内容的地点，它关系到劳动者的工作环境、生活环境、以及劳动者的就业选择，劳动者有权在与用人单位建立劳动关系时知悉自己的工作地点，所以这也是劳动合同中必不可少的内容。但是在实践当中，许多用人单位在劳动合同中不约定工作内容、工作地点或约定的工作内容、工作地点不明确，随意调整劳动者的工作岗位或工作地点，造成劳动关系的极不稳定。

一、有关工作内容和工作地点的法律规定

根据《劳动合同法》第 8 条和第 17 条的规定，工作内容和工作地点是用人单位在录用时必须告知劳动者的内容，是劳动合同的必备条款。工作内容是劳动关系所指向的对象，也是劳动者的主要义务和获取劳动报酬的基础。

与《劳动法》相比，《劳动合同法》增加了工作地点条款。工作地点是劳动合同的履行地，在法律上具有特殊意义。其一，根据《劳动合同法实施条例》第 14 条的规定，劳动合同履行地与用人单位注册地不一致的，有关劳动者的最低工资标准、劳动保护、劳动条件、职业危害防护和本地区上年度职工月平均工资标准等事项，按照劳动合同履行地的有关规定执行；用人单位注册地的有关标准高于劳动合同履行地的标准的，用人单位与劳动者可以协商约定按照用人单位注册地的有关标准执行。其二，根据《最高人民法院关于审理劳动争议案件适用法律若干问题的解释》第 8 条的规定，劳动争议案件由用人单位所在地或者劳动合同履行地的基层人民法院管辖。劳动合同履行地不明确的，由用人单位所在地的基层人民法

院管辖。也就是说用人单位所在地或者劳动合同履行地的基层人民法院对劳动争议案件都有管辖权，劳动者和用人单位可以根据自身的利益考量进行选择。

法律	规定	备注
劳动法	第 19 条　劳动合同应当以书面形式订立，并具备以下条款：……（二）工作内容；……	
劳动合同法	第 8 条　用人单位招用劳动者时，应当如实告知劳动者工作内容……工作地点…… 第 17 条　劳动合同应当具备以下条款：……（四）工作内容和工作地点；……	
劳动合同法实施条例	第 14 条　劳动合同履行地与用人单位注册地不一致的，有关劳动者的最低工资标准、劳动保护、劳动条件、职业危害防护和本地区上年度职工月平均工资标准等事项，按照劳动合同履行地的有关规定执行；用人单位注册地的有关标准高于劳动合同履行地的标准的，用人单位与劳动者可以协商约定按照用人单位注册地的有关标准执行。	
最高人民法院关于审理劳动争议案件适用法律若干问题的解释	第 8 条　劳动争议案件由用人单位所在地或者劳动合同履行地的基层人民法院管辖。劳动合同履行地不明确的，由用人单位所在地的基层人民法院管辖。	

二、有关工作内容和工作地点的劳动争议

（一）有关工作内容的劳动争议

工作内容是用人单位使用劳动者的目的，也是劳动者通过自己的劳动取得劳动报酬的源由。根据《劳动合同法》第 17 条，工作内

容也是劳动合同的必备条款，一经确定就不能随意变更。但是，许多企业为了追求用工的自由，往往在劳动合同中约定，"劳动者接受公司对其工作岗位、工作内容的安排，并自愿接受公司根据需要对自身工作岗位的随时调动和调整。"这样的约定随着《劳动合同法》的生效而归于无效。《劳动合同法》第26条规定，用人单位免除自己的法定责任、排除劳动者权利的，劳动合同无效或者部分无效。劳动合同中的工作内容条款应当规定得明确具体，便于遵照执行。

案例指引：古某与佛山市某公司劳动争议纠纷案

1. 争议焦点

用人单位是否可以单方调整劳动者工作岗位？

2. 基本案情

1995年5月，古某与佛山市某公司签订一份劳动合同，期限从1995年5月1日至2000年4月30日止，约定古某从事管理工作。2000年5月1日古某和某公司续签了一份无固定期限的格式劳动合同，约定古某的岗位为"管理工作"，岗位工资为"不低于1000元"，并实际担任技术部资料科科长职务。劳动合同中并约定，在合同期内需解约的，经双方协商达成协议，双方不负赔偿责任；双方达不成协议而终止合同的，违约一方应交违约金5000元。2003年4月16日，某公司进行机构调整，将技术部资料科撤销，免去古某科长职务，改任轻工机械产品设计工作，并把古某的科长待遇降为副科长待遇。古某对某公司单方面改变工作岗位并降低工资不满意，要求解除劳动合同，但某公司不同意解除，古某遂于2003年5月19日向佛山市劳动争议仲裁委员会申请仲裁。申请解除古某和某公司之间的劳动合同关系，并要求某公司支付违约金及经济补偿金。佛山市仲裁委员会作出裁决驳回古某的仲裁请求。

3. 法院判决

人民法院认为：古某、某公司双方所签订的无固定期限的劳动合同是双方当事人的真实意思表示，且合同的约定并未违反有关的法律规定，该合同是有效合同。古某认为某公司故意不填写具体岗位，而是写上抽象的"管理工作"，存在规避法律的主观故意，故合同部分无效的主张缺乏事实和法律依据，人民法院不予支持。但在履行劳动合同的过程中，某公司单方面改变了古某的工作岗位，已构成违约。理由如下：在本案中，双方约定的"管理工作"是指在企业中负有组织、协调和指挥等职能，古某原来所担任的资料科科长的职务就具有以上职能，但轻工机械产品设计工作则并不具备以上的职能。由于某公司单方面改变了古某的工作岗位，没有按照合同的约定提供劳动条件，故古某可以随时要求解除劳动合同。对古某提出的解除劳动合同的诉讼请求，人民法院予以支持。

4. 作者评析

用人单位调整劳动者工作内容，变更劳动者工作岗位，时常引发劳动争议。单位方认为：作为用人单位，调整劳动者工作岗位是行使人事自主管理权的需要和体现；而劳动者方则认为：工作岗位一经确定就不能随意变动。那么，依据我国现行法律规定以及司法实践，在什么情形下的工作岗位调整被认为合法呢？

第一，双方协调一致时单位有权调整工作岗位。在用人单位与劳动者协商一致的情况下，双方可以变更劳动合同约定的内容。即使劳动合同中已经明确约定了劳动者工作岗位，且未约定用人单位可以根据生产经营的需要随时调整劳动者的工作岗位，只要用人单位提出变更劳动者工作岗位的动议，在平等自愿的基础上获得了劳动者同意，用人单位有权调整劳动者的工作岗位。因劳动合同订立时所依据的客观情况发生重大变化（比如劳动者的工作岗位完成使命，需要撤销），致使原劳动合同无法履行而变更劳动合同时，经双方当事人协商一致，用人单位有权为劳动者安排新的工作岗位。

第二，劳动者不能胜任工作时单位有权调整劳动者工作岗位。劳动者不能胜任工作时，用人单位有权在培训或者调整工作岗位之间任意选择一种方式。此种情形下需要把握三点：（1）调整工作岗位与培训两种方式之间，选择权在用人单位而非劳动者；（2）单位应有劳动者不能胜工作的充分证据，即该劳动者确实不能按照单位要求完成劳动合同中约定的任务或者同工种岗位人员的工作量（单位不得故意提高定额标准，使劳动者无法完成）；（3）在可能的范围内尽量安排劳动者从事与其劳动能力和技能相适应的岗位。

第三，保密协议有约定时单位有权调整劳动者工作岗位。《劳动合同法实施条例（草案）》第22条曾规定，用人单位与掌握商业秘密的劳动者在劳动合同中约定保守商业秘密有关事项时，可以约定在劳动合同终止前或者该劳动者依照劳动合同法第 37 条的规定提出解除劳动合同后的一定期间内变更劳动者工作岗位；但是，不得因此降低劳动者的工资待遇。此种情形下，用人单位有权依据约定调整劳动者的工作岗位。虽然《劳动合同法实施条例》中该条已经被删除，但并不妨碍用人单位在保密协议中对此进行约定。

第四，女工"三期"期间工作岗位可合理变更。我国多部法律对女性职工在"三期"期间的权益都做了特别保护的规定，站在保护女性职工的角度，比如孕期女职工不适宜做持续使用电脑的岗位、不适宜做经常出差的销售岗位等，单位可在征求劳动者意见的基础上合理变更女工的工作岗位。

劳动者在处理类似事件时应注意一方面拒绝企业的违约调动，一方面仍应坚持上班。如果劳动者因企业违约拒绝工作，结果被企业以旷工名义予以处罚，则劳动者就会从有理变成无理，从而损害到自身利益。

（二）有关工作地点的劳动争议

工作地点是劳动合同履行地。一般说来，劳动合同履行地即用人单位所在地。但是在实践中，不少行业和用人单位由于经营地域比较广泛或者其他原因，劳动者长期在外工作。因此，许多劳动合同中也约定"用人单位可以根据公司需要，随时调整劳动者工作地点"。随着《劳动合同法》的出台，这样的约定已经归于无效。工作地点的变更必须经用人单位和劳动者协商确定。

案例指引：单方变更工作地点引发的劳动争议

1. 争议焦点

劳动者是否可以用人单位搬迁，变更工作地点为由解除劳动合同？用人单位是否需要支付补偿金？

2. 基本案情

东莞市某家具厂因生产经营需要，整体搬迁至寮步。在搬迁过程中，厂方没有与企业内的工人协商，并在搬迁后要求工人去新厂上班。该厂有 70 名工人由于已在东莞本地安家，不愿意去新厂上班。遂向家具厂提出要求解除劳动合同，并要求厂方给予一次性经济补偿金。企业则认为，工厂并没有辞退劳动者，是劳动者不愿到新厂上班，企业可以解除劳动合同，但不该支付这笔经济补偿金。

双方协商不成，就此引发劳动纠纷。劳动者提起了劳动争议仲裁。企业方面表示，已经为工人准备了进入新厂的入职手续以及工卡、饭卡等，希望老员工能进入新厂工作。企业没有单方面解除劳动合同，所以不应该支付经济补偿金。

3. 仲裁结果

劳动争议仲裁委员会审理后认为，由于《劳动法》中对劳动合同必备条款的规定没有"工作地点"，故如果用人单位与劳动者在劳动合同中没有约定"工作地点"也属合法。因此，企业搬迁后工作地点发生变化，企业并不一定要与劳动者协商一致。有些企业搬迁后，又提供厂车，在原工作地点接送工人到新地点上下班，使工人的生活条件及子女上学不受影响，并且给予工人原厂待遇等。这种情况下，工人应该服从厂方安排。但是，如果新旧工作地点相隔很远，企业又不能提供后续服务，工人的生活水平下降及出现影响子女读书等问题，经企业和工人协商无法达成一致意见的情况下，则可视为"企业单方解除劳动合同"，企业应该支付经济补偿。

4. 作者评析

本案的争议焦点在于由于企业搬迁而导致工作地点发生变化是否属于单方变更劳动合同。在《劳动合同法》实施之前，《劳动法》等法律法规并未将工作地点作为劳动合同必备条款，在劳动合同没有约定或约定不明的情形下，用人单位调整劳动者的工作地点并不违法。《劳动合同法》实施之后，工作地点成为劳动合同的必备条款。用人单位不和劳动者协商一致就随意变动劳动者的工作地点的，属于单方面变更劳动合同。因此导致劳动合同无法继续履行的，用人单位需要支付经济补偿金。

第四节　劳动报酬争议

职工的众多劳动权益中劳动报酬权是最重要权能。根据我国宪法规定，职工的劳动报酬权是劳动者的神圣权利，不应受到任何侵犯。然而，当前有些用人单位侵犯职工劳动报酬权的现象仍较严重，特别是拖欠农民工工资最为严重。在各劳动争议案件中，劳动报酬争议最多。鉴于这种状况，我国从实体法和程序法上对于劳动报酬争议都有比较详细的规定，并在实践中加强了执法的力度。

一、有关劳动报酬的法律规定

劳动报酬权是职工付出了一定的劳动而获得相应报酬的权利，它是受法律保护的劳动者的神圣权利。我国宪法在"公民的基本权利和义务"一章中确认劳动报酬权是公民的基本权利之一，规定国家"在发展生产的基础上，提高劳动报酬和福利待遇"。在《劳动法》第5章"工资"一章提出了国家实行最低工资制度以及工资的发放制度。《劳动法》第50条规定，"工资应当以货币形式按月支付给劳动者本人。不得克扣或者无故拖欠劳动者的工资"。此外，还在第91条规定，"克扣或者无故拖欠劳动者工资的"，"由劳动行政部门责令支付劳动者的工资报酬和经济补偿，并可以责令支付赔偿金"。

为了配合《劳动法》的贯彻实施，充分保障劳动者享有劳动报酬权，规范用人单位的工资支付行为，1994年12月6日，劳动部专门颁发了《工资支付暂行规定》，在这一劳动规章中，对工资支付的有关问题作出了一系列规定，要求用人单位遵循法律规定支付职工劳动报酬；其中第18条规定，"克扣或者无故拖欠劳动者工资的；拒不支付劳动者延长工作时间工资的；低于当地工资标准支付劳动者工资的"，"由劳动行政部门责令其支付劳动者工资和经济补偿，并可责令其支付赔偿金。"许多地方也专门制定了有关工资支付的地方性法规或规范性文件，如《北京市工资支付规定》、《广东省工资支付条例》、《深圳市员工工资支付条例》、《上海市企业工资支付办法》。

《劳动合同法》从实体上对于各种侵犯劳动者报酬权的行为进行了反向归纳，统称为"未及时足额支付劳动报酬"。劳动者可以以此为由单方解除劳动合同，并要求用人单位支付经济补偿金。根据《劳动合同法实施条例》第26条，即使约定了服务期，如用人单位未及时足额支付劳动报酬，劳动者以此为由解除劳动合同的不属于违反服务期的约定，用人单位不得要求劳动者支付违约金。

《劳动争议调解仲裁法》从仲裁时效、先予执行和一裁终局等程序法的角度进一步加强了对劳动者劳动报酬权的保护。该法第27条规定劳动关系存续期间因拖欠劳动报酬发生争议的，劳动者申请仲裁不受本条第一款规定的仲裁时效期间的限制；但是，劳动关系终止的，应当自劳动关系和终止之日起 1 年内提出。第 44 条规定，仲裁庭对追索劳动报酬、工伤医疗费、经济补偿或者赔偿金的案件，根据当事人的申请，可以裁决先予执行，移送人民法院执行。第 47 条规定，追索劳动报酬、工伤医疗费、经济补偿或者赔偿金，不超过当地月最低工资标准 12 个月金额的争议的仲裁结果为终局裁决，裁决书自作出之日起发生法律效力。

法律	具体规定	备注
劳动法	第五章　工资	以专章的形式对最低工资标准、工资的支付做出了原则性规定
劳动合同法	第 13 条　用人单位应当按照劳动合同约定和国家规定，向劳动者及时足额支付劳动报酬。用人单位拖欠或者未足额支付劳动报酬的，劳动者可以依法向当地人民法院申请支付令，人民法院应当依法发出支付令。第 38 条　用人单位有下列情形之一的，劳动者可以解除劳动合同：……（二）未及时足额支付劳动报酬的；……第 85 条　用人单位有下列情形之一的，由劳动行政部门责令限期支付劳动报酬、加班费或者经济补偿；劳动报酬低于当地最低工资标准的，应当支付其差额部分；逾期不支付的，责令用人单位按应付金额 50% 以上 100% 以下的标准向劳动者加付赔偿金：（一）未按照劳动合同的约定或者国家规定及时足额支付劳动者劳动报酬的；（二）低于当地最低工资标准支付劳动者工资的；（三）安排加班不支付加班费的；（四）解除或者终止劳动合同，未依照本法规定向劳动者支付经济补偿的。	

法律	具体规定	备注
工资支付暂行规定	全文	根据劳动法等有关规定，制定的有关工资支付的部门规章，主要内容包括工资支付项目、工资支付水平、工资支付形式，工资支付对象、工资支付时间以及特殊情况下的工资支付等。
最低工资规定	全文	根据劳动法等有关规定制定的有关最低工资标准制度的部门规章，主要内容包括最低工资的标准、违反最低工资标准的责任等。

二、有关劳动报酬常见的劳动争议

在实践中，最常见的侵犯劳动者劳动报酬权的情形有克扣或无故拖欠职工工资、不支付加班费、随意降低工资标准、工资低于最低工资标准等。由于在本书其他部分作者将就加班费问题专题阐述，此处暂且不提。

（一）拖欠职工工资引发的劳动争议

金钱具有时间价值。拖欠职工工资对于企业而言相当于免费获得一笔无息的短期贷款。实践当中，拖欠职工工资的事件并不少见，特别是在建筑领域拖欠农民工工资的现象已经成为社会关注的热点问题。

案例指引：周某诉某科技公司拖欠工资案

1. 争议焦点

拖欠工资如何认定？用人单位拖欠工资应当承担什么法律责任？

2. 基本案情

周某是某科技公司的地区销售经理。日前，周某向法院提起诉讼，称自 2006 年 4 月至 6 月，公司不再向其支付工资。周某曾向劳动争议仲裁委员会提起仲裁，因没有得到满意的结果，周某又将公司起诉至法院，请求法院判令自己与公司解除劳动合同，公司向其支付 2006 年 4 月至 6 月的工资 1 万余元，并赔偿各项损失 1 万余元。案件审理过程中，公司辩称，周某在 2006 年 4 月至 6 月期间擅自离职，公司并不拖欠其工资，但公司并未能提交充分证据证明其主张。

3. 法院判决

法院认为：根据我国法律及司法解释的规定，劳动者的考勤与工资标准应当由用人单位负举证责任，该公司主张周某自 2006 年 4 月后就未到公司上班，却未向法院提交充分证据予以证明，法院认定周某一直工作至 2006 年 6 月。周某以公司未按时向其支付 2006 年 4 月至 6 月期间的工资为由，提出解除劳动合同，符合我国劳动法有关用人单位延付工资劳动者可以提前解除劳动合同的规定，其要求公司向其支付上述期间的工资、经济补偿金等要求于法有据。判决公司支付拖欠周某两个月的工资 1 万余元及支付各项经济补偿金。

4. 作者评析

这是一起因企业拖欠职工工资引起的劳动争议案件。在本案中主要有三个法律问题：其一是无故拖欠工资的认定。无故拖欠工资是指除自然灾害、战争等不可抗力，用人单位因生产经营困难暂时无法按时支付工资的情形以外，用人单位延期支付工资的行为。如《北京市工资支付规定》第 26 条规定用人单位因生产经营困难暂时无法按时支付工资的，应当向劳动者说明情况，并经与工会或者职工代表协商一致后，可以延期支付工资，但最长不得超过 30 日。

其二是举证责任的承担。《劳动争议调解仲裁法》第 6 条规定，发生劳动争议，当事人对自己提出的主张，有责任提供证据。与争议事项有关的证据属于用人单位掌握管理的，用人单位应当提供；用人单位不提供的，应当承担不利后果。由于与拖欠工资有关的证据，如工资支付记录表掌握在用人单位手中，因此拖欠工资的举证责任应当由用人单位承担。用人单位未提供的，应当承担不利后果。一些地方性法规，如《上海市实施〈劳动保障监察条例〉若干规定》也明确规定：劳动者与用人单位就克扣或者无故拖欠工资报酬的具体数额、实际支付工资低于本市最低工资标准的差额或者经济补偿的具体标准存在争议的，用人单位负有提供工资支付凭证等证据的义务。

其三是拖欠职工工资的法律责任。首先，用人单位应当在规定时间内足额支付工资，加发相当于工资报酬25%（北京地区是50%~100%）的补偿金。《劳动法》第50条规定，工资应当以货币形式按月支付给劳动者本人，不得无故拖欠劳动者工资。劳动部颁发的《违反和解除劳动合同的经济补偿办法》第3条规定，用人单位无故拖欠劳动者工资的，除在规定的时间内全额支付劳动者工资报酬外，还要加发相当于工资报酬25%的经济补偿金。《北京市工资支付规定》提高了用人单位的赔偿额度，责令用人单位按照应付金额50%以上100%以下的标准向劳动者加付赔偿金。《违反〈中华人民共和国劳动法〉行政处罚办法》还规定，用人单位无故拖欠劳动者工资的，可责令按相当于支付劳动者工资报酬、经济补偿总和的1~5倍支付劳动者赔偿金。

其次，劳动者可以用人单位拖欠工资为由解除劳动合同，并要求用人单位支付赔偿金。根据《劳动合同法》第38条和《最高人民法院关于审理劳动争议案件适用法律若干问题的解释》第15条，用人单位不按时足额支付工资，克扣或者无故拖欠劳动者工资的，劳动者可单方解除劳动合同，并要求用人单位支付劳动者劳动报酬和经济补偿，并可要求支付赔偿金。

再者，对于常见的拖欠建筑领域农民工工资，《北京市工资支付规定》特别规定了发包和劳务分包企业的连带责任和劳动者工资的优先支付权。其第29条规定：建设单位、施工总承包企业、专业承包企业（以下统称为发包单位）或者劳务分包企业，有发包、分包或者转包给不具备用工主体资格的组织或者个人的违法行为，该组织或者个人拖欠劳动者工资时，发包单位或者劳务分包企业应当直接向劳动者支付所拖欠的工资。建设单位、施工总承包企业或者专业承包企业未按合同约定支付工程款或者分包价款，专业承包企业或者劳务分包企业拖欠劳动者工资的，在拖欠的工程款或者分包价款支付后，专业承包企业和劳务分包企业应当将所得款项优先用于支付拖欠的劳动者工资。

（二）克扣职工工资引发的劳动争议

法律上常常将克扣和无故拖欠放在一起进行规定，两者的责任也基本相同。但实际上两者的认定标准并不一致，在实践中的表现情形也有很大差异。因此，笔者特将克扣工资与无故拖欠区分开来进行阐述。

案例指引：廖某与颜某劳动争议纠纷上诉案

1. 争议焦点

用人单位是否存在克扣工资的行为？用人单位克扣工资应当承担什么样的法律责任？

2. 基本案情

颜某从2003年3月8日始进入廖某处工作。颜某在2005年全年所收取的工资总数为36212.95元（工资＋提成－罚款）；廖某并依据《2005年主管销售管理方案》的规定，以没有按规定完成任务为由，对颜某在2005年1月、4月－9月合计共7个月向颜某罚款1464.5元。另廖某还在2004年11月、2004年12月分别对颜某罚款150元、250元。2006年1月20日起，因春节颜某与廖某厂的其他员工一起休假；2006年1月27日，廖某电话通知颜某2006年春节后不用再回廖某单位上班；2006年3月15日，颜某回廖某单位收取了2006年1月份的工资（含业务提成）。颜某要求廖某归还罚款，廖某予以拒绝，颜某遂向劳动仲裁委员会申请仲裁，要求廖某支付克扣的工资1900元和相应经济补偿金。劳动争议仲裁委员会裁定，廖某支付颜某克扣的工资和相应的经济补偿金。廖某不服仲裁裁决，向一审法院起诉，申请撤销仲裁裁决。

3. 法院判决

一审法院认为：对廖某应否向颜某支付克扣的工资1900元及相应经济补偿金475元。综合本院认定的事实，因廖某在2005年全年合共克扣颜某工资1464.5元，加上2004年11月、2004年12月分别对颜某克扣的150元、250元，合共克扣颜某工资为1846.5元；对廖某克扣工资的行为，廖某除向颜某支付上述已克扣工资外，还应以工资报酬25%的标准向颜某支付相应的经济补偿金；为此，廖某应支付的经济补偿金数额为784.95元（3139.79元×25%）。综上，根据《最高人民法院关于审理劳动争议案件适用法律若干问题的解释》第 13 条，劳动部《违反和解除劳动合同的经济补偿办法》第 2 条、第 3 条、第 5 条之规定，法院判决：廖某应于判决发生法律效力之日起 10 日内，向颜某支付 12050．81 元（含解除劳动关系的经济补偿金 9419．36 元、克扣颜某工资 1846．5 元、克扣颜某工资的经济补偿金 784．95 元）。案件受理费 50 元，由廖某负担。

廖某不服上述判决，向二审法院上诉称：原审判决认定事实错误，适用法律不当，应予撤销。原审判决认定廖某共计对颜某罚款 1864．50 元是对劳动法律法规的错误理解。尽管廖某提供的证据反映颜某月工资是固定的，但根据颜某及其他员工签名确认的《2005 年顺德主管销售管理方案》，可以认定颜某及其他员工的月工资属效益工资，并非固定的基本工资。公司、企业采取效益工资是一种普遍的，且对提高经济效益行之有效的管理手段，是法律允许的一种分配制度。对不完成销售任务的颜某暂扣部分款项，目的是促使其努力完成廖某所定的工作任务，以提高企业经济效益，同时也可以增加颜某的收入。一审判决认定廖某对颜某罚款，只是看到问题的一面。从另一面来看，暂扣没有完成工作任务的员工部分款项，完成任务的员工可获奖励，事实上是廖某制定，颜某及其他员工认可且并未损害其利益的一项公平合理的奖励制度。一审对此错误认定并驳回廖某的诉求是错误的。廖某请求二审撤销原判。

二审法院认为：廖某上诉认为，颜某与其他员工的工资属于效益工资，对颜某的工资进行扣除只是对颜某及其他员工实施的一项奖惩制度，而且只是暂扣的行为。从本案情况看，颜某对于廖某所制定的《2005 主管销售管理方案》中所规定的主要内容没有异议，故该管理方案可以作为评定劳动者劳动情况的依据。从方案内容看，该方案对劳动者不能完成任务规定了处罚办法，对于未完成任务的施以一定的罚款，同时廖某在扣除颜某工资时在工资单中对于扣除项目也称为罚款，因此，可以认定廖某扣除颜某该部分工资确属于罚款，廖某认为其扣除颜某的工资部分只是暂扣工资，并非罚款无事实依据，本院不予支持。另外，廖某主张该款项是按照处罚办法在颜某未完成任务时才予以扣除的，根据《最高人民法院关于民事诉讼证据的若干规定》第 6 条的规定，在劳动争议纠纷案件中，因用人单位作出减少劳动报酬的决定而发生劳动争议的，由用人单位

106

负举证责任，故廖某应举证证明颜某未完成任务的具体情况。但是从廖某所举出的证据看，其并未举出证据证明在其扣除颜某工资时颜某未完成任务。因此廖某扣除颜某的工资缺乏依据，其行为属于克扣工资的行为，原审法院判决廖某向颜某支付所克扣的工资以及支付经济补偿金正确，本院予以维持。

4. 作者评析

这是一起因企业克扣职工工资引起的劳动争议案件。本案主要涉及两个法律问题，其一是克扣工资的认定。其二是举证责任的承担。

所谓"克扣"工资，就是指用人单位无正当理由扣减劳动者应得工资。"应得工资"应理解为在劳动者已提供正常劳动的前提下用人单位按劳动合同规定的标准应当支付给劳动者的全部劳动报酬。除了以下几种理由之外，扣减劳动者工资的行为都是属于无正当理由：（1）国家的法律、法规、规章中有明确规定的，主要包括代扣代缴的个人所得税、应由劳动者个人负担的各项社会保险费用；法院判决、裁定中要求代扣的抚养费、赡养费；法律、法规规定可以从劳动者工资中扣除的其他费用。（2）依法签订的劳动合同中有明确规定的；（3）用人单位依法制定的规章有明确规定的；（4）企业工资总额与经济效益相联系，经济效益下浮时，工资必须下浮的；（5）因劳动者请事假等相应减发工资等；（6）因劳动者本人原因给用人单位造成经济损失，用人单位依据劳动合同和规章制度扣除劳动者工资的。

换句话说，用人单位扣除劳动者工资必须符合法律、法规、规章、集体合同、劳动合同或本单位依法制定的规章制度。否则，便是克扣工资。

再者，用人单位即使有正当理由扣除职工工资，也必须在法律规定的限额内扣除。根据《工资支付暂行规定》，因劳动者本人原因给用人单位造成经济损失的，用人单位可以从劳动者本人的工资中扣除。但每月扣除的部分不得超过劳动者当月工资的20%。若扣除后的剩余工资部分低于当地月最低工资标准，则按最低工资标准支付。

至于举证责任，根据《最高人民法院关于民事诉讼证据的若干规定》第6条的规定，在劳动争议纠纷案件中，因用人单位作出减少劳动报酬的决定而发生劳动争议的，由用人单位负举证责任。克扣职工工资属于减少劳动报酬，用人单位应当承担相应的举证责任。

（三）降低工资标准引发的劳动争议

工资标准是劳动合同的必备条款。劳动者应当按照劳动合同要求正常提供劳动，用人单位应当按照约定的工资标准支付劳动报酬。但在实践中，用人单位常常以各种合法或不合法的理由，如经营状况发生变化、劳动者身体状况不适合原工作岗位、女职工在孕期，调整劳动者的工作岗位，降低劳动者的工资标准。由于本书将专门阐述女职工保护和工伤问题，此处主要阐述以经营状况发生变化为由调整工作岗位、降低工资标准引发的劳动争议。

案例指引：广州某公司与胡某劳动合同纠纷案

1. 争议焦点

某公司调整胡某的工作岗位是否单方改变胡某的劳动条件？某公司单方改变胡某的劳动条件是否构成迫使胡某解除劳动合同？

2. 基本案情

胡某于 2003 年 10 月 20 日受聘于某公司，并于 2004 年 9 月 15 日与某公司签订《广州市职工劳动合同》，合同约定：期限 2 年，至 2006 年 10 月 1 日止；月工资为 5700 元，每月 26 日支付；如胡某的工作岗位调整，按新岗位所对应的工资标准执行；某公司安排胡某加班，应按《劳动法》第 44 条规定支付胡某工资；胡某每天工作 8 小时，每周工作 5 天；双方还约定了其他权利义务条款。劳动合同签订后，胡某在某公司的模具部任职。在劳动合同关系持续期间，某公司发放工资的方式是上月的工资在下月发放。

2005 年 9 月 8 日，某公司以合理利用人力资源为由，将胡某所在模具部并入工艺部。同月 12 日，某公司通知胡某其工作岗位调整为模具设计员，并口头通知胡某其工资将调整为每月 3800 元。胡某不同意某公司对其岗位及工资的调整，产生了强烈的抵触情绪。同月 16 日，某公司以胡某不适合工艺部工作为由，通知胡某将其调入生产部工作，胡某不同意某公司所作的调整，并于同日以私事为由请假 10 天，某公司主管黄某签批同意。胡某于 9 月 19 日向区劳动争议仲裁委员会提起劳动仲裁，以某公司所执行的工时、工资制度违反了双方所签合同为由，要求于 2005 年 9 月 19 日解除与某公司之间的劳动合同，并要求于 2005 年 9 月 23 日前结算所欠从 8 月 1 日到 9 月 17 日的工资。区劳动争议仲裁委员会作出裁决：一、某公司一次性支付胡某 2005 年 8 月 1 日至 9 月 17 日的工资 8878.50 元；二、驳回胡某的其他仲裁请求。胡某不服，向法院提起诉讼。某公司不同意胡某的诉讼请求，反诉要求其支付违约金 12000 元。

3. 法院判决

法院认为：胡某、某公司于 2004 年 9 月 15 日签订《广州市职工劳动合同》是双方当事人的真实意思表示，没有违反法律、行政法规的禁止性规定，是有效的协议，法院予以确认。本案的争议点：(1) 某公司调整胡某的工作岗位是否单方改变胡某的劳动条件；(2) 某公司单方改变胡某的劳动条件是否构成迫使胡某解除劳动合同。关于某公司调整胡某的工作岗位是否单方改变胡某的劳动条件的问题。首先，根据法律规定，用人单位提供给劳动者的劳动条件包括工作岗位和工资报酬，工作岗位和工资报酬中任何一项变动，即构成了劳动条件的改变。其次，胡某与某公司在劳动合同中虽没有约定胡某的具体工作岗位，但在履行劳动合同的过程中，双方依据约定的胡某的工资标准事实上确定了胡某的具体工作岗位，这是双方对胡某具体工作岗位的默认，也是双方对劳动合同的补充，对双方具有约束力。再次，根据合同的解释，双方在劳动合同中关于"如胡某的工作岗位调整，按新岗位所对应的工资标准执行"的约定，并不是说某公司可随意安排胡某的工作岗位、降低胡某的工资标准，而是指某公司调整后的胡某工作岗位应与其原来的工作岗位相当，并应与劳动合同约定的胡某的工资标准一致。综上，某公司在短短几天内两次变动胡某的工作岗位，并口头通知胡某将其月工资由原来的 5700 元降至 3800 元，改变了其提供给胡某的劳动条件。由于该劳动条件的改变并没有与胡某达成协商一致，构成了某公司单方改变胡某的劳动条件。某公司以双方在劳动合同中没有约定胡某的具体工作岗位及双方在劳动合同中关于"如胡某的工作岗位调整，按新岗位所对应的工资标准执行"的约定为由，主张其上述行为并不是单方改变胡某的劳动条件，没有合同依据，也不符合劳动法规定的精神，法院不予采信。

关于某公司单方改变胡某的劳动条件是否构成迫使胡某解除劳

动合同的问题。某公司单方改变胡某的劳动条件，不但不与胡某协商，以达成一致，反而在胡某有强烈的抵触情绪的情况下，以强硬态度再次调整胡某的工作岗位，造成胡某陷入一个二难的困境：要么接受某公司的调整，忍受与劳动合同约定不符的不公的待遇；要么不接受某公司的调整，极不情愿地解除与某公司的劳动合同。在本案中，胡某选择了后者，然而胡某的这一选择，是迫于某公司无形的压力，在极不情愿的情况下作出的。因此，法院认定某公司单方改变胡某的劳动条件迫使胡某解除劳动合同。

综上所述，法院判决：由于某公司单方改变劳动条件，迫使胡某不得不于2005年9月17日提出解除劳动合同，法院确认双方的劳动合同于当日解除。某公司应按《违反和解除劳动合同的经济补偿办法》第5条的规定支付胡某经济补偿金。

4. 作者评析

本案是典型的以调整工作岗位为由降低工资标准而引发的劳动争议。在实践中，用人单位往往在劳动合同中约定"用人单位有权根据经营状况调整劳动者的工作岗位。如工作岗位调整，按新岗位所对应的工资标准执行"。以为如此就可以随意调整劳动者的工作岗位，降低劳动者的工资标准。

其实不然，劳动合同约定"如工作岗位调整，按新岗位所对应的工资标准执行"，仅意味着新岗位对应新的工资标准，并不表明用人单位可以随意降低劳动者的职位和工资标准。根据法律规定，订立和变更劳动合同应当遵循协商一致的原则，劳动者和用人单位就变更合同不能达成一致的，用人单位不能单方面变更合同。如果用人单位未经协商，亦未能举证证明有合理依据，单方面降低劳动者的职位和工资标准，劳动者有权根据《劳动法》第32条第（三）项、《最高人民法院关于审理劳动争议案件适用法律若干问题的解释》第15条第（二）项的规定要求解除双方的劳动合同、获得劳动报酬和经济补偿金。

（四）工资低于最低工资标准引发的劳动争议

最低工资制度是为维护劳动者取得劳动报酬的合法权益，保障劳动者个人及其家庭成员的基本生活而制定的制度。在我国，从1994年我国实行最低工资制度以来，提高最低工资标准，就成为保障劳动者权益的一项重要举措。但是，实践中，特别是在劳动密集型企业，劳动者工资低于法定最低工资标准的现象屡有发生，也引发了大量劳动争议。

案例指引：唐某与某饭店劳动报酬争议案

1. 争议焦点

单位提供食宿等福利是否计入最低工资？

2. 基本案情

唐某应聘到某饭店当服务员，饭店提供住宿和一日三餐。但唐某发现自己的工资比最低工资标准还低，遂提出增加工资的请求。老板称提供食宿也要花钱，拒绝给唐某增加工资。唐某该怎么办？

3. 律师回答

唐某所在饭店的做法是错误的，应予以纠正。唐某可以向劳动保障部门举报，要求补发工资，并可要求按所欠工资的 1～5 倍支付赔偿金。

4. 作者评析

根据《最低工资规定》第 3 条：最低工资标准，是指劳动者在法定工作时间或依法签订的劳动合同约定的工作时间内提供了正常劳动的前提下，用人单位依法应支付的最低劳动报酬。所谓正常劳动，是指劳动者按依法签订的劳动合同约定，在法定工作时间或劳动合同约定的工作时间内从事的劳动。劳动者依法享受带薪年休假、探亲假、婚丧假、生育（产）假、节育手术假等国家规定的假期间，以及法定工作时间内依法参加社会活动期间，视为提供了正常劳动。

"最低工资"中的"工资"的组成也应当根据原劳动部《关于贯彻执行〈中华人民共和国劳动法〉若干问题的意见》第 53 条的规定进行认定，"工资"是指用人单位依据国家有关规定或劳动合同的约定，以货币形式直接支付给本单位劳动者的劳动报酬，一般包括计时工资、计件工资、奖金、津贴和补贴、延长工作时间的工资报酬以及特殊情况下支付的工资等。"工资"是劳动者劳动收入的主要组成部分。劳动者的以下劳动收入不属于工资范围：（1）单位支付给劳动者个人的社会保险福利费用，如丧葬抚恤救济费、生活困难补助费、计划生育补贴等；（2）劳动保护方面的费用，如用人单位支付给劳动者的工作服、解毒剂、清凉饮料费用等；（3）按规定未列入工资总额的各种劳动报酬及其他劳动收入，如根据国家规定发放的创造发明奖、国家星火奖、自然科学奖、科学技术进步奖、合理化建议和技术改进奖、中华技能大奖等，以及稿费、讲课费、翻译费等。

因此，用人单位支付给劳动者个人的社会保险福利费用、劳动保护方面的费用、按规定未列入工资总额的各种劳动报酬及其他劳动收入以及通过贴补伙食、住房支付给劳动者的非货币性收入不能作为最低工资的组成部分。另外，根据《最低工资规定》第12条，在劳动者提供正常劳动的情况下，加班工资、特殊津贴也不能列入最低工资的组成部分。

用人单位支付给劳动者的工资低于当地最低工资标准的，依法应当承担相应的法律责任。《劳动法》第48条规定，用人单位支付劳动者的工资不得低于当地最低工资标准。违者，可根据《最低工资规定》第13条由劳动保障行政部门责令其限期补发所欠劳动者工资，并可责令其按所欠工资的1~5倍支付劳动者赔偿金。

第五节　工作时间和休息休假争议

所有人都知道"五一"劳动节，但知道"五一"劳动节和8小时工作制之间关系的也许不多。"五一"劳动节是劳动者争取8小时工作制的产物。我国作为社会主义国家，当然从法律上严格规定了劳动者的工作时间，保障劳动者休息休假的权利。但是实践中，用人单位违反法律法规，延长劳动时间，要求员工在休息日和法定节假日加班，甚至不支付加班费的现象非常普遍，严重侵犯了劳动者的合法权益。随着《劳动合同法》、《职工带薪年休假条例》、《企业职工带薪年休假实施办法》等法律法规的出台，有关部门进一步加强了对劳动者休息休假权利的保护，加大了惩治不支付加班费等违法行为的力度。

一、有关工作时间和休息休假权利保护的法律规定

《宪法》明确劳动者有休息休假的权利。《宪法》第43条规定，中华人民共和国劳动者有休息的权利。国家发展劳动者休息和休养的设施，规定职工的工作时间和休假制度。《劳动法》以专章的形式

规定了工作时间制度、休息休假制度、加班加点的条件和加班费的支付；并在法律责任部分规定了违法延长劳动者工作时间、拒不支付劳动者延长工作时间工资报酬的法律责任。《劳动合同法》、《国务院关于职工工作时间的规定》、《国务院关于职工探亲待遇的规定》、《全国年节及纪念日放假办法》、《职工带薪年休假条例》、《女职工劳动保护规定》等法律法规、法规对《劳动法》进行了适当的修改，进一步明细了我国的法定工时制，建立和完善了包括法定节假日、休息日、年休假、探亲假、婚丧假、产假、病假等的休息休假制度。《违反〈中华人民共和国劳动法〉行政处罚办法》则进一步明确规定，拒不支付劳动者延长工作时间工资报酬的，可责令支付劳动者的工资报酬、经济补偿，并可责令按相当于支付劳动者工资报酬、经济补偿总和的 1～5 倍支付劳动者赔偿金。有关法律法规笔者将通过案例的形式在下文中进行解释和适用。

法律	规定	备注
宪法	第43条 中华人民共和国劳动者有休息的权利。国家发展劳动者休息和休养的设施，规定职工的工作时间和休假制度。	
劳动法	第四章 工作时间和休息休假 第90条 用人单位违反本法规定，延长劳动者工作时间的，由劳动行政部门给予警告，责令改正，并可以处以罚款。 第91条 用人单位有下列侵害劳动者合法权益情形之一的，由劳动行政部门责令支付劳动者的工资报酬、经济补偿，并可以责令支付赔偿金：（一）克扣或者无故拖欠劳动者工资的；（二）拒不支付劳动者延长工作时间工资报酬的；（三）低于当地最低工资标准支付劳动者工资的；……	第四章以专章的形式对工作时间和休息休假进行了规定，主要内容包括法定工作时间制度、休息日、法定休假日、加班等。

法律	规定	备注
劳动合同法	第17条　劳动合同应当具备以下条款：……（四）工作内容和工作地点； 第68条　非全日制用工，是指以小时计酬为主，劳动者在同一用人单位一般平均每日工作时间不超过四小时，每周工作时间累计不超过二十四小时的用工形式。 第72条　非全日制用工小时计酬标准不得低于用人单位所在地人民政府规定的最低小时工资标准。非全日制用工劳动报酬结算支付周期最长不得超过十五日。	
国务院关于职工工作时间的规定	全文	有关法定工时制和周休息日的行政法规
关于贯彻《国务院关于职工工作时间的规定》的实施办法	全文	为贯彻实施《国务院关于职工工作时间的规定》而制定的部门规章
国务院关于职工探亲待遇的规定	全文	探亲假的条件、期限、待遇

法律	规定	备注
关于国营企业职工请婚丧假和路程假问题的规定	第1条 职工本人结婚或职工的直系亲属（父母、配偶和子女）死亡时，可以根据具体情况，由本单位行政领导批准，酌情给予一至三天的婚丧假。 第2条 职工结婚时双方不在一地工作的；职工在外地的直系亲属死亡时需要职工本人去外地料理丧事的，都可以根据路程远近，另给予路程假。 第3条 在批准的婚丧假和路程假期间，职工的工资照发，途中的车船费等，全部由职工自理。	
全国年节及纪念日放假办法	全文	法定节假日
职工带薪年休假条例	全文	以行政法规的形式规范职工带薪年休假制度，保障职工的休息权利，主要内容包括年休假的适用范围、不适用年休假的情形以及年休假加班的工资报酬
企业职工带薪年休假实施办法	全文	为了实施《职工带薪年休假条例》而专门制定的部门规章，对《职工带薪年休假条例》的相关条款提供可操作的措施和解释，主要内容包括带薪休假的不同情况，日工资的折算方式等。

法律	规定	备注
女职工劳动保护规定	第7条 ……怀孕七个月以上（含七个月）的女职工，一般不得安排其从事夜班劳动；在劳动时间内应当安排一定的休息时间。怀孕的女职工，在劳动时间内进行产前检查，应当算作劳动时间。 第8条 女职工产假为九十天，其中产前休假十五天。难产的，增加产假十五天。多胞胎生育的，每多生育一个婴儿，增加产假十五天。女职工怀孕流产的，其所在单位应当根据医务部门的证明，给予一定时间的产假。 第9条 有不满一周岁婴儿的女职工，其所在单位应当在每班劳动时间内给予其两次哺乳（含人工喂养）时间，每次三十分钟。多胞胎生育的，每多哺乳一个婴儿，每次哺乳时间增加三十分钟。女职工每班劳动时间内的两次哺乳时间，可以合并使用。哺乳时间和在本单位内哺乳往返途中的时间，算作劳动时间。	女职工在孕期、产期、哺乳期享有的休息休假权利
《女职工劳动保护规定》问题解答	9. 如何理解"孕妇产前检查算作劳动时间"？ 答：为了保证孕妇和胎儿的健康，应按卫生部门的要求做产前检查。女职工产前检查应按出勤对待，不能按病假、事假、旷工处理。对在生产第一线的女职工，要相应地减少生产定额，以保证产前检查时间。 10. 如何理解产前休假15天的规定？ 答：女职工产假90天，分为产前假、产后假两部分。即产前假15天，产后假75天。所谓产前假15天，系指预产期前15天的休假。产前假一般不得放到产后使用。若孕妇提前生产，可将不足的天数和产后假合并使用；若孕	

法律	规定	备注
	妇推迟生产,可将超出的天数按病假处理。 11. 休产假能否提前或推后?教师产假正值寒暑假期间,是否能延长寒暑假休假时间? 答:国家规定产假 90 天,是为了能保证产妇恢复身体健康。因此,休产假不能提前或推后。至于教师产假正值寒暑假期间,能否延长寒暑假的时期,则由主管部门确定。 12. 按原规定休 56 天产假的女职工,1988 年 9 月 1 日还在休产假者,如何计算产假? 答:应按本规定休产假 90 天计算。 13. 女职工流产应休息多长时间? 答:女职工流产休假按劳险字〔1988〕2 号《关于女职工生育待遇若干问题的通知》执行,即"女职工怀孕不满 4 个月流产时,应当根据医务部门的意见,给予 15~30 天的产假;怀孕期满 4 个月以上流产者,给予 42 天产假,产假期间,工资照发。" 14. 本规定发布前哺乳期有 10 个月的,也有 18 个月的,是否都应按本规定执行? 答:凡哺乳(包括人工喂养)一周岁以内婴儿的女职工都应按本规定执行。企、事业单位有条件的,也可适当延长哺乳期。 15. 哺乳期满,有的婴儿身体特别虚弱,或正值夏季,可否适当延长哺乳期? 答:女职工哺乳婴儿满周岁后,一般不再延长哺乳期。如果婴儿身体特别虚弱,经医务部门证明,可将哺乳期酌情延长。如果哺乳期时正值夏季,也可延长 1~2 个月。	

法律	规定	备注
劳动部关于女职工生育待遇若干问题的通知	一、女职工怀孕不满四个月流产时，应当根据医务部门的意见，给予十五天至三十天的产假；怀孕满四个月以上流产时，给予四十二天产假。产假期间，工资照发。 二、女职工怀孕，在本单位的医疗机构或者指定的医疗机构检查和分娩时，其检查费、接生费、手术费、住院费和药费由所在单位负担，费用由原医疗经费渠道开支。 三、女职工产假期满，因身体原因仍不能工作的，经过医务部门证明后，其超过产假期间的待遇，按照职工患病的有关规定处理。	

二、有关工作时间和休息休假的常见争议

有关工作时间和休息休假的劳动争议主要有加班费问题、休息权、休假权问题。企业在追求利润的过程中往往枉顾法律的有关规定和劳动者的休息权，采取延长劳动时间等方式，最大化地榨取劳动者的剩余价值。在实践中，变相延长工作时间、安排员工加班却不支付或足额支付加班费、不履行法律规定的休假制度或者以劳动者休假为由降低工资福利的情况非常常见，与此相关的劳动争议也层出不穷。

（一）变相延长工作时间引发的劳动争议

案例指引：赵某等诉某厂侵犯其休息权案

1. 争议焦点

灯泡厂裁减工作人数是否构成变相延长工作时间，侵犯了职工的休息权？

2. 基本案情

赵某等4人均系灯泡厂工人。被告自法定代表人朱某于1994年

118

5月接任厂长职务后，从1995年7月5日起，以生产任务紧，工厂人手不足为由，将原来由7人承担的灯泡装箱入库工作改由原告方4人承担。一个星期后，原告方4人向厂长朱某提出灯泡装箱入库工作由原告方4人承担工作量太大，4人每天得多干两个多小时才能完成任务，要求厂长再给增加一个人。厂长不同意加人，但提出4人的超时超量工作可以给加班费。3个月后，原告方4人均感到身体已极度疲乏，无法再坚持长时间的超量劳动。因而，又一次向厂方反映情况，要求解决问题，但厂长朱某却说："干不了，可以不干，不想在灯泡厂干，可以走嘛。在这里就是这个干法。"双方遂为此发生争议。

原告方于1995年10月21日向劳动争议仲裁委员会提出仲裁申请，请求仲裁机关依法责令被告停止长期变相延长劳动时间的行为。但仲裁委员会裁决认为："经查，被诉方安排给申诉方4人所从事的工作，基本上可由申诉方在8小时工作时间内完成，被告方延长原告方工作时间仅是个别情况，在法律规定范围内。"故裁定对原告仲裁请求不予支持。

原告方不服仲裁结果，向法院提起诉讼，要求法院判令被告合理安排工人的工作量，责成被告保证不再侵犯职工合法权利，不再安排原告长期从事必须延长工作时间的工作。

被告辩称：新任厂长是在法定权限内，根据厂内人手缺少，工作任务重的实际情况合理地安排工人工作的。对赵某等4人的工作安排也是根据工作需要而定的。赵某等4人的工作也不是天天都那么重，有时订货量大了，生产期限比较紧，就可能存在加班、加点的情况。况且，所有加班、加点的工人都发给了加班费。灯泡厂效益不大好，没有了生产效率，工厂马上就会亏损，让工人加班、加点也是迫不得已的事情。

3. 法院判决

法院经审理查明：被告灯泡厂确实存在人手短少情况，被告法定代表人自1995年7月5日调整原为7人的成品灯泡包装工人为4人确为事实。原告方4人自调整工作后因人力不足，为完成本职工作长期加班、加点工作（平均每天加点工作2个半小时）。另经查被告财务工资表，被告已发给原告方加班、加点工资。

法院审理认为被告违反劳动法律的规定，长期延长原告方劳动时间，侵害了原告方的合法权益。据此，判令被告自判决生效之日起立即停止长期延长原告赵某等4人工作时间的行为。

4. 作者评析

本案的争议焦点是被告灯泡厂是否违反劳动法规，变相延长工作时间，侵犯了职工的休息权。《国务院关于职工工作时间的规定》中明确规定：在中国境内的国家机关、社会团体、企事业单位以及其他组织的职工每日8小时，每周工作40小时的工作制度。同时规定："任何单位和个人不得擅自延长工作时间。因特殊情况和紧急任务确需延长职工工作时间的，按照国家有关规定执行。""国家机关、事业单位实行统一的工作时间，星期六和星期日为周休息日。企业和不能实行前款规定的统一工作时间的事业单位，可以根据实际情况灵活安排周休息日。"1995年1月1日起实施的《劳动法》"工作时间和休息休假"一章中确立了上述内容的法律地位。

在本案中，被告灯泡厂法定代表人朱某以生产任务紧、工厂人手不足为由，变相延长职工的工作时间，使原告四人身心疲惫，健康受到极大损害。被告虽然对加班、加点支付了额外工资，但已违反了上述我国有关工时立法。法院判令其自判决生效之日起停止长期延长原告4人工作时间的判决是完全合理合法的，被告应严格执行。

本案被告虽存在实际困难，人手紧张，但这决不是行为合法的理由。1995年人事部关于《贯彻〈国务院关于职工工作时间的规定〉的实施办法》第6、7条规定，在下列情况下可以延长职工工作时间：（1）由于发生严重自然灾害、事故或其他灾害，使人民的安全健康和国家财产遭到严重威胁，需要紧急处理的；（2）为完成国家紧急任务或完成上级安排的其他紧急任务的。显然，被告关于生产任务紧，工厂人手不足的理由不符合第六条所列情形。同时，劳动部关于《贯彻〈国务院关于职工工作时间的规定〉的实施办法》第6条规定："任何单位和个人不得擅自延长职工工作时间。企业由于生产经营需要而延长职工工作时间的，应按《中华人民共和国劳动法》第四十一条的规定执行。"而《劳动法》第41条规定："用人单位由于生产经营需要，经与工会和劳动者协商后可以延长工作时间，一般每日不得超过 1 小时；因特殊原因需要延长工作时间的，在保障劳动者身体健康的条件下延长工作时间每日不得超过 3 小时，但是每月不得超过 36 小时。"本案被告将原本 7 个人干的工作任务交给 4 个人承担，使原告 4 人不得不每天多干两个多小时才能完成任务，并且身心疲乏，已经违反了上述规定。更何况，原告两次要求与被告协商均遭拒绝，被告擅自延长其工作时间在程序上也违背了上述规定。

综上，我们认为，被告违反了我国劳动法规，其行为是变相延长工人工作时间，侵犯工人休息权和健康权，法院的判决是正确的。

（二）支付加班工资不符合法律规定引发的劳动争议

案例指引：海南某公司诉李某劳动争议纠纷案

1. 争议焦点

用人单位按排休息日工作是否应当支付加班工资？

2. 基本案情

1994 年 1 月 1 日，李某受聘为海南某公司的保安员，月薪 650 元。2000 年 9 月 1 日双方签订一份《劳动合同书》，合同期限 1 年（即自 2000 年 9 月 1 日至 2001 年 9 月 1 日止）。该合同约定，海南某公司安排李某工作每日不超过 8 小时，平均每周不超过 40 小时（折合 5 日）；海南某公司安排李某在休息日工作，相当于李某正常工作时间工资的 200% 的标准支付工资报酬；海南某公司依法为李某缴纳各项社会保险费（包括从前的各项保险费）。李某 1998 年 9 月至 2000 年 9 月在海南某公司处工作期间，每月上班 30 天。海南某公司已支付李某每月 4 天共 96 天加班工资。2000 年 9 月 1 日，劳动合同到期后，海南某公司不再续签。李某要求海南某公司支付尚未支付的加班费，海南某公司予以拒绝。李某遂向劳动争议仲裁委员会申请仲裁，劳动仲裁委员会支持了李某的请求。海南某公司不服仲裁裁决，遂向人民法院起诉要求撤销仲裁裁决。

3. 法院判决

法院认为：根据 1995 年 3 月 25 日修订后的《国务院关于职工工作时间的规定》第 3 条和《劳动部贯彻〈国务院关于职工工作时间的规定〉的实施办法》第 3 条的规定，职工每日工作 8 小时，每周工作 40 小时（折合 5 日），即职工每月法定标准工作时间为 22

天。被告每月安排原告工作 30 天，超出法定标准工作时间 8 天。被告既然未安排原告补休，即应补发原告加班工资。被告实发原告每月 4 天加班工资，尚欠每月 4 天加班工资未发。现原告要求补发，被告应按照不低于原告本人日工资 29.5 元标准的 200% 补发原告加班工资。

4. 作者评析

本案的关键在于法定工作时间和加班费的计算。法定工作时间的规定散见于《劳动法》、《国务院关于职工工作时间的规定》、《劳动部贯彻〈国务院关于职工工作时间的规定〉的实施办法》、《全国年节及纪念日放假办法》、《关于职工全年月平均工作时间和工资折算问题的通知》等法律、法规、规章中。笔者试图根据有关法律法规就此做一归纳：

（1）我国的法定工时制度的种类

我国的法定工时制度包括三种：标准工时制度、综合工时制、不定时工作制。标准工时制适用于绝大多数企事业单位，即日常所说的"八小时工作制"。

综合计算工时制度是针对因工作性质特殊，需连续作业或受季节及自然条件限制的企业的部分职工，采用的以周、月、季、年等为周期综合计算工作时间的一种工时制度，但其平均日工作时间和平均周工作时间应与法定标准工作时间基本相同。根据《关于企业实行不定时工作制和综合计算工时工作制的审批办法》，实行综合计算工时制需要经过当地劳动保障部门批准方可实施，主要适用于（1）交通、铁路、邮电、水运、航空、渔业等行业中因工作性质特殊，需连续作业的职工；（2）地质及资源勘探、建筑、制盐、制糖、旅游等受季节和自然条件限制的行业的部分职工；（3）其他适合实行综合计算工时工作制的职工。

不定时工作制是针对因生产特点、工作特殊需要或职责范围的关系，无法按标准工作时间衡量或需要机动作业的职工所采用的一种工时制度。根据《关于企业实行不定时工作制和综合计算工时工作制的审批办法》，实行不定时工作制也需要经过当地劳动保障部门批准方可实施，主要适用于（1）企业中的高级管理人员、外勤人员、推销人员、部分值班人员和其他因工作无法按标准工作时间衡量的职工；（2）企业中的长途运输人员、出租汽车司机和铁路、港口、仓库的部分装卸人员以及因工作性质特殊，需机动作业的职工；（3）其他因生产特点、工作特殊需要或职责范围的关系，适合实行不定时工作制的职工。

需要特别注意的是，如果用人单位与劳动者的合同中约定的是不定时工时制度或综合计算工时制而没有获得劳动保障部门批准的话，那么劳动者的工时制度应当是标准工时制度，超过标准工时的就应当算作加班，用人单位应当支付加班工资。

（2）标准工时制的内容

工作时间及工资折算。根据《劳动法》、《国务院关于职工工作时间的规定》、《全国年节及纪念日放假办法》的规定，我国标准工时制是每日工作 8 小时，每周工作 40 小时的标准工时制。年工作日为 365 天 – 104 天（休息日）– 11 天（法定节假日）= 250 天；季工作日为 250 天 ÷ 4 季 = 62.5 天/季；月工作日为 250 天 ÷ 12 月 = 20.83 天/月。月、季、年的工作小时数分别为月、季、年的工作日乘以每日的 8 小时。有些企业因工作性质和生产特点不能完全实行标准工时制度的，可以变通实行每周工作时间不超过 40 小时，每周至少休息 1 天的工时制度。

月实际工作时间超过月工作日的，即为加班。按照《劳动法》第 51 条的规定法定节假日用人单位应当依法支付工资，即折算日工资、小时工资时不剔除国家规定的 11 天法定节假日，因此月计薪天数 =（365 天 – 104 天）÷ 12 月 = 21.75 天；日工资 = 月工资收入 ÷ 21.75；小时工资 = 月工资收入 ÷（21.75 × 8 小时）。

加班的分类及加班费的计算。加班可以分为平时日常性的加班延时、休息日的加班、法定节假日的加班：

①8 小时工作制，每周不超过 40 个小时。在 8 小时之外安排劳动者延长工作时间的，属于平时日常性的加班延时，支付不低于工资的 150% 的工资报酬。计算方法为月工资除以 21.75，再除以 8 小时，换算出每小时工资，再按小时工资的 150% 支付加班费。

②每周休息 2 天，每年休息日为 102 天。休息日安排劳动者工作又不能安排补休的，支付不低于工资的 200% 的工资报酬。计算方法是月工资除以 21.75，再除以 8 小时，换算出每小时工资，再按小

时工资的200%支付加班费。如果用人单位安排补休的，则不用支付加班费。安排补休或支付加班费的选择权在用人单位手中。还有需要注意的是，休息日并不必然是周六、周日。《国务院关于职工工作时间的规定》第7条规定，国家机关、事业单位实行统一的工作时间，星期六和星期日为周休息日。企业和不能实行前款规定的统一工作时间的事业单位，可以根据实际情况灵活安排周休息日。

③每年法定节假日11天。按照今年新实行的工时制度，法定节假日已是带薪休假，在节假日期间员工照常享受工资待遇，除此之外用人单位还应"额外"支付3倍的加班费。计算方法是月工资除以21.75，再除以8小时，换算出每小时工资，再按小时工资的300%支付加班费。

明确各种情形的加班费计算方法之后还必须确定加班费的计算基数——即月工资、工资。如果劳动合同有明确约定工资数额的，应当以劳动合同约定的工资作为加班费计算基准。如果劳动合同的工资项目分为"基本工资"、"岗位工资"、"职务工资"等，应当以各项工资的总和作为基数计发加班费，不能以"基本工资"、"岗位工资"或"职务工资"单独一项作为计算基数。如果劳动合同没有明确约定工资数额，或者合同约定不明确时，应当以实际工资作为计算基数。凡是用人单位直接支付给职工的工资、奖金、津贴、补贴等都属于实际工资，具体包括国家统计局《〈关于工资总额组成的规定〉若干具体范围的解释》中规定"工资总额"的几个组成部分。应当注意一点，在以实际工资都可作为加班费计算基数时，加班费、伙食补助和劳动保护补贴等应当扣除，不能列入计算范围。实行计件工资的，应当以法定时间内的计件单价为加班费的计算基数。加班费的计算基数低于当地当年的最低工资标准的，应当以日、时最低工资标准为基数。

标准工时制对于延长劳动时间的限制。一般说来，企业经过与劳动者协商，并依法支付加班费可以延长工时时间。但是，延长工时时间应当符合《劳动法》等法律法规的的限制条件。根据《劳动法》第41条的规定，正常工作日的加点，一般每日不得超过1小时。因特殊原因需要延长工作时间的，在保障劳动者身体健康的条件下延长工作时间每日不得超过3小时；每月工作日的加点、休息日和法定休假日的加班的总时数不得超过 36 小时。对用人单位违反法律、法规规定强迫劳动者延长工作时间的，劳动者有权拒绝。

但是，根据《关于贯彻〈国务院关于职工工作时间的规定〉的实施办法》，用人单位出现以下特殊情形和紧急任务之一的，劳动者不得拒绝延长工作时间：（1）发生自然灾害、事故或者因其他原因，使人民的安全健康和国家财产遭到严重威胁，需要紧急处理的；（2）生产设备、交通运输线路、公共设施发生故障，影响生产和公众利益，必须及时抢修的；（3）必须利用法定节日或公休假日的停产期间进行设备检修、保养的；（4）为完成国防紧急任务，或者完成上级在国家计划外安排的其他紧急生产任务，以及商业、供销企业在旺季完成收购、运输、加工农副产品紧急任务的。在上述特殊情况下，用人单位组织职工延长工作时间可不受法律规定的条件限制，但用人单位应当按照法律规定的标准支付延长工作时间的工资或安排补休。

（3）综合计算工时工作制的加班

实行综合计算工时工作制的劳动者，其实际工作时间超过制度工作时间的部分应视为延长工作时间。即每年实际工作时间超过 250 天（或 2000 小时）、每季度实际工作时间超过 62.5 天（或 500 小时）、每月实际工作时间超过 20.83 天（或 166.64 小时）的部分属于延长工作时间。倘若在整个综合计算工时期内实际工作时间总数不超过该周期内的法定标准工作时间总数，只是其中某一日工作时间超过 8 小时，其超过的部分不应作为延长工作时间。

《关于贯彻执行〈中华人民共和国劳动法〉若干问题的意见》第 62 条的规定，实行综合计算工时工作制的企业职工，工作日正好是周休息日的，属于正常工作；工作日正好是法定节假日的，应当依照不低于劳动者正常情况下本人日工资的 300% 的标准，支付加班工资。

（4）实行不定时工作制的加班

实行不定时工作制的劳动者，是否需要支付加班费不能一概而论。根据《工资支付暂行规定》，实行不定时工作制，不执行有关加班的规定。但是各地方对此有不同规定的，适用各地规定。例如，《上海市企业工资支付办法》第 13 条规定，经劳动保障行政部门批准实行不定时工时制的用人单位，在法定休假节日安排劳动者工作的，按本条第（三）项（即安排劳动者在法定休假节日工作的，按照不低于劳动者本人日或小时工资标准的300%支付工资）的规定支付工资。也就是说，实行不定时工作制的职工在法定节假日被安排工作，也是有加班费的。不过，根据《北京市工资支付规定》，用人单位经批准实行不定时工作制度的，也不执行有关加班的规定。

（5）违法延长劳动者工作时间、不依法支付加班费的法律责任

违法延长劳动者工作时间不但需要依法支付加班费，还需要承担行政责任。根据《违反〈中华人民共和国劳动法〉行政处罚办法》第4条、第5条，用人单位未与工会和劳动者协商强迫劳动者延长工作时间或者每日延长劳动者工作时间超过3小时或每月延长工作时间超过36小时的的，应给予警告，责令改正，并可按每名劳动者每延长工作时间1小时罚款100元以下的标准处罚。

不依法支付加班费，根据《劳动合同法》第85条，由劳动行政部门责令限期支付；逾期不支付的，责令用人单位按应付金额50%以上100%以下的标准向劳动者加付赔偿金。

（三）用人单位有关休假规定与法律冲突引发的劳动争议

实践中用人单位往往制定了有关休假的规章制度，但是许多用人单位的休假规定与法律有冲突之处，侵犯了劳动者的休假权。笔者在此将结合案例进行分析，并就我国目前的休息休假制度进行归纳。

案例指引：徐某与某公司劳动争议案

1. 争议焦点

公司内部休假制度是否可以对抗部门规章？

2. 基本案情

原告徐某系被告某公司职员，1999年5月5日与某公司签订了无固定期限劳动合同。2001年10月25日，徐某向某公司提出到国外探望作为使馆常驻人员的配偶，请假2个月的请求。根据某公司《员工考勤及休假政策和程序》的规定，徐某作为某公司员工可享受1个月的带薪假。2001年11月15日，某公司在徐某填写的因公出国人员审查表中标明公司同意其休假，加盖了某公司印章。2002年1月21日，原告徐某称其向公司提交了申请为2个月探亲假的假条，

其中包括一个月的带薪假。2002年3月22日，徐某回国后到公司报到，某公司向其出示了《解除劳动合同通知书》并注明："您申请的探亲假到2002年2月23日止，但从2月25日至今您一直连续无故旷工，因此，公司决定与您解除劳动合同。"徐某接到通知后未签字而向海淀区劳动争议仲裁委员会申请仲裁，后因不服裁决向海淀区人民法院起诉。徐某认为根据《关于驻外使领馆常驻人员配偶随任和管理办法规定》，她作为常驻人员的不随任配偶享有探亲60日的权利。某公司内部关于30日假期的规定是对她休假的限制，因此要求某公司给付提前解除劳动合同的赔偿金。

3. 法院判决

海淀区人民法院支持了原告徐某的请求，判令被告某公司支付提前解除劳动合同的赔偿金。

4. 作者评析

本案涉及的一大法律问题是用人单位内部休假规定与法律相冲突时的处理。在实践中，用人单位往往制定了有关休假的规定。但是，该规定不能和法律相冲突。与法律相冲突的规定无效（具体可参见本书规章制度争议部分）。笔者在此对职工依法享有的国家规定的各种假期进行梳理：

(1) 法定节假日

根据2007年12月14日修订的《全国年节及纪念日放假办法》，我国法定节假日包括三类：第一类是全体公民放假的节日：新年（1月1日放假1天）、春节（农历正月初一、初二、初三放假3天）、劳动节（5月1日放假1天）、国庆节（10月1日、2日、3日放假3天）、清明节（放假1天）、端午节（放假一天）和中秋节（放假一天）。除了全体公民放假的节日外，还有第二类是部分公民放假的节日及纪念日，包括：妇女节（3月8日妇女放假半天）、青年节（5月4日14周岁以上的青年放假半天）、儿童节（6月1日13周岁以下的少年儿童放假1天）、中国人民解放军建军纪念日（8月1日现役军人放假半天）。第三类是少数民族习惯的节日，具体节日由各少数民族聚居地区的地方人民政府，按照各该民族习惯，规定放假日期。

另外，《全国年节及纪念日放假办法》第5条规定，二七纪念日、五卅纪念日、七七抗战纪念日、九三抗战胜利纪念日、九一八纪念日、教师节、护士节、记者节、植树节等其他节日、纪念日，均不放假。第6条规定，全体公民放假的假日，如果适逢星期六、星期日，应当在工作日补假。部分公民放假的假日，如果适逢星期六、星期日，则不补假。

法定节假日的待遇。法定节假日为带薪假期，工资照发。根据劳动法有关规定，法定休假日安排劳动者工作的，除支付劳动者当日正常工作时间工资外，另支付不低于劳动者本人日或者小时正常工作时间工资的300%的工资报酬。

（2）休息日

所谓休息日，简单地说就是双休日，它是常规的休息时间。《劳动法》第38条规定："用人单位应当保证劳动者每周至少休息一日。"《国务院关于职工工作时间的规定》第7条规定：国家机关、事业单位实行统一的工作时间，星期六和星期日为周休息日。企业和不能实行前款规定的统一工作时间的事业单位，可以根据实际情况灵活安排休息日。劳动部《关于贯彻〈国务院关于职工工作时间的规定〉的实施办法》规定：企业根据所在地的供电、供水和交通等实际情况与工会和职工协商后，可以灵活安排周休息日。也就是说，周六周日休息不是强制性规定，用人单位只要保证劳动者每周至少休息一日，就符合法律规定，可以灵活安排周休息日。但是，灵活安排周休息日不意味着可以减少全年的休息日。根据《关于职工全年月平均工作时间和工资折算问题的通知》，全年的周休息日应当达到104天（日历的周六和周日，全年按52周104天计算），即年劳动时间为250天（法定节假日为11天）。年劳动时间超过250天的，即为加班。

休息日的待遇。工资是按工作日计算的，休息日是不发工资的。如果用人单位安排劳动者休息日加班，应当安排补休或支付加班费。按照《劳动法》第44条的规定，休息日安排劳动者工作又不能安排补休的，支付不低于工资的200%的工资报酬。

（3）年休假

年休假是国家根据劳动者工作年限和劳动繁重紧张程度每年给予的一定期间的带薪连续休假。《劳动法》第45条规定："国家实行带薪年休假制度。劳动者连续工作一年以上的，享受带薪年休假。具体办法由国务院规定。"2007年12月16日《职工带薪年休假条例》公布，并自2008年1月1日起施行。根据这一《条例》，机关、团体、企业、事业单位、民办非企业单位、有雇工的个体工商户等单位的职工，凡连续工作1年以上的，均可享受带薪年休假。单位应当保证职工享受年休假。2008年9月18日《企业职工带薪年休假实施办法》公布施行，对《职工带薪年休假条例》有关条款进行了细化。

享受年休假的条件。根据《职工带薪年休假条例》、《企业职工带薪年休假实施办法》，享受年休假必须具备以下条件：

①主体条件。条例对各类用人单位实行广泛覆盖，机关、团体、企业、事业单位、民办非企业单位、有雇工的个体工商户等单位的职工均可享受带薪年休假待遇。单位应当保证职工享受年休假。

②时间条件。职工连续工作满12个月以上的，享受带薪年休假。根据《企业职工带薪年休假实施办法》第4条，年休假天数根据职工累计工作时间确定。职工在同一或者不同用人单位工作期间，以及依照法律、行政法规或者国务院规定视同工作期间，应当计为累计工作时间。如小李在A单位工作了3年，后又跳槽到B单位工作了5年，那么小李的累计工作时间应为8年。即小李在B单位年休假天数，按8年计算。

③限制条件。根据《职工带薪年休假条例》第4条的规定，职工依法享受寒暑假，其休假天数多于年休假天数的；职工请事假累计20天以上且单位按照规定不扣工资的；累计工作满1年不满10年的职工，请病假累计2个月以上的；累计工作满10年不满20年的职工，请病假累计3个月以上的；累计工作满20年以上的职工，请病假累计4个月以上的，不享受当年的年休假。

年休假的期限。根据《职工带薪年休假条例》，年休假可以分为三档，职工累计工作已满1年不满10年的，年休假5天；已满10年不满20年的，年休假10天；已满20年的，年休假15天。

根据《企业职工带薪年休假实施办法》规定，跳槽者进入新用人单位当年也可享受年休假。《企业职工带薪年休假实施办法》第5条规定，职工新进用人单位且符合本办法第3条规定的，当年度年

129

休假天数，按照在本单位剩余日历天数折算确定，折算后不足1整天的部分不享受年休假。折算方法为：（当年度在本单位剩余日历天数÷365天）×职工本人全年应当享受的年休假天数。假如小张在A单位工作了5年，今年9月1日跳槽到B单位，那么小张今年在B单位剩余的"日历天数"为122天。按规定，他的年休假天数应为5天。那么今年小张的年休假天数应为（122÷365）×5天≈1.67天。由于0.67天不足1整天，因此小张今年的年休假天数是1天。从第二年起，小张在B单位的休假天数就按《企业职工带薪年休假实施办法》第4条的规定累计计算。

年休假与其他休假的关系。目前，我国职工可以享受的其他休假主要有：寒暑假、探亲假、病假、事假等。《职工带薪年休假条例》、《企业职工带薪年休假实施办法》对年休假与这些休假的关系作了明确规定：

第一，年休假与寒暑假。在我国，学校一直实行寒暑假制度，教职员工享受的寒暑假天数（寒假2至3周，暑假5至6周）远远超过条例规定的年休假天数。因此，《职工带薪年休假条例》第4条规定：职工依法享受寒暑假，其休假天数多于年休假天数的，不享受当年的年休假。《企业职工带薪年休假实施办法》第7条规定，职工享受寒暑假天数多于其年休假天数的，不享受当年的年休假。确因工作需要，职工享受的寒暑假天数少于其年休假天数的，用人单位应当安排补足年休假天数。

第二，年休假与病、事假。在保障职工年休假权利的同时，也要保证单位正常的工作秩序，对于较长时间休病假、请事假的职工，不应当再享受年休假待遇。《职工带薪年休假条例》第4条规定，职工请事假累计20天以上且单位按照规定不扣工资的；累计工作满1年不满10年的职工，请病假累计2个月以上的；累计工作满10年不满20年的职工，请病假累计3个月以上的；累计工作满20年以上的职工，请病假累计4个月以上的，不享受当年的年休假。还需要注意的是，这里的病假不是工伤的停工带薪假期。还需要注意的是，如果职工请事假累计20天以上，但单位按照内部规定扣除了职工工资，职工依然享有年休假待遇。法律对于请病假未达到不享有年休假的期限的情形没有明确规定，用人单位可以制定有关年休假的内部规章制度予以明确。但是内部规章制度不能排除请病假未达到不享有年休假的期限的职工享有一定年休假的权利。根据《职工带薪年休假条例》可以发现，年休假与病假有一定的对应关系，2个月病假折抵5天年休假，3个月病假折抵10天年休假，4个月病假折抵15天年休假。相当于1个月的病假折抵5天年休假。用人单位可以参照这一比例制定企业有关年休假的规章制度。

第三，年休假与探亲假、婚丧假、产假等国家规定的假期以及因工伤停工留薪期的关系。年休假与探亲假、婚丧假、产假等国家规定的假期以及因工伤停工留薪期是功能不同的休假制度，不应互相冲抵。《企业职工带薪年休假实施办法》第6条规定，职工依法享受的探亲假、婚丧假、产假等国家规定的假期以及因工伤停工留薪期间不计入年休假假期。

法律规定与劳动合同、集体合同约定的或者用人单位规章制度的规定的关系。劳动合同、集体合同约定的或者用人单位规章制度规定不得违反法律规定。但是，法律规定只是底限。用人单位可以和劳动者约定更高的待遇。根据《企业职工带薪年休假实施办法》第13条，如果劳动合同、集体合同约定的或者用人单位规章制度规定年休假天数、未休年休假工资报酬高于法定标准的，用人单位应当按照有关约定或者规定执行。

年休假的待遇。年休假属于带薪假期，职工在年休假期间享受与正常工作期间相同的工资收入。如果职工年休假天数少于应休年休假天数的，用人单位应当依法给予补偿。《企业职工带薪年休假实施办法》第10条规定，用人单位经职工同意不安排年休假或者安排职工年休假天数少于应休年休假天数，应当在本年度内对职工应休未休年休假天数，按照其日工资收入的300%支付未休年休假工资报酬，其中包含用人单位支付职工正常工作期间的工资收入。用人单位安排职工休年休假，但是职工因本人原因且书面提出不休年休假的，用人单位可以只支付其正常工作期间的工资收入。另外，终止合同未休年假可折算工资。《企业职工带薪年休假实施办法》第12条条规定，用人单位与职工解除或者终止劳动合同时，当年度未安排职工休满应休年休假的，应当按照职工当年已工作时间折算应休未休年休假天数并支付未休年休假工资报酬，但折算后不足1整天的部分不支付未休年休假工资报酬。折算方法为：（当年度在本单位已过日历天数÷365天）×职工本人全年应当享受的年休假天数－当年度已安排年休假天数。用人单位当年已安排职工年休假的，多于折算应休年休假的天数不再扣回。"未休年休假工资报酬"是300%的日工资。假如小陈在单位工作了3年，可以得到5天的年休假。今年他和单位解除了合同，解除时小陈今年在单位工作了200天，但小陈只享受到1天的年休假，假如他的日工资是100元，那么小陈应得的未休假期间的报酬应为：{（200÷365）×5－1}×100元×3＝300元（注：（200÷365）×5－1≈1.74天，0.74天不足1整天，不支付该报酬，故取1天）。假如小陈已经享受了3天年休假，那么多余的2天也不再扣回。

（4）探亲假

探亲假，是指职工享有保留工作岗位和工资而同分居两地、又不能在公休日团聚的配偶或父母团聚的假期。它是职工依法探望与自己不住在一起、又不能在公休假日团聚的配偶或父母的带薪假期。

根据《国务院关于职工探亲待遇的规定》，享受探亲假必须具备以下条件：①主体条件，只有在国家机关、人民团体和全民所有制企业、事业单位工作的职工才可以享受探亲假待遇。②时间条件，工作满一年。③事由条件，一是与配偶不住在一起、又不能在公休假日团聚的，可以享受探望配偶的待遇；二是与父亲、母亲都不住在一起，又不能在公休假日团聚的，可以享受探望父母的待遇。"不能在公休假日团聚"是指不能利用公休假日在家居住一夜和休息半个白天。职工与父亲或与母亲一方能够在公休假日团聚的，不能享受本规定探望父母的待遇。需要指出的是，探亲假不包括探望岳父母、公婆和兄弟姐妹。新婚后与配偶分居两地的从第二年开始享受探亲假。此外，学徒、见习生、实习生在学习、见习、实习期间不能享受探亲假。

《国务院关于职工探亲待遇的规定》第3条规定，探亲假期分为以下几种：①探望配偶，每年给予一方探亲假一次，假期30天。②未婚员工探望父母，每年给假一次，假期20天，也可根据实际情况，2年给假一次，假期45天。③已婚员工探望父母，每4年给假一次，假期20天。探亲假期是指职工与配偶、父、母团聚的时间，另外，根据实际需要给予路程假。上述假期均包括公休假日和法定节日在内。④凡实行休假制度的职工（例如学校的教职工），应该在休假期间探亲；如果休假期较短，可由本单位适当安排，补足其探亲假的天数。

探亲假的待遇。《国务院关于职工探亲待遇的规定》第5条规定，职工在规定的探亲假期和路程假期内，按照本人的标准工资发给工资。第6条规定，职工探望配偶和未婚职工探望父母的往返路费，由所在单位负担。已婚职工探望父母的往返路费，在本人月标准工资30%以内的，由本人自理，超过部分由所在单位负担。

需要指出的是，对非国有企事业单位的职工是否有探亲假，国家无规定。因此，这类用人单位需根据当地的地方性法规以及本单位的实际情况，决定是否参考国务院有关规定制定本单位有关探亲假的规章制度。

（5）婚丧假

婚丧假，是指劳动者本人结婚以及劳动者的直系亲属死亡时依法享受的假期。婚丧是每个劳动者都会遇到的情况，劳动者婚丧期间，给予一定的假期，并由用人单位如数支付工资，使劳动者有时间处理相关事务，这是对劳动者的精神抚慰，体现了政府对劳动者的福利政策，也是对其权益的保护，对于调动劳动者的积极性具有重要意义。

婚丧假享有的条件。我国《婚姻法》规定，结婚年龄，男不得早于22周岁，女不得早于20周岁。晚婚晚育应予鼓励。因此，职工享受婚假的前提是，达到上述法律规定的结婚年龄，且与配偶正式办理了结婚登记手续。丧假享有的条件是，职工的直系亲属死亡。所谓直系亲属，根据《关于国营企业职工请婚丧假和路程假等问题的通知》的规定，仅指职工的父母、配偶、子女。此外，对请丧假范围的划定，有的地方规定除直系亲属死亡时可给丧假外，岳父母和公婆死亡时也可给予丧假。

婚丧假的期限。根据《关于国营企业职工请婚丧假和路程假等问题的通知》规定，职工本人结婚或职工的直系亲属（父母、配偶、子女）死亡时，可以根据具体情况，由本单位行政领导批准，酌情给予1～3天的婚丧假。职工结婚时双方不在一地工作的，职工在外地的直系亲属死亡时需要本人去外地料理丧事的，可以根据路程远近，另给予路程假，但是途中的车船费等，全部由职工自理。

目前国家还没有对非国有企业职工婚丧假作出具体规定，只是各地有地方规定，并且为了鼓励计划生育，各地对大龄晚婚青年的婚假均有奖励假期的规定，除了国家规定的 3 天假期外，各地一般另给 7 天左右的有薪假期。如《广东省企业职工假期待遇死亡抚恤待遇暂行规定》第 3 条规定："职工本人结婚，可享受婚假 3 天，晚婚者（男年满 25 周岁、女年满 23 周岁）增加 10 天。职工结婚双方不在一地工作的，可根据路程远近给予路程假。途中交通费由职工自理。"第 4 条规定"职工的直系亲属（父母、配偶、子女）死亡，可给予 3 天以内的丧假。职工配偶的父母死亡，经单位领导批准，可给予 3 天以内丧假。需要到外地料理丧事的，可根据路程远近给予路程假，途中交通费由职工自理"。再如上海市规定，职工除了享受的 3 天婚假外，符合晚婚年龄（男职工年满 25 周岁、女职工年满 23 周岁）的初婚者应当增加婚假一周。

婚丧假期间的待遇。根据《关于国营企业职工请婚丧假和路程假问题的通知》规定，婚丧假在 3 个工作日以内的，工资照发。至于假期超过 3 天的，全国目前没有明确规定工资计发的统一标准。各地只有参考地方性规定。如《上海市企业工资支付办法》中规定，晚婚者 10 天婚假期间的工资、奖金按如下原则确定：①劳动合同有约定的，按不低于劳动合同约定的劳动者本人所在岗位相对应的工资标准确定。集体合同确定的标准高于劳动合同约定标准的，按集体合同标准确定。②劳动合同、集体合同均未约定的，可由用人单位与职工代表通过工资集体协商确定，协商结果应签订工资集体协议。③用人单位与劳动者无任何约定的，假期工资的计算基数统一按劳动者本人所在岗位正常出勤的月工资的 70% 确定。还要说明的是，按以上原则计算的假期工资基数均不得低于当地规定的最低工资标准。

需要特别提醒的是，按规定，婚假、探亲假与年休假、产假等国家规定的假期应当分别计算。

（6）产假

产假是在职妇女产期前后依法享有的休假待遇。在职妇女产期前后的休假待遇，一般从分娩前半个月至产后两个半月，晚婚晚育者可前后长至四个月，女职工生育享受不少于九十天的产假。

归纳起来，产假可以分为两类，一类是必须享受的假。包括，①产假：《女职工劳动保护规定》第 8 条规定，女职工产假为 90 天，其中产前休假 15 天。难产的，增加产假 15 天。多胞胎生育的，每多生育一个婴儿，增加产假 15 天。女职工怀孕流产的，其所在单位应当根据医务部门的证明，给予一定时间的产假。简言之，女职工产假天数为：90 天 +30 天（晚育）+15 天（难产）+15 天（多胞胎每多生一个婴儿）。需要说明的是 90 天的产假包括双休日和法定假日，晚育假 30 天是包括双休日，但不包括法定假日。②产前检查：女职工妊娠期间在医疗保健机构约定的劳动时间内进行产前检查（包括妊娠 12 周内的初查），应算作劳动时间；（有些企业将怀孕女职工在劳动时间内进行产前检查的时间计为病假、缺勤等，侵害女职工的合法权益）。③产前假：怀孕 7 个月以上，每天工间休息一小时，不得安排夜班劳动。授乳时间：婴儿一周岁内每天两次授乳时间，每次 30 分钟，也可合并使用。

另一类是如工作许可，单位同意，可以请的假。包括①产前假：怀孕 7 个月以上，如工作许可，经本人申请，单位批准，可请产前假两个半月。②哺乳假：女职工生育后，若有困难且工作许可，由本人提出申请，经单位批准，可请哺乳假六个半月。③保胎假：医生开证明，按病假待遇。

相关假期的待遇。保胎假，工资按照病假发；产前假，工资按照八成发；产假领生育生活津贴；哺乳假，六个半月按照工资八成发，再延长期间按七成发。

（7）医疗期

医疗期是指企业职工因患病或非因工负伤停止工作治疗休息不得解除劳动合同的时限。医疗期不同于工伤的停工带薪期，两者原因不同，相应地，两者的内容也有很大差异。

医疗期的期限。《企业职工患病或非因公负伤医疗期的规定》第 3 条规定，企业职工因患病或非因工负伤，需要停止工作医疗时，根据本人实际参加工作年限和在本单位工作年限，给予 3 个月到 24 个月的医疗期：（1）实际工作年限 10 年以下的，在本单位工作年限 5 年以下的为 3 个月；5 年以上的为 6 个月。（2）实际工作年限 10 年以上的，在本单位工作年限5年以下的为6个月；5年以上10年以下的为9个月；10年以上15年以下的为12个月；15年以上20年以下的为18个月；20年以上的为24个月。第4条规定，医疗期3个月的按6个月内累计病休时间计算；6个月的按12个月内累计病休时间计算；9个月的按15个月内累计病休时间计算；12个月的按18个月内累计病休时间计算；18个月的按24个月内累计病休时间计算；24个月的按30个月内累计病休时间计算。

医疗期的待遇。根据《企业职工患病或非因公负伤医疗期的规定》第5条，企业职工在医疗期内，其病假工资、疾病救济费和医疗待遇按照有关规定执行。具体而言：①病假工资。根据劳动部《关于贯彻执行〈中华人民共和国劳动法〉若干问题的意见》第59条规定，职工患病或非因工负伤治疗期间，在规定的医疗期间内由企业按有关规定支付其病假工资或疾病救济费，病假工资或疾病救济费可以低于当地最低工资标准支付，但不能低于最低工资标准的80%。②疾病救济费。《企业职工患病或非因公负伤医疗期的规定》第5条对病假工资与疾病救济金的规定为并列方式，但《关于贯彻执行〈中华人民共和国劳动法〉若干问题的意见》第59条对此的规定却是选择方式。从二者规定的时间看，前者规定时间在先，后者规定在后，根据《立法法》第83条规定，同一机关制定的规章，新的规定与旧的规定不一致的，适用新的规定。对于病假工资与疾病救济金应适用《关于贯彻执行〈中华人民共和国劳动法〉若干问题的意见》的规定，即只能适用其一，即或适用病假工资，或适用疾病救济金。但不论适用哪一种待遇，均不能低于最低工资标准的80%。对此，各地的做法不一。如山东省劳动厅转发劳动部《关于发布〈企业职工患病或非因工负伤医疗期规定〉的通知》第1条规定，企业职工因病或非因工负伤，在医疗期内，停工累计不超过180天的，由企业发给本人工资70%的病假工资；累计超过180天的，发给本人工资60%的疾病救济金。上海市劳动和社会保障局《关于本市企业职工疾病休假工资或疾病救济费最低标准的通知》第1条规定，企业支付职工疾病休假期间的病假工资或疾病救济费不得低于当年本市企业职工最低工资标准的80%。也就是说，病假工资与疾病救济金只能适用其一，不能同时并用。③医疗待遇。即参加医疗保险的企业按照《国务院关于建立城镇职工基本医疗保险制度的决定》享受医疗保险待遇。

另外，根据劳动法的相关规定，在医疗期内，用人单位不得单方解除劳动合同。《劳动法》第 29 条规定，"劳动者有下列情形之一的，用人单位不得依据本法第二十六条、第二十七条的规定解除劳动合同：……（二）患病或者负伤，在规定的医疗期内的……"

医疗期满的处理。医疗期满后，应当进行劳动能力鉴定，根据鉴定等级决定是否解除劳动关系。《企业职工患病或非因工负伤医疗期规定》第 6 条规定，企业职工非因工致残和经医生或医疗机构认定患有难以治疗的疾病，在医疗期内医疗终结，不能从事原工作，也不能从事用人单位另行安排的工作的，应当由劳动鉴定委员会参照工伤与职业病致残程度鉴定标准进行劳动能力的鉴定。被鉴定为一至四级的，应当退出劳动岗位，终止劳动关系，办理退休、退职手续，享受退休、退职待遇；被鉴定为五至十级的，医疗期内不得解除劳动合同。第 7 条规定，企业职工非因工致残和经医生或医疗机构认定患有难以治疗的疾病，医疗期满，应当由劳动鉴定委员会参照工伤与职业病致残程度鉴定标准进行劳动能力的鉴定。被鉴定为一至四级的，应当退出劳动岗位，解除劳动关系，并办理退休、退职手续，享受退休、退职待遇。第 8 条规定，医疗期满尚未痊愈者，被解除劳动合同的经济补偿问题按照有关规定执行。

（8）停工带薪期

停工带薪期是职工因工作遭受事故伤害或者患职业病需要暂停工作接受工伤医疗的期限。

停工带薪期的期限。根据《工伤保险条例》第 31 条，停工留薪期一般不超过 12 个月。伤情严重或者情况特殊，经设区的市级劳动能力鉴定委员会确认，可以适当延长，但延长不得超过 12 个月。

停工带薪期的待遇。①在停工留薪期内，原工资福利待遇不变，由所在单位按月支付。②工伤职工评定伤残等级后，停发原待遇，按照有关规定享受伤残待遇。工伤职工在停工留薪期满后仍需治疗的，继续享受工伤医疗待遇。③生活不能自理的工伤职工在停工留薪期需要护理的，由所在单位负责。④工伤职工已经评定伤残等级并经劳动能力鉴定委员会确认需要生活护理的，从工伤保险基金按月支付生活护理费。生活护理费按照生活完全不能自理、生活大部分不能自理或者生活部分不能自理 3 个不同等级支付，其标准分别为统筹地区上年度职工月平均工资的 50%、40% 或者 30%。另外，在停工留薪期内，用人单位也不得单方解除劳动合同。《劳动法》第 29 条规定，患职业病或者因工负伤并被确认丧失或者部分丧失劳动能力的，用人单位不得依据该法第 26、27 条的规定解除劳动合同。

更多停工留薪期的待遇可以参见本书劳动保护和劳动条件、职业防护争议一章有关工伤待遇引发的劳动争议部分。

（四）强制安排年休假时间引发的劳动争议

案例指引：李某与某公司劳动争议案

1. 争议焦点

强制安排年休假时间是否违法？

2. 基本案情

《职工带薪年休假条例》实施后，某公司突然要求李某等 25 名未休年休假的员工，抓阄确定休假时间，从 8 月~12 月，每个月有 5 名员工必须休年休假，抓阄时间确定后，到时间不休的员工视为自动放弃。公司担心员工在今年余下的时间扎堆休假，而影响公司正常运作，只有出此"下策"强迫员工休假。

李某等质疑用人单位这样强行安排员工休年休假的时间是否合理，是否侵犯了员工的权益。

3. 劳动保障部门意见

用人单位根据自身的经营需要，可以统筹安排职工休年休假的时间，这是没有违反相关规定的。

4. 作者评析

《职工带薪年休假条例》规定，用人单位可以根据生产、工作的具体情况，并考虑职工本人意愿，统筹安排职工年休假；单位因生产、工作特点确有必要的，还可以跨 1 个年度安排员工休假；另外，单位确因工作需要不能安排职工休年休假的，经职工本人同意后，可以不安排职工休年休假，不过要对职工应休未休的年休假天数，按照该职工日工资收入的 300% 支付年休假工资报酬。建议劳动者最好将自己的休息时间和所在单位的运作周期联系起来，提前和用人单位达成一致，预约好年休假的时间。

第六节　职业培训和服务期争议

职业培训和服务期是《劳动合同法》、《劳动合同法实施条例》制定过程中，社会各界普遍关心的热点之一。《劳动合同法》实施之前的法律规定并没有明确限制服务期的适用，客观上造成服务期适用范围不断扩大，甚至滥用的情形。一些用人单位为劳动者提供了一些特殊的待遇如车、房、户口等，都要求劳动者签订服务期合同，严重侵犯了劳动者的就业选择权。为了解决这个问题，《劳动合同法》和《劳动合同法实施条例》就职业培训的认定和服务期协议的适用作出特别规定。

一、有关职业培训和服务期的法律规定

提供职业培训是用人单位的法定义务，接受职业培训是劳动者的权利。《劳动法》第68条明确规定，用人单位应当建立职业培训制度，按照国家规定提取和使用职业培训经费，根据本单位实际，有计划地对劳动者进行职业培训。从事技术工种的劳动者，上岗前必须经过培训。《职业教育法》第28条进一步明确，企业应当承担对本单位的职工和准备录用的人员进行职业教育的费用，具体办法由国务院有关部门会同国务院财政部门或者由省、自治区、直辖市人民政府依法规定。国家相关部门对用人单位提取职工教育经费的比例作出了规定，用人单位应当按照职工工资总额的一定比例（1.5%～2.5%）提取。

《劳动合同法》就服务期、违约金的适用条件等进行了限制性规定。《劳动合同法》第22条规定，用人单位为劳动者提供专项培训费用，对其进行专业技术培训的，可以与该劳动者订立协议，约定服务期。劳动者违反服务期约定的，应当按照约定向用人单位支付违约金。违约金的数额不得超过用人单位提供的培训费用。用人单位要求劳动者支付的违约金不得超过服务期尚未履行部分所应分摊的培训费用。用人单位与劳动者约定服务期的，不影响按照正常的工资调整机制提高劳动者在服务期期间的劳动报酬。

《劳动合同法实施条例》就"专项培训费用"的范围进行了明

确，对服务期长于劳动合同期限的处理进行了规定。《劳动合同法实施条例》第 16 条规定：劳动合同法第 22 条第 2 款规定的培训费用，包括用人单位为了对劳动者进行专业技术培训而支付的有凭证的培训费用、培训期间的差旅费用以及因培训产生的用于该劳动者的其他直接费用。《劳动合同法实施条例》第 17 条规定，劳动合同期满而服务期尚未到期的，劳动合同续延至服务期满。双方另有约定的，从其约定。值得注意的是，《劳动合同法实施条例》没有保留《劳动合同法实施条例（草案）》有关"视为提供专项培训费用"的规定，不再要求用人单位一次性或者 12 个月内累计为 1 名劳动者支出超过本单位上年度平均工资 30% 的费用进行培训的，才能视为提供了劳动合同法第 22 条第 1 款规定的专项培训费用。

二、有关职业培训和服务期的劳动争议

有关职业培训和服务期的争议主要集中在服务期的适用和违约金。《劳动合同法》实施之后，以户口、房车等专项技术培训以外的特殊待遇约定服务期的，协议无效。今后的争议将围绕着何为专项技术培训、违约金数额、服务期期限超过劳动合同期限等问题展开。

（一）专业技术培训认定引发的劳动争议

案例指引：陈某与某公司劳动争议案

1. 争议焦点

特殊工种操作技术的培训是否属于专业技术培训？是否可以签订服务期协议？

2. 基本案情

2008 年 1 月，某公司安排新工人陈某到总公司进行特殊工种操作技术的学习，培训均历时 2 个月，并签订有培训服务期协议，约定了服务期为 3 年，违约金为 10 万元。2008 年 3 月，陈某回公司上班。不久，陈某离职。某公司要求陈某支付 10 万元违约金。陈某认为自己参加的培训并非《劳动合同法》上所称的专业技术培训，所以根本不可以设置服务期和违约金，并申请了劳动争议仲裁。

3. 仲裁结果

经过开庭审理，最终仲裁庭裁决：认定公司对小陈进行的是特殊工种操作技术的培训，不是专业技术培训，不能约定服务期和违

约金，因此服务期协议是无效的。

4. 作者评析

本案的争议焦点在于什么样的培训才是《劳动合同法》上认可的可以约定服务期的培训？一般而言，培训分为两种类型：一种是一般层次的职业技能培训，内容主要为一般岗位技能培训和特殊工种培训等；另一种是企业为提高员工技能素质所提供的培训。在本案中，特殊工种培训不能认定为专业技术培训，所以小陈的服务期协议是无效的。《劳动合同法实施条例》没有保留草案之中有关"视为提供了专项技术培训费用"的规定，一方面表明用人单位为劳动者支出的专业技术培训的费用即使没有达到"一次性或者12个月内累计为1名劳动者支出超过本单位上年度平均工资30％"也可以被视为提供了专项技术培训费用。另一方面也表明即使用人单位为培训劳动者"一次性或者12个月内累计为1名劳动者支出超过本单位上年度平均工资30％的费用"，如果不能证明其为专项技术培训，并提供出资证明，也不能约定服务期。

（二）违反服务期协议引发的劳动争议

案例指引：李某与某公司劳动争议案

1. 争议焦点

什么情况下用人单位与劳动者可以约定服务期？劳动者违反培训协议要不要承担违约责任？服务期长于劳动合同期限如何处理？

2. 基本案情

2004年5月，李某与某公司签订了为期2年的劳动合同。公司为了提高李某的工作技能，2005年9月，该公司把李某送到美国进行专门培训3个月，并与李某签订了培训协议。协议约定，在接受培训后，李某必须再为公司工作3年，在这3年里李某如果要离开该公司，必须赔偿该公司培训费用3万元。但是，公司与李某并没有重新修改劳动合同的期限。2006年5月，李某与该公司的劳动合同到期，李某提出双方终止劳动合同，而该公司却认为双方签订了培训协议，李某的服务期还未满，李某应继续为该公司工作。如果李某一定要离开该公司，就应该按照培训协议的约定赔偿该公司培训费用3万元。李某认为自己与公司的劳动合同期限已届满，合同当然应该自然终止，遂离开公司。公司向劳动争议仲裁委员会提起仲裁申请，要求李某承担违约责任。

3. 仲裁结果

劳动仲裁委裁决李某承担违约责任，按照劳动者实际承担的违约金不得超过服务期尚未履行部分所应分摊的培训费用，支付违约金1万元。

4. 作者评析

本案中，某公司为李某提供了专门培训，并约定了3年的服务期和违约金。该服务协议合法有效，李某应当遵守，违反协议应当承担相应的违约责任。在实际生活中，像李某这样的情况很多，从《劳动合同法》的规定来看，本案涉及的问题主要有：什么情况下用人单位与劳动者可以约定服务期？劳动者违反培训协议要不要承担违约责任？服务期长于劳动合同期限如何处理？

（1）服务期的适用范围

只有用人单位向劳动者提供了专项技术培训才能约定服务期。专项技术培训不是一般的职业培训。提供职业培训是用人单位应尽的法律义务。

服务期是劳动者与用人单位约定在用人单位专门出资，为劳动者提供专项培训费用，对其进行专业技术培训的情况下，劳动者必须为用人单位提供服务的期限。服务期可以长于劳动合同期限，只要是双方的真实意思表示并通过合同固定下来，就对双方具有约束力。

作为对用人单位提供专项培训费用、对劳动者进行专业技术培训的对价，服务期是劳动者应履行的一项义务，同时是用人单位的权利，因此，如果用人单位要求本单位劳动者继续履行服务期的，劳动者应当履行，否则即为违约。

（2）违约金数额的限制

服务期协议约定的违约金最高不得超过用人单位支付的培训费用，不得要求劳动者承担超过培训费以外的其他损失。《劳动合同法实施条例》第16条规定："劳动合同法第二十二条第二款规定的培训费用，包括用人单位为了对劳动者进行专业技术培训而支付的有凭证的培训费用、培训期间的差旅费用以及因培训产生的用于该劳动者的其他直接费用。"

培训费用应当根据劳动者承诺的服务期进行分摊，劳动者违约时实际承担的违约费用不得超过服务期尚未履行部分应分摊的培训费用。如果单位给李某出资的培训费是 3 万元，因为李某接受培训后已为该公司服务 2 年，尚未提供服务的期限还有 1 年，那么，李某应支付服务期尚未履行部分所应分摊的培训费用，即支付的违约金不得超过 1 万元。

　　（3）劳动合同的解除原因与违约金的关系

　　《劳动合同法实施条例》还就劳动合同的解除原因与违约金的关系进行规定。劳动者因用人单位过错而行使劳动合同解除权时，可以不用支付违约金。用人单位因劳动者过错而行使劳动合同解除权的，还可以要求劳动者支付违约金。《劳动合同法实施条例》第 26 条规定，用人单位与劳动者约定了服务期，劳动者依照劳动合同法第 38 条的规定解除劳动合同的，不属于违反服务期的约定，用人单位不得要求劳动者支付违约金。有下列情形之一，用人单位与劳动者解除约定服务期的劳动合同的，劳动者应当按照劳动合同的约定向用人单位支付违约金：①劳动者严重违反用人单位的规章制度的；②劳动者严重失职，营私舞弊，给用人单位造成重大损害的；③劳动者同时与其他用人单位建立劳动关系，对完成本单位的工作任务造成严重影响，或者经用人单位提出，拒不改正的；④劳动者以欺诈、胁迫的手段或者乘人之危，使用人单位在违背真实意思的情况下订立或者变更劳动合同的；⑤劳动者被依法追究刑事责任的。

　　（4）服务期与劳动合同期限的关系

　　劳动合同期满，服务期尚未到期时，劳动合同续延至服务期满。双方另有约定的，从其约定。也就是说，用人单位可以和劳动者约定是否将劳动合同延至服务期满。双方没有约定的，劳动合同自动延期至服务期满。

　　（5）用人单位应保证劳动者在服务期内获得合理的劳动报酬

　　一般说来，服务期的期限比较长。在没有不同约定的情形下，劳动合同自动延期至服务期满。用人单位与劳动者约定服务期的，不影响按正常的工资调整机制提高劳动者在服务期期间的劳动报酬。

第七节　用人单位规章制度履行争议

　　用人单位劳动规章制度是用人单位为加强内部劳动关系管理，依法制定并适用于劳动者的行为规范。其适用范围是用人单位全部或者大部分劳动者。用人单位劳动规章制度和劳动合同、集体劳动合同都是确定劳动者和用人单位双方之间权利和义务的重要依据。与劳动合同、集体劳动合同反映双方意志不同的是，用人单位劳动规章制度更多地体现了用人单位的意志，是用人单位落实对劳动者的指挥、管理与监督，维护正常的生产与经营秩序的重要手段。

　　由于劳动法倾斜保护劳动者的特性，为了防止用人单位利用规章制度侵害劳动者的权益，法律对用人单位劳动规章制度制定和适用有着严格的规定。用人单位劳动规章制度要生效就必须保证内容和制定程序的合法性。但许多用人单位对此了解不多，劳动规章制度制定出来后都存在效力上的瑕疵，不仅起不到管理的作用，反而在发生劳动争议时给用人单位造成被动，成为用人单位败诉的重要原因。劳动者对此也了解不多，未能在规章制度制定和适用的过程中主张自己的权益，在权利被侵犯之前就维护自身的权益或者在权益被侵犯后尽早维护自身的权益。

一、有关规章制度的法律规定

　　我国法律承认用人单位依法制定规章制度的权利。从宪法、法律、司法解释乃至部门规章都有有关"规章制度"的规定。其中在实践中适用最为重要的是《劳动法》、《劳动合同法》、《最高人民法院关于审理劳动争议案件适用法律若干问题的解释》、《最高人民法院关于审理劳动争议案件适用法律若干问题的解释（二）》。本文在此简单作一归纳：

法律	规定	备注
劳动法	第4条　用人单位应当依法建立和完善规章制度，保障劳动者享有劳动权利和履行劳动义务。 第25条　劳动者有下列情形之一的，……严重违反劳动纪律或者用人单位规章制度的，……用人单位可以解除劳动合同。 第89条　用人单位制定的劳动规章制度违反法律、法规规定的，由劳动行政部门给予警告，责令改正；对劳动者造成损害的，应当承担赔偿责任。	承认用人单位依法制定规章制度的权利，赋予用人单位有条件解除合同的权利。
劳动合同法	第4条　用人单位应当依法建立和完善劳动规章制度，保障劳动者享有劳动权利、履行劳动义务。用人单位在制定、修改或者决定有关劳动报酬、工作时间、休息休假、劳动安全卫生、保险福利、职工培训、劳动纪律以及劳动定额管理等直接涉及劳动者切身利益的规章制度或者重大事项时，应当经职工代表大会或者全体职工讨论，提出方案和意见，与工会或者职工代表平等协商确定。在规章制度和重大事项决定实施过程中，工会或者职工认为不适当的，有权向用人单位提出，通过协商予以修改完善。用人单位应当将直接涉及劳动者切身利益的规章制度和重大事项决定公示，或者告知劳动者。 第38条　用人单位有下列情形之一的，劳动者可以解除劳动合同：……用人单位的规章制度违反法律、法规的规定，损害劳动者权益的……	明确劳动规章制度的八种具体内容和制定程序。赋予劳动者单方面有条件解除劳动合同的权利。

法律	规定	备注
最高人民法院关于审理劳动争议案件适用法律若干问题的解释	第19条 用人单位根据《劳动法》第四条之规定，通过民主程序制定的规章制度，不违反国家法律、行政法规及政策规定，并已向劳动者公示的，可以作为人民法院审理劳动争议案件的依据。	明确规章制度的生效条件。
最高人民法院关于审理劳动争议案件适用法律若干问题的解释（二）	第16条 用人单位制定的内部规章制度与集体合同或者劳动合同约定的内容不一致，劳动者请求优先适用合同约定的，人民法院应予支持。	规章制度的效力低于集体合同和劳动合同。

二、有关规章制度的常见争议

用人单位制定的劳动规章制度生效作为审理劳动争议的依据，有三个条件：第一，必须是由用人单位的行政管理部门依法制定，内容必须符合劳动法及有关法律、法规；第二，必须经过民主程序通过制定；第三，必须向劳动者公示，明确告知劳动者，用人单位未尽告知义务的，不能作为处理劳动争议案件的依据。但在现实生活中，很多用人单位的规章制度存在这样或那样的问题，侵犯了劳动者的合法权益，也引发了大量的劳动争议。

（一）规章制度内容违反法律而发生的劳动争议

在现实生活中，由于用人单位和劳动者之间的信息不对称，用人单位往往利用其信息优势制定内容违反法律的规章制度，严重侵犯了劳动者的合法权益。但是，内容违反法律规定的规章制度是无效的，一旦发生争议，劳动者可以向仲裁机构和司法机关主张规章制度无效，从而保障自身的合法权益。为了减少有关法律风险，用人单位也有必要对规章制度进行清理。

案例指引：胡某诉某厂劳动争议纠纷案

1. 争议焦点

某厂的规章制度是否违法？

2. 基本案情

某厂与胡某签订劳动合同约定：合同期限为2004年5月1日至2007年5月1日止，某厂聘用胡某任研发部主管，工资形式为月薪工资制，每月标准工资为3300元，账面工资2800元，余额部分年底一次性付清，劳动合同违约金10000元。某厂发给胡某《薪资管理制度》和《员工管理规则》。某厂的规章制度规定员工每月工作26天，每天工作8小时，工作时间为上午8时至12时，下午13时30分至17时30时，考勤以电脑刷卡方式进行记录，从业人员均享受节假日、元旦一天、春节、劳动节、国庆节各三天，薪资制度分为计时薪资制、计件薪资制、岗位责任制。薪资结构为：薪资包括底薪（基础薪）、职位津贴、加班费、年底双薪、年终绩效。加班分类为：正常加班周一至周六8小时以外为加班，休息日加班、特别加班"五一"、"国庆"、"春节"各三天，元旦一天。休息日加班的加班费为1：1对每小时底薪，特别加班的加班费为1：2对每小时底薪。年底双薪、年终绩效是为了表彰员工在一年工作中的辛勤劳动及贡献，公司特设年底双薪制度，员工必须通过月度及年度考核，方可受领年底双薪等规定。某厂的规章制度已予公布执行。春节后，胡某回到某厂，某厂安排胡某到抛光车间工作，而胡某不愿在车间工作，并向劳动仲裁机构提出劳动仲裁，要求某厂支付加班工资及赔偿金、经济补偿金、违约金共计101488元，仲裁费由某厂承担。

3. 仲裁结果

2006年4月20日，广东省佛山市南海区劳动争议仲裁委员会作出仲裁结果书，裁决某厂支付胡某2005年11月21日至2006年1月20日加班费966.67元，仲裁费2800元，胡某承担2000元，某厂承担800元，胡某不服仲裁结果而提起诉讼。另查明，从某厂给胡某打印的八份工资条（分别是2004年12月、2005年1月、6月、8月、9月、10月共计六个月）内容显示：胡某在某厂周六、周日加班34.12天，延时加班4.66天（37.28小时）。某厂的规章制度规定

"员工每月工作 26 天，每天 8 小时，每月 26 天每天 8 小时为标准工作时间，和休息日安排劳动者工作，又不能安排到休息，按 100% 计付工资报酬，法定休假日安排劳动者工作，按 200% 计付工资报酬"明显与现行的劳动法律法规相抵触，某厂的规章制度应予纠正。胡某为某厂加班加点工作，某厂应按法律规定计付工资报酬给胡某。

4. 作者评析

本案中某厂是非常熟悉劳动法及相关的法律法规的，其一直利用劳动者不熟悉劳动法和对公司的信任来达到故意克扣劳动者加班工资的目的。其规章制度明显与现行的劳动法规相抵触，因此无效。

对于规章制度"不违反国家法律、行政法规及政策规定"应当进行如下理解：

首先，制定主体必须适格。为保证所制定的劳动规章制度在本单位范围内具有统一性和权威性，劳动规章制度制定主体应是用人单位行政系统中处于最高层次、对单位的各个组成部分和全体职工有权实行全面和统一管理的行政机构，并由其代表用人单位制定，以用人单位名义颁布实施。用人单位其他管理机构，不具有劳动规章制度的制定主体资格，以其名义发布的劳动规章制度存在法律效力风险。

其次，规章制度的内容不能违法。"法"应当作广义理解，包括宪法、法律、行政法规、地方法规，民族自治地方，还要依据该地方的自治条例和单行条例，关于劳动方面的行政规章、国家技术标准和政策规定。[①]

再次，规章制度的内容应当合理，不得违反诚实信用原则。一些法律没有详细规定的内容，需要用人单位在劳动规章制度中予以

---

① 根据劳动部《关于〈劳动法〉若干条文的说明》，《劳动法》第 4 条的"依法"应当作广义理解，指所有的法律、法规和规章。包括宪法、法律、行政法规、地方法规，民族自治地方，还要依据该地方的自治条例和单行条例，以及关于劳动方面的行政规章。……《劳动法》第 89 条的"法律、法规"主要是指劳动法律、行政法规、地方法规和国家技术标准等。《最高人民法院关于审理劳动争议案件适用法律若干问题的解释》中的"法"包括法律、行政法规及政策规定。

具体规定。如《劳动合同法》第39条规定，劳动者严重违反用人单位的规章制度或者严重失职，营私舞弊，给用人单位造成重大损害的，用人单位可以解除劳动合同，无需支付经济补偿金。但是何谓"严重违章"、"严重失职"、"重大损害"，法律没有做出具体规定，需要企业规章制度进行补充。一般来说，用人单位规章制度不得违反诚实信用原则和常规判断标准，应为大多数人所认同。

最后，规章制度的内容不得违反公序良俗原则。公共秩序和善良风俗是民法的一个基本原则，渗透所有法律。《劳动合同法》也贯穿着"公序良俗"基本原则。用人单位劳动规章制度违反公序良俗，职工可向劳动行政部门主张该规章制度无效。

在现实生活中，用人单位往往利用自身的信息优势制定内容违法的规章制度来降低自身经营成本，严重侵犯了劳动者的合法权益。有关劳动行政主管部门应当加强规章制度备案审查，发现用人单位的劳动规章制度内容违反法律法规规定的，应责令其限期改正并给予行政处罚。

（二）规章制度未通过民主程序制定而发生的劳动争议

劳动者民主参与企业的管理是现代企业管理的一大原则。实践中，稳健运行、劳资关系和谐的企业必然是尊重劳动者民主权利的企业。劳动者民主参与企业的管理同时也是法律的强制性要求。特别是在制定劳动规章制度等直接涉及劳动者切身利益的过程中，劳动合同法作出了具体规定。

案例指引：张某诉某劳动局行政诉讼案

1. 争议焦点

非经职工代表大会讨论通过的规章制度是否有效？

2. 基本案情

张某为某单位合同制工人，其合同期限自1996年1月1日起到2005年12月31日终止。2005年7月28日，张某在盯岗期间睡觉，被考核人员发现，该单位依据相关规定与张某解除了劳动合同。张某对该单位解除其劳动合同一事不服，向劳动和社会保障局递交投诉书，认为该单位只因其在下班前半小时打瞌睡就解除劳动合同，处理过重，属违法解除劳动合同，请求劳动局予以纠正。劳动局受理张某的投诉后作出《答复》，认为该单位的劳动规章管理制度不存在违法现象，解除劳动合同是合法的；在岗睡觉属于严重违反该单位劳动规章管理制度的行为。原告不服，提起行政诉讼，请求撤销劳动局作出的《答复》并要求被告重新对该单位违法解除其劳动合同一事进行查处。

3. 法院判决

北京市门头沟区人民法院经审理认为，在张某与某单位签订的合同中约定："严重违反劳动纪律和用人单位规章制度的，用人单位可直接解除劳动合同。"张某从事的是煤矿安监工作，该单位认定原告在2005年7月28日盯岗期间睡觉，属于严重违反用人单位规章制度的行为，所依据的规章制度主要是指《某单位通知》及其《补充规定》。员工"睡岗"该单位便可以直接解除劳动合同的规定，是在《补充规定》中作出的。可是，在《某单位通知》中规定："重要的规章制度，要经职工代表大会讨论通过执行"，然而，《补充规定》却并非经职工代表大会讨论通过的，《某单位通知》中又并未授权该单位可以对奖惩办法作出补充规定。此外，北京市职业病诊断鉴定委员会对张某作出职业病鉴定，结论为一期尘肺。该单位与张某解除劳动合同违反了《职业病防治法》第49条第2款的规定，即在疑似职业病病人诊断或者医学观察期间，不得解除或者终止与其订立的劳动合同。因此，被告针对原告投诉所作出的《答复》，主要证据不足，判决撤销并责令重作。

4. 作者评析

在本案中，虽然用人单位的规章制度的内容并不违法，但由于制定程序上的瑕疵，而被法院认定无效。依照该规章制度而做出的解除合同决定无效。《最高人民法院关于审理劳动争议案件适用法律若干问题的解释》规定，生效的规章制度可以作为人民法院审理劳动争议案件，判断是非的一种依据，而规章制度的生效必须同时符合内容不违法、经民主程序制定、向劳动者公示三大要件，缺一不可。一般来说，法院就程序问题进行判断要比就规章制度内容是否违法进行判断来得容易，因此，规章制度的制定程序是否合法将是现行法律制度下法院首先要考察的一个因素。

《劳动合同法》第一次就劳动规章制度等直接涉及劳动者切身利益的规章制度制定与实施的程序作了详细规定。其第4条规定："用人单位应当依法建立和完善劳动规章制度，保障劳动者享有劳动权利、履行劳动义务。用人单位在制定、修改或者决定有关劳动报酬、工作时间、休息休假、劳动安全卫生、保险福利、职工培训、劳动纪律以及劳动定额管理等直接涉及劳动者切身利益的规章制度或者重大事项时，应当经职工代表大会或者全体职工讨论，提出方案和意见，与工会或者职工代表平等协商确定。在规章制度和重大事项决定实施过程中，工会或者职工认为不适当的，有权向用人单位提出，通过协商予以修改完善。用人单位应当将直接涉及劳动者切身利益的规章制度和重大事项决定公示，或者告知劳动者。"其中包含了四层意思：① 强调了用人单位作为建立和完善规章制度的主体应当"依法"建立和完善规章制度，也就是说应当依照《劳动法》第4条"用人单位应当依法建立和完善规章制度，保障劳动者享有劳动权利和履行劳动义务"和第8条"劳动者依照法律规定，通过职工代表大会、职工大会或者其他形式，参与民主管理或者就保护劳动者合法权益与用人单位进行平等协商"等规定。②规定了劳动规章制度制定、修改及决定的三个层次。其一，民主提议。应当先经过职工代表大会或者全体职工讨论。其二，平等协商。用人单位就企业规章制度及重大事项的方案或意见与工会或职工代表进行平等协商，力求相互理解与合作。其三，决议。在平等协商的基础上，用人单位与工会或职工代表达成一致意见，制定或者修改企业的劳动规章制度。③ 工会或职工依法享有向用人单位提出修改"不适当"的规章制度的权利。④企业的规章制度和重大事项决定应当公示或者告知劳动者。①

"通过民主程序"对于不同性质的用人单位意义有所不同：根据《全民所有制工业企业法》，对于国有企业，制定或修改直接涉及劳动者切身利益的规章制度必须通过职工大会或职工代表大会审查同意或否决，职工大会或职工代表大会拥有决定权。根据《城镇集体所有制企业条例》，对于城镇集体企业，制定或修改直接涉及劳动者切身利益的规章制度必须通过职工（代表）大会审议并决定，职工

---

① 王水官："用人单位制定规章制度履行民主程序的探索"，载《工会理论研究》2007年第5期。

大会或职工代表大会拥有决定权。对于国有企业和城镇集体企业以外的用人单位，则按照《劳动合同法》进行理解，即经职工代表大会或者全体职工讨论，提出方案和意见，与工会或者职工代表平等协商确定，职工代表大会无决定权。《全民所有制工业企业法》、《城镇集体所有制企业条例》与《劳动合同法》关于规章制度制定的民主程序的规定有一定差异，对于全民所有制企业和集体所有制企业，应当优先适用《全民所有制工业企业法》、《城镇集体所有制企业条例》，保护劳动者的民主权利。在《全民所有制工业企业法》、《城镇集体所有制企业条例》无特别规定时，可以适用《劳动合同法》的一般规定。

表一：不同性质用人单位制定或修改直接涉及劳动者切身利益的规章制度的民主程序

	程序	法律依据
国有企业	通过职工（代表）大会审查同意或否决	《全民所有制工业企业法》
城镇集体所有制企业	通过职工（代表）大会审议并决定	《城镇集体所有制企业条例》
其他（民营企业、外资企业、事业单位等）	经职工代表大会或者全体职工讨论，提出方案和意见，与工会或者职工代表平等协商确定	《劳动合同法》

在司法实践中，规章制度是否依民主程序制定的举证责任是由用人单位承担的。因此用人单位有必要注意保存相关证据，如会议通知、会议记录、职工书面意见等材料。

本案中，还有一个值得关注的问题就是不同规章制度之间的衔接。一方面《某单位通知》规定"重要规章制度必须经职工代表大会通过"，另一方面据以作出解除合同依据的《补充规定》却未经职工代表大会通过，《补充规定》与《某单位通知》发生冲突，归于无效。可见，用人单位的规章制度也是一个"内部法律体系"，必须注意规章制度的系统性和协调性。

（三）规章制度未向劳动者公示而发生的劳动争议

公示原则是现代法律法规生效的一个要件，作为企业内部的规章制度更应向其适用的对象公示，未经公示的企业内部规章制度，职工无所适从，对职工不具有约束力。

案例指引：深圳某运输公司诉兰某劳动争议案

1. 争议焦点

规章制度是否合法有效？规章制度合法的举证责任由谁承担？

2. 基本案情

兰某于2005年1月入职于某公司，担任货柜车司机，双方未签订劳动合同，该公司按兰某月运输收入总额的10%支付其提成和工资。2006年4月21日，兰某出车运输货物，途中发生交通事故。当时兰某未按公司规定的路线行驶而绕行其他路线，且车辆由案外人颜某（非公司的员工）驾驶，交警认定颜某负全部责任。

深圳某公司于是将兰某诉至盐田法院，请求法院判令被告兰某，赔偿上述交通事故给原告造成的经济损失。该公司的诉求依据为，其公司内部的规章制度《驾驶员管理制度》（以下简称《制度》）。该《制度》规定，驾驶员必须按公司指定的路线行驶，如绕道和躲避过路费，造成一切责任事故由驾驶员承担；驾驶员未经公司同意不能随意把驾驶的车辆交给其他人驾驶，否则造成的一切损失由驾驶员负责。该《制度》还规定了员工承担的各项重大义务，但公司未举证证明该制度为经法定程序制定，并已向劳动者公示。

3. 法院判决

盐田法院经审理后认为，原告未能举证证明《驾驶员管理制度》经民主程序制定且已向劳动者公示，该制度不能作为法院审理本案的依据。判决驳回了原告要求被告赔偿损失的诉讼请求。

4. 作者评析

用人单位制定的规章制度要作为审理劳动争议案件的依据，除了内容必须符合劳动法及有关法律、法规外，还必须具备两个条件：首先，该规章制度是通过民主程序制定。其次，该规章制度已向劳动者公示。未经公示的规章制度，对劳动者不具有约束力。有效的公示方法有：将规章制度作为劳动合同的组成部分，以附件的形式体现；将规章制度打印成册，向每位员工发放，并制作发放表；以会议的形式传达，并制作会议签到表等等有效形式。

（四）有效规章制度与事实劳动关系争议

劳动关系不同于劳务关系的重大区别之一就是劳动关系具有从属性而劳务关系是平等的。在劳动关系中，劳动者除了要按照劳动合同的约定提供劳动外，还需要接受用人单位的劳动管理，用人单位依法制定的各项劳动规章制度适用于劳动者。在未订立书面劳动合同的情形下，规章制度适用于劳动者可以作为证明事实劳动关系成立的证据。

案例指引：某保险公司诉林某劳动争议纠纷案

1. 争议焦点

林某受保险公司规章制度约束是否可以作为认定双方存在劳动关系的证据？

2. 基本案情

某保险公司与林某签订了《协议书》，约定林某工作内容为：在某保险公司按照《某保险公司个人业务人员管理基本办法》（下简称《管理基本办法》）履行行销总监一职，按月达成甲方所要求的标准保费目标。对劳动报酬和相关待遇双方约定：某保险公司初定林某职级为行销部经理三级，林某按月享受《管理基本办法》中所规定的薪酬福利待遇，某保险公司确保林某在 2003 年内每月底薪（责任底薪）为 3500 元/月，按月发放；协议有效期限为 2003 年 5 月 20日至 2004 年 5 月 19 日。在合同有效期前九个月内，某保险公司为林某建立的营销团队从团队产生的标准保费中按一定比例提供营运费用和发展基金；该协议书第 4 条第 1 款规定：某保险公司不按该协议规定支付劳动报酬及福利待遇或某保险公司以暴力或限制林某人身自由等非法手段胁迫林某的，林某可解除该协议；该协议书第 4条第 2 款规定：林某如严重违反纪律或甲方制定的各项规章制度，符合开除、除名、辞退条件；林某如严重失职，营私舞弊或泄露商业秘密，对某保险公司利益造成重大损害的；林某如在协议有效期内离开某保险公司到其他保险公司的，某保险公司可解除该协议。双方并约定：如某保险公司有前述情况林某有权解除协议，并在解除协议的 30 日内，由某保险公司向林某支付经济损失 5 万元；如某保险公司因规定情况以外事由提前解除协议，应提前 30 日通知林某，并向林某支付终止协议造成的损失 5 万元；如林某在协议期内离开某保险公司到其他保险公司，某保险公司有权解除协议；林某应在某保险公司解除该协议之日起30日内向某保险公司支付经济损失5万元等。在2003年10月26日及2004年2月6日某保险公司分别作出《关于对林某作除名处理的通知》和《关于敦促林某离职的通知》两份通知，在《关于对林某作除名处理的通知》中，某保险公司以林某连续旷工6天及业绩和人力一直毫无起色为由，对林某作出了除名决定。某保险公司向林某支付的薪水截止到2003年10月。2003年12月6日，林某因病住院，后于2004年1月2日重回公司上班。林某对某保险公司的辞退不服，继续留在某保险公司上班，直至2004年3月3日。该日，林某向佛山市劳动争议仲裁委员会提出劳动仲裁申请，请求认定某保险公司辞退林某的行为违法，属于无效；某保险公司向林某支付违约金50000元、拖欠工资10500元、经济补偿金2625元、住院费及医药费等合计3513元。佛山市劳动争议仲裁委员会经审理作出仲裁结果书，裁决撤销某保险公司对林某作出的《关于对林某作除名处理的通知》的除名处理决定，双方继续履行在2003年5月20日签订的《协议书》；某保险公司于裁决书生效之日起5日内支付林某2003年11月至2004年4月工资共21000元；林某住院费用按某保险公司《关于下发营销代理人福利保障方案的通知》及《某保险公司某保险公司营销代理人福利保障方案》所规定的报销范围给予报销；对于林某要求支付违约金的仲裁请求予以驳回。某保险公司、林某均对于该仲裁结果不服，先后向人民法院起诉。

3. 法院判决

法院认为，本案的关键问题在于某保险公司与林某是否具有劳动关系。由于林某开展保险业务没有在工商部门单独注册，某保险公司与林某之间不具备我国《保险法》及中国人民银行《保险代理人管理条例》等法律、规章规定的个人保险代理人的法定条件。确定双方之间权利义务关系的依据主要为双方签订的《协议书》，该《协议书》载明了林某职务为筹备总监，约定了有效期限，工作内容，劳动报酬及相关待遇，协议的解除、终止、续订，违约责任等事项。从该《协议书》所规定的内容看，林某在某保险公司有具体的工作岗位，按月获得劳动报酬，受某保险公司规章制度的管理，林某与某保险公司之间在人格上与组织上具有劳动法意义上用人单位与劳动者之间的从属关系，双方关系符合劳动合同的法律特征。因此判决：一、撤销某保险公司 2003 年 10 月 26 日对林某作出的《关于对林某作除名处理的通知》的除名处理决定。解除双方在 2003 年 5 月 20 日签订的《协议书》；二、某保险公司于判决发生法律效力之日起 5 日内向林某支付医药费 3378. 10 元、住院伙食费 135 元及 2003 年 11 月至 2004 年 5 月共 7 个月的工资（按每月 3500 元计算）24500 元、经济赔偿金 6125 元；三、某保险公司向林某支付违约金 50000 元。

4. 作者评论

本案最核心的争议在于某保险公司与林某之间是否存在劳动关系。在实践中，由于保险公司之间的竞争日趋激烈，保险公司为了追求更高的效益，同时也为了防止业务人才的流失，对与自己签约的保险营销人员进行了较为严格的管理，这种管理模式掺杂了许多带有劳动关系特征的内容。如有的公司向代理人发放固定的"底薪"，有的公司对违反保险公司有关规定的个人代理人实行纪律处分等。只是，这样就造成保险营销人员与保险公司之间法律关系的模糊，营销与管理体制严重冲突。这对保险营销人员来说有失公平——既要受到保险公司制定的各种规章制度的约束，却享受不到员工应有的待遇，无法享受社会保险和公司福利。其收入只是佣金，没有基本保障，一旦出现纠纷，难以确定其是否系保险公司的员工。劳动和社会保障部《关于确立劳动关系有关事项的通知》第 1 条规定："用人单位招用劳动者未订立书面劳动合同，但同时具备下列情形的，劳动关系成立。（一）用人单位和劳动者符合法律、法规规定的主体资格；（二）用人单位依法制定的各项劳动规章制度适用于劳动者，劳动者受用人单位的劳动管理，从事用人单位安排的有报酬的劳动；（三）劳动者提供的劳动是用人单位业务的组成部分。"根据这一规定，按照目前保险公司对保险营销人员的管理模式，它们之间已不是单纯的代理与被代理关系，而应视为劳动关系。本案的情况即是如此。某保险公司与林某之间签订的《协议书》规定了林某的工作内容、劳动报酬、有效期限、违约责任等等，具备了劳动合同的基本要素，故可以认定某保险公司与林某之间存在劳动合同关系。

（五）规章制度奖惩标准不合理而发生的劳动争议

对劳动者进行奖惩是企业有效管理的必要手段。劳动者严重违反用人单位的规章制度的，用人单位还可以解除劳动合同。但是，法律并未规定何谓"严重违章"，需要企业规章制度进行补充。但是，用人单位的奖惩标准应当遵循合理合法的原则制定。用人单位对劳动者的处罚应当与劳动者的过错大小成比例。在奖惩标准显失公平时，法院有权纠正企业滥用奖惩权的行为。

案例指引：某公司与彭某劳动合同纠纷案

1. 争议焦点

彭某是否存在严重违反规章制度的行为？某公司是否可以此为由解除劳动合同？

2. 基本案情

彭某于2004年7月12日入职某公司任仓库管理员，后调任行政部人力资源组培训组文员。彭某与某公司签订的最后一期劳动合同期限为2005年8月1日至2006年10月31日，约定彭某的工资为755.07元/月。2006年4月6日，与彭某同组、负责新员工培训的文员刘某向公司生产部分配9名新进厂员工时，因其中的卢某、杨某两人未带身份证，被生产部拒绝接收，卢某与杨某遂要求退还押金并离厂。彭某在未收回押金收据的情况下，将押金退给了卢某与杨某，并由两人在公司收执的押金收据财务联背面注明"已领回押金"。随后，彭某将卢、杨二人退回的厂证从中间剪为两半，但未按规定予以剪碎就扔在垃圾桶内。当日下午，彭某的厂长和生产部经理查看卢、杨二人的人事档案时，发现上述问题。4月17日，某公司以"未按规定退还员工押金"为由对彭某"给予警告并罚款10元"。4月21日，彭某与刘某以及培训组组长蒋某向公司提交《关于生产部新进员工假冒他人身份证入厂事宜的报告》，检讨了自己在工作上的失误，提出了改进的措施。4月27日，某公司以彭某未按有关手续退还押金给离厂人员，严重违反公司《关于纪律处分的执行条例》的丙类过失第5条（即：违反安全操作规程或部门正常的工作秩序者，处以50元以上处罚，情节严重者作除名处理）为由将彭某辞退。彭某不服，于5月9日向区劳动争议仲裁委员会申请仲裁，要求某公司支付解除劳动合同的经济补偿金 2600 元、额外经济补偿金 1300 元及代通知金 1300 元。8 月 17 日，区劳动争议仲裁委员会作出仲裁结果，认定某公司应向彭某支付经济补偿金 2884.36 元、代通知金 1442.18 元。某公司不服，向法院提起诉讼，请求撤销上述裁决，判决其无需向彭某支付解除劳动合同的经济补偿金及代通知金，并由彭某负担仲裁费。另查明：彭某在某公司一共工作 1 年零 9 个月，其 2005 年 4 月至 2006 年 3 月的月平均工资为 1442.18 元。

3. 法院判决

本院认为：根据《劳动法》第 25 条、第 28 条规定，劳动者严重违反劳动纪律或者用人单位规章制度，或者严重失职，对用人单位利益造成重大损害的，用人单位可以解除劳动合同而不给予经济补偿。本案中，某公司以彭某未按有关手续退还押金给离厂人员为由将其辞退，但从某公司此前给予彭某"警告并罚款 10 元"的处罚可见，彭某的行为并未构成严重失职或者达到严重违反公司规章制度的程度。某公司上诉认为彭某严重失职，主张其无需支付经济补偿的理由不成立，本院不予支持。判决某公司应当支付经济补偿金。

4. 作者评析

所谓严重违反劳动纪律或用人单位的规章制度应从主客观两个方面判断。主观方面要求劳动者对违反规章制度造成的后果是故意或重大过失的心理状态。对主观心理的判断要结合客观的表现。比如，一定时期反复多次的旷工行为，屡教不改的行为等等，显然有主观上的故意。客观上看，一是行为是否影响了工作的进行、工作秩序或者影响了工作任务的完成。二是否给用人单位造成重大的利益损失，包括实际的财产损失以及无形资产的损失等。不同的时期，不同的地区，不同的行业，不同的用人单位，对重大损失的界定是千差万别的，所以不宜作统一的规定。原劳动部《关于贯彻执行〈中华人民共和国劳动法〉若干问题的意见》第 87 条规定，《劳动法》第 25 条第（三）项中的"重大损害"，应由公司内部规章来规定。三是是否造成恶劣的影响，以至于影响规章制度的权威性。

很显然，尽管我们尽量为严重违反规章制度列出一些参考标准，但对用人单位的自主经营权的保护以及用人单位的复杂多样性，使我们不得不赋予用人单位对劳动者违反规章制度的处罚权，这种处罚权也必然包含着一定的自由裁量权。没有约束的自由裁量权将是专制的权力。用人单位尽管有权依据其规章制度行使过失性解除合同处罚权，但不得约束法官对过错的认定和判断，为了平衡用人单位和劳动者的利益，必须借助中立的司法审判对用人单位的自由裁量权进行司法审查。法官对是否严重违反劳动纪律的判断，既要尊重企业的自主经营权，又要保障劳动者的劳动权利；既要依据法律法规的规定判断规章制度的合法性，又要根据用人单位的行业性质和工作性质，依据上述参考标准判断规章制度的合理性，从而判断用人单位的处分是否合法有效。

第八节　劳动保护和劳动条件、职业防护争议

现代科技是把双刃剑，它在极大提高生产效率的同时，也将劳动者置于遭受各种事故和职业病肆虐的危险境地。为了最大可能减小劳动者的风险，立法者制定了《职业病防治法》、《工伤保险条例》等一系列有关劳动保护、劳动条件和职业防护的法律法规。

工伤事故和职业病的发生，并不完全以人的意志为转移。一旦发生工伤事故和职业病，法律需要发挥填补功能，尽快进行工伤和职业病的认定和补偿，保障劳动者的合法权益。现实往往是残酷的，并非所有的用人单位都能够依法办事，围绕着工伤、职业病的认定和补偿产生了大量的劳动争议。

一、有关劳动保护、劳动条件和职业防护的法律规定

在我国，有关劳动保护、劳动条件和职业防护的法律法规并不少，归纳起来，主要内容可分为：

1. 提供劳动保护是用人单位的法定义务。《安全生产法》第4条明确生产经营单位必须遵守本法和其他有关安全生产的法律、法规，加强安全生产管理，建立、健全安全生产责任制度，完善安全生产条件，确保安全生产。《劳动法》以专章的形式规定了"劳动安全卫生"，要求用人单位必须为劳动者提供符合国家规定的劳动安全卫生条件和必要的劳动防护用品，对从事有职业危害作业的劳动者

应当定期进行健康检查。

2. 提供劳动保护是劳动合同的必备条款。《劳动合同法》第8条和第38条明确规定，用人单位招用劳动者时，应当如实告知劳动者工作内容、工作条件、工作地点、职业危害、安全生产状况、劳动报酬，以及劳动者要求了解的其他情况。未按照劳动合同约定提供劳动保护或者劳动条件的，劳动者可以解除劳动合同。

3. 职业病是用人单位解除劳动合同的限制条件。《劳动合同法》第42条明确规定："劳动者有下列情形之一的，用人单位不得依照本法第四十条、第四十一条的规定解除劳动合同：（一）从事接触职业病危害作业的劳动者未进行离岗前职业健康检查，或者疑似职业病病人在诊断或者医学观察期间的；（二）在本单位患职业病或者因工负伤并被确认丧失或者部分丧失劳动能力的；……。"

4. 发生工伤事故和患职业病时的认定和补偿。《工伤保险条例》、《工伤认定办法》、《职业病防治法》等法律法规明确规定了工伤和职业病的认定依据、认定程序、认定方法，明确规定了工伤确认后劳动者应当获得的社会保障和相关当事人应当承担的法律责任。

法律	规定	备注
劳动法	第六章　劳动安全卫生	以专章的形式对劳动安全、劳动保护进行原则性的规定
劳动合同法	第4条　……用人单位在制定、修改或者决定有关……劳动安全卫生……等直接涉及劳动者切身利益的规章制度或者重大事项时，应当经职工代表大会或者全体职工讨论，提出方案和意见，与工会或者职工代表平等协商确定。 第8条　用人单位招用劳动者时，应当如实告知劳动者……职业危害、安全生产状况、劳动报酬，以及劳动者要求了解的其他情况；	

法律	规定	备注
	第17条 劳动合同应当具备以下条款：……（八）劳动保护、劳动条件和职业危害防护； 第38条 用人单位有下列情形之一的，劳动者可以解除劳动合同：（一）未按照劳动合同约定提供劳动保护或者劳动条件的； 第42条 劳动者有下列情形之一的，用人单位不得依照本法第四十条、第四十一条的规定解除劳动合同：（一）从事接触职业病危害作业的劳动者未进行离岗前职业健康检查，或者疑似职业病病人在诊断或者医学观察期间的；（二）在本单位患职业病或者因工负伤并被确认丧失或者部分丧失劳动能力的；…… 第88条 用人单位有下列情形之一的，依法给予行政处罚；构成犯罪的，依法追究刑事责任；给劳动者造成损害的，应当承担赔偿责任：……（四）劳动条件恶劣、环境污染严重，给劳动者身心健康造成严重损害的。	
工伤保险条例	全文	《工伤保险条例》共分八章六十四条。条例对工伤保险适用范围、工伤保险基金、工伤认定、劳动能力鉴定、工伤保险待遇、工伤保险监督和管理等方面作了全面规定。

法律	规定	备注
安全生产法	第4条　生产经营单位必须遵守本法和其他有关安全生产的法律、法规，加强安全生产管理，建立、健全安全生产责任制度，完善安全生产条件，确保安全生产。	
职业病防治法	全文	包括职业病前期预防、劳动过程中的防护与管理、职业病诊断与职业病病人保障、监督检查、法律责任、附则等七个章节。
工伤认定办法	全文	主要内容为工伤认定程序。

二、有关工伤和职业病的劳动争议

（一）工伤认定引发的劳动争议

一般说来，所谓工伤是指在工作时间和工作场所内，因工作原因受到事故伤害。但是，这无法涵盖实践当中出现的各种导致劳动者遭受职业伤害的所有情形，也无法有效防止用人单位的"踢皮球"。因此，立法者根据实际情况，借鉴其他国家的有关法律，就工伤认定标准进行了较为详细的规定。

案例指引：某公司与某劳保局工伤认定纠纷上诉案

1. 争议焦点

工作期间突发脑溢血死亡，是否属于工伤？

2. 基本案情

李某在北京某公司从事电焊工作，于2003年8月23日在工作期间突发脑溢血，经抢救无效次日凌晨死亡。事情发生后，该公司既未向劳动保障部门提出工伤报告，也未提出工伤认定申请。2004年5月14日，李某家属向区劳动保障部门提交《工伤认定申请表》，申请对李某之死进行工伤认定，同时提交了医院出具的诊断证明书，该证明书记载"患者因脑出血、脑疝于 2003 年 8 月 24 日在医院急诊科死亡"。区劳动保障部门于 2004 年 6 月受理了李某家属的申请。劳动保障部门在调查中了解到，某公司职工李某在车间完成准备工作到工作岗位后突发疾病，经抢救无效 16 小时内死亡。但该公司不同意认定李某为工伤，提交了《关于李某病故事件处理决定》，以此说明该公司已对李某家属给予补偿，事已处理完毕。

3. 劳动保障部门认定及法院判决

劳动保障部门作出《工伤认定通知书》，认定李某属于《工伤保险条例》第 15 条第 1 款第（一）项规定的"在工作时间和工作岗位，突发疾病死亡或者在 48 小时之内抢救无效死亡"的情形，故认定李某之死视同工伤。该公司对区劳动保障部门作出的《工伤认定通知书》不服，起诉至一审法院，一审法院经审理判决维持了《工伤认定通知书》的认定结果。

该公司不服一审判决，认为《工伤认定通知书》适用法律及认定李某视同工伤的结论有悖法律规定，一审法院判决予以维持，属适用法律错误，请求撤销该判决和《工伤认定通知书》。二审法院审理后认为，区劳动保障部门所作《工伤认定通知书》事实清楚、证据确凿，适用法规正确，符合法定程序，法院予以维护。

4. 作者评析

本案涉及的法律问题主要有工伤的认定标准、工伤的认定程序和当事人的救济方法。在本案中，李某在车间完成准备工作到工作岗位后突发疾病，经抢救无效 16 小时内死亡，属于"在工作时间和工作岗位，突发疾病死亡或者在 48 小时之内抢救无效死亡"的情形。

根据法律规定，用人单位是申请工伤认定的第一责任人。所在单位应当自事故发生之日或者被诊断、鉴定为职业病之日起 30 日内，向统筹地区（一般为企业注册所在地）劳动保障行政部门提出工伤认定申请，遇有特殊情况，报请劳动保障行政部门适当延长申请时限。用人单位未在规定的期限内提出工伤认定申请的，受伤害职工或者直系亲属，工会组织有权在事故伤害发生之日或被诊断、鉴定为职业病之日起 1 年内，向统筹地区劳动行政部门提出工伤认定申请。需要特别注意的是：这里劳动者没有延长申请时限权利，也没有没有中断、中止的法律情形。过了 1 年申请期限，劳动行政部门将不予以受理工伤认定申请。除非所在单位愿意协商此事，否则很难通过其他途径获得赔偿。在本案中，该公司在事情发生后既未向劳动保障部门提出工伤报告，也未提出工伤认定申请。李某的家属在事故发生之日起 9 个月内提出工伤认定申请，符合法律规定。下文笔者将以此案为引子，详细阐述有关工伤的各种问题：

（1）工伤的认定标准

我国对工伤认定标准采取了列举和排除法相结合的立法方法。包括"认定为工伤"、"视同为工伤"、"不认定为是工伤"三种情形：

《工伤保险条例》第 14 条列举了 7 种"应当认定为工伤"的情形：

第一种情形是在工作时间和工作场所内，因工作原因受到事故伤害的。其要点有三：工作时间、工作场所和工作原因。这里不考虑劳动者是否存在主观过错，即使是劳动者违章操作而发生事故，也应当认定为工伤。

第二种情形是工作时间前后在工作场所内，从事与工作有关的预备性或者收尾性工作受到事故伤害的。其要点有三：工作时间前后、工作场所内、工作前的预备性或工作后的收尾性工作。这里实际上是针对劳动者提前上班或延后下班中发生事故而作出的规定。

第三种情形是在工作时间和工作场所内，因履行工作职责受到暴力等意外伤害的。其要点有四：工作时间、工作场所、履行工作职责、意外伤害。这里主要针对的是劳动者在工作时遭受第三方侵权而做出的规定。

第四种情形是患职业病的。关于职业病，笔者将在下文中进行详细论述，此处暂且略过。

第五种情形是因工外出期间，由于工作原因受到伤害或者发生事故下落不明的。其要点有三：因工外出、工作原因、受到伤害或发生事故下落不明。这里主要针对的是劳动者出差期间发生事故而做出的规定。

第六种情形是在上下班途中，受到机动车事故伤害的。其要点有二：上下班途中、机动车事故。需要特别注意的：这里去掉了《企业职工工伤保险试行办法》[①]里在上下班规定时间和必经路线上及非本人主要责任事故。因此，即使是因为本人的原因发生交通事故，也应当被认定为工伤。

第七种情形是法律、行政法规规定应当认定为工伤的其他情形，属于兜底条款。

《工伤保险条例》第15条列举了三种"视同工伤"的情形：

第一种情形是在工作时间和工作岗位，突发疾病死亡或者在48小时之内经抢救无效死亡的。其要点有四：工作时间、工作岗位、突发疾病、死亡或48小时内经抢救无效死亡。这里去掉了《企业职工工伤保险试行办法》中经第一次抢救治疗后全部丧失劳动能力的规定。也就是说，虽突发疾病但没有死亡，纵然全部丧失了劳动能力，或在48小时以后才死亡的，不能被认定为工伤。

第二种情形是在抢险救灾等维护国家利益、公共利益活动中受到伤害的。对于见义勇为是否能够认定为工伤法律尚无明确规定。

第三种情形是职工原在军队服役，因战、因公负伤致残，已取得革命伤残军人证，到用人单位后旧伤复发的。其要点有二：取得革命伤残军人证、旧伤复发。这主要是为了保护复员伤残军人而作出的特别规定。

《工伤保险条例》第16条列举了"不能认定为工伤"的三种情形：

第一种情形是因犯罪或者违反治安管理伤亡的。需要注意的是这里由《企业职工工伤保险试行办法》的违法行为缩小到了违反治安管理。

第二种情形是醉酒导致伤亡的。需要注意的是这里由《企业职工工伤保险试行办法》的酗酒该为醉酒。

第三种情形是自残或者自杀的。

（2）申请工伤认定的主体与时限

所在单位应当自事故发生之日或者被诊断、鉴定为职业病之日

---

① 该办法已被《劳动和社会保障部关于废止部分劳动和社会保障规章的决定》（2007年11月9日）废止。

起 30 日内，向统筹地区（一般为企业注册所在地）劳动保障行政部门提出工伤认定申请，遇有特殊情况，报请劳动保障行政部门同意，可以适当延长申请时限。用人单位未在规定的期限内提出工伤认定申请的，受伤害职工或者直系亲属，工会组织在事故伤害发生之日或被诊断、鉴定为职业病之日起 1 年内，向统筹地区劳动行政部门提出工伤认定申请（注意：这里劳动者没有延长申请时限权利，也没有没有中断、中止的法律情形）；过了 1 年申请期限，劳动行政部门将不予以受理工伤申请。除非所在单位愿意协商此事，否则很难通过其他途径获得赔偿。

（3）对工伤认定及伤残等级不服的救济

工伤认定是由劳动保障行政部门所作出的具体行政行为，根据《劳动和社会保障行政复议办法》第 3 条第 8 款以及《工伤保险条例》第 53 条规定，是可以进行行政复议和行政诉讼的。但前提是必须先申请行政复议，对复议决定不服的，才可以依法提起行政诉讼。例外情形是当事人对不予受理决定不服的，行政复议不是前置程序。

需要注意的是，根据《劳动和社会保障行政复议办法》的规定当事人对伤残等级结论不服，不能够提起行政诉讼。当事人对伤残等级结论不服，正确的做法是通过由下而上的复查程序，即如果当事人对市劳动鉴定委员会作出的鉴定结论不服的，可以申请省级劳动鉴定委员会进行再次鉴定，省级劳动鉴定委员会作出的鉴定结论为最终结论。

另外，在伤残等级鉴定结论作出之日起 1 年后，工伤职工如发现伤残情况有变化，可以重新向当地市劳动鉴定委员会申请复查鉴定，并按照新确定伤残等级标准享受有关工伤保险待遇。

（4）工伤争议的举证责任

过去一出现工伤争议，劳动者及其家属要么自认倒霉，要么就一趟趟奔波在取证、申诉路上。由于各种因素限制，劳动者往往举证困难，导致大量的劳动争议积压在行政部门，久拖不决。《工伤保险条例》颁布后，工伤争议由用人单位承担举证责任。该法第 19 条第 2 款规定，职工或者其直系亲属认为是工伤，用人单位不认为是工伤的，由用人单位承担举证责任。即当出现了工伤争议后，将由用人单位承担举证责任。

（二）工伤待遇引发的劳动争议

和工伤认定伴随而来的是工伤待遇的内容、标准和给付。在实践当中，劳动关系双方特别是劳动者一方对于工伤待遇的内容、标准和给付并不是很清楚，在发生工伤时，也难以完全实现自己的合法权益。因此，有必要结合案例对此问题予以分析。

案例指引：李某与某社会保险经办机构行政复议案

1. 争议焦点

一是如何认定工伤；二是因工死亡待遇的内容、标准和给付。

2. 基本案情

申请人：李某，某市纺织厂职工陈某之妻。

被申请人：某市社会保险经办机构。

1998 年 7 月中旬，某市连降暴雨。7 月 17 日下午，该市电视机厂仓库突然进水，仓库内大量电视机面临着被洪水浸泡的危险。该市纺织厂职工陈某下班骑车经过，看到此情景，立即和电视机厂的职工一同进行排水抢险工作。在搬运电视机的过程中，仓库中堆积的一堆货物突然倒塌，将陈某砸倒在水中，并将其埋没。半小时后，当众人将压住陈某的货物搬开，把陈某抢救出来时，陈某已停止了呼吸，在送往医院的途中死亡。纺织厂获悉后，按非因工死亡给予处理，向陈某的妻子李某交付了丧葬补助费。李某不服，要求纺织厂按工伤给付相应待遇。纺织厂以陈某是在下班时间，从事与工作无关的行为而导致意外死亡为由拒绝给予因工死亡待遇。李某不服，于 7 月 26 日直接向当地劳动局提出工伤保险待遇申请。当地劳动局经调查，认为陈某为因工负伤。当地社会保险经办机构根据劳动局认定工伤的决定，按因工死亡保险待遇的标准决定向李某支付丧葬补助金，一次性工亡补助金，向陈某 6 岁的女儿按月发放供养亲属抚恤金。李某认为自己系陈某的妻子，供养亲属抚恤金也应向其发放，不服工伤保险经办机构的待遇支付决定，遂向其上一级主管部门申请行政复议。

3. 处理结果

当地工伤保险经办机构上级主管部门经调查认定，李某为本市毛巾厂正式职工，有固定工资收入，不属于供养亲属范围，故维持原工伤保险待遇决定。

4. 作者评析

本案涉及两个法律问题：其一，工伤的认定；其二，因工死亡的待遇的内容、标准和给付。在上一案例中，笔者已就工伤的认定作了详细阐述，此处就不再赘言。笔者将在此部分重点阐述因工死亡以及其他工伤待遇。

根据《工伤保险条例》第 37 条的规定："职工因工死亡，其直系亲属按照下列规定从工伤保险基金领取丧葬补助金、供养亲属抚恤金和一次性工亡补助金：（一）丧葬补助金为 6 个月的统筹地区上年度职工月平均工资；（二）供养亲属抚恤金按照职工本人工资的一定比例发给由因工死亡职工生前提供主要生活来源、无劳动能力的亲属。标准为：配偶每月 40%，其他亲属每人每月 30%，孤寡老人或者孤儿每人每月在上述标准的基础上增加 10%。核定的各供养亲属的抚恤金之和不应高于因工死亡职工生前的工资。供养亲属的具体范围由国务院劳动保障行政部门规定；（三）一次性工亡补助金标准为 48 个月至 60 个月的统筹地区上年度职工月平均工资。具体标准由统筹地区的人民政府根据当地经济、社会发展状况规定，报省、自治区、直辖市人民政府备案。"

根据《劳动保险条例实施细则修正草案》的规定，职工的直系亲属，其主要生活来源系依靠职工供给并符合下列各款规定之一者，均得列为该职工的供养直系亲属，享受劳动保险待遇：（1）祖父、父、夫年满 60 岁或完全丧失劳动能力者；（2）祖母、母、妻未从事有报酬的工作者；（3）子女（包括养子女，前妻或前夫所生子女，非婚生子女）、弟妹（包括同父异母或同母异父的弟妹）年未满 16 岁；（4）孙子女年未满 16 岁，其父死亡或完全丧失劳动力，母未从事有报酬的工作者。职工自幼依靠他人抚养长大，现抚养人男年满 60 岁或完全丧失劳动力，女未从事有报酬的工作，须依靠职工本人供养且共同居住者，得以供养直系亲属论。职工因工死亡后，其遗腹子得列为供养直系亲属。职工的供养直系亲属，如不与职工同在一处居住，须取得其所在地政府机关证明，确系依靠职工供养，方得列为供养直系亲属。

本案中，陈某之妻李某虽是陈某的直系亲属，但因其有工作，有固定工资收入，不属于上列供养亲属范围。李某要求向其发放供养抚恤金的要求不符合规定。

另外，《工伤保险条例》等法律法规还对因工致残等待遇的内容、标准和支付进行了详细规定，笔者在此对有关规定进行了归纳整理：

项目		待遇			备注
		计算基数	月份比例	支付渠道	
医疗期间	停工留薪		12 个月	用人单位	最长 24 个月，原工资福利待遇不变，期满仍需治疗，继续享受工伤医疗待遇。
	医疗费用		100%	基金	单位和职工个人垫付，工伤认定后按范围报销
	伙食补助	本单位因工出差住院伙食补助标准	70%	用人单位	
	转院费用	按本单位因公出差标准		用人单位	交通、食宿费用
医疗终结	辅助器具	按国家规定标准（鉴定委员会确认）		基金	假肢、假眼、假牙、矫正器、轮椅
	护理费 完全护理	统筹地区上年度职工月平均工资	50%	基金	按月计发
	护理费 大部分护理	统筹地区上年度职工月平均工资	40%	基金	按月计发
	护理费 部分护理	统筹地区上年度职工月平均工资	30%	基金	按月计发

项　目			待　遇			备　注
			计算基数	月份比例	支付渠道	
一至四级	一次性伤残补助金	一级	本人工资	24个月	基金	本人工资：指工伤职工因工受伤或患职业病前12个月平均月缴费工资。本人工资高于统筹地区职工平均工资300%或低于统筹地区平均工资60%分别按比例计算。
		二级	本人工资	22个月	基金	
		三级	本人工资	20个月	基金	
		四级	本人工资	18个月	基金	
	每月伤残津贴	一级	本人工资	90%	基金	伤残津贴低于最低工资标准的，由工伤基金补差。工伤职工达到退休年龄并办理退休手续后，停发伤残津贴，享受基本养老保险待遇。基本养老保险待遇低于伤残津贴的，由工伤保险基金补足差额。
		二级	本人工资	85%	基金	
		三级	本人工资	80%	基金	
		四级	本人工资	75%	基金	
	一次性工伤医疗补助金	一级	统筹地区上年度职工月平均工资	20个月		未参加工伤保险的职工因工受伤达到一至四级伤残的，其工伤保险长期待遇可实行一次性支付或长期支付两种办法。一次性支付需由工伤职工本人提出，与用人单位解除或者终止劳动关系，并与用人单位签订协议，终止工伤保险关系。
		二级	统筹地区上年度职工月平均工资	18个月		
		三级	统筹地区上年度职工月平均工资	16个月		
		四级	统筹地区上年度职工月平均工资	14个月		

项　目			待　遇			备　注
			计算基数	月份比例	支付渠道	
五至六级	一次性伤残补助金	五级	本人工资	16个月	基金	本人工资（同一至四级）
		六级	本人工资	14个月	基金	
	每月伤残津贴	五级	本人工资	70%	用人单位	企业难以安排工作的，按月享受，底线同一至四级
		六级	本人工资	60%	用人单位	
	一次性工伤医疗补助金和一次性伤残就业补助金		具体标准由省、自治区、直辖市人民政府规定		用人单位	经工伤职工本人提出，职工与用人单位解除或者终止劳动关系时
七至十级	一次性伤残补助金	七级	本人工资	12个月	基金	
		八级	本人工资	10个月	基金	
		九级	本人工资	8个月	基金	
		十级	本人工资	6个月	基金	
	一次性工伤医疗补助金和一次性伤残就业补助金		具体标准由省、自治区、直辖市人民政府规定。		用人单位	劳动合同期满终止，或者职工本人提出解除劳动合同时支付

项 目		待 遇			备 注
		计算基数	月份比例	支付渠道	
因工死亡	丧葬费	统筹地区上年度职工月平均工资	6个月	基金	停工留薪期内死亡或1至4级伤残职工留薪期满后死亡享受
	一次性工亡补助金	统筹地区上年度职工月平均工资	48～60个月	基金	具体标准由统筹地区的人民政府根据当地经济、社会发展状况规定，报省、自治区、直辖市人民政府备案；停工留薪期内死亡的享受
	供养亲属抚恤金 配偶	本人工资	40%	基金	1. 停工留薪期内死亡或1至4级伤残职工留薪期满后死亡享受。 2. 总额不超过死者本人工资。3. 按月支付。
	供养亲属抚恤金 其他亲属	本人工资	30%	基金	
	供养亲属抚恤金 孤寡老人、孤儿	上述标准基础上加发	10%	基金	

（三）有关工伤赔偿与民事赔偿竞合的争议

在因第三人侵权发生工伤的事故中，劳动者经常会既有侵权人的民事赔偿，又有所在单位的工伤赔偿。有的用人单位以劳动者获得民事赔偿为由拒绝履行工伤赔偿，因此发生了劳动争议。

案例指引：罗某与某单位劳动争议案

1. 争议焦点

人身损害赔偿与工伤损害赔偿竞合，应如何处理？

2. 基本案情

罗某是福建省某工程公司的职工。2005年2月4日，罗某驾驶二轮摩托车在上班路上，碰撞停于路右边的大货车后端，导致受伤，被送往医院治疗21天。其所在单位在其住院期间支付了全部医疗费用。

2005年9月，罗某被劳动和社会保障部门认定为工伤，并经劳动能力鉴定委员会认定为因工伤残八级。2006年1月，罗某与所在单位因享受工伤待遇引起纠纷。罗某向劳动争议仲裁委员会申请劳动仲裁。劳动争议仲裁委员会作出仲裁，认为罗某所在单位的赔偿额应扣除交通事故的侵权人给予的赔偿。

罗某认为这一裁决违反法律规定，于2006年3月诉至法院，请求法院判令福建省某工程公司付给其伤残补助金、一次性工伤医疗补助金和伤残就业补助金、停工留薪期间工资、护理费、住院伙食补贴费、差旅费共计52092元。

审理过程中，被告提出反诉，认为原告在交通事故赔偿中已获得第三者赔偿款8178.76元，该数额已高于工伤补助标准，原告要求支付停工留薪期间工资、住院伙食补助费均没有依据，且被告为原告垫付了全部医疗费9744.31元，而原告在交通事故中已获赔偿款4872.15元，因此要求法院驳回原告诉讼请求，反诉要求原告返还其为原告垫付的医疗费4872.15元。

3. 法院判决

法院经审理认为，原告罗某要求被告支付法律、法规规定的工伤职工应当享受待遇的费用，其理由正当，应予支持。法院根据劳动法、工伤保险条例的相关规定，认定原告由于第三人的侵权造成的民事赔偿与原告受伤获得的工伤待遇二者不冲突，因此驳回被告的诉讼请求，判决被告支付原告一次性伤残补助金、一次性工伤医疗补助金和伤残就业补助金、停工留薪期间工资、住院伙食补助费、护理费合计48703.25元。

4. 作者评析

本案系人身损害与工伤损害赔偿的竞合，争议的焦点是工伤损害赔偿和人身损害赔偿的关系问题。我国工伤保险制度刚刚起步，如何协调工伤保险赔偿和民事侵权赔偿的关系，特别是第三人侵权伤害造成工伤损害赔偿和民事赔偿的关系问题，是亟待解决的一个问题。

按照我国《劳动法》和《工伤保险条例》的规定，工伤事故属于劳动法调整，具有社会保险性质。另工伤事故实质上是职工生命权、健康权、身体权受到侵害，所以按照《民法通则》的规定，发生工伤事故用人单位或责任人应承担民事侵权责任。

对于因第三人侵权引起的工伤能够获得双重赔偿存在两种观点，一种观点是持否定态度，一种观点持肯定态度。持否定态度的主要依据是《企业职业工伤保险试行办法》①。该办法确立了工伤保险与交通事故竞合时，工伤保险实行差额赔偿的原则。其中第 28 条规定，"由于交通事故引起的工伤，应当首先按照《道路交通事故处理办法》及有关规定处理。工伤保险待遇按照以下规定执行：（一）交通事故赔偿已给付了医疗费、丧葬费、护理费、残疾用具费、误工工资的，企业或者工伤保险经办机构不再支付相应待遇（交通事故赔偿的误工工资相当于工伤津贴）。企业或者工伤保险经办机构先期垫付有关费用的，职工或其亲属获得交通事故赔偿后应当予以偿还。（二）交通事故赔偿给付的死亡补偿费或者残疾生活补助费，已由伤亡职工或亲属领取的，工伤保险的一次性工亡补助金或者一次性伤残补助金不再发给。但交通事故赔偿给付的死亡补偿费或者残疾生活补助费低于工伤保险的一次性工亡补助金或者一次性伤残补助金的，由企业或者工伤保险经办机构补足差额部分。（三）职工因交通事故死亡或者致残的，除按照本条（一）、（二）项处理有关待遇外，其他工伤保险待遇按照本办法的规定执行。（四）由于交通肇事者逃逸或其他原因，受伤害职工不能获得交通事故赔偿的，企业或者工伤保险经办机构按照本办法给予工伤保险待遇。（五）企业或者工伤保险经办机构应当帮助职工向肇事者索赔，获得赔偿前可垫付有关医疗、津贴等费用。"

持肯定态度的主要依据是《安全生产法》、《职业病防治法》、《工伤保险条例》的有关规定。《安全生产法》第 48 条规定，因生产安全事故受到损害的从业人员，除依法享有工伤社会保险外，依照有关民事法律尚有权获得赔偿的权利的，有权向用人单位提出赔偿要求。《职业病防治法》第 52 条规定，职业病病人除依法享有工伤社会保险外，依照有关民事法律尚有获得赔偿的权利的，有权向用人单位提出赔偿要求。《工伤保险条例》未延续《企业职业工伤保险试行办法》第 28 条有关工伤损害赔偿和人身损害赔偿不能同时获得的规定。《最高人民法院关于审理人身损害赔偿案件适用法律若干问题的解释》第 12 条规定，依法应当参加工伤保险统筹的用人单位的劳动者，因工伤事故遭受人身损害，劳动者或者其近亲属向人民

---

① 本办法已被废止，但其主要内容为《工伤保险条例》所吸收。

174

法院起诉请求用人单位承担民事赔偿责任的，告知其按《工伤保险条例》的规定处理。因用人单位以外的第三人侵权造成劳动者人身损害，赔偿权利人请求第三人承担民事赔偿责任的，人民法院应予支持。由此可见，我国现行法律对于因第三人侵权引起的工伤能够获得双重赔偿持肯定态度，劳动者既可以向侵权人要求民事赔偿，又可以同时获得工伤保险待遇。

在本案中，原告虽然从第三人的侵权民事赔偿中获得利益，但并未加重被告的负担，被告不能因原告获得民事赔偿而减轻其应当承担的责任。故被告反诉要求原告返还垫付的医疗费用，没有法律依据，法院不予支持。

（四）有关职业病的劳动争议

职业病是指企业、事业单位和个体经济组织（以下统称用人单位）的劳动者在职业活动中，因接触粉尘、放射性物质和其他有毒、有害物质等因素而引起的疾病。由于职业性质、单位劳动条件不到位或者其他种种原因，劳动者不幸患上职业病如尘肺、职业中毒、职业性皮肤病的情况并不少见。为了维护劳动者的合法权益，有必要对职业病进行深入的分析。

案例指引：申某与某鞋业公司职业病争议案

1. 争议焦点

申某是否因在鞋业公司工作而患职业病？

2. 基本案情

2002年9月2日，申某向重庆市某区劳动人事局递交患病性质认定申请，自称2000年8月起在某鞋业公司作鞋帮工，2002年3月起，出现头晕无力、面色苍白等症状导致无法工作，2002年7月26日，在重庆市职业病防治院被确诊为职业性慢性重度苯中毒。重庆市某区劳动人事局经过调查，于2002年9月28日认定申某伤残性质为工伤。某鞋业公司不服，申请行政复议，要求撤销该工伤认定书。

某鞋业公司认为：首先，申某曾在申请人处工作，但在2002年3月即离开了申请人处，双方已不存在劳动关系。某区劳动人事局在2002年9月作出的工伤认定书中仍把申某列为申请人单位职工，与事实不符。其次，申某离开申请人处是2002年3月，申请工伤认定是 2002 年 9 月，在此期间，申请人无法了解申某的去向和工作单位，申某也没有充分证据证明其未在有害环境中工作，申某在离开申请人处后患病原因不明，不能将责任推给申请人。

3. 劳动保障部门认定

重庆市某区劳动人事局认为：在申某提出工伤性质认定申请后，我局即电话要求申请人提出工伤报告和相关材料，但申请人以种种理由推脱。2002 年 9 月 18 日，我局到申请人单位进行调查取证，申请人单位不予合作，也不准申请人单位职工向我局提供任何相关证明材料。2002 年 8 月 5 日，重庆市职业病防治院对申请人单位进行调查，作出《有毒有害作业工人劳动卫生学调查表》和《空气中有毒物质检验报告单》，证明申请人单位空气中苯的浓度超出国家标准，而苯正是职业性重度苯中毒的病因。根据申某提供的病历和血液室化验报告单等证明材料，申某在 2002 年 3 月 2 日在当地医院被诊断为增生性贫血伴骨髓受损，2002 年 4 月 24 日在重医附一院被诊断为慢性再障，2002 年 7 月 26 日，在重庆市职业病防治院被确诊为职业性慢性重度苯中毒。申某是在申请人处工作期间因工作环境中接触职业性有害因素造成职业病的，事实清楚，证据充分。

4. 作者评析

本案涉及的主要问题是职业病的认定。其中最为重要的一点，就是申某的致病原因，弄清其致病原因，就搞清楚了谁应该对申某的职业病负责。

首先需要确定的，是申某和申请人之间是否存在劳动关系。在本案中，申请人和重庆市某区劳动人事局都承认，申某和申请人之间曾经有劳动关系，并且延续到 2002 年 3 月。在 2002 年 3 月申某离开申请人单位后，申某和申请人单位之间是否仍然存在劳动关系呢？根据双方提供的材料，能够确定的事实是申某 2002 年 3 月 2 日因患病无法继续工作而离开了申请人工厂，但是她并没有提出辞职，而是一直要求申请人提出工伤报告，解决工伤待遇问题。申请人没有出具解除申某和申请人之间劳动关系的书面文件，也没有证据证明申某离开申请人单位之后曾在其它单位工作。据此可以认为，申某和申请人之间仍然存在劳动关系。

其次需要证明申某所患疾病为职业病。医学上所称的职业病是

176

泛指职业危害因素所引起的特定疾病。由于社会制度、经济条件和医疗技术水平不同，各国都规定了各自的职业病名单，即立法意义上的职业病。我国规定的职业病是指企业、事业单位和个体经济组织的劳动者在职业活动中，因接触粉尘、放射性物质和其他有毒、有害物质等因素而引起的疾病。2002 年 4 月 18 日，卫生部、劳动保障部印发的《关于印发〈职业病目录〉的通知》中规定，我国的职业病分为 10 大类 115 个病种，包括：①尘肺 13 种；②职业性放射性疾病 11 种；③职业中毒 56 种；④物理因素所致职业病 5 种；⑤生物因素所致职业病 3 种；⑥职业性皮肤病 8 种；⑦职业性眼病 3 种；⑧职业性耳鼻喉口腔疾病 3 种；⑨职业性肿瘤 8 种；⑩其他职业病 5 种。

最后还需要确定申某的致病跟其工作存在因果关系。申请人认为，申某在 2002 年 3 月离开申请人单位到 2002 年 9 月申请工伤认定之间有半年时间行踪不明，申某应举证证明她在这一时间段内没有接触有毒有害物质。而重庆市某区劳动人事局通过调查取证，取得了由权威机构出具的调查表、职业病鉴定等证据，证实了申某的致病原因就是在申请人单位工作中接触有毒物质苯而导致重度苯中毒的。重庆市某区劳动人事局的举证因其具有权威性、科学性而被复议机关采信，在申请人单位工作期间接触有毒物质被确定为申某的致病原因。

综上所述，构成职业病必须有四个要件：①病人必须是企业、事业单位和个体经济组织的劳动者；②疾病必须是在职业活动中产生的；③病因必须是接触粉尘、放射性物质和其他有毒、有害物质等因素；④病种必须是国家公布的《职业病目录》范围内的。

第九节　女职工和未成年人保护争议

保障妇女和未成年人的权益是我国法律的基本取向。我国已经出台了包括《妇女权益保障法》、《未成年人保护法》在内的一系列全面保障妇女和未成年人权益的法律法规，《劳动法》、《女职工保护规定》、《就业促进法》、《就业服务与就业管理规定》等劳动法律法规专门就女职工的劳动和就业权利的保护作出了规定。但是，实践中，侵犯女职工权益屡禁不绝，非法使用童工的现象也时有发生。有必要就此专节加以论述探讨。

一、有关女职工和未成年人保护的法律规定

我国对妇女权益的保障涵盖政治权利、文化教育权利、劳动和社会保障权益、财产权益、人身权利、婚姻家庭权益等各个方面，本文主要从女职工的劳动和社会保障权益方面进行探讨。应该说，我国法律对于女职工劳动和社会保障权益的保护也已经有一个比较全面、完善的法律体系，女职工具有平等权、不从事有害健康的工作的权利、休息、休假的权利、"三期"不被解雇、降低待遇等权利。具体而言：

在录用方面，根据《就业促进法》第27条和《就业服务与就业管理规定》第16条，除国家规定的不适合妇女从事的工种或者岗位外，用人单位不得以性别为由拒绝录用妇女或者提高对妇女的录用标准。用人单位录用女职工，不得在劳动合同中规定限制女职工结婚、生育的内容。

在晋职、晋级、评定专业技术职务等方面，根据《妇女权益保障法》第25条，应当坚持男女平等的原则，不得歧视妇女。

在工作安排方面，根据《妇女权益保障法》第26条，任何单位均应根据妇女的特点，依法保护妇女在工作和劳动时的安全和健康，不得安排不适合妇女从事的工作和劳动。

妇女在经期、孕期、产期、哺乳期受特殊保护。根据《妇女权益保障法》第27条和《劳动合同法》第42条，任何单位不得因结婚、怀孕、产假、哺乳等情形，降低女职工的工资，辞退女职工，单方解除劳动（聘用）合同或者服务协议。但是，女职工要求终止劳动（聘用）合同或者服务协议的除外。

最后，在退休阶段，根据《妇女权益保障法》第27条，各单位在执行国家退休制度时，也不得以性别为由歧视妇女。

对于未成年人劳动权益的保护主要体现在禁止招用童工和禁止安排年满16周岁的未成年人从事有害健康的工作。根据《禁止使用童工规定》第13条、《未成年人保护法》第38条和第68条规定，除文艺、体育单位经未成年人的父母或者其他监护人同意，可以招

用不满 16 周岁的专业文艺工作者、运动员外，任何组织或者个人不得招用未满 16 周岁的未成年人。任何组织或者个人按照国家有关规定招用已满 16 周岁未满 18 周岁的未成年人的，应当执行国家在工种、劳动时间、劳动强度和保护措施等方面的规定，不得安排其从事过重、有毒、有害等危害未成年人身心健康的劳动或者危险作业。违者由劳动保障部门责令改正，处以罚款；情节严重的，由工商行政管理部门吊销营业执照。

《禁止使用童工规定》第 6 条规定，用人单位使用童工的，由劳动保障行政部门按照每使用一名童工每月处 5000 元罚款的标准给予处罚；在使用有毒物品的作业场所使用童工的，按照《使用有毒物品作业场所劳动保护条例》规定的罚款幅度，或者按照每使用一名童工每月处 5000 元罚款的标准，从重处罚。劳动保障行政部门并应当责令用人单位限期将童工送回原居住地交其父母或者其他监护人，所需交通和食宿费用全部由用人单位承担。用人单位经劳动保障行政部门依照前款规定责令限期改正，逾期仍不将童工送交其父母或者其他监护人的，从责令限期改正之日起，由劳动保障行政部门按照每使用一名童工每月处 1 万元罚款的标准处罚，并由工商行政管理部门吊销其营业执照或者由民政部门撤销民办非企业单位登记；用人单位是国家机关、事业单位的，由有关单位依法对直接负责的主管人员和其他直接责任人员给予降级或者撤职的行政处分或者纪律处分。

《工伤保险条例》、《非法用工单位伤亡人员一次性赔偿办法》等法律法规还就童工遭受人身伤害时的处理进行了专门规定。

法律	规定	备注
劳动法	第29条 劳动者有下列情形之一的，用人单位不得依据本法第二十六条、第二十七条的规定解除劳动合同：……（三）女职工在孕期、产期、哺乳期内的；…… 第七章 女职工和未成年工特殊保护 第95条 用人单位违反本法对女职工和未成年工的保护规定，侵害其合法权益的，由劳动行政部门责令改正，处以罚款；对女职工或者未成年工造成损害的，应当承担赔偿责任。	第七章的主要内容为女职工和未成年工各种情形下的禁忌从事的劳动。
劳动合同法	第42条 劳动者有下列情形之一的，用人单位不得依照本法第四十条、第四十一条的规定解除劳动合同：……（四）女职工在孕期、产期、哺乳期的；……	
妇女权益保障法	第四章 劳动和社会保障权益	以专章的形式规定了妇女与男子享有平等的劳动和社会保障权利，妇女享有劳动安全和健康权，妇女的终止劳动关系权受法律保护，妇女的退休权受法律保护，妇女在生育方面享有社会保障权

法律	规定	备注
未成年人保护法	第 38 条　任何组织或者个人不得招用未满十六周岁的未成年人,国家另有规定的除外。 　　任何组织或者个人按照国家有关规定招用已满十六周岁未满十八周岁的未成年人的,应当执行国家在工种、劳动时间、劳动强度和保护措施等方面的规定,不得安排其从事过重、有毒、有害等危害未成年人身心健康的劳动或者危险作业。 第 68 条　非法招用未满十六周岁的未成年人,或者招用已满十六周岁的未成年人从事过重、有毒、有害等危害未成年人身心健康的劳动或者危险作业的,由劳动保障部门责令改正,处以罚款;情节严重的,由工商行政管理部门吊销营业执照。	
禁止使用童工规定	全文	明确禁止使用童工及使用童工的法律责任
非法用工单位伤亡人员一次性赔偿办法	第 2 条　本办法所称非法用工单位伤亡人员,是指在无营业执照或者未经依法登记、备案的单位以及被依法吊销营业执照或者撤销登记、备案的单位受到事故伤害或者患职业病的职工,或者用人单位使用童工造成的伤残、死亡童工。 第 8 条　单位拒不支付一次性赔偿的,伤残职工或死亡职工的直系亲属、伤残童工或者死亡童工的直系亲属可以向劳动保障行政部门举报。经查证属实的,劳动保障行政部门应责令该单位限期改正。	

法律	规定	备注
	第9条　伤残职工或死亡职工的直系亲属、伤残童工或者死亡童工的直系亲属就赔偿数额与单位发生争议的,按照劳动争议处理的有关规定处理。	

二、有关女职工保护的劳动争议

有关女职工权益保护的争议集中体现在女职工"三期"权利保护上。实践当中,许多单位不按照法律规定保障女职工"三期"休息、休假的权利,甚至出现了以女职工婚育为由解除劳动合同的行为,严重侵害的女职工的权益,引发了大量劳动争议。

（一）因女职工怀孕解除劳动合同引发的争议

对于怀孕的女职工,我国法律予以特别保护,法律禁止用人单位以女职工怀孕为由解除劳动合同。但是实践当中依然存在侵犯怀孕女职工权益的情形。

案例指引:梁某诉某公司劳动争议案

1. 争议焦点

用人单位调整孕期劳动者工作岗位、降低工资待遇的行为是否合法?

2. 基本案情

梁某于2002年10月27日进入某公司工作,从事外贸业务兼翻译。双方签订的第一份合同的期间为2003年1月1日至2003年6月30日。2003年6月,双方续签第二份劳动合同,合同期为2003年7月1日至2004年6月30日。2003年7月1日,梁某因临产向某公司申请产假,某公司予以批准。2003年7月4日,梁某在医院剖腹产下第二胎。梁某在2003年10月16日修完产假后回公司上班,其职位已被他人取代,某公司没有安排梁某工作。梁某于2003年11月28日向劳动部门申诉,要求享受产假待遇及恢复工作。经劳动部门调解,梁某于2004年1月14日回某公司上班,但某公司没有安排梁某从事原来的工作,而是安排当生产工和门卫。2004年2月11

日，某公司做出《对梁某的处理通报》，以梁某旷工、不服从工作安排，给予其通报批评、行政警告、记过、记大过处分，并以梁某仍不改正为由，给予开除厂籍处分。其后，梁某没有继续上班。2004年3月23日，劳动争议仲裁委员会做出裁决，确认梁某实际从事外贸业务兼翻译工作，在试用期后至休产假前的实际月工资为1500元，并裁决撤销某公司开除梁某的决定；某公司应在该决定发生法律效力之日支付梁某产假工资共5250元；恢复梁某外贸业务兼翻译的工作和工资待遇。梁某、某公司均没有起诉，该仲裁结果于2004年5月已生效。梁某在2004年5月的某天回公司要求上班，其间在办公室与老板及老板娘发生争执，双方不欢而散，其后梁某没有再到某公司上班。因某公司没有履行裁决书，梁某于2004年6月17日向法院申请执行该仲裁结果。双方签订的第二份劳动合同已于2004年6月30日期限届满，双方均不要求延续双方的劳动关系。梁某要求某公司支付哺乳期工资及拖欠工资的补偿金，某公司不同意，双方再次发生争议，梁某再次申请劳动仲裁。2004年9月29日，劳动争议仲裁委员会做出裁决，裁决驳回梁某的全部仲裁请求。梁某不服该仲裁结果，于2004年10月9日向原审法院提起诉讼。

3. 法院判决

法院经审查认为：劳动者的合法权益应受到法律的保护。国家保障妇女有与男子平等的权利，妇女在哺乳期受到特殊的保护，如其无重大过错，用人单位不得单方面解除劳动合同。梁某休完产假后，某公司应支付梁某产假工资，并恢复梁某外贸业务和翻译工作。即使梁某的职位已经被别人取代，某公司亦应按原待遇安排性质相同或接近的工作给梁某。在梁某回公司后，某公司没有支付梁某产假工资，也没有给其安排工作。在梁某向劳动部门投诉后，某公司安排梁某当生产工甚至当门卫，大幅度降低梁某的待遇，到后来某公司不顾国家法律对哺乳期女职工的特殊保护的规定将梁某开除，某公司对此应承担主要责任。劳动争议仲裁委员会做出裁决后，梁某、某公司均没有起诉，该仲裁结果现已生效，对双方均有约束力。某公司应按生效的裁决履行义务。某公司未按原待遇安排梁某工作，也没有按生效仲裁结果支付产假工资给梁某，致使梁某向法院申请强制执行，双方的矛盾加剧，过错在某公司。在劳动仲裁期间，梁某有正当理由不上班，这段时间不上班的行为不构成旷工。由于某公司的过错，致使梁某未能上班，未能实现其应得工资收入。梁某请求某公司支付其该段时间的工资收入有理，法院予以支持。某公司应按梁某的原待遇每月工资1500元的标准，支付梁某2003年10月16日至2004年6月30日的工资损失共12750元。由于双方一直处于争议阶段，在双方权利义务还未明确的情况下，某公司未支付该段时间梁某的工资是合理的，并非故意的拖欠梁某工资，梁某请求某公司支付迟延支付工资的补偿金没有依据，法院不予支持。某公司主张梁某应聘时隐瞒怀孕事实并违规生育第二胎、对某公司存在欺骗行为，但未能提供证据予以证明，亦无证据证明某公司在招聘时明确规定不收怀孕的女职工，而怀孕的女职工亦非不能从事外贸业务兼翻译工作，故某公司上诉主张，法院不予采纳。某公司又主张梁某回公司不是上班而是借机闹事，但未能提供有效证据证明，法院不予采纳。根据《劳动法》第29条、《妇女权益保障法》第21条、第25条、第26条规定，判决某公司应于判决发生效力之日起10日内向梁某支付2003年10月16日至2004年6月30日止的工资共12750元及仲裁处理费300元。驳回梁某的其他诉讼请求。

4. 作者评析

本案主要涉及女职工"三期"及"三期"待遇，是否能在劳动合同中规定限制女职工结婚、生育的内容，违规生育第二胎是否可以解除劳动合同等法律问题。

(1) "三期"及"三期"期间待遇

《劳动法》第62条规定，女职工生育享受不少于90天的产假。根据《女职工劳动保护规定问题解答》的解释：女职工产假90天，分为产前假、产后假两部分。即产前假15天，产后假75天。所谓产前假15天，系指预产期前15天的休假。产前假一般不得放到产后使用，若孕妇提前生产，可将不足的天数和产后假合并使用；若孕妇推迟生产，可将超出的天数按病假处理。《女职工劳动保护规定》第8条规定：女职工产假为90天，其中产前休假15天。难产的，增加产假15天。多胞胎生育的，每多生育一个婴儿，增加产假15天。国家规定产假90天，是为了能保证产妇恢复身体健康。因此，休产假不能提前或推后。至于教师产假正值寒暑假期间，能否延长寒暑假的时期，则由主管部门确定。产假属于法定假期，如果用人单位要求女职工提前上班，应按基本工资的300%支付加班工资。

《劳动部关于女职工生育待遇若干问题的通知》还规定：①女职工怀孕不满4个月流产时，应当根据医务部门的意见，给予15天至30天的产假；怀孕满4个月以上流产时，给予42天产假。产假期间，工资照发。②女职工怀孕，在本单位的医疗机构或者指定的医疗机构检查和分娩时，其检查费、接生费、手术费、住院费和药费由所在单位负担，费用由原医疗经费渠道开支。③女职工产假期满，因身体原因仍不能工作的，经过医务部门证明后，其超过产假期间的待遇，按照职工患病的有关规定处理。

《妇女权益保障法》第27条规定，任何单位不得因结婚、怀孕、产假、哺乳等情形，降低女职工的工资，辞退女职工，单方解除劳动（聘用）合同或者服务协议。但是，女职工要求终止劳动（聘用）合同或者服务协议的除外。"三期"内的女职工即使劳动合同期满，用人单位也不能与其终止劳动合同，解除劳动关系，劳动合同期限应延续至"三期"期满为止。

也就是说女职工"三期"期间，用人单位可以根据需要调动其工作岗位（法律禁止的工作除外），但不得降低其报酬。在本案中，某公司在梁某原先职位被人取代的情形下，可以调动梁某的工作岗位，但是待遇应当保持不变。否则便是违法。

《女职工劳动保护规定》第7条第3款规定：怀孕的女职工，在劳动时间内进行产前检查，应当算作劳动时间。《女职工劳动保护规定问题解答》对"孕妇产前检查算作劳动时间"的解答是：为了保证孕妇和胎儿的健康，应按卫生部门的要求做产前检查。女职工产前检查应按出勤对待，不能按病假、事假、旷工处理。对在生产第一线的女职工，要相应地减少生产定额，以保证产前检查时间。孕妇进行产前检查视为出勤应具备三个前提条件，即怀孕的事实、依照医务部门要求的事实和进行产前检查的事实。

为了防止权利滥用，平衡用人单位和女职工之间的权利和义务，用人单位可以在《劳动法》第25条规定的四种情形下解除劳动合同，即劳动者：①在试用期间被证明不符合录用条件的；②严重违反劳动纪律或者用人单位规章制度的；③严重失职，营私舞弊，对用人单位利益造成重大损害的；④被依法追究刑事责任的。用人单位依据本单位的实际情况所制定的规章制度，只要与国家现行的法律法规不相抵触，应视为有效；劳动者即使在"三期"内，也要注意遵守劳动纪律，才能使自己的合法权益得到保护。

（2）能否在劳动合同中规定限制女职工结婚、生育的内容

《妇女权益保障法》第23条和《就业服务与就业管理规定》第16条都明确规定，用人单位录用女职工，不得在劳动合同中规定限制女职工结婚、生育的内容。在劳动合同中违法规定限制女职工婚育的，无效。

（3）违反计划生育是否适用特别保护

在本案中，某公司无法举证梁某违规生育第二胎，因此其主张未能得到法院的支持。但是，这并不意味着女职工违反计划生育能够适用特别保护。公民有生育的权利，也有计划生育的义务。如果女职工生育第二胎的行为没有得到地方计划生育部门的批准，显然属于计划外生育，将不适用《女职工保护规定》的相关规定。用人单位予以举证后，在单位规章制度有相关规定的情形下，可以解除劳动合同。

（4）不从事危害健康的工作的权利

根据《劳动法》、《女职工劳动保护规定》、《女职工禁忌劳动范围的规定》的相关规定，用人单位被禁止安排女职工从事法律禁忌从事的劳动，并被要求对女职工在经期、孕期应当予以特别的劳动保护。《劳动法》第59条、第60条、第61条明确规定：禁止安排女职工从事矿山井下、国家规定的第四级体力劳动强度的劳动和其他禁忌从事的劳动。不得安排女职工在经期从事高处、低温、冷水作业和国家规定的第三级体力劳动强度的劳动。不得安排女职工在怀孕期间从事国家规定的第三级体力劳动强度的劳动和孕期禁忌从事的活动。对怀孕7个月以上的女职工，不得安排其延长工作时间和夜班劳动。

（二）因产假工资引发的劳动争议

案例指引：重庆某公司与叶某产假工资纠纷案

1. 争议焦点

产假期间用人单位是否应当支付工资？

2. 基本案情

被告叶某原系原告重庆某公司的员工，双方于2005年6月27日终止劳动合同关系。被告2005年1月6日至4月25日因休产假连续休息110天。在被告休产假前后，被告还3次申请事假，时间分别是2004年5月26日至8月25日、2004年12月13日至2005年1月5日、2005年4月26日至6月25日。其中两次是以家中有事为由，一次是因怀孕身体不适为由。3次请假被告均全额承担了养老保险金、失业保险金、医疗保险金，共计1620.12元。原告在被告产期期间发放其产期工资1321.74元。2005年6月27日被告申请辞职后又欲索回辞职申请未果，即到重庆市劳动和社会保障局咨询，同年8月18日申请仲裁，请求补发其产假前418元、产假期间757元、产假后哺乳期间870元工资。仲裁机构裁决后，原告不服即向法院提起诉讼。审理中查明，叶某2004年9月的工资应发570元，构成为基础工资220元、岗位工资110元、效益工资165元、考核工资55元、工龄工资20元。实发工资519.41元。扣款为考核扣款0.17元、养老金49.76元、失业金6.22元、医疗保险14.44元、医疗补贴20元。

3. 法院判决

法院认为，对于产假及前后的工资问题，不可否认被告因生育而实际休息的天数为110天，而其享有的产假应为90天。按照原告的解释，被告所休110天有关机构裁决时将其按月20.92天折算不妥，应按月30天折算。应该说原告的解释符合相关规范的文意，但仲裁机构将110天按20.92天折算之意即是将110天作为110个工作日看待。两种解释经征询劳动主管部门的意见，理解为连续计算，本院予以采纳。如此，被告每月工资应按平均工资计算，由于工资数额应由用人单位负责举证，而本案仅有一个月的工资参考，故本院参考实发工资计付产假期间的工资为 [（519.41+0.17）×110÷30]=1905.126元。又由于原告实发1321.74元，被告申诉请求为757元，本院认定583.38元。另外，本院审查发现，被告申请仲裁时曾要求产前一个月的工资，仲裁结果已做了处理，对劳动争议案件的处理不同于民商事裁判，应针对双方的争议进行处理而并非仅限于起诉时起诉方的请求。本院考虑到有证据说明被告在怀孕 7 个月以上因身体不适而请假，应享有原工资 75% 的工资为 [（519.41 + 0.17）× 75%] = 389.685 元。至于其它假期因原因为"家中有事"，双方未就此充分地举证、论辩、说明，不能得出"家中有事"肯定是被告所诉的原因，相关意见不予采纳。综上，根据《劳动法》第 62 条、第 82 条、劳动部《工资支付暂行规定》第 11 条的规定，判决：一、原告重庆某公司补发被告叶某产假期间工资 583.38 元；补发产假前一个月的工资 389.69 元，合计 973.07 元。限原告重庆某公司于本判决发生法律效力后 3 日内将前述款项支付给被告叶某；二、驳回被告叶某的其他请求。三、驳回原告重庆某公司的诉讼请求。

4. 作者评析

女职工在"三期"内实行特殊保护政策。《女职工劳动保护规定》第 4 条规定，不得在女职工怀孕期、产期、哺乳期降低其基本工资或者解除劳动合同。但是，按什么标准发放其工资呢？是按合同约定的工资，还是按其"三期"前的实发工资？若合同给定的工资和实发工资不一致，则应按哪一个支付？根据《女职工劳动保护规定问题解答》，产假期间，工资照发。对于产前假和哺乳期的工资，国家尚无统一规定，不同的地方的规定有所差异。本案发生在重庆市，《重庆市女职工劳动保护实施办法》第 11 条规定，女职工怀孕 7 个月以上（含 7 个月）至婴儿满 1 周岁，坚持劳动确有困难的，经本人申请，并经单位同意，可离岗休息，离岗期间（产假除外）支付给女职工的工资不得低于本人基本工资的 75%，不影响资晋级。《福建省企业女职工劳动保护条例》规定：产前假和哺乳期的工资用人单位按不低于生育津贴 60% 的标准支付。说明并不是低于当地最低工资标准。

（三）安排女工从事禁忌劳动引发的劳动争议

案例指引：齐某等 26 名女工诉电镀厂案

1. 争议焦点

电镀厂安排女工从事镀镉池的操作工作是否违法？

2. 基本案情

齐某等 26 名青年女工是 2005 年被某电镀厂招收的正式职工。

进厂后，厂方安排她们从事镀镉池的操作工作。该厂并未对其进行培训就上岗工作。

26名女工2005年进厂后，电镀厂从未向其讲明这一工作接触有毒有害物质，也未对她们进行有关的教育，并从未发给她们有关的津贴、补助。在工作中，有的女工产生了不适的感觉，经检查确认与她们从事的工作接触镉等化学物质有关，医生对已怀孕的一名女工特别叮嘱不得从事这项工作，否则，对胎儿将有严重影响，其他女工也注意到现在工作期间常有不适的感觉。这26名女工都为二十多岁的青年，其中有19人已婚待孕，2人已怀孕，听说从事此项工作将影响胎儿健康后，几名女工就此事向厂长提出疑问，厂长声称绝对没有问题。女工们向有关部门询问，咨询结果是电镀厂不应安排女工从事直接接触镀镉池的操作工作，从事该工作也应发给有毒有害岗位津贴。女工向厂方提出调整岗位，给予有毒有害岗位津贴要求。电镀厂不仅不予解决，还以要辞退这些女工相威胁，26名女工只好联名向当地劳动争议仲裁委员会申诉，请求公正裁决，维护她们的合法权益，并推举齐某为她们的代表，参加仲裁活动。

3. 仲裁结果

经劳动争议仲裁委员会进行调解，争议双方达成了如下调解协议：某电镀厂将26名女工全部调离直接接触有毒有害物质的工作岗位；补发给26名女工工作期间应得到的有毒有害岗位津贴；仲裁费60元由某电镀厂负担。

4. 作者评析

本案属于一起违反女职工禁忌劳动范围，侵害女工合法权益的典型案例。

自从19世纪随着工业化进程大量妇女涌入工业部门后，妇女的劳动权利就日益受到各国法律的重视。男女平等、同工同酬是我国劳动法的基本原则之一，但仅此尚不足以保护女职工的合法权益。由于妇女生理条件的特殊性，法律必须明确规定禁止妇女从事某些不利于身体健康的工作，对妇女进行特殊保护。对女职工在劳动方面的法律保障，包括一般保护和特殊保护。一般保护指在劳动就业、劳动报酬、职业培训、劳动保险福利等方面享有与男子平等的权利。特殊保护主要是在劳动保护方面，由于女职工的特殊需要而给予的特殊权益的法律保障，主要涉及女职工在生产中的安全和健康。本案例即与特殊保护有关。

1988 年国务院颁布了《女职工劳动保护规定》，这是建国后对女职工进行特殊保护的最重要法规，这个法规全面系统地规范了女职工劳动就业，劳动卫生，女职工四期保护，争议的解决，法律责任，监督检查等等内容。为了进一步贯彻执行这个规定，1989 年劳动部印发了《女职工禁忌劳动范围的规定》。1992 年全国人民代表大会通过的《中华人民共和国妇女权益保障法》中也专章规定了妇女在劳动权益上的保障。1994 年全国人民代表大会常务委员会通过的《中华人民共和国劳动法》专章规定了女职工与未成年工的特殊保护。这样，以《劳动法》为主，以行政法规和部门规章为辅的女职工特殊保护法律制度已初步形成。

根据现行法律、法规和劳动部规章，我国女职工特殊保护法律制度的主要内容包括：

第一，禁止妇女从事不利于身体健康的工作。根据有关规定，在我国，禁止妇女从事下列工作：（1）矿山井下作业。（2）森林业伐木、归楞及流放作业。（3）《体力劳动强度分级》标准中Ⅳ级体力劳动强度的作业。（4）建筑业脚手架的组装和拆除作业，以及电力、电信行业的高处架线作业。（5）连续负重（指每小时负重次数在 6 次以上）每次负重超过 20 公斤，间断负重每次负重超过 25 公斤的作业。

第二，女职工生理机能变化过程中的保护，主要是指女职工在经期、孕期、产期、哺乳期的特殊保护，简称"四期保护"。四期保护的具体内容我们将结合有关案例在下文中详细论述。对违反四期保护行为的处理，与对违反妇女一般禁忌劳动范围的处理完全相同。

第三，女职工特殊保护设施的规定。《女职工劳动保护规定》第11 条规定："女职工比较多的单位应当按照国家有关规定，以自办或者联办的形式，逐步建立女职工卫生室、孕妇休息室、哺乳室、托儿所、幼儿园等设施，并妥善解决女职工在生理卫生、哺乳、照料婴儿方面的困难。"

所谓职业危害是指在生产环境和劳动过程中直接产生对人体健康的危害。实际上，职业危害对男工和女工的身体健康都会产生不

190

利的影响，只不过在某些情况下，女工所受的危害更大而已。目前主要的职业危害有生产性毒物、振动性职业、过重的负重、低温冷水作业等。本案中，电镀厂违反孕期保护的法律规定，安排已婚待孕和已怀孕的 20 多名女工在镀镉池从事有毒物质的劳动，给众女工的身心健康带来严重的职业危害。本案例属于生产性毒物对女职工造成危害的典型案例。

本案中，电镀厂未经培训即安排 26 名女工从事有毒的镀镉池操作工作，并在对多名已婚待孕女工和已怀孕女工的身体健康造成损害的情况下，拒绝给女工们调换工作岗位并拒发岗位津贴，其行为是违法的。劳动争议仲裁委员会通过调解作出了令人满意的处理。电镀厂理应为女工们调换工作岗位并补发有毒作业岗位津贴。

三、有关未成年人保护的劳动争议

（一）童工遭受人身伤害引发的劳动争议

法律禁止使用童工。但是现实生活中，使用童工的现象依然存在，特别是在劳动密集型行业。童工遭受人身伤害的情形也屡有发生。

案例指引：童工王某与周某工伤纠纷案

1. 争议焦点

童工王某与周某的关系是雇佣关系还是劳动关系？王某遭受损害，周某应当承担什么法律责任？

2. 基本案情

周某系个体工商户，从事手机充电器配件加工。2006 年 3 月份，时年未满 16 周岁的王某经人介绍到周某的工场劳动。2006 年 4 月 8 日，王某在工作间隙骑自行车上厕所时不慎摔伤。当日被送到当地一个体伤骨科诊所治疗，诊断为左侧胫骨中下段、腓骨近段骨折，周某父亲支付了医疗费 500 元。之后，王某回老家养伤。同年 5 月 27 日，王某因摔伤导致左下肢疼痛、肿胀伴功能障碍前往贵州省桐梓县官渡河医院住院治疗，住院至 2006 年 6 月 13 日，共支付医疗费 7000 元。2007 年 8 月，在平阳县人民医院行取钢板手术，支付医疗费 4415.70 元。

2007 年 4 月 3 日，原告以其受雇于被告从事剪电线工作时受伤为由向法院起诉要求被告承担雇主责任，赔偿原告损失。2007年4月20日，法院依照程序委托温州医学院司法鉴定中心进行鉴定，依照《人体损伤残疾程序鉴定标准（试行）》鉴定王某伤势构成十级伤残。审理过程中，王某又向温州市劳动能力鉴定委员会申请劳动能力鉴定，并且提出变更诉讼请求，要求被告按照《非法用工单位伤亡人员一次性赔偿办法》的规定赔偿原告损失。

2007年9月27日，温州市劳动能力鉴定委员会依据《劳动能力鉴定职工工伤与职业病致残等级》作出鉴定结论王某劳动能力程度为九级。收到鉴定书后，被告周某不服鉴定结论向省劳动能力鉴定委员会提出再次鉴定申请，案件只好中止审理。2008年4月2日，省劳动能力鉴定委员会作出最终鉴定结论王某的劳动能力程度为九级。2007年10月8日，王某向平阳县劳动争议仲裁委员会申请仲裁，平阳县劳动争议仲裁委员会以主体不符为由不予受理。今年5月14日，原告以案件起诉时尚未经过劳动争议委员会仲裁为由要求撤回起诉，并于19日再行起诉。

3. 法院判决

法院经审理后，认定业主周某雇用原告王某劳动，且其工作受伤时未满16周岁，周某雇用童工应按《非法用工单位伤亡人员一次性赔偿办法》计算伤残赔偿金，一审判决被告周某于本判决生效后10日内支付原告王某赔偿款52924.70元。

4. 作者评析

本案涉及两个法律问题：一是童工与用人单位的关系是雇佣关系还是劳动关系；二是童工在工作中受到事故伤害后，寻求赔偿的法律适用问题。

关于童工与用人单位的关系有两种观点，一种认为是雇佣关系，理由是童工不是《劳动法》中所规定的劳动者一方的主体，即不具备劳动者的主体条件。《劳动法》第15条规定，禁止用人单位招用未满16周岁的未成年人。另一种观点则认为，童工与用人单位的关系是劳动关系。《工伤保险条例》第63条规定，用人单位不得使用童工，用人单位使用童工造成童工伤残、死亡的，由该单位向童工或者童工的直系亲属给予一次性赔偿，赔偿标准不得低于本条例规定的工伤保险待遇。童工或者童工的直系亲属就赔偿数额与单位发生争议的，按照处理劳动争议的有关规定处理。《工伤保险条例》第63条第2款和《非法用工单位伤亡人员一次性赔偿办法》第9条均规定，伤残童工或者死亡童工的直系亲属就赔偿数额与单位发生争议的，按照劳动争议处理的有关规定处理。笔者赞同第二种观点，认为童工与用人单位的关系是劳动关系。

既然童工与用人单位的关系是劳动关系，因此对于童工在工作中受到事故伤害不应当适用《民法通则》中关于雇主责任的规定来处理童工的赔偿问题，而应当适用《非法用工单位伤亡人员一次性赔偿办法》。

根据《非法用工单位伤亡人员一次性赔偿办法》规定，向伤残职工或死亡职工的直系亲属、伤残童工或者死亡童工的直系亲属给予的一次性赔偿包括受到事故伤害或患职业病的职工或童工在治疗期间的费用和一次性赔偿金，一次性赔偿金数额应当在受到事故伤害或患职业病的职工或童工死亡或者经劳动能力鉴定后确定。

一次性赔偿金按以下标准支付：一级伤残的为赔偿基数（单位所在地工伤保险统筹地区上年度职工年平均工资）的16倍，二级伤残的为赔偿基数的14倍，三级伤残的为赔偿基数的12倍，四级伤残的为赔偿基数的10倍，五级伤残的为赔偿基数的8倍，六级伤残的为赔偿基数的6倍，七级伤残的为赔偿基数的4倍，八级伤残的为赔偿基数的3倍，九级伤残的为赔偿基数的2倍，十级伤残的为赔偿基数的1倍。受到事故伤害或患职业病造成死亡的，按赔偿基数的10倍支付一次性赔偿金。劳动能力鉴定按属地原则由单位所在地设区的市级劳动能力鉴定委员会办理。劳动能力鉴定费用由伤亡职工或者童工所在单位支付。职工或童工受到事故伤害或患职业病，在劳动能力鉴定之前进行治疗期间的生活费、医疗费、护理费、住院期间的伙食补助费及所需的交通费等费用，按照《工伤保险条例》规定的标准和范围，全部由伤残职工或童工所在单位支付。

（二）使用未成年工的特定情形

禁止使用童工是国际劳工法的一项基本原则，也是我国劳动法的一项基本原则。但任何原则都有例外，这是多数法律原则都有的现象。对于某些特殊行业，必须"从娃娃抓起"，才能取得较好的效果。

案例指引：某影视艺术发展公司与 A 等劳动纠纷案

1. 争议焦点

某影视艺术发展公司招用童工签订的合同是否有效？

2. 基本案情

1998 年，某影视艺术发展公司选中了 4 位小学刚毕业的女孩，即 A、B、C、D，决定将她们培养为某少女歌唱组。经过有关部门批准，某影视艺术发展公司与 4 个女孩的家长签了合同。合同规定女孩们与公司签约 6 年，进行全方位封闭式训练，并以某少女组合的名义服从公司的演出安排。合同还规定，在前 3 年里，公司除日常训练外，还应安排女孩们完成初级中学的学业；后 3 年里，女孩们将以公司实习艺员的身份进行演出。6 年合同期满，少女们仍愿意从事歌唱事业的，应优先考虑与公司签约。合同还对报酬及违约金等事宜作了详细规定。

合同签订后，公司为女孩们提供了文化、艺术、道德思想和生活等全方位的教育，共计投入培训经费上百万元。女孩们经过精心的培训，歌舞日益娴熟。2000 年，4 少女参加拍摄了几个广告，在电视台上反复播出，为更多的公众所接受。公司积极筹划，投入资金，打算为少女组合制作发行第一盘专辑唱片。

2001 年 3 月 1 日，本来是某少女组合放假后回到他们的签约公司——某影视艺术发展公司的日子，然而，公司董事长陈某等来的是 4 个少女的 8 位家长，他们一进门就对陈董事长说："感谢陈老师对孩子们的培养，但我们想让孩子们回家上学，孩子们不准备回公司了。"于是，双方进行了交涉。家长们认为，孩子们只上完初中就不再学习，这对孩子们未来的发展会有不利的影响，因此要求解除合同。公司则认为，双方已签订了合同，如果终止履行就会导致公司的大量先期投入无法收回，因此要求对方继续履行合同，否则就要按合同约定支付巨额的违约金。家长们则认为公司招用童工签订的合同为无效合同，要求支付违约金是毫无根据的。双方协商不成，于是某影视艺术发展公司向劳动争议仲裁委员会提出申请，要求对方履行合同。

3. 仲裁结果

劳动争议仲裁委员会受理此案后，经过调查取证，首先确认某

194

影视艺术发展公司招用 4 名不满 16 周岁少女已经县级以上劳动部门批准，所订合同为有效合同。在此基础上，劳动争议仲裁委员会对双方进行了调解。经过多方努力，双方达成如下协议：双方继续履行合同，直至 6 年期满；在后 3 年里，某影视艺术发展公司应为 4 位少女安排补习高中文化课程；仲裁费 40 元，双方各承担 20 元。

4. 作者评析

本案是特定情形下使用未成年工的劳动合同引发的纠纷。

允许使用童工的单位，主要是文艺、体育单位，还有一些特种工艺单位。这些单位对工作者的身体素质有特殊的要求，只有从小培养，才能够出成绩。比如体操运动员，只有趁年轻而且身体柔韧度好的时候，进行大量高强度的训练，才能够取得较好的成绩。等年满 16 周岁的时候，骨骼逐渐变硬，身体柔韧度变差，再开始训练就为时已晚了。除了体育行业外，舞蹈、杂技等艺术行业也是要吃"青春饭"，确需招用不满 16 周岁的未成年人。法律对特殊行业经批准招用的未满 16 周岁的未成年人，不称作"童工"，而是称作"不满 16 周岁的文艺工作者、运动员和艺徒"。1992 年 5 月 8 日发布的《关于界定文艺工作者、运动员艺徒概念的通知》，对上述规定中文艺工作者、运动员、艺徒的概念界定如下：文艺工作者，系指专门从事表演艺术工作的人员。运动员，系指专门从事某项体育运动训练和参加比赛的人员。艺徒，系指在杂技、戏曲、工艺美术等领域中从师学艺的人员。

根据《劳动法》及《禁止使用童工规定》，文艺、体育和特种工艺单位，确需招用不满 16 周岁的未成年人的，应报经县级以上劳动行政部门批准。在招用期间，用人单位应当切实保护他们的身心健康，促使他们在德、智、体诸方面健康成长，并保证其接受九年制义务教育。

国家规定禁止使用童工，是为了保护少年儿童健康成长。即使在特殊情况下批准招用童工，也不能损害少年儿童的健康成长，用人单位必须注意保护未成年人的利益，对于未成年人有监护义务的监护人（即法定代理人），有义务保护被监护人的利益，并有权决定是否签订劳动合同。不满 16 周岁的未成年人是限制民事行为能力人，不能独立签订劳动合同，只有经其法定代理人同意或代理签订的劳动合同才是有效合同。

本案中，某影视艺术发展公司招用不满16周岁的未成年人，已经有关劳动行政部门批准，而且同未成年人的法定代理人签订了劳动合同，该合同依法有效，双方都应严格履行。因此，少女及其家长一方终止履行合同的行为是错误的。但少女家长们从为了孩子能够接受更多的教育着眼，更多地考虑到孩子们的未来，也是情有可原。所以仲裁庭调解，使双方继续履行合同，并使公司承担为少女们补习高中课程的义务，这一点完全符合少女们的长远利益，无疑是合情合理也合法的。

（三）未成年工的特殊保护

案例指引：邓某诉某国营煤矿案

1. 争议焦点

某国营煤矿安排未成年工从事井下作业是否属于国家规定禁止范围？

2. 基本案情

1994年8月27日，邓某接其父的班，被某煤矿招为合同制工人，双方签订了为期5年的劳动合同，并安排邓某在矿办公室当通信员。在办理接班手续时，经过了当地劳动部门审批，并对邓某进行体格检查。1995年5月9日，该矿因精减机构，压缩非生产部门工作人员，安排邓某下井到采掘面工作，邓某当即拒绝，并说明原由。矿方也认为安排其从事井下工作不妥，并于同月12日安排邓某到锅炉房干司炉工作，也被邓某拒绝。事后，一些工人反映邓某不到一线工作，他们也不去一线。这样一来，矿方认为邓某不服从分配，已经给矿上的工作造成不良影响。于是，1995年5月22日，经矿长办公室决定对邓某辞退，并于第二天张贴了公告并向邓某送达了辞退通知书。邓某不服，认为被诉人对其调整的工作，属于国家规定禁止未成年工从事的范围，因此，对被诉人的做法不服，向当地劳动争议仲裁委员会提出申诉，要求撤销对其辞退决定，安排力所能及的工作。

被诉人认为，邓某虽然未年满18岁，但身体健壮，有力气从事一些体力劳动，何况矿上正在精减机构，压缩非生产部门的人员，充实一线工人，在此情况下，调整邓某工作，先后两次邓某都不服从，在矿上造成不良影响，因此，该矿才对其作出辞退处理。

3. 仲裁结果

仲裁庭认为：申诉人邓某年仅 17 周岁，属于未成年工，依法应受到特殊保护。被诉人某国营煤矿先后两次安排申诉人邓某的工作，但工作范围均违反了劳动部《未成年工特殊保护规定》第 3 条第（八）项和第（十七）项的规定，即用人单位不得安排未成年工从事矿山井下及矿山地面采石作业和锅炉司炉的工作，申诉人拒绝被诉人安排上述工作是正当的，应予支持；被诉人因申诉人不服从分配而作出对申诉人辞退处理的决定是错误的，应立即纠正。《劳动法》第 64 条明确规定："不得安排未成年工从事矿山井下、有毒有害、国家规定的第四级体力劳动强度的劳动和其他禁忌从事的劳动。"第 95 条规定："用人单位违反本法对女职工和未成年工的保护规定，侵害其合法权益的，由劳动行政部门责令改正，处以罚款；对女职工或者未成年工造成损害的，应当承担赔偿责任。"

劳动争议仲裁委员会依据上述法律、法规的规定，对被诉人进行了批评教育，使被诉人认识到了错误。在劳动争议仲裁委员会的主持下，双方达成如下调解协议：被诉人同意撤销对申诉人的辞退决定，安排其继续留在矿办公室从事通信员工作。申诉人表示将加强文化知识学习，熟悉通信员业务，努力做好工作。

4. 作者评析

本案是一起用人单位违反国家规定安排未成年人从事禁忌劳动遭到拒绝而引起的劳动争议。

未成年工是指已被录用的，在法定最低就业年龄以上的未成年人。在我国，未成年工是指年龄已满 16 周岁未满 18 周岁的劳动者。未成年工与童工不同，二者以法定最低就业年龄为界，在此年龄之上的为未成年工，在此年龄之下的为童工。未成年工就业为法律所允许，但因其仍是未成年人，所以应对其进行特殊保护。使用童工则是非法行为，要受到法律制裁，只有特殊行业经批准才能招用未成年人。

未成年工虽已年满 16 周岁，能够参加工作，但仍属未成年人，其身体和智力尚未发育成熟。为了有利于青少年的健康成长，必须在劳动过程中对其安全和健康采取特殊保护措施，以适应其生理发育和知识增长的需要。《未成年人保护法》确立了对未成年工进行特殊劳动保护的基本原则。《劳动法》及《未成年工特殊保护规定》则对有关特殊保护的具体范围和措施作了详细规定。根据相关法律的规定，未成年人的特殊劳动保护，主要包括以下几方面的内容：（1）禁止未成年工从事某些禁忌劳动；（2）对未成年工的使用和特殊保护采取登记制度；（3）定期进行健康检查。

《劳动法》第64条规定："不得安排未成年工从事矿山井下、有毒有害、国家规定的第四级体力劳动强度的劳动和其他禁忌从事的劳动。"《未成年工特殊保护规定》第3条对未成年工禁忌从事的劳动范围作了较细致的规定；第4条则对患有某种疾病或具有某些生理缺陷的未成年工所禁止从事的劳动范围作了详细规定。本案中，某国营煤矿先后两次为邓某安排的工作，分别是《未成年工特殊保护规定》第2条第（八）项和第（十七）项规定的未成年工禁止从事的劳动事项，邓某完全有理由拒绝这两项工作安排，该煤矿以此为由辞退邓某是完全错误的。

《劳动法》第65条规定："用人单位应当对未成年工定期进行健康检查。"由于未成年工正处于身体发育时期，因此，定期的身体检查可以及时了解未成年工的身体状况，以保证其健康。根据《未成年工特殊保护规定》，用人单位应按下列要求对未成年工定期进行健康检查：①在安排工作岗位之前；②工作满1年；③年满18周岁，距前一次的体检时间已超过半年。未成年人的健康检查，应按该规定所附《未成年工健康检查表》列出的项目进行。用人单位应根据未成年工的健康检查结果安排其从事适合的劳动。对不能胜任原劳动岗位的，应根据医务部门的证明，予以减轻劳动量或安排其他劳动。

我国对未成年工使用和特殊保护实行登记制度。用人单位招收未成年工，除符合一般用工要求外，还须向所在地的县级以上劳动行政部门办理登记。劳动行政部门根据《未成年工健康检查表》、《未成年工登记表》，核发《未成年工登记证》。未成年人须持《未成年工登记证》上岗。

第十节 社会保险争议

劳动关系和劳务关系的重大区别之一就在于在劳动关系中，用人单位有义务为劳动者缴纳社会保险费用，以保障劳动者依法享受社会保险待遇。这是用人单位必须履行的法定义务，不得由当事人协商变更。但是法律不能完全等同于实际。在实际当中，用人单位为了降低成本或者由于其他原因，不给劳动者上社会保险的现象并不少见。因此，有必要对社会保险和社会福利问题进行分析。

一、有关社会保险的法律规定

在 2004 年的宪法修正案中，宪法第 14 条增加一款，作为第四款："国家建立健全同经济发展水平相适应的社会保障制度。"由此，作为社会保障制度核心内容的社会保险制度已经上升到宪法的层面。社会保险是以城乡劳动劳动者为保障对象，具有保障水平较高、要求权利和义务相结合和以货币支付为手段等特点。其基本内容包括劳动者的养老保险、失业保险、工伤保险、生育保险及医疗保险等项目。其中养老保险是最主要的项目。并因城乡差别等的存在表现出不同的层次性。社会保险对于劳动者养老、工伤、失业、疾病医疗、生育风险等后顾之忧的解除和劳动力素质的提高，以及市场经济所要求的统一的劳动力市场的形成与开放，起着十分重要的维系和保证作用。

宪法的规定具有原则性的特点，有待法律、法规进行细化。具体而言，我国有关社会保险的具体规定在《劳动法》、《劳动合同法》、《工伤保险条例》、《失业保险条例》、《国务院关于建立城镇职工基本医疗保险制度的决定》、《国务院关于建立统一的企业职工基本养老保险制度的决定》、《国务院关于完善企业职工基本养老保险制度的决定》、《住房公积金管理条例》、《社会保险费征缴暂行条例》等法律法规中，归纳起来主要包括以下几方面的内容：

第一，明确缴纳各项社会保险费是用人单位和劳动者的法定义务。《劳动法》第 72 条规定用人单位和劳动者必须依法参加社会保险，缴纳社会保险费。《工伤保险条例》、《失业保险条例》、《国务院关于建立城镇职工基本医疗保险制度的决定》、《国务院关于完善企业职工基本养老保险制度的决定》相应规定用人单位应当依法缴纳工伤保险费、失业保险费、医疗保险费、养老保险费,《企业职工生育保险试行办法》规定用人单位应当为女职工缴纳生育保险费。

第二,详细规定了各项社会保险的的具体内容。根据相应法律规定,用人单位应缴纳的养老保险费费率为不超过用人单位工资总额的20%,劳动者的缴费率为个人缴费工资的8%;失业保险费率为用人单位工资总额的2%,劳动者的缴费率为个人缴费工资的1%;用人单位医疗保险费率为工资总额的6%左右,劳动者的缴费率为个人缴费工资的2%;生育保险由用人单位按照工资总额的一定比例向社保机构缴纳保险费,但最高不超过工资总额的1%,个人不缴费;我国的工伤保险实行差别费率,根据不同行业的事故危险和职业危害程度,费率有所不同,但总的来说,一般确定为职工工资总额的0.3%至3%,全部由单位缴纳,个人不缴费。具体费率需要根据各省、市确定,不同省、市有所差别。目前北京养老保险缴费比例:单位20%(其中17%划入统筹基金,3%划入个人帐户),个人8%(全部划入个人帐户);医疗保险缴费比例:单位10%,个人2%+3元;失业保险缴费比例:单位1.5%,个人0.5%;工伤保险根据单位被划分的行业范围来确定它的工伤保险费率;生育保险缴费比例:单位0.8%,个人不交钱。

第三,明确规定享受社会保险的条件和权利。《劳动法》第73条明确规定,劳动者在退休、患病、负伤、因工伤残或者患职业病、失业、生育等情形下依法享受社会保险待遇。劳动者死亡后,其遗属依法享受遗属津贴。劳动者享受社会保险待遇的条件和标准由法律、法规规定。养老保险可以保障劳动者退休以后,领取由社会保险机构定期支付养老金。医疗保险可以保障劳动者在患病时依法得到物质帮助。失业保险可以保障劳动者失业后仍然可以从社会保险机构获得一定的收入以维持基本生活。工伤保险可以保障劳动者由于工作的原因受到伤害获得经济补偿。生育保险可以保证女性劳动者因为生育不能工作的时候可以获得物质帮助。

第四,明确用人单位不依法缴纳社会保险费的法律责任。用人单位无故不缴纳社会保险费的必须承担责任。这种责任一般是行政责任。《违反〈中华人民共和国劳动法〉行政处罚办法》和《社会保险费征缴暂行条例》均规定，劳动行政部门责令无故不缴纳社会保险费的用人单位，在一定期限内全部缴清费用。逾期不缴的，劳动行政部门可以加收滞纳金。滞纳金的数额为，每逾期一日加收所欠款额2‰，滞纳金收入并入社会保险金。

第五，社会保险是劳动合同的必备条款。社会保险制度与劳动合同制度有着非常密切的关系，《劳动合同法》为了保障劳动者的社会保险权利，将社会保险条款列为劳动合同的必备条款。

第六，社会保险与劳动合同的解除权紧密相关。用人单位不依法为劳动者缴纳社会保险费是劳动者单方解除劳动合同的条件。

法律	规定	备注
宪法	第14条第4款 国家建立健全同经济发展水平相适应的社会保障制度。	
劳动法	第九章 社会保险和福利 第100条 用人单位无故不缴纳社会保险费的，由劳动行政部门责令其限期缴纳；逾期不缴的，可以加收滞纳金。	以专章形式规定了劳动者享有的各种社会保险和福利的权利，奠定了各种社会保险和福利的法律基础。
劳动合同法	第17条 劳动合同应当具备以下条款：……（七）社会保险；…… 第38条 用人单位有下列情形之一的，劳动者可以解除劳动合同：……（三）未依法为劳动者缴纳社会保险费的；……	社会保险是劳动合同的必备条款 用人单位不依法为劳动者缴纳社会保险费是劳动者单方解除劳动合同的条件。
劳动合同法实施条例	第18条 有下列情形之一的，依照劳动合同法规定的条件、程序，劳动者可以与用人单位解除固定期限劳动合同、无固定期限劳动合同或者以完成一定工作任务为期限的劳动合同：……（六）用人单位未依法为劳动者缴纳社会保险费的；……	

法律	规定	备注
劳动争议调解仲裁法	第2条　中华人民共和国境内的用人单位与劳动者发生的下列劳动争议，适用本法：……（四）因工作时间、休息休假、社会保险、福利、培训以及劳动保护发生的争议；……	社会保险事宜可以直接提起劳动仲裁
国务院关于建立城镇职工基本医疗保险制度的决定	城镇所有用人单位，包括企业（国有企业、集体企业、外商投资企业、私营企业等）、机关、事业单位、社会团体、民办非企业单位及其职工，都要参加基本医疗保险。乡镇企业及其职工、城镇个体经济组织业主及其从业人员是否参加基本医疗保险，由各省、自治区、直辖市人民政府决定。 基本医疗保险费由用人单位和职工共同缴纳。用人单位缴费率应控制在职工工资总额的6%左右，职工缴费率一般为本人工资收入的2%。随着经济发展，用人单位和职工缴费率可作相应调整。	医疗保险
国务院关于完善企业职工基本养老保险制度的决定	全文	养老保险
工伤保险条例	全文	工伤保险
企业职工生育保险试行办法	全文	生育保险

法律	规定	备注
社会保险费征缴暂行条例	第13条　缴费单位未按规定缴纳和代扣代缴社会保险费的，由劳动保障行政部门或者税务机关责令限期缴纳；逾期仍不缴纳的，除补缴欠缴数额外，从欠缴之日起，按日加收千分之二的滞纳金。滞纳金并入社会保险基金。	

二、有关社会保险的劳动争议

有关社会保险的常见争议集中在用人单位未依法缴纳社会保险费。可以分为两种情形，一种是用人单位完全不支付社会保险费；另一种是用人单位与员工私下约定，将保险费直接支付给员工个人，以逃避社会保险缴纳义务。这两种情形都是法律所禁止的。

（一）用人单位与员工规避社会保险缴纳而引发的劳动争议

案例指引：王某与某科技公司社会保险劳动仲裁案

1. 争议焦点

用人单位将社会保险费直接支付给劳动者是否可以免除其法定的缴费义务？

2. 基本案情

王某与某科技公司于2003年1月1日签订了劳动合同，合同期限自2003年1月1日起至2004年12月31日止。双方在劳动合同中约定，暂不参保，每月另发200元社会保险费，由个人自行参保，享受公司其它福利。2003年1月至11月王某领取的工资签收单中列明，社会保险费200元。2003年12月3日，该公司因故解除了双方签订的劳动合同。王某要求某科技公司为其补缴2003年1月至11月的社会保险费。某科技公司辩称，公司虽未将应缴的社会保险费缴至社会保险经办机构，但2003年1月至11月期间，公司将应承担的社会保险费以现金形式支付给了王某，由王某自行参保，现公司同意为其参保，但王某应返还已领取的社会保险费给企业。王某认为，已领取的社会保险费是我工资的一部分，不应返还给企业。双方经协商，未达成一致意见。王某于2003年12月26日向劳动争议仲裁委员会申请仲裁，要求某科技公司为其补缴2003年11月至11月的社会保险费。

3. 仲裁结果

劳动争议仲裁委员会依照《劳动法》第72条和《关于贯彻执行〈中华人民共和国劳动法〉若干问题的意见》第53条之规定，作出裁决：某科技公司于裁决书生效之日起10日内，为王某补缴2003年1月至11月的社会保险费，个人承担的社会保险费部分由王某负担；王某于本裁决书生效之日起10日内将已领取的社会保险费返还给某科技公司。

4. 作者评析

本案是一起用人单位与劳动者私下约定，逃避社会保险费缴纳义务的案件。本案的争议焦点有两点：

（1）某科技公司将社会保险费直接支付给劳动者是否可以免除其法定的缴费义务。社会保险制度是经法定程序确立，由政府主管部门组织和管理，劳动者及其所在单位共同承担缴费义务，使劳动者在年老、患病、工伤、失业、生育等情况下获得经济帮助和补偿而制定的社会保障制度。《劳动法》明确规定用人单位和劳动者必须依法参加社会保险，缴纳社会保险费。因此，依法参加社会保险，缴纳保险费用，是用人单位和劳动者法定责任和义务。用人单位缴纳的社会保险费除一部分纳入社会统筹外，其余转入劳动者个人帐户。在现行的政策框架下，由于企业与自由职业者的缴费比例有所不同，部分用人单位为减低成本，常采取与劳动者约定以工资形式支付一定的金额，由劳动者个人按自由职业者标准自行缴纳的方式逃避社会保险缴纳的义务。部分劳动者贪图眼前利益或迫于无奈，接受了用人单位这种规避法律行为。用人单位这种逃避缴费义务的行为，对于劳动者来说，记入个人帐户的费用也就相对减少，直接影响到劳动者将来享受养老保险待遇。对于国家来说，因用人单位缴纳的部分费用将用于社会统筹，这种逃避缴费义务的行为也阻碍了社会保障制度的发展、完善。因此，法律对此明令禁止。某科技公司作为用人单位，在与王某签订劳动合同时，虽双方协商约定了暂不参保，每月另发200元社会保险费，由个人自行参保，但该条款违反了劳动法有关规定，属无效条款。某科技公司未按国家有关规定为王某缴纳社会保险费，反而以直接支付劳动者现金的形式逃避社会保险费缴纳义务，此做法与劳动法的规定相悖，是逃避法定义务的行为，应当依法予以纠正。

（2）直接支付给王某的社会保险费是否属于其工资收入的一部分。我国劳动法所称的工资，是指用人单位根据国家有关规定或者劳动合同的约定，以货币形式直接支付给本单位劳动者的劳动报酬，一般包括计时工资、计件工资、奖金、津贴和补贴、延长工作时间的工资报酬以及特殊情况下支付的工资等。劳动者以下的收入不属于工资范围：①单位支付给劳动者个人的社会保险费用；②劳动保护方面的费用；③按规定未列入工资总额的各种劳动报酬及其他劳动收入。根据上述规定，某科技公司支付给王某工资的签收单上所列明的社会保险费不应作为王某的劳动报酬计入其工资收入。该笔费用在工资单上列明是社会保险费，王某对此是清楚的。王某称该款实际是其工资收入，对此其负有举证责任。在该案审理期间，王某未能向劳动仲裁庭提供证据证明其主张，故裁决王某将已领取的社会保险费返还给某科技公司并无不妥，也体现了公平合理的原则。

（二）用人单位不依法缴纳社会保险费引发的劳动争议

案例指引：某公司与李某劳动争议上诉案

1. 争议焦点

用人单位是否需要为劳动者缴纳社会保险费用？劳动者是否可以要求用人单位将社会保险费支付给个人？

2. 基本案情

李某于2003年11月到2006年4月在某公司工作。2006年4月劳动合同终止后，李某发现某公司没有为其上医疗、养老保险。请求法院判令：支付应当由用人单位缴纳的2003年11月至2006年4月的医疗、养老保险费10051.80元。

3. 法院判决

法院认为：根据《社会保险费征缴暂行条例》第5条规定："国务院劳动保障行政部门负责全国的社会保险费征缴管理和监督检查工作。县级以上地方各级人民政府劳动保障行政部门负责本行政区域内的社会保险费征缴管理和监督检查工作。"由此可见，医疗、养老保险费用属于社会保险费的范畴，该项费用应由用人单位向劳动保障行政部门交纳，其他任何单位或者个人无权收取。因此，现李某要求某公司将应向社保部门交纳的医疗、养老保险费用直接支付给其的诉求，明显与上述法规规定不符，故李某的该项诉求不成立，本院不予支持。但必须指出的是，在李某与上诉人某公司之间存有合法有效的劳动合同关系期间，作为用人单位的某公司应当为作为劳动者的上诉人李某办理相关社会保险手续，这是某公司必须承担的一项法定义务。

4. 作者评析

本案是一起用人单位不缴纳社会保险费，员工要求法院判令用人单位支付社会保险费给个人的案件。

本案涉及两个法律问题：其一，用人单位是否有依法缴纳社会保险费的义务。按照法律规定，用人单位有义务依法缴纳社会保险费用。其二，劳动者是否可以要求用人单位将社会保险费支付给个人。根据法律规定，社会保险费应当向劳动保障部门缴纳，其他任何单位和个人无权收取。因此，劳动者要求将社会保险费支付给个人，于法无据。

第三章 劳动合同解除争议

第一节 劳动合同解除争议

劳动合同解除和终止，都使劳动合同归于消灭，在讨论劳动合同解除争议之前，有必要对劳动合同解除和终止进行简单辨析。

从我国《劳动合同法》的规定看，劳动合同解除是指劳动合同在订立以后，尚未履行完毕或者未全部履行以前，由于合同双方或者单方的法律行为导致双方当事人提前消灭劳动关系的法律行为。劳动合同的解除可分为协商解除、法定解除和约定解除三种情况。

结合我国《劳动合同法》的相关规定，笔者认为，劳动合同的解除具有以下特征：（1）劳动合同的解除是以依法成立且有效劳动合同为前提；（2）劳动合同解除的原因是当事人协商一致或出现法定事由；（3）劳动合同解除的结果是导致劳动合同关系消灭。

关于劳动合同终止，有学者认为，劳动合同的终止是指当事人双方按照劳动合同规定的条款，实现和履行了相应的权利义务，即劳动合同因期满或者双方约定的终止条件而丧失效力。[1] 还有学者认为，劳动合同的终止，是指劳动合同的法律效力因一定法律事实的出现而归于消灭。[2] 从我国劳动合同法规定看，笔者认为，劳动合同终止，是指劳动者与用人单位基于劳动合同约定已期满或法定事由出现，使劳动合同规定的权利和义务归于消灭。

在劳动争议案件中，用人单位和劳动者因劳动合同解除引发的争议占了绝大部分，因此厘清劳动合同解除中相关问题对于保护劳

---

① 董保华：《劳动合同研究》，中国劳动社会保障出版社 2005 年版，第254 页。

② 王昌硕：《劳动法学》，中国政法大学出版社 1999 年版，第 135 页。

动者的权益就显得尤为迫切。

一、有关劳动合同解除的法律规定

内容	法律	具体规定	备注
双方协商解除	劳动法	第24条　经劳动合同当事人协商一致，劳动合同可以解除。	用人单位提出并与劳动者协商一致解除，劳动者可获经济补偿金，劳动者提出并与用人单位协商一致解除、劳动者无经济补偿金。
	劳动合同法	第36条　用人单位与劳动者协商一致，可以解除劳动合同。	
	劳动合同法实施条例	第18条　有下列情形之一的，依照劳动合同法规定的条件、程序，劳动者可以与用人单位解除固定期限劳动合同、无固定期限劳动合同或者以完成一定工作任务为期限的劳动合同：（一）劳动者与用人单位协商一致的；…… 第19条　有下列情形之一的，依照劳动合同法规定的条件、程序，用人单位可以与劳动者解除固定期限劳动合同、无固定期限劳动合同或者以完成一定工作任务为期限的劳动合同：（一）用人单位与劳动者协商一致的；……	
劳动者单方解除	劳动法	第31条　劳动者解除劳动合同，应当提前三十日以书面形式通知用人单位。 第32条　有下列情形之一的，劳动者可以随时通知用人单位解除劳动合同：（一）在试用期内的；（二）用人单位以暴力、威胁或者非法限制人身自由的手段强迫劳动的；（三）用人单位未按照劳动合同约定支付劳动报酬或者提供劳动条件的。	提前30天通知单位，解除劳动合同；即时通知用人单位解除劳动合同，劳动者可获经济补偿金。

208

内容	法律	具体规定	备注
	劳动合同法	第37条 劳动者提前三十日以书面形式通知用人单位，可以解除劳动合同。劳动者在试用期内提前三日通知用人单位，可以解除劳动合同。	双方无过错情况下，提前30天通知单位，解除劳动合同；试用期内可提前3日通知用人单位，解除劳动合同
		第38条第1款 用人单位有下列情形之一的，劳动者可以解除劳动合同：（一）未按照劳动合同约定提供劳动保护或者劳动条件的；（二）未及时足额支付劳动报酬的；（三）未依法为劳动者缴纳社会保险费的；（四）用人单位的规章制度违反法律、法规的规定，损害劳动者权益的；（五）因本法第二十六条第一款规定的情形致使劳动合同无效的；（六）法律、行政法规规定劳动者可以解除劳动合同的其他情形。	即时通知用人单位解除劳动合同
		第38条第2款 用人单位以暴力、威胁或者非法限制人身自由的手段强迫劳动者劳动的，或者用人单位违章指挥、强令冒险作业危及劳动者人身安全的，劳动者可以立即解除劳动合同，不需事先告知用人单位。	无需通知解除合同

内容	法律	具体规定	备注
	劳动合同法实施条例	第18条 有下列情形之一的，依照劳动合同法规定的条件、程序，劳动者可以与用人单位解除固定期限劳动合同、无固定期限劳动合同或者以完成一定工作任务为期限的劳动合同：……（二）劳动者提前30日以书面形式通知用人单位的；（三）劳动者在试用期内提前3日通知用人单位的；（四）用人单位未按照劳动合同约定提供劳动保护或者劳动条件的；（五）用人单位未及时足额支付劳动报酬的；（六）用人单位未依法为劳动者缴纳社会保险费的；（七）用人单位的规章制度违反法律、法规的规定，损害劳动者权益的；（八）用人单位以欺诈、胁迫的手段或者乘人之危，使劳动者在违背真实意思的情况下订立或者变更劳动合同的；（九）用人单位在劳动合同中免除自己的法定责任、排除劳动者权利的；（十）用人单位违反法律、行政法规强制性规定的；（十一）用人单位以暴力、威胁或者非法限制人身自由的手段强迫劳动者劳动的；（十二）用人单位违章指挥、强令冒险作业危及劳动者人身安全的；（十三）法律、行政法规规定劳动者可以解除劳动合同的其他情形。	对劳动合同法有关劳动者单方解除劳动合同规定的总结

内容		法律	具体规定	备注
用人单位单方解除劳动合同	劳动者过错解除	劳动法	第25条 劳动者有下列情形之一的，用人单位可以解除劳动合同：（一）在试用期间被证明不符合录用条件的；（二）严重违反劳动纪律或者用人单位规章制度的；（三）严重失职，营私舞弊，对用人单位利益造成重大损害的；（四）被依法追究刑事责任的。	
		劳动合同法	第39条 劳动者有下列情形之一的，用人单位可以解除劳动合同：（一）在试用期间被证明不符合录用条件的；（二）严重违反用人单位的规章制度的；（三）严重失职，营私舞弊，给用人单位造成重大损害的；（四）劳动者同时与其他用人单位建立劳动关系，对完成本单位的工作任务造成严重影响，或者经用人单位提出，拒不改正的；（五）因本法第二十六条第一款第一项规定的情形致使劳动合同无效的；（六）被依法追究刑事责任的。第26条 下列劳动合同无效或者部分无效：（一）以欺诈、胁迫的手段或者乘人之危，使对方在违背真实意思的情况下订立或者变更劳动合同的；	与劳动法相比，增加了"与其他用人单位建立劳动关系"用人单位可以解除劳动合同；以期诈、胁迫或乘人之危订立的劳动合同无效的，用人单位可以解除劳动合同。

内容	法律	具体规定	备注
	劳动合同法实施条例	第19条 有下列情形之一的，依照劳动合同法规定的条件、程序，用人单位可以与劳动者解除固定期限劳动合同、无固定期限劳动合同或者以完成一定工作任务为期限的劳动合同：……（二）劳动者在试用期间被证明不符合录用条件的；（三）劳动者严重违反用人单位的规章制度的；（四）劳动者严重失职，营私舞弊，给用人单位造成重大损害的；（五）劳动者同时与其他用人单位建立劳动关系，对完成本单位的工作任务造成严重影响，或者经用人单位提出，拒不改正的；（六）劳动者以欺诈、胁迫的手段或者乘人之危，使用人单位在违背真实意思的情况下订立或者变更劳动合同的；（七）劳动者被依法追究刑事责任的；……	对劳动合同法用人单位以劳动者过错解除的规定的总结；此情形下，劳动者不可获经济补偿金
劳动者无过错解除	劳动法	第26条 有下列情形之一的，用人单位可以解除劳动合同，但是应当提前三十日以书面形式通知劳动者本人：（一）劳动者患病或者非因工负伤，医疗期满后，不能从事原工作也不能从事由用人单位另行安排的工作的；（二）劳动者不能胜任工作，经过培训或者调整工作岗位，仍不能胜任工作的；（三）劳动合同订立时所依据的客观情况发生重大变化，致使原劳动合同无法履行，经当事人协商不能就变更劳动合同达成协议的。	须提前30日通知

212

内容	法律	具体规定	备注
	劳动合同法	第40条 有下列情形之一的,用人单位提前三十日以书面形式通知劳动者本人或者额外支付劳动者一个月工资后,可以解除劳动合同:(一)劳动者患病或者非因工负伤,在规定的医疗期满后不能从事原工作,也不能从事由用人单位另行安排的工作的;(二)劳动者不能胜任工作,经过培训或者调整工作岗位,仍不能胜任工作的;(三)劳动合同订立时所依据的客观情况发生重大变化,致使劳动合同无法履行,经用人单位与劳动者协商,未能就变更劳动合同内容达成协议的。	与劳动法相比增加了"代通知金"制度
	劳动合同法实施条例	第19条 有下列情形之一的,依照劳动合同法规定的条件、程序,用人单位可以与劳动者解除固定期限劳动合同、无固定期限劳动合同或者以完成一定工作任务为期限的劳动合同:……(八)劳动者患病或者非因工负伤,在规定的医疗期满后不能从事原工作,也不能从事由用人单位另行安排的工作的;(九)劳动者不能胜任工作,经过培训或者调整工作岗位,仍不能胜任工作的;(十)劳动合同订立时所依据的客观情况发生重大变化,致使劳动合同无法履行,经用人单位与劳动者协商,未能就变更劳动合同内容达成协议的;……	

内容		法律	具体规定	备注
裁员解除		劳动法	第27条 用人单位濒临破产进行法定整顿期间或者生产经营状况发生严重困难，确需裁减人员的，应当提前三十日向工会或者全体职工说明情况，听取工会或者职工的意见，经向劳动行政部门报告后，可以裁减人员。用人单位依据本条规定裁减人员，在六个月内录用人员的，应当优先录用被裁减的人员。	
		劳动合同法	第41条 有下列情形之一，需要裁减人员二十人以上或者裁减不足二十人但占企业职工总数百分之十以上的，用人单位提前三十日向工会或者全体职工说明情况，听取工会或者职工的意见后，裁减人员方案经向劳动行政部门报告，可以裁减人员：（一）依照企业破产法规定进行重整的；（二）生产经营发生严重困难的；（三）企业转产、重大技术革新或者经营方式调整，经变更劳动合同后，仍需裁减人员的；（四）其他因劳动合同订立时所依据的客观经济情况发生重大变化，致使劳动合同无法履行的。 裁减人员时，应当优先留用下列人员：（一）与本单位订立较长期限的固定期限劳动合同的；（二）与本单位订立无固定期限劳动合同的；（三）家庭无其他就业人员，有需要扶养的老人或者未成年人的。 用人单位依照本条第一款规定裁减人员，在六个月内重新招用人员的，应当通知被裁减的人员，并在同等条件下优先招用被裁减的人员。	

214

内容	法律	具体规定	备注
	劳动合同法实施条例	第19条　有下列情形之一的，依照劳动合同法规定的条件、程序，用人单位可以与劳动者解除固定期限劳动合同、无固定期限劳动合同或者以完成一定工作任务为期限的劳动合同：……（十一）用人单位依照企业破产法规定进行重整的；（十二）用人单位生产经营发生严重困难的；（十三）企业转产、重大技术革新或者经营方式调整，经变更劳动合同后，仍需裁减人员的；……	
限制用人单位解除劳动合同	劳动法	第29条　劳动者有下列情形之一的，用人单位不得依据本法第二十六条、第二十七条的规定解除劳动合同：（一）患职业病或者因工负伤并被确认丧失或者部分丧失劳动能力的；（二）患病或者负伤，在规定的医疗期内的；（三）女职工在孕期、产期、哺乳期内的；（四）法律、行政法规规定的其他情形。	
	劳动合同法	第42条　劳动者有下列情形之一的，用人单位不得依照本法第四十条、第四十一条的规定解除劳动合同：（一）从事接触职业病危害作业的劳动者未进行离岗前职业健康检查，或者疑似职业病病人在诊断或者医学观察期间的；（二）在本单位患职业病或者因工负伤并被确认丧失或者部分丧失劳动能力的；（三）患病或者非因工负伤，在规定的医疗期内的；（四）女职工在孕期、产期、哺乳期的；（五）在本单位连续工作满十五年，且距法定退休年龄不足五年的；（六）法律、行政法规规定的其他情形。	

二、有关劳动合同解除的争议

简而言之，劳动合同解除的劳动争议可以分为两类，一类是用人单位单方解除劳动合同引发的劳动争议；一类是劳动者单方解除劳动合同引发的劳动争议。一般说来双方协商解除劳动合同不存在劳动争议。依照劳动法等法律相关规定，无论是用人单位还是劳动者单方解除劳动合同，都要满足一定的情形。如果条件不具备而解除劳动合同，就很有可能引发劳动争议。

（一）用人单位解除工会主席劳动合同引发的劳动争议

用人单位解除劳动合同应当符合法律规定的条件。在法定解除权不具备的情形下解除劳动合同的，应当承担违约责任并向劳动者支付经济补偿金。

案例指引：付某与某电力公司劳动合同解除案

1. 争议焦点：用人单位是否可以以违反《治安管理处罚条例》①为由解除与工会主席的劳动合同？

2. 基本案情

付某因2002年5月20日违反《治安管理处罚条例》被处罚款5000元。某电力公司未征得工会同意，以付某严重违纪为由，于2002年7月26日作出《关于解除付某等三同志劳动合同的通知》（以下简称《解除劳动合同通知》），通知付某解除劳动合同。该通知于同月30日传达到付某工作所在的火电厂。同月31日，付某按通知要求办完移交手续，领取了安置费。同年9月28日，付某认为某电力公司解除劳动合同错误，向泸县劳动争议仲裁委员会申请劳动争议仲裁，泸县劳动争议仲裁委员会以超过仲裁时效为由不予受理。付某不服，向泸县人民法院提起诉讼。一审庭审结束后，某电力公司向法院提供了其于1995年5月8日制定的《关于实施全员劳动合同制的意见》（以下简称《实施意见》），其中第21条第4项规

---

① 该条例已被2005年8月28日公布、2006年3月1日起施行的《中华人民共和国治安管理处罚法》废止。

定："违反《企业职工奖惩条例》①的，某电力公司可以解除劳动合同。"但是，《解除劳动合同通知》不是依据《实施意见》作出的。付某 1987 年退伍安置到某电力公司，1995 年付某与某电力公司签订劳动合同，该合同规定，用人单位可以按《劳动法》第 25 条、第 26 条、第 27 条中规定的情形之一解除劳动合同，但是有第 29 条规定的情形之一的，不得解除劳动合同。2002 年 3 月 13 日，某电力公司出台《深化企业内部改革实施方案》（以下简称《实施方案》），规定对全部职工给予一定补偿，解除国企职工身份，实行竞争上岗，竞争上岗的人与公司重新签订劳动合同。付某经竞争上岗，担任公司下属单位火电厂党总支副书记、工会主席。

原告诉称：2002 年 5 月 20 日晚，原告为同事饯行而醉酒后，违反治安管理规定，受到了相应的治安处罚，7 月 17 日此事被揭发，被开除党籍，免去行政职务。但被告以此为由解除劳动合同，不符合劳动法的规定。因此，请求撤销被告解除劳动合同的行为。被告辩称：解除劳动合同合法，且原告的起诉超过了时效，请求法院驳回原告的诉讼请求。

3. 法院判决

付某不服仲裁，向该县法院提起诉讼，县法院经审理查明：被告于 1995 年 11 月 8 日经职代会审查同意制定了《实施意见》。该《实施意见》第 21 条规定："劳动者有下列情形之一的，用人单位可以解除劳动合同：……2. 严重违反劳动纪律和企业规章制度；……4. 违反国务院《企业职工奖惩条例》的；……"。被告于 2002 年 7 月 26 日以原告严重违纪为由，作出《解除劳动合同通知》，解除与付某的劳动合同。该通知于同月 30 日传达到原告工作所在的火电厂。同月 31 日，原告按通知要求办完移交手续，领取了安置费。同年 9 月 28 日，原告向泸县劳动争议仲裁委员会申请仲裁。县法院审理认为，原告申请仲裁没有超过时效；原告违反《治安管理处罚条例》被课以治安处罚，其行为违反国务院《企业职工奖惩条例》第 11 条第 1 款第（七）项之规定，符合被告制定的经民主讨论后公示

---

① 该条例已被 2008 年 1 月 15 日公布的《国务院关于废止部分行政法规的决定》（国务院令第 516 号）宣布废止。

的《完善劳动合同制实施意见》第五章第21条规定的被告解除劳动合同的条件，被告有解除劳动合同的权利。县法院遂依照《最高人民法院关于审理劳动争议案件适用法律若干问题的解释》第19条之规定于2003年4月1日作出判决：驳回原告付某对被告的诉讼请求。

付某不服原审判决上诉至市中级人民法院，称：上诉人与被上诉人签订的《劳动合同书》规定用人单位可以根据《劳动法》第25条、第26条、第27条解除劳动合同，上诉人的行为不符合上述三条规定的情形，被上诉人没有解除合同的权利；上诉人担任单位工会主席，被上诉人没有征得本单位工会委员会和上级工会的同意就解除劳动合同，违反劳动部《关于企业工会主席签订合同问题的通知》的规定；被上诉人在一审举证期限内没有提供《实施意见》，又不属于新证据，《实施意见》不能作为证据，而且《实施意见》任意扩展《劳动法》第25条规定的解除劳动合同的条件，将违反计划生育和《企业职工奖惩条例》也作为解除劳动合同的条件，显然违反《劳动法》的规定。认为原审判决认定事实、适用法律错误，程序违法，请求二审法院予以改判，判决撤销被上诉人解除劳动合同通知，判令被上诉人补发上诉人的工资，并安排上诉人工作。

市中级人民法院经过审理认为：某电力公司解除劳动合同违反《劳动法》第25、26、27、29条及《劳动部关于企业工会主席签订劳动合同问题的通知》的规定。订立劳动合同的目的是为了更好地保证劳动者的合法权益，使劳动关系纳入法制管理的轨道。企业工会主席作为劳动者，也应当与用人单位签订劳动合同。但考虑到劳动制度转轨时期的实际情况，在订立劳动合同的方式上，对尚未签订劳动合同的工会主席，可以和党委书记、厂长、经理一样，与企业的上级主管部门签订劳动合同。已经与企业签订了劳动合同的工会主席，双方应继续履行劳动合同，不经本单位工会委员会和上级工会同意，企业不得解除劳动合同。某电力公司解除与付某之间的劳动合同应当征得工会委员会和上级工会的同意，某电力公司没有征得同意就解除劳动合同在程序上及实体上不符合法律的规定，故依法判决：某电力公司解除与付某的劳动合同的行为无效。

4. 作者评析

本案涉及的主要法律问题是，用人单位是否可以以违反《治安管理处罚条例》为由解除与工会主席的劳动合同。此问题可分解为两个问题，其一，用人单位是否可以以劳动者违反《治安管理处罚条例》为由解除劳动合同？其二，用人单位是否可以解除与工会主席的劳动合同？

《劳动法》和新颁布的《劳动合同法》及《劳动合同法实施条例》对于用人单位单方解除劳动合同都有规定。三者均规定劳动者被依法追究刑事责任的，用人单位可以解除劳动合同。但是，劳动者违反《治安管理处罚条例》，用人单位是否可以解除劳动合同，法律并未做出明确规定。按照"举重以明轻"的法律解释原则，违反《治安管理处罚条例》的行为属于行政违法行为，比犯罪行为的危害程度要小得多，应当不能作为解除劳动合同的理由。那么违反《治安管理处罚条例》的行为是否构成"严重违反劳动纪律或者用人单位规章制度"？笔者认为，从法定解除权来看，只要也只有职工的行为或者身体状况影响了合同的履行、不能使用人单位从劳动者那里获得预期数量、质量的劳务时，才符合法定的解除劳动合同的条件。而单纯的违反《治安管理处罚条例》应当受处罚的行为，在一般情况下，不会影响用人单位的预期利益，不属于严重违反用人单位劳动纪律或者规章制度的行为。在本案中，某电力公司没有法定的解除权，被告以严重违纪为由解除劳动合同，法院不予支持。

工会主席受劳动法特别保护。本案二审法院最终否定了用人单位解除与原告之间劳动合同的行为的效力，其主要依据是劳动部1996年发布的《关于企业工会主席签订劳动合同问题的通知》。该《通知》规定："企业工会主席作为劳动者，也应当与用人单位签订劳动合同。但考虑到劳动制度转轨时期的实际情况，在订立劳动合同的方式上，对尚未签订劳动合同的工会主席，可以和党委书记、厂长、经理一样，与企业的上级主管部门签订劳动合同。已经与企业签订了劳动合同的工会主席，双方应继续履行劳动合同，不经本单位工会委员会和上级工会同意，企业不得解除劳动合同。"二审法院直接适用了该《通知》，表明法院认为《通知》是对1994年《劳动法》中关于劳动合同解除条件的解释，其内容与劳动法、工会法的规定不相抵触。

但需要提示的是，劳动法关于劳动合同的规定中，没有任何关于工会主席特殊保护的内容。因此劳动部的解释在一定程度上扩大了对工会主席的保护，限制了解除工会干部的劳动合同的条件。再看一看2001年修订的《工会法》，其中第17条规定："工会主席、副主席任期未满时，不得随意调动其工作。因工作需要调动时，应当征得本级工会委员会和上一级工会的同意。"第18条规定："基层工会专职主席、副主席或者委员自任职之日起，其劳动合同期限自动延长，延长期限相当于其任职期间；非专职主席、副主席或者委员自任职之日起，其尚未履行的劳动合同期限短于任期的，劳动合同期限自动延长至任期期满。但是，任职期间个人严重过失或者达到法定退休年龄的除外。"

判决生效后，付某多次找某电力公司要求恢复工作未果，故要求法院依法强制执行。由此，在是否由法院执行恢复其工作的问题上，该不该执行，如何执行，存在着不同的观点：

一种观点认为：判决书只确定了解除劳动合同的行为无效，并没有判决要安排工作，无法强制执行。况且企事业单位的人事制度，应当由劳动合同进行约束，法院无权强制企业用哪些人。

另一种观点认为：判决书确定解除劳动合同无效，实际上承认了付某是劳动合同的当事人，企业就应该履行劳动合同，恢复付某的工作。如果某电力公司仍然不履行劳动合同义务，法院可以责令某电力公司在一定期限内履行。如果仍不履行判决确定的行为，可以依照《民事诉讼法》第102条及第104条的规定，认定某电力公司拒不履行人民法院已经发生法律效力的判决、裁定，可以对单位处以人民币1万元以上30万元以下罚款；也可以对主要负责人或者直接责任人员予以拘留；构成犯罪的，依法追究刑事责任。况且《最高人民法院关于人民法院执行工作若干问题的规定（试行）》第60条规定，被执行人拒不履行生效法律文书中指定的行为的，人民法院可以强制其履行。对于可以替代履行的行为，可以委托有关单位或他人完成，因完成上述行为发生的费用由被执行人承担。对于只能由被执行人完成的行为，经教育，被执行人仍拒不履行的，人民法院应当按照妨害执行行为的有关规定处理。

笔者赞成第二种观点。劳动部《关于贯彻执行〈中华人民共和国劳动法〉若干问题的意见》第28条规定：劳动者涉嫌违法犯罪被有关机关收容审查、拘留或逮捕的，用人单位在劳动者被限制人身自由期间，可与其暂时停止劳动合同的履行。暂时停止劳动合同履行期间，用人单位不承担劳动合同规定的相应义务。但劳动者经证明被错误限制人身自由的，暂时停止履行劳动合同期间劳动者的损失，可由其依据《国家赔偿法》要求有关部门赔偿。"况且本案仅构成违反治安管理受到罚款，不应该解除劳动合同，应当恢复劳动合同。

（二）员工拒绝工作地点变动，用人单位解除劳动合同引发的劳动争议

劳动合同签订以后，用人单位和劳动者均应当依照约定履行各自的义务。用人单位如果想调整劳动者的工作内容或工作地点应当与劳动者进行协商，达成一致后方可进行调整。实践当中，有些用人单位错误地认为劳动者应当无条件地服从单位的安排，否则，便以解除劳动合同为威胁。

案例指引：田某与某公司劳动合同解除案

1. 争议焦点

员工拒绝工作地点调动，用人单位是否有权解除劳动合同？

2. 基本案情

2006年5月，田某与某公司签订了劳动合同，合同约定的工作地点是这家公司的总部所在地县城，田某也确实是一直在公司总部上班。2008年2月，公司忽然通知他变更工作地点，从下月开始到位于某集镇的公司分部上班。通知中还说，如果田某拒绝调动，就解除劳动合同。但田某因新工作地点离家较远，就拒绝了公司的调动要求，公司与2008年3月以田某不服调动为由，与田某解除了劳动合同。田某不服，遂向某区劳动争议仲裁委员会提起仲裁，要求确认单位解除合同的行为无效。

3. 仲裁结果

某区劳动争议仲裁委员会经过审查，支持了田某的仲裁申请。

4. 作者评析

本案中涉及的问题在实践中也很常见，如果员工拒绝调动，用人单位是否有权解除劳动合同？

（1）用人单位单方解除劳动合同

辞退、裁员都属于单位单方解除劳动合同的情况。《劳动合同法》赋予用人单位对劳动合同的单方解除权比劳动者的单方解除权要小得多。立法上严格限定用人单位与劳动者解除劳动权的条件，保护劳动者的劳动权。《劳动合同法》第39条、40条和41条对用人单位单方解除劳动合同进行了严格的限制，是保护劳动者劳动权的体现。

根据《劳动合同法》第39条、40条和41条的规定，用人单位单方解除劳动合同，有过失性解除、非过失性解除和裁员三种情况。

过失性解除。又称即时辞退，它是指用人单位无需向劳动者预告就可以单方解除劳动合同。[1]《劳动合同法》第39条规定，劳动者有下列情形之一的，用人单位可以解除劳动合同：①在试用期间被证明不符合录用条件的；②严重违反用人单位的规章制度的；③严重失职，营私舞弊，给用人单位的利益造成重大损害的；④劳动者同时与其他用人单位建立劳动关系，对完成本单位的工作任务造成严重影响，或者经用人单位提出，拒不改正的；⑤因本法第26条第一项规定的情形致使劳动合同无效的；⑥被依法追究刑事责任的。从上述规定可见，过失性解除是以劳动者在试用期内有证据证明不符合用人单位录用条件，或者劳动者有严重过错的情况下，用人单位才能对其解除劳动合同。

非过失性解除是指非因劳动者过错但根据劳动者本人的健康状况、工作能力、订立劳动合同时的情势变更情况而导致劳动合同不能或无法履行而使用人单位解除合同的行为。《劳动合同法》第40条规定，有下列情形之一的，用人单位在提前30日以书面形式通知劳动者本人或者额外支付劳动者一个月工资后，可以解除劳动合同：①劳动者患病或者非因工负伤，在规定的医疗期满后不能从事原工作，且未能就变更劳动合同与用人单位协商一致的；②劳动者不能胜任工作，经过培训或者调整工作岗位，仍不能胜任工作的；③劳动合同订立时所依据的客观情况发生重大变化，致使劳动合同无法

---

① 董保华：《劳动合同研究》，中国劳动社会保障出版社2005年版，第257页。

履行，经用人单位与劳动者协商，未能就变更劳动合同内容达成协议的。需要说明的是，用人单位在行使上述解除权时，除了要符合解除劳动合同的实体要件外，还应符合前述程序要件，行使解除权才有法律效力。

裁员是指用人单位因法定事由导致劳动力过剩时依法单方解除与部分劳动者的劳动合同的行为。《劳动合同法》第 41 条第 1 款规定，有下列情形之一，需要裁减人员 20 人以上或者裁减不足 20 人但占企业职工总数 10% 以上的，用人单位应当提前 30 日向工会或者全体职工说明情况，听取工会或者职工的意见后，裁减人员方案经向劳动行政部门报告，可以裁减人员：①依照企业破产法规定进行重整的；②生产经营发生严重困难的；③企业转产、技术革新、经营方式调整，经变更劳动合同后，仍需裁减人员的；④因防治污染搬迁的；⑤其他因劳动合同订立时所依据的客观经济情况发生重大变化，致使劳动合同无法履行的。

根据上述法律规定，裁员具有以下两个特征：首先，引起裁员的原因不在于劳动者，而是由于经济环境、技术变革、企业重组、国家产业政策调整等；其次，被裁减的劳动者具有一定的规模。由于经济性裁员涉及劳动者的切身利益，为防止用人单位随意裁减人员，损害劳动者的合法权益，《劳动合同法》对用人单位裁减人员在程序上进行了严格规定。具体包括：①用人单位应当提前 30 日向工会或职工说明；②听取工会或职工的意见；③裁减人员方案须向劳动行政部门报告。

《劳动合同法》基于对原劳动者利益的特殊保护，第 41 条第 2 款规定，裁减人员时，应当优先留用下列劳动者：①与本单位订立较长期限的固定期限劳动合同的；②订立无固定期限劳动合同的；③家庭无其他就业人员，有需要扶养的老人或者未成年人的。由于裁减人员既非劳动者的过错，也非劳动者本身客观原因所致，为了保证劳动者能够重新获得就业机会，《劳动合同法》第 41 条第 2 款规定，用人单位在 6 个月内重新招用人员的，应当通知被裁减人员，并在同等条件下优先招用被裁减的人员。除了上述允许用人单位解除劳动合同的规定外，《劳动合同法》第 42 条规定，劳动者有下列情形之一的，用人单位不得依照本法第 40 条、第 41 条的规定解除劳动合同：①从事接触职业病危害作业的劳动者未进行离岗前职业健康检查，或者疑似职业病病人在诊断或者医学观察期间的；②在本单位患职业病或者因工负伤并被确认丧失或者部分丧失劳动能力的；③患病或者负伤，在规定的医疗期内的；④女职工在孕期、产期、哺乳期的；⑤在本单位连续工作满15年，且距法定退休年龄不足5年的；⑥法律、行政法规规定的其他情形。此条为禁止性规范，用人单位不得违反，否则承担法律责任。最后，为防止用人单位随意解除劳动合同，侵害劳动者的合法权益。我国劳动合同法就用人单位单方解除劳动合同规定了较严格的程序。《劳动合同法》第43条规定："用人单位单方解除劳动合同，应当事先将理由通知工会。工会认为不适当的，有权提出意见。用人单位违反法律、行政法规规定或者劳动合同约定的，工会有权要求用人单位纠正。用人单位应当研究工会的意见，并将处理结果书面通知工会。"

《劳动合同法》第35条规定："用人单位与劳动者协商一致，可以变更劳动合同约定的内容。变更劳动合同，应当采用书面形式。"据此，公司要变更田某的工作地点，就必须事先与田某协商，并以合同等书面形式确定。而实际情况是公司未与田某协商，就单方面作出变更田某工作地点的决定，这无疑违反了劳动合同的约定和法律规定，因此，田某有权拒绝执行该通知。即使田某拒绝到公司分部工作，公司也无权解除劳动合同。因为根据《劳动合同法》第39条和第40条规定，只有出现下列情形之一的，用人单位才可以解除劳动合同：①在试用期间被证明不符合录用条件的；②严重违反用人单位的规章制度的；③严重失职，营私舞弊，给用人单位造成重大损害的；④劳动者同时与其他用人单位建立劳动关系，对完成本单位的工作任务造成严重影响，或者经用人单位提出，拒不改正的；⑤因签订合同时具有欺诈、胁迫或者乘人之危的情形致使劳动合同无效的；⑥被依法追究刑事责任的；⑦劳动者患病或者非因工负伤，在规定的医疗期满后不能从事原工作，也不能从事由用人单位另行安排的工作的；⑧劳动者不能胜任工作，经过培训或者调整工作岗位，仍不能胜任工作的；⑨劳动合同订立时所依据的客观情况发生重大变化，致使劳动合同无法履行，经用人单位与劳动者协商，未能就变更劳动合同内容达成协议的。从田某所述的情况看，他与公司在履行劳动合同过程中并没有出现上述情形之一，只要公司无法提供证据证实其变更田某工作地点的合理性理由，公司就无权单方面解除劳动合同。因此，某区劳动争议仲裁委员会的裁决是正确的。

（2）劳动者单方解除劳动合同

在劳动争议案件中，辞职和离职争议均属于劳动者单方解除劳动合同的情况。

根据我国《劳动合同法》相关规定，劳动者单方解除劳动合同的情形有预告解除和即时解除两种，后者是基于用人单位违法用工时劳动者的一种自卫权的体现，而提前通知解除在实践中的应用则过于宽泛，应适当加以规制。

第一，劳动者预告解除劳动合同。

《劳动法》第31条规定："劳动者解除劳动合同，应当提前三十日以书面形式通知用人单位。"《劳动合同法》第37条规定："劳动者提前三十日以书面形式通知用人单位，可以解除劳动合同。劳动者在试用期内可以通知用人单位解除劳动合同。"此规定是从保护用人单位利益在程序上对劳动者预告解除劳动合同的时间限制。

这一规定给予了劳动者极大的单方解除权，目的是保护劳动者在劳动关系中的弱者地位，维护劳动自主的权利，对劳动者解除劳动合同几乎没有设置什么障碍和条件。这是法律赋予劳动者的一种权利，即辞职权。拥有这项权利的权利人可以凭借自己的意志决定是否继续既存的劳动关系。

第二，劳动者即时解除劳动合同。

劳动者即时解除劳动合同，是指劳动者在用人单位出现法定事由的情况下，在履行了随时通知或无需事先告知即解除劳动合同的行为。《劳动合同法》第38条规定，有下列情形之一的，劳动者可以随时通知用人单位解除劳动合同：①用人单位未按照劳动合同约定提供劳动保护和劳动条件的；②用人单位未及时足额支付劳动报酬的；③用人单位未依法为劳动者缴纳社会保险费的；④用人单位的规章制度违反法律、法规的规定，损害劳动者权益的；⑤用人单位以欺诈、胁迫的手段或者乘人之危，使劳动者在违背其真实意思的情况下订立或者变更劳动合同的；⑥法律、行政法规规定的其他情形。用人单位以暴力、威胁或者以非法限制人身自由的手段强迫劳动者劳动的，或者用人单位违章指挥、强令冒险作业而危及劳动者人身安全的，劳动者可以立即解除劳动合同，无需事先告知用人单位。

（三）劳动者辞职引发的劳动争议

根据法律规定，劳动者依照一定的程序辞职可以单方解除劳动合同，另一方面法律也保障用人单位的合法权益，劳动者违反本法规定的条件解除劳动合同对用人单位造成经济损失的，也应当依法承担赔偿责任。因此，有必要对辞职这一问题进行分析，以判断劳动争议双方的是非，保障双方的合法权益。

案例指引：辞职引起的索赔——郭某与某航空公司劳动争议案

1. 争议焦点

飞行员解除劳动合同是否应当支付违约金？

2. 基本案情

飞行员郭某1996年经某航空公司招录后，被委派至两所航空学院学习，并接受了公司的新雇员训练和复训。毕业后，郭某与航空公司签签订了无固定期限劳动合同，约定如果未满服务年限离开公司，必须支付公司相关培训费用、违约金及其他损失。2008年4月，郭某向公司递交书面辞职申请，航空公司挽留未果后拒绝办理手续，郭某离开公司后即向劳动争议仲裁委员会申请仲裁。劳动争议仲裁委员会裁决：双方劳动关系解除，郭某向航空公司赔偿220万余元。

3. 法院判决

因不满仲裁结果，双方向法院起诉。航空公司要求郭某支付违约金、招录费、培训费、缺岗损失等共计1000余万元；郭某则要求公司解除劳动合同并办理手续。一审法院审理后认为郭某在合同期限内提出辞职已构成违约，判决其赔偿航空公司违约金、培训费、带飞费等共计220万元。对此结果，双方都有异议。郭某认为一审判决将其培训期间和工作期间的职责相互混淆。航空公司认为郭某从学员成为能独当一面的副驾驶，公司有巨大投入，现在他到任何一家航空公司，都不需要进行任何培训就可上岗；同时郭某单方解除劳动合同，将使公司的正常运营发生困难。

于是，双方上诉至市中级人民法院。中院最后认定，一审认定事实基本清楚，判令双方解除劳动合同。但实体处理，特别是一些

"培训费"的性质认定欠妥，故判令郭某赔偿航空公司违约金 39 万余元、培训费用 140 余万元，共计 179 万余元。

4. 作者评析

解析这个案例，首先会涉及到我国劳动法律的一项重要基本原则—劳动自由原则。所谓"劳动自由原则"是指劳动者单方的非因用人单位过错解除劳动合同，不需要任何法定理由，无需承担违约责任（除双方有特别约定）。如果有特殊约定，劳动者提前辞职则虽属合法却需要承担违约责任。

回到本案来看，航空业和飞行员岗位虽有其特殊性，但仍不外乎是一种劳动关系，就应该属于劳动法律的调整范围。

依据《劳动合同法》第 37 条之规定，劳动者提前 30 日以书面形式通知用人单位，可以解除劳动合同。劳动者在试用期内提前 3 日通知用人单位，可以解除劳动合同。因此，郭某有权辞职，但同时也要承担违约责任；航空公司有权要求其赔偿损失，但也有为其办理离职手续的义务。

关于违约责任一节，本案中的违约责任包括损失赔偿责任和违约金。损失赔偿责任即着眼于实际的损失，通过违约或侵权行为发生后的事后核算来确定责任的大小。而违约金则是由双方当事人在合同中事先约定的，与实际损失无关。需要指出的是，《劳动合同法》未实施前，针对违约金问题，各地法规的相关规定差别较大，有允许用人单位和劳动者无限制任意约定违约金的，有允许用人单位和任意劳动者约定有数额限制违约金的，也有用人单位只能和特定劳动者约定提前离职违约金的。如上海就创立了"服务期"的概念，规定企业只有在对劳动者出资招用、培训、提供住房福利等三种特殊待遇的情况下，才可以与劳动者约定"服务期"，劳动者在"服务期"内离职才需要支付违约金。

《劳动合同法》对损失赔偿制度予以改变，对违约金问题进行了统一规范调整，依据《劳动合同法》第 22 条：用人单位为劳动者提供专项培训费用，对其进行专业技术培训的，可以与该劳动者订立协议，约定服务期。劳动者违反服务期约定的，应当按照约定向用人单位支付违约金。违约金的数额不得超过用人单位提供的培训费用。用人单位要求劳动者支付的违约金不得超过服务期尚未履行部分所应分摊的培训费用。

第 23 条规定：用人单位与劳动者可以在劳动合同中约定保守用人单位的商业秘密和与知识产权相关的保密事项。对负有保密义务的劳动者，用人单位可以在劳动合同或者保密协议中与劳动者约定竞业限制条款，并约定在解除或者终止劳动合同后，在竞业限制期限内按月给予劳动者经济补偿。劳动者违反竞业限制约定的，应当按照约定向用人单位支付违约金。

从以上规定可以看出，只有两种情况下企业才可以与劳动者约定服务期和违约金：一是用人单位提供专项培训费用、提供专业技术培训的可以约定服务期；二是用人单位与劳动者约定竞业限制的可以约定服务期。同时，违约金的数额上限也不能超过用人单位为此培训所支付的实际费用。因此，单位除培训外的一些福利住房、大额借款、补充保险等，现在都不能成为约定服务期的理由，享受此待遇的员工仍可以自由离职而不用支付违约金。

针对上述案例，根据劳动合同法的规定，如果航空公司确实为郭某提供了专项培训费用和专业技术培训费用的，双方约定的服务期和违约金条款合法有效，郭某提前辞职构成违约，应该赔偿不超过服务期尚未履行部分应分摊的培训费，或者不高于总培训费的违约金。关于违约金的数额问题，根据民航总局等五部委《关于规范飞行人员流动管理保证民航飞行队伍稳定的意见》："一、依法规范航空运输企业用工行为，逐步建立和完善飞行人员依法有序的流动机制。航空运输企业招用飞行人员，应当遵守有关法律法规，面向社会，公开招收。对招用其他航空运输企业在职飞行人员的，应当与飞行人员和其所在单位进行协商，达成一致后，方可办理有关手续，并根据现行航空运输企业招收录用培训飞行人员的实际费用情况，参照 70－210 万元的标准向原单位支付费用。"

因此，参照该《意见》，按照 70 万元至 210 万元的标准，二审法院综合考虑本案各种情况后判决 179 万余元是正确的。

（四）劳动者以用人单位不提供劳动保护条件为由解除劳动合同引发的劳动争议

提供劳动保护条件是用人单位的法定义务。但是，实践中有的用人单位无视法律的强制性规定，漠视劳动者的生命安全，不依法提供劳动保护条件。按照劳动法等法律规定，劳动者可以解除劳动合同并要求用人单位支付补偿金。

案例指引：刘某与某钢铁企业劳动争议案

1. 争议焦点

用人单位是否存在不提供劳动保护条件的行为？劳动者是否可以此为由解除劳动合同？

2. 基本案情

刘某被某钢铁企业录用，并签订了为期5年的劳动合同。劳动合同中约定，刘某负责指导一线生产工作，企业提供必要的劳动保护条件，工资待遇与企业管理人员相同。刘某工作后，企业为刘某提供了半年的培训，然后按劳动合同约定安排其到一线工作，但一直没有为其提供相应的劳动保护设备。刘某找到企业负责人，但企业负责人答复说刘某是按管理人员对待的，不是真正的一线工人，不能像一线工人那样领取劳动保护设备，由于工作需要，也无法享受企业机关科（室）人员的工作环境。刘某认为企业的这种做法违反了劳动合同中关于劳动条件的约定，随即提出解除劳动合同。企业则提出，刘某没有提前30日以书面形式通知企业，因而解除劳动合同无效，并且如果刘某擅自解除劳动合同，应按照1995年5月10日原劳动部颁布的《违反〈劳动法〉有关劳动合同规定的赔偿办法》第4条规定，赔偿企业录用和培训费用。刘某不服，向当地劳动争议仲裁委员会申请仲裁。

3. 仲裁结果

劳动争议仲裁委员会审理后裁定：企业违反了劳动合同中关于劳动条件的规定，刘某可以解除劳动合同，不需支付赔偿费用。

4. 作者评析

劳动条件是《劳动合同法》第17条明确规定的劳动合同的必备内容。同时，《劳动合同法》第38条规定，用人单位未按照劳动合同约定提供劳动保护或者劳动条件的，劳动者可以解除劳动合同。劳动条件和劳动报酬都是劳动合同的基本内容，是劳动者给付劳动、履行劳动合同的保障。用人单位有义务为劳动者提供适当的劳动条件和工作环境。如果用人单位提供劳动条件不当，危及劳动者身体健康，造成劳动者伤亡的，用人单位不仅要承担赔偿责任，还要受到行政处罚。情节严重的，直接责任人还要被追究刑事责任。劳动条件的重要性体现在劳动合同的解除上，即用人单位未按约定提供劳动条件的，劳动者可以解除劳动合同。本案中，既然当事人双方已经在劳动合同中约定了劳动条件，企业就应当按照约定为刘某提供一线生产工作必要的劳动保护条件。企业以刘某的工作性质比较特殊为由不予提供，违反了劳动合同的约定，根据《劳动合同法》第38条的规定，刘某可以提出解除劳动合同。劳动者既可以书面形式，也可以口头形式通知用人单位，至于采用何种形式通知，由劳动者自行选择，只要能将解除劳动合同的意思表示送达用人单位即可。因此，企业提出，刘某没有提前30日以书面形式通知企业，因而解除劳动合同无效，是没有法律依据的。原劳动部颁布的《违反〈劳动法〉有关劳动合同规定的赔偿办法》第4条规定：劳动者违反规定或劳动合同的约定解除劳动合同，对用人单位造成损失的，应当赔偿用人单位招收录用其所支付的费用和用人单位为其支付的培训费。本案中，刘某解除劳动合同是按照《劳动合同法》的规定行使法定的解除权，并且解除权的行使也并无不当，不属于违反规定或约定解除劳动合同的情形，无需赔偿企业录用和培训费用。

（五）用人单位以劳动者患病为由解除劳动合同引发的劳动争议

案例指引：刘某与某烟草公司劳动争议案

1. 争议焦点

劳动者患精神病，用人单位是否可以解除劳动合同？

2. 基本案情

刘某于1998年6月被某烟草公司聘录为配电工。2007年，烟草系统劳动人事制度改革方案报请政府同意后实施。2007年7月，刘某因精神分裂症进入精神病医院住院治疗，同年9月经医院批准由专人护理出院。8月3日，其妹在刘某住院期间代他与烟草公司签订了《终止劳动关系协议书》，并领取各项补偿金共计15万元。作为刘某患病期间第一顺序监护人的父亲表示不同意解除劳动关系。刘某出院后以未征得本人同意，又在医疗期间为由，经劳动争议仲裁后向法院提起诉讼，要求恢复与烟草公司的劳动关系。

3. 法院判决

法院审理后，支持了刘某的诉讼请求。

4. 作者评析

原劳动部《关于贯彻执行〈中华人民共和国劳动法〉若干问题的意见》第34条规定：除《劳动法》第25条规定的情形外，劳动者在医疗期、孕期、产期和哺乳期间，劳动合同期限届满时，用人单位不得终止劳动合同。《劳动法》第29条也规定：患病或者负伤，在规定的医疗期间内的，用人单位不得依据该法第26、27条规定解除合同。上述规定的立法精神就是保障劳动者在患病治疗期间劳动关系的稳定，是以人为本的体现。本案中刘某之妹与烟草公司所签合同，处于刘某住院治疗的规定期间内。《劳动合同法》第36条规定，用人单位与劳动者协商一致，可以解除劳动合同。刘某所患为精神分裂症，患病期间属限制（或无）民事行为能力人，其第一顺序的监护人为其父亲，他并未同意解除劳动关系，也未授权刘某的妹妹代签解除劳动关系协议，刘某治愈出院后也不认可协议。依据我国《民法通则》的规定，其妹属无权代理，与被告所签订的协议违反了法律规定，属无效行为。

第二节　经济补偿金争议

经济补偿金又称为离职费或遣散费，其主要包括劳动贡献积累补偿、失业补偿和其他特殊补偿（如：竞业禁止补偿金）。经济补偿金在各国和地区的称谓不尽相同。法国《劳动法典》称为"辞退补偿金"，俄罗斯《劳动法》称为"解职金"。而香港《雇佣条例》将其称为"遣散费"，我国台湾地区"劳动基准法"则称为"资遣费"。我国《劳动合同法》、《劳动法》、劳动部《违反和解除劳动合同的经济补偿办法》等法律法规均规定了用人单位在与劳动者解除劳动合同时，应该按一定标准支付一定金额的经济补偿金。

一、与经济补偿金有关的法律法规

法律	规定	备注
劳动法	第28条 用人单位依据本法第二十四条、第二十六条、第二十七条的规定解除劳动合同的，应当依照国家有关规定给予经济补偿。 第70条 国家发展社会保险事业，建立社会保险制度，设立社会保险基金，使劳动者在年老、患病、工伤、失业、生育等情况下获得帮助和补偿。 第91条 用人单位有下列侵害劳动者合法权益情形之一的，由劳动行政部门责令支付劳动者的工资报酬、经济补偿，并可以责令支付赔偿金：（一）克扣或者无故拖欠劳动者工资的；（二）拒不支付劳动者延长工作时间工资报酬的；（三）低于当地最低工资标准支付劳动者工资的；（四）解除劳动合同后，未依照本法规定给予劳动者经济补偿的。	
劳动合同法	第23条 用人单位与劳动者可以在劳动合同中约定保守用人单位的商业秘密和与知识产权相关的保密事项。对负有保密义务的劳动者，用人单位可以在劳动合同或者保密协议中与劳动者约定竞业限制条款，并约定在解除或者终止劳动合同后，在竞业限制期限内按月给予劳动者经济补偿。劳动者违反竞业限制约定的，应当按照约定向用人单位支付违约金。	此条为竞业禁止补偿规定

法律	规定	备注
	第46条　有下列情形之一的,用人单位应当向劳动者支付经济补偿:(一)劳动者依照本法第三十八条规定解除劳动合同的;(二)用人单位依照本法第三十六条规定向劳动者提出解除劳动合同并与劳动者协商一致解除劳动合同的;(三)用人单位依照本法第四十条规定解除劳动合同的;(四)用人单位依照本法第四十一条第一款规定解除劳动合同的;(五)除用人单位维持或者提高劳动合同约定条件续订劳动合同,劳动者不同意续订的情形外,依照本法第四十四条第一项规定终止固定期限劳动合同的;(六)依照本法第四十四条第四项、第五项规定终止劳动合同的;(七)法律、行政法规规定的其他情形。	应当支付经济补偿金的情形
	第47条　经济补偿按劳动者在本单位工作的年限,每满一年支付一个月工资的标准向劳动者支付。六个月以上不满一年的,按一年计算;不满六个月的,向劳动者支付半个月工资的经济补偿。劳动者月工资高于用人单位所在直辖市、设区的市级人民政府公布的本地区上年度职工月平均工资三倍的,向其支付经济补偿的标准按职工月平均工资三倍的数额支付,向其支付经济补偿的年限最高不超过十二年。本条所称月工资是指劳动者在劳动合同解除或者终止前十二个月的平均工资。	经济补偿金的计算方式
	第50条　劳动者应当按照双方约定,办理工作交接。用人单位依照本法有关规定应当向劳动者支付经济补偿的,在办结工作交接时支付。	经济补偿金的支付时间

法律	规定	备注
	第71条　非全日制用工双方当事人任何一方都可以随时通知对方终止用工。终止用工，用人单位不向劳动者支付经济补偿。	非全日制用工不适用经济补偿金
	第85条　用人单位有下列情形之一的，由劳动行政部门责令限期支付劳动报酬、加班费或者经济补偿；劳动报酬低于当地最低工资标准的，应当支付其差额部分；逾期不支付的，责令用人单位按应付金额百分之五十以上百分之一百以下的标准向劳动者加付赔偿金：（一）未按照劳动合同的约定或者国家规定及时足额支付劳动者劳动报酬的；（二）低于当地最低工资标准支付劳动者工资的；（三）安排加班不支付加班费的；（四）解除或者终止劳动合同，未依照本法规定向劳动者支付经济补偿的。 第87条　用人单位违反本法规定解除或者终止劳动合同的，应当依照本法第四十七条规定的经济补偿标准的二倍向劳动者支付赔偿金。	用人单位支付赔偿金的情形及劳动行政部门的监督权
	第93条　对不具备合法经营资格的用人单位的违法犯罪行为，依法追究法律责任；劳动者已经付出劳动的，该单位或者其出资人应当依照本法有关规定向劳动者支付劳动报酬、经济补偿、赔偿金；给劳动者造成损害的，应当承担赔偿责任。	
	第97条　本法施行之日存续的劳动合同在本法施行后解除或者终止，依照本法第四十六条规定应当支付经济补偿的，经济补偿年限自本法施行之日起计算；本法施行前按照当时有关规定，用人单位应当向劳动者支付经济补偿的，按照当时有关规定执行。	劳动合同法实施前后的衔接

法律	规定	备注
劳动合同法实施条例	第20条　用人单位依照劳动合同法第四十条的规定，选择额外支付劳动者一个月工资解除劳动合同的，其额外支付的工资应当按照该劳动者上一个月的工资标准确定。 第22条　以完成一定工作任务为期限的劳动合同因任务完成而终止的，用人单位应当依照劳动合同法第四十七条的规定向劳动者支付经济补偿。 第23条　用人单位依法终止工伤职工的劳动合同的，除依照劳动合同法第四十七条的规定支付经济补偿外，还应当依照国家有关工伤保险的规定支付一次性工伤医疗补助金和伤残就业补助金。 第25条　用人单位违反劳动合同法的规定解除或者终止劳动合同，依照劳动合同法第八十七条的规定支付了赔偿金的，不再支付经济补偿。赔偿金的计算年限自用工之日起计算。 第26条　用人单位与劳动者约定了服务期，劳动者依照劳动合同法第三十八条的规定解除劳动合同的，不属于违反服务期的约定，用人单位不得要求劳动者支付违约金。有下列情形之一，用人单位与劳动者解除约定服务期的劳动合同的，劳动者应当按照劳动合同的约定向用人单位支付违约金：（一）劳动者严重违反用人单位的规章制度的；（二）劳动者严重失职，营私舞弊，给用人单位造成重大损害的；（三）劳动者同时与其他用人单位建立劳动关系，对完成本单位的工作任务造成严重影响，或者经用人单位提出，拒不改正的；（四）劳动者以欺诈、胁迫的手段或者乘人之危，使用人单位在违背真实意思的情况下订立或者变更劳动合同	

法律	规定	备注
	的；（五）劳动者被依法追究刑事责任的。 第27条　劳动合同法第四十七条规定的经济补偿的月工资按照劳动者应得工资计算，包括计时工资或者计件工资以及奖金、津贴和补贴等货币性收入。劳动者在劳动合同解除或者终止前12个月的平均工资低于当地最低工资标准的，按照当地最低工资标准计算。劳动者工作不满12个月的，按照实际工作的月数计算平均工资。	
最高人民法院关于审理劳动争议案件适用法律若干问题的解释法释	第14条　劳动合同被确认为无效后，用人单位对劳动者付出的劳动，一般可参照本单位同期、同工种、同岗位的工资标准支付劳动报酬。根据《劳动法》第九十七条之规定，由于用人单位的原因订立的无效合同，给劳动者造成损害的，应当比照违反和解除劳动合同经济补偿金的支付标准，赔偿劳动者因合同无效所造成的经济损失。 第15条　用人单位有下列情形之一，迫使劳动者提出解除劳动合同的，用人单位应当支付劳动者的劳动报酬和经济补偿，并可支付赔偿金：（一）以暴力、威胁或者非法限制人身自由的手段强迫劳动的；（二）未按照劳动合同约定支付劳动报酬或者提供劳动条件的；（三）克扣或者无故拖欠劳动者工资的；（四）拒不支付劳动者延长工作时间工资报酬的；（五）低于当地最低工资标准支付劳动者工资的。	

法律	规定	备注
最高人民法院关于审理劳动争议案件适用法律若干问题的解释（二）	第1条 人民法院审理劳动争议案件，对下列情形，视为劳动法第八十二条规定的"劳动争议发生之日"：……（三）劳动关系解除或者终止后产生的支付工资、经济补偿金、福利待遇等争议，劳动者能够证明用人单位承诺支付的时间为解除或者终止劳动关系后的具体日期的，用人单位承诺支付之日为劳动争议发生之日。劳动者不能证明的，解除或者终止劳动关系之日为劳动争议发生之日。 第4条 用人单位和劳动者因劳动关系是否已经解除或者终止，以及应否支付解除或终止劳动关系经济补偿金产生的争议，经劳动争议仲裁委员会仲裁后，当事人依法起诉的，人民法院应予受理。	
违反和解除劳动合同的经济补偿办法	全文	应当支付补偿金的各种情形以及经济补偿金的支付标准、方式

二、有关经济补偿金的劳动争议

（一）经济补偿金计算标准异议引发的劳动争议

案例指引一：李某与某木材加工厂劳动争议案

1. 争议焦点

2007 年 10 月订立的合同于《劳动合同法》实施后解除是否应当适用《劳动合同法》？

2. 基本案情

李某 2007 年 11 月 1 日经人介绍至某木工厂从事木材加工工作，在李某多次要求下，单位与其签订了期限为 2007 年 10 月 1 日至

237

2008年3月31日6个月的劳动合同，月工资2000元。后用人单位提出于2008年1月28日，即提前一个月通知李某2008年2月28日解除劳动合同，李某表示同意。但单位认为，刘某共工作5个月，依据《劳动合同法》第47条之规定，不满6个月，只能给付半个月工资1000元的经济补偿。李某认为，《劳动合同法》于2008年1月1日开始实施，自己是2007年10月与用人单位订立的劳动合同，并不适用《劳动合同法》，不同意用人单位的给付标准，遂向劳动争议仲裁委员会申请仲裁。

3. 仲裁结果

劳动仲裁委员会依据现行的法律法规及劳动合同，及时做出用人单位给付李某一个半月工资3000元的经济补偿金的裁定。

4. 作者评析

本案中，李某实际拿到的是一个半月的经济补偿金，为什么呢？

依据《劳动合同法》第97条第3款之规定："本法施行之日存续的劳动合同在本法施行后解除或者终止，依照本法第四十六条规定应当支付经济补偿的，经济补偿年限自本法施行之日起计算；本法施行前按照当时有关规定，用人单位应当向劳动者支付经济补偿的，按照当时有关规定执行。"

李某2008年1月1日以后解除劳动合同的经济补偿，应依据《劳动合同法》第46之规定："有下列情形之一的，用人单位应当向劳动者支付经济补偿：（一）劳动者依照本法第三十八条规定解除劳动合同的；（二）用人单位依照本法第三十六条规定向劳动者提出解除劳动合同并与劳动者协商一致解除劳动合同的；（三）用人单位依照本法第四十条规定解除劳动合同的；（四）用人单位依照本法第四十一条第一款规定解除劳动合同的；（五）除用人单位维持或者提高劳动合同约定条件续订劳动合同，劳动者不同意续订的情形外，依照本法第四十四条第一项规定终止固定期限劳动合同的；（六）依照本法第四十四条第四项、第五项规定终止劳动合同的；（七）法律、行政法规规定的其他情形。"李某属于第二项规定的情形，依据第36条之规定："用人单位与劳动者协商一致，可以解除劳动合同。"属双方协商解除，经济补偿金的标准应依据第47条第1款规定："经济补偿按劳动者在本单位工作的年限，每满一年支付一个月工资的标准向劳动者支付。六个月以上不满一年的，按一年计算；不满六个月的，向劳动者支付半个月工资的经济补偿。"2008年1月1日李某在单位工作至2月28日，共计2个月，不满6个月，故应给付李某半个月工资1000元经济补偿金是有法律依据的。

2008年以前，应依据《劳动法》第24条之规定："经劳动合同当事人协商一致，劳动合同可以解除。"属于双方协商解除，依据《劳动法》第28条之规定："用人单位依据本法第二十四条、第二十六条、第二十七条的规定解除劳动合同的，应当依照国家有关规定给予经济补偿。"李某符合给付经济补偿金的条件。依据《违反和解除劳动合同的经济补偿办法》（劳部发［1994］481号）第五条之规定："经劳动合同当事人协商一致，由用人单位解除劳动合同的，用人单位应根据劳动者在本单位工作年限，每满一年发给相当于一个月工资的经济补偿金，最多不超过十二个月。工作时间不满一年的按一年的标准发给经济补偿金。"2008年以前经济补偿金计算：2007年10月1日至2007年12月31日，李某在单位工作共计三个月，不满一年，应按一年的标准发给一个月工资的经济补偿金2000元。故李某合计共得经济补赔金3000元是有法律依据的。

案例指引二：王某与某科技公司劳动争议案

1. 争议焦点

计算经济补偿金是以实发工资还是年薪分摊为基础？

2. 基本案情

王某与某科技公司签订劳动合同，约定王某在该公司从事技术管理工作，合同期限为2年，劳动报酬按年薪计，每年6万元，支付方式为每月支付4000元，不足部分年底一次付清，包括奖金、保密费等。王某工作半年以后，该科技公司解除了与王某的劳动合同。王某同意解除劳动合同，但在计算经济补偿金时，与科技公司发生了争议。科技公司认为王某并未完成一年的工作量，应当按照每月实发工资4000元作为经济补偿金的基数。同时，由于王某并未完成其负责的项目，不能获得年薪中的奖金等报酬。王某则认为应当以6万元分摊到12个月中作为每月应支付的报酬来计算经济补偿金，遂向劳动仲裁部门提起申诉，要求按照以上方式计算经济补偿金。

3. 仲裁结果

仲裁委经过调解，双方未能达成一致意见，遂裁决支持了王某的申诉请求。

4. 作者评析

本案争议的焦点在于如何看待双方约定劳动报酬条款，即年薪制条款。所谓年薪制，是指以年度为单位，按照劳动者付出的劳动及生产出的绩效和用人单位本年度的收益计算劳动者应当获得多少劳动报酬的制度。年薪主要包括劳动者的固定工资、住房公积金、保险金等各种福利待遇、基于业绩和效益的奖金（通常体现为年终奖）、各项补贴、津贴等。其中，与业绩和效益挂钩的奖金是最特殊也是最重要的一部分。因为年薪制通常是针对用人单位的高层管理人员而设立的，这类人往往对用人单位有着特殊的贡献，其劳动报酬也是单位净收益中特别列出的支付项目，与普通员工相差悬殊。设立年薪制，是对高管人员的一种激励机制。在现实生活中，用人单位不可能每年仅仅向劳动者支付一次报酬，通常仍然是每月支付。如果没有预先详细确定支付方式，就容易产生纠纷。

本案中，双方虽然约定年薪为 6 万元，每月支付 4000 元，不足部分年底一次付清，包括奖金、保密费等，但没有约定除去每月固定的 4000 元以外、剩余的 1.2 万元应当如何支付的问题。仲裁委员会遂从保护劳动者的角度出发，按照有利于劳动者的方式解释该劳动合同中约定不明之处，支持了王某的仲裁申请。

（二）工作年限的连续计算异议引发的劳动争议

案例指引：王某与某信息技术公司劳动争议案

1. 争议焦点

王某在 B 公司工作的年限与在 A 公司工作的年限应否连续计算？A 公司给付王某在 B 公司工作期间的经济补偿金之后，是否应再给付 50% 的额外经济补偿金？

2. 基本案情

某信息技术有限公司（以下简称 A 公司）系某美国公司于 2001 年 2 月投资成立的子公司；2001 年 6 月，B 公司也成为美国公司的子公司。王某于 1995 年 4 月进入 B 公司工作，2001 年 4 月，美国公司收购 B 公司期间，王某被安排到 A 公司工作，并与 A 公司签订劳动合同，合同期限至 2004 年 5 月，月薪为 5500 元。2003 年 8 月 25

日，A公司因经营困难与王某解除劳动合同，双方签订《协商解除劳动合同协议》。协议约定：王某在B公司工作期间的经济补偿金，有权通过法律途径或其他途径另行解决。依据该协议，王某领取了在A公司工作期间的经济补偿金后，即向北京市劳动争议仲裁委申请仲裁，要求A公司支付其在B公司工作期间的经济补偿金及额外经济补偿金。劳动争议仲裁委裁决A公司支付王某在B公司工作期间的经济补偿金及额外经济补偿金4.9万元。A公司不服仲裁结果向法院提起诉讼。

3. 法院判决

一审法院经审理认为，王某系在美国公司着手收购B公司期间，被美国公司调到另一子公司A公司工作的。之后，B公司被美国公司收购，成为美国公司的子公司。王某从美国公司的一个子公司调到另一个子公司工作，并没有办理新员工录用手续，且A公司已将王某在B公司工作的年限连续计算为工龄。故王某进入A公司工作系工作调动性质。A公司诉称王某进入该公司系重新择业，证据不足。A公司在与王某解除合同后，应参照原劳动部《违反和解除劳动合同的经济补偿办法》和原北京市劳动局《关于解除劳动合同计发经济补偿金有关问题处理意见的通知》的有关规定，按王某在B公司工作的年限支付王某经济补偿金及额外经济补偿金。A公司不同意给付该部分补偿金的诉讼请求，于法相悖。综上所述，依据《劳动法》第24条、第28条、第83条之规定判决：驳回原告A公司之全部诉讼请求。一审宣判后，A公司提出上诉。

在二审过程中，经法院主持调解，双方当事人自愿达成如下协议：（1）A公司与王某签订的劳动合同履行至2003年8月25日解除。（2）A公司签收本调解书后，一次性给付王某经济补偿金3.3万元（双方签收本调解书当日执行）。

4. 作者评析

本案涉及两个法律问题。

问题一：王某在B公司工作的年限与在A公司工作的年限应否连续计算。本问题直接关系到解除劳动合同经济补偿金的计发年限。本案中，解决这一问题的关键是如何认定王某从B公司进入A公司工作的性质。参照原劳动部办公厅《对〈关于终止或解除劳动合同计发经济补偿金有关问题的请示〉的复函》和原北京市劳动局《关于解除劳动合同计发经济补偿金有关问题处理意见的通知》的规定，因用人单位合并、兼并、合资、单位改变性质、法人改变名称或职工成建制调动、组织调动等原因改变工作单位的，其改变前在原单位工作的时间计算为在本单位的工作时间。本案中，王某是在 A 公司的母公司美国公司收购 B 公司期间由该母公司安排到 A 公司工作的，同时王某到 A 公司后并没有被作为新员工对待，办理录用手续，并且在计算有薪年休假时，王某在 B 公司工作的年限也被连续计算为工龄。因此，王某从 B 公司到 A 公司工作属于工作调动。

问题二：A 公司给付王某在 B 公司工作期间的经济补偿金之后，是否应再给付 50% 的额外经济补偿金。《违反和解除劳动合同的经济补偿办法》第 5 条规定，经劳动合同当事人协商一致，由用人单位解除劳动合同的，用人单位应根据劳动者在本单位工作年限，每满 1 年发给相当于 1 个月工资的经济补偿金，最多不超过 12 个月。工作时间不满 1 年的按 1 年的标准发给经济补偿金。第 10 条规定，用人单位解除劳动合同后，未按规定给予劳动者经济补偿的，除全额发给经济补偿金外，还须按该经济补偿金数额的 50% 支付额外经济补偿金。

实践中，对于如何理解该补偿办法第 10 条规定中的"未按规定"存在不同的认识。有观点认为，凡是判决用人单位给付劳动者经济补偿金的都要再加付 50% 的额外经济补偿金。在审判实践中，甚至对视为双方协商一致解除劳动合同的，法院也曾判决加付 50% 的额外经济补偿金。

另一种观点则认为：额外经济补偿金的适用是对用人单位实施的惩罚性措施，用人单位解除劳动合同后，不按规定给付劳动者经济补偿金的，才应适用《违反和解除劳动合同的经济补偿办法》第 10 条的规定，判决加付 50% 的额外经济补偿金，如因对经济补偿金有争议而未支付的，则不应加付 50% 的额外经济补偿金。

笔者认为，应该以第一种观点作为判决的依据，依据上述第 10 条规定：用人单位解除劳动合同后，未按规定给予劳动者经济补偿的，除全额发给经济补偿金外，还须按该经济补偿金数额的 50% 支付额外经济补偿金。从规定能直接看出，该规定并未对给付额外经济补偿金做排除性规定，即所有未按规定给予劳动者经济补偿的，除全额发给经济补偿金外，均须按该经济补偿金数额的 50% 支付额外经济补偿金。那种认为如双方对经济补偿金有争议，应视为经济补偿金问题属于待定问题，从而用人单位无需支付额外经济补偿金的观点是错误的，因为该规定本来就是惩罚性规定，未按照支付经济补偿金的，就应该支付额外经济补偿金，因为劳动争议案件，相当一部分是关于经济补偿金给付的案件，经济补偿金未给付的责任在用人单位，未按照规定给付经济补偿金及应承担给付额外经济补偿金的责任，否则该规定的惩罚性就无法体现。

（三）以劳动者存在过错为由不予支付经济补偿金引发的劳动争议

案例指引：张某与某商业银行劳动争议案

1. 争议焦点

商业银行以张某所犯的错误为由拒付经济补偿金是否合法有效？

2. 基本案情

张某是某县商业银行储蓄所会计，系该银行的省编在职职工，在本单位已连续工作 18 年。2003 年 2 月 9 日下午，张某与王某在本储蓄所值班时，客户张某将捡到的一张 5000 元活期存单（该县农村信用社存单）交给王某查看，王某认为存单可能已挂失，张某遂将该存单撕为两半扔于柜台上离去。后来，张某与王某商议，将该存单粘合后让一商户刘某假冒储户将 5000 元取出，三人私分，张某分得 2000 元。事发后，张某于 2003 年 2 月 28 日因涉嫌诈骗犯罪被县公安局刑事拘留，同年 3 月 10 日因涉嫌侵占罪被县检察院批准逮捕。后检察院认定，张某及时退还赃款，认罪态度较好，犯罪情节轻微，确有悔罪表现，根据《刑事诉讼法》第 142 条第 2 款的规定，决定对张某不起诉。张某回单位后，单位让她回家待岗，每月发放 300 元生活费，一直到 2003 年 9 月。2003 年 10 月，该商业银行裁员，张某同其他 6 名职工被列入裁员对象，分别办理了解除劳动合同的相关手续。合同解除后，其他 6 名职工根据其上级银行的规定，领取了 5 万元到 8 万元不等的补助款（经济补偿、生活困难补助费等）。在张某的经济补助问题上，单位认为她本身有过错，不给她支付任何费用。

张某认为，单位的做法损害了其合法权益，到劳动争议仲裁委员会申请仲裁，要求：①商业银行向申诉人支付经济补偿金14436元及额外经济补偿金7218元。②依法给申诉人缴纳养老保险费和失业保险费。商业银行则辩称：被诉人解除申诉人的劳动合同属实，但被诉人是根据申诉人个人的书面申请而解除的，况且申诉人犯有过错，根据《劳动法》的有关规定，单位不但可以解除劳动合同，而且可以不支付经济补偿金。

3. 仲裁结果

劳动争议仲裁委员会根据本案的基本事实，依法做出了裁决：①商业银行给张某一次性支付经济补偿金14436元，加付50%的额外经济补偿金7218元，两项合计21654元；②商业银行依法给张某缴纳养老保险费和失业保险费。

4. 作者评析

本案是一起应否支付经济补偿金的劳动争议。双方当事人争议的焦点是：商业银行以张某所犯的错误为由拒付经济补偿金，是否符合相关规定。

关于经济补偿，劳动部《违反和解除劳动合同的经济补偿办法》第9条规定："用人单位濒临破产进行法定整顿期间或者生产经营状况发生严重困难，必须裁减人员的，用人单位按被裁减人员在本单位工作的年限支付经济补偿金。在本单位工作的时间每满一年，发给相当于一个月工资的经济补偿金。"结合本案情况看，商业银行按照其上级银行的要求，在2003年10月9日的一天之内，让被裁员的7名职工（包括申诉人张某）写出书面的解除劳动合同的申请，在解除劳动合同协议书上签名，并填写了解除劳动合同通知书和送达回执。从整个工作过程来看，双方是在按照上级银行的统一要求进行运作，实际上是在履行经济性裁员的程序，商业银行应当按照上述规定，向申诉人张某支付18个月的经济补偿金，每月802元，金额为14436元。

在本案中，申诉人张某犯有过错，县检察院对其作出了不起诉决定，商业银行认为可以按照《劳动法》第25条第4款规定，解除张某的劳动合同，不给予经济补偿。其依据是劳动部《关于贯彻执行〈中华人民共和国劳动法〉若干问题的意见》第29条规定："劳动者被依法追究刑事责任的，用人单位可依据劳动法第二十五条解除劳动合同。'被依法追究刑事责任'是指：被人民检察院免于起诉的、被人民法院判处刑罚的、被人民法院依据刑法第三十二条免于刑事处分的。"该意见第39条规定："用人单位依据劳动法第二十五条解除劳动合同，可以不支付经济补偿金。"但是，关于被检察院作出不起诉决定的职工，用人单位可否解除劳动合同，劳动和社会保障部对此有专门的文件规定，劳动和社会保障部办公厅《关于职工被人民检察院作出不予起诉决定用人单位能否据此解除劳动合同问题的复函》规定："人民检察院根据《中华人民共和国刑事诉讼法》第一百四十二条第二款规定作出不起诉决定的，不属于《劳动法》第二十五条第（四）项规定的被依法追究刑事责任的情形。因此，对人民检察院根据《中华人民共和国刑事诉讼法》第一百四十二条第二款规定作出不起诉决定的职工，用人单位不能依据《劳动法》第二十五条第（四）项规定解除劳动合同。"结合本案情况看，商业银行以张某有过错为由，拒绝支付解除劳动合同的经济补偿金，是错误的做法。被诉人应当按照原劳动部《违反和解除劳动合同的经济补偿办法》第10条的规定，除全额发给14436元的经济补偿金外，还须按该经济补偿金数额的50%支付额外经济补偿金，即加付7218元。

关于养老保险费和失业保险费的缴纳，《劳动法》第72条、《社会保险费征缴暂行条例》和《失业保险条例》都有明确的规定，申诉人的该项请求符合相关规定，依法应当支持。

笔者在此归纳不同情形经济补偿金的支付：

解除或终止劳动合同类型	特 征	经济补偿金
协商解除劳动合同	个人提出	不支付
	用人单位提出	支付
劳动者单方面解除劳动合同	用人单位无过错，提前30天通知用人单位	不支付
	用人单位有过错，即时通知用人单位	支付
	用人单位有过错，无需通知用人单位	支付

用人单位单方面解除劳动合同	劳动者有过错，可以（随时）解除劳动合同	不支付
	劳动者无过错，可以提前30天通知劳动者解除劳动合同	支付
	经济性裁员，解除劳动合同	支付
终止劳动合同	因用人单位原因终止劳动合同	支付
	劳动者原因终止劳动合同	不支付

（1）劳动合同解除情况下经济补偿金的支付

第一，协议解除合同。

《劳动法》第24条规定：经劳动合同当事人协商一致，劳动合同可以解除。《劳动合同法》第39条第1款第一项中规定：双方协商一致解除劳动合同且系用人单位向劳动者提出解除劳动合同动议的，要支付经济补偿金。从以上规定可以看出《劳动合同法》增加了用人单位提出动议的要求，笔者认为这一点要求不合理。首先，协议解除劳动合同主要强调的是双方的协议，至于到底是哪一方先提出的意义不大，不需要有不同的结果。其次，实践中证明究竟是哪一方提出的难度较大，甚至会造成用人单位有时为了让劳动者先提出解除劳动合同的动议，而有意地为劳动者的工作制造麻烦，来规避经济补偿金的支付。因此，《劳动合同法》的这一规定，虽然表面上看来平衡了劳动者和用人单位的利益，但实际上不利于对劳动者的保护，司法实践中的操作也不好把握，应该予以修正，统一规定，在协议解除劳动合同的情况下，都要支付经济补偿金。

第二，劳动者单方解除劳动合同。

劳动者单方解除劳动合同也分为劳动者预告性解除和劳动者即时解除两种情形。对于劳动者预告性解除的情形下，用人单位是否需要支付经济补偿金，《劳动法》及其相关规定没有具体的规定。《劳动合同法》36条的规定把劳动者的预告性解除和即时解除放在一条里，有些混乱，也很难看出对于劳动者预告性解除的情形下是否需要支付经济补偿金。从一般的原理来看，笔者认为不能对劳动者预告性解除的情形下一律规定用人单位不需要支付经济补偿金，而是要区分劳动关系双方的过错程度来决定，若劳动合同的解除主要是由于用人单位的原因，但是还没有达到《劳动合同法》第36条规定的严重程度，因此而不支付经济补偿金的话，对劳动者明显是不公平的。因此，笔者认为，对于劳动者预告性解除合同的经济补偿金的支付问题《劳动合同法》的立法要进一步量化，而不能因为是劳动者预告性解除，就一律不支付经济补偿金。

关于劳动者即时解除的情形下经济补偿金的支付问题《劳动法》未予以规定。劳动部关于印发《关于贯彻执行〈中华人民共和国劳动法〉若干问题的意见》第40条规定：劳动者依据劳动法第32条第（一）项解除劳动合同，用人单位可以不支付劳动者经济补偿金，但应按照劳动者的实际工作天数支付工资。从这一规定来看，对于除了在试用期劳动者即时解除劳动合同以外，法律还是倾向于支付经济补偿金的。对此《劳动合同法》予以了明确的规定。因为从一般的劳动法原理来看，在这些情形下，导致劳动合同解除的原因在用人单位，让用人单位支付经济补偿金也是合理的。并且《劳动合同法》规定的情形相对于《劳动法》更加有利于对劳动者的保护。

第三，用人单位单方解除劳动合同。

用人单位单方解除劳动合同可以分为用人单位预告性解除和即时解除两种情形。对于在用人单位即时解除劳动合同的情形下，不需要支付经济补偿金这一点，无论是《劳动法》还是《劳动合同法》的规定是一致的。只是《劳动合同法》规定的情形比《劳动法》多一项，即劳动者同时与其他用人单位建立劳动关系，对完成工作任务造成严重影响，经用人单位提出，拒不改正这一情形。可见《劳动合同法》加强了对劳动者竞业禁止的规定，同时这一规定也有利于增强劳动者爱岗敬业的责任感。

用人单位预告性解除劳动合同的情形下，对于经济补偿金的支付，《劳动法》及其相关规定与《劳动合同法》的规定是一致的。只是《劳动合同法》增加了对用人单位预告性解除无固定期限的劳动合同的规定：即在这些情形下，用人单位在提前30天以书面形式通知劳动者本人或者额外支付劳动者1个月的工资后，可以解除无固定期限的劳动合同。可见《劳动合同法》除了对固定期限的劳动合同和无固定期限的劳动合同的解除作出区分以外，还加强了对无固定期限劳动合同的劳动者的保护，具有进步意义。

（2）劳动合同终止的情形下经济补偿金的支付

对于劳动合同终止的情形下，原来的《劳动法》及其相关法律倾向于不支付经济补偿金。《关于贯彻执行〈中华人民共和国劳动法〉若干问题的意见》第38条规定："劳动合同期满或者当事人约定的劳动合同终止条件出现，劳动合同即行终止，用人单位可以不支付劳动者经济补偿金。国家另行规定的，可以从其规定。"这一规定是明显不合理的，在劳动合同终止的情形不支付经济补偿金会导致许多劳动者在劳动合同期满之前提前解除劳动合同来获得经济补偿金，不利于劳动关系的稳定。

鉴于这一不合理规定，《劳动合同法》对劳动合同终止的情形下经济补偿金的支付进行了规定。并且根据用人单位是否同意续签合同，进行了区分：当用人单位不同意续签劳动合同的，要支付经济补偿金；而当用人单位同意续签劳动合同的，不需要支付经济补偿金。这一规定也是符合经济补偿金性质的。并且对于单位的高级管理人才、高级技术人才，由于其自身再次就业的能力较强，而对单位来说，流失这样的人才对单位也是很大的损失，因此，对于这些类型的人，当劳动合同终止的情形下，关于经济补偿金可以交由用人单位和劳动者自己约定，法律可以不予以强制规定。

另外，需要注意的是经济补偿金和赔偿金不可同时适用。《劳动合同法》规定，用人单位依法解除、终止劳动合同应当向劳动者支付经济补偿，同时规定用人单位违法解除或者终止劳动合同，应当向劳动者支付赔偿金。对经济补偿与赔偿金是否同时适用，经济补偿金和赔偿金的关系，历来有不同的观点。一种意见认为，为了有效惩罚用人单位的违法用工行为，用人单位违法解除或者终止劳动合同在支付了相当于经济补偿2倍的赔偿金后，还应当再向员工支付经济补偿。另一种意见认为，已经支付赔偿金的，不应当再支付经济补偿。

《劳动合同法实施条例》明确规定：用人单位违反劳动合同法的规定解除或者终止劳动合同，依照劳动合同法的规定支付了赔偿金的，不再支付经济补偿。

（四）用人单位单方解除劳动合同不支付经济补偿金引发的劳动争议

案例指引：刘某与某销售中心劳动争议案

1. 争议焦点

劳动者不能胜任工作的情形如何认定？用人单位以劳动者不能胜任工作为由解除劳动合同是否需要支付经济补偿金？

2. 基本案情

刘某于 2001 年 3 月 15 日到某销售中心库房任库管工作，负责办理退、换货手续，双方未签订劳动合同。2004 年 11 月 29 日，该销售中心库房主管以刘某工作经常出现差错、不能胜任工作为由，口头通知刘某，与其解除了劳动关系，之后刘某将该销售中心诉至仲裁委员会。

刘某认为其在工作中未出现差错，该销售中心所述的库房差错问题系由多人共同完成的工作，责任不应由其个人承担，并且其在该销售中心工作期间每天工作 8 小时，每周工作 6 天，因此，要求该销售中心支付其解除劳动关系经济补偿金及在该单位工作期间每周 1 日的休息日加班工资。该销售中心认为刘某在工作中经常对退、换货的记录出现差错是其与刘某解除劳动关系的原因，但未提供相关证据；该销售中心对刘某所述的每周工作天数认可，但对刘某所述的每天工作时间不认可，主张双方曾经口头约定实行不定时工作制，同时又提供了该单位的《仓库管理条例》，说明刘某的工作时间为上午 9：00 至 12：00、下午 13：00 至 16：30，以证明刘某的工作时间并无超时现象。刘某对该销售中心所述双方约定实行不定时工作制及其提供的《仓库管理条例》均不认可，该销售中心未提供其实行不定时工作制的批件及其与刘某曾经就此进行约定的相关证据，也未提供已将《仓库管理条例》告知过刘某的相关证据。

3. 仲裁结果

劳动争议仲裁委员会裁定该销售中心支付刘某解除劳动关系经济补偿金；支付刘某在其单位工作期间每周 1 日的休息日加班工资。

4. 作者评析

本案的焦点问题在于刘某是否有不能胜任工作的情形？用人单位以此解除劳动合同是否需要支付经济补偿金？该销售中心不能提供刘某工作出现差错、不胜任工作的有关证据，因此该销售中心以刘某不能胜任工作为由与其解除劳动关系的做法无事实依据，仲裁委员应当予以撤销。因刘某不要求恢复双方的劳动关系，应视为双方协商一致解除劳动关系。根据《违反和解除劳动合同的经济补偿办法》第5条规定："经劳动合同当事人协商一致，由用人单位解除劳动合同的，用人单位应根据劳动者在本单位工作年限每满一年发给相当于一个月工资的经济补偿金，最多不超过十二个月。工作时间不满一年的按一年的标准发给经济补偿金。"第11条："本办法中的经济补偿金的工资计算标准是指企业正常生产情况下劳动者解除合同前十二个月的月平均工资。"因此，仲裁委员会对刘某要求该销售中心按其月薪标准支付其4个月工资的解除劳动关系经济补偿金的申诉请求予以支持。

另外，该销售中心所述实行不定时工作制与其《仓库管理条例》中约定工作时间的做法相互矛盾，且其未提供实行不定时工作制的批件及其与刘某曾经就此进行约定的相关证据，也未提供已将《仓库管理条例》告知过刘某的相关证据，据此，仲裁委员会对其所述刘某实行不定时工作制及刘某每日工作时间的主张均不予认可。根据《工资支付暂行规定》第13条"……（二）用人单位依法安排劳动者在休息日工作，而又不能安排补休的，按照不低于劳动合同规定的劳动者本人日或小时工资标准的200%支付劳动者工资"的规定，仲裁委员会裁决该销售中心支付刘某在其单位工作期间每周1日的休息日加班工资。

第三节　赔偿金争议[①]

用人单位违法约定试用期，违法用工，违法解除劳动合同，这些都是常见的用人单位降低用工成本的手段。《劳动法》以法律的形式确立了赔偿损失是我国承担劳动合同违约责任的方式。这也是承担劳动合同违法责任的主要方式。对用人单位违法解除劳动合同的赔偿范围和数额计算，我国《劳动法》未作具体规定。我国《民法通则》和《合同法》对违反合同的赔偿责任，确立了赔偿实际损失

---

① 赔偿金争议亦包括劳动者向用人单位支付赔偿金的争议，本部分仅讨论用人单位向劳动者支付赔偿金的争议。

原则，而《劳动合同法》则就该问题此作出了较为明确的规定。

一、与赔偿金有关的法律法规

法律	规定	备注
劳动合同法	第48条　用人单位违反本法规定解除或者终止劳动合同，劳动者要求继续履行劳动合同的，用人单位应当继续履行；劳动者不要求继续履行劳动合同或者劳动合同已经不能继续履行的，用人单位应当依照本法第八十七条规定支付赔偿金。 第87条　用人单位违反本法规定解除或者终止劳动合同的，应当依照本法第四十七条规定的经济补偿标准的二倍向劳动者支付赔偿金。 第47条　经济补偿按劳动者在本单位工作的年限，每满一年支付一个月工资的标准向劳动者支付。六个月以上不满一年的，按一年计算；不满六个月的，向劳动者支付半个月工资的经济补偿。	违法解除和终止劳动合同的赔偿金
	第83条　用人单位违反本法规定与劳动者约定试用期的，由劳动行政部门责令改正；违法约定的试用期已经履行的，由用人单位以劳动者试用期满月工资为标准，按已经履行的超过法定试用期的期间向劳动者支付赔偿金。	违法约定试用期的赔偿

法律	规定	备注
	第85条 用人单位有下列情形之一的，由劳动行政部门责令限期支付劳动报酬、加班费或者经济补偿；劳动报酬低于当地最低工资标准的，应当支付其差额部分；逾期不支付的，责令用人单位按应付金额百分之五十以上百分之一百以下的标准向劳动者加付赔偿金：（一）未按照劳动合同的约定或者国家规定及时足额支付劳动者劳动报酬的；（二）低于当地最低工资标准支付劳动者工资的；（三）安排加班不支付加班费的；（四）解除或者终止劳动合同，未依照本法规定向劳动者支付经济补偿的。	用人单位侵害劳动者合法权益应承担的赔偿金，由劳动行政部门监管
	第93条 对不具备合法经营资格的用人单位的违法犯罪行为，依法追究法律责任；劳动者已经付出劳动的，该单位或者其出资人应当依照本法有关规定向劳动者支付劳动报酬、经济补偿、赔偿金；给劳动者造成损害的，应当承担赔偿责任。	
劳动合同法实施条例	第25条 用人单位违反劳动合同法的规定解除或者终止劳动合同，依照劳动合同法第八十七条的规定支付了赔偿金的，不再支付经济补偿。赔偿金的计算年限自用工之日起计算。 第34条 用人单位依照劳动合同法的规定应当向劳动者每月支付两倍的工资或者应当向劳动者支付赔偿金而未支付的，劳动行政部门应当责令用人单位支付。 第35条 用工单位违反劳动合同法和本条例有关劳务派遣规定的，由劳动行政部门和其他有关主管部门责令改正；情节严重的，以每位被派遣劳动者1000元以上5000元以下的标准处以罚款；给被派遣劳动者造成损害的，劳务派遣单位和用工单位承担连带赔偿责任。	

法律	规定	备注
劳动法	第91条 用人单位有下列侵害劳动者合法权益情形之一的，由劳动行政部门责令支付劳动者的工资报酬、经济补偿，并可以责令支付赔偿金：（一）克扣或者无故拖欠劳动者工资的；（二）拒不支付劳动者延长工作时间工资报酬的；（三）低于当地最低工资标准支付劳动者工资的；（四）解除劳动合同后，未依照本法规定给予劳动者经济补偿的。	
最高人民法院关于审理劳动争议案件适用法律若干问题的解释	第15条 用人单位有下列情形之一，迫使劳动者提出解除劳动合同的，用人单位应当支付劳动者的劳动报酬和经济补偿，并可支付赔偿金：（一）以暴力、威胁或者非法限制人身自由的手段强迫劳动的；（二）未按照劳动合同约定支付劳动报酬或者提供劳动条件的；（三）克扣或者无故拖欠劳动者工资的；（四）拒不支付劳动者延长工作时间工资报酬的；（五）低于当地最低工资标准支付劳动者工资的。	

二、有关赔偿金的劳动争议

（一）劳务关系不适用赔偿金

案例指引：刘某与某培训中心劳动争议纠纷案

1. 争议焦点

刘某与某培训中心是劳动关系还是劳务关系？劳务关系是否适用赔偿金？

2. 基本案情

刘某向仲裁委申诉称：其于2004年11月成为某机动车驾驶员培训中心正式教练员并持证上岗工作，于2005年1月1日和校方签订劳动合同书，任期1年。2005年12月20日校方以教练车少教练员人多、合同到期为由单方面解除劳动合同。刘某要求培训中心支付未提前30天以书面材料通知解除合同的赔偿金1700元，支付解

253

除合同的赔偿金3400元及50%赔偿金，补发加班工资及所有加班工资25%的赔偿金，共计1150元。

某培训中心辩称：刘某系北京市某继电器厂下岗职工，与原单位尚未解除劳动关系，在某培训中心工作属于某培训中心招用的与原单位尚未解除劳动合同的下岗职工。某培训中心并出具教练员登记表、北京市某电子继电器总厂证明加以佐证。某培训中心并未与刘某签订劳动合同书，只是签定了聘任期为1年的编号为"务011号"协议书，与刘某单方解除务工协议，并未违反劳动法之规定。刘某主张其于2004年5月30日与某继电器厂解除了劳动关系，且其已将此情况告知某培训中心，并出具《北京市企业职工下岗证》、解除劳动合同证明书、日记加以佐证。某培训中心表示并不知晓刘某已与北京市某电子继电器厂解除了劳动关系。

3. 仲裁结果

经审理，仲裁委驳回了刘某的各项仲裁请求。

4. 作者评析

刘某原系北京市某继电器厂职工，2004年5月31日之前与北京市某电子继电器总厂存在劳动关系，故2004年5月31日之前刘某与某培训中心之间是劳务关系而并非劳动关系。2004年5月31日刘某与北京市某电子继电器厂解除了劳动关系，其主张已将此情况告知了某培训中心，但其出具的《北京市企业职工下岗证》、解除劳动合同证明书、日记不能充分证明其已履行告知义务，且某培训中心对知晓刘某与北京市某电子继电器总厂解除劳动关系的事实亦不认可。故对于刘某所称已将与北京市某电子继电器总厂解除了劳动关系的情况告知某培训中心的主张，仲裁委不予采信。2004年6月1日至2004年12月20日之间，刘某与某培训中心之间仍存续劳务关系。

根据我国劳动法律的一般原理，劳动关系对于劳动者具有唯一性，亦即劳动者在同一时间内仅能与同一用人单位形成劳动关系。因刘某与北京市某电子继电器厂的劳动关系仍然存续，在劳动合同尚未终止或解除的情况下，刘某与某培训中心不能形成新的劳动关系。由于刘某与某培训中心之间并不存在劳动关系，故对于其主张某培训中心支付未提前30天以书面材料通知解除合同的赔偿金、解除合同的补偿金及赔偿金、加班工资及赔偿金的仲裁请求，仲裁委不予认可。

（二）用人单位单方解除劳动合同引发的赔偿金争议

案例指引：陶某某与某艺术礼品有限公司劳动争议案

1. 争议焦点

女职工孕期解除劳动合同是否需要支付补偿金及赔偿金？

2. 基本案情

陶某某，女，27岁，与某艺术礼品有限公司于1996年1月签订劳动合同。合同期限为3年（1996年1月至1999年1月），合同约定陶某某的职务为公关部经理，月薪为人民币1800元。1997年1月，公司得知陶某某已怀孕5个月，即以其不能胜任工作为由，将陶某某辞退。陶某某遂向当地劳动争议仲裁委员会提出仲裁申请，要求公司一次性给付剩余相当于劳动合同期全部工资收入的经济补偿金43,200元，并支付相应的赔偿，以补偿给其造成的损失。

3. 仲裁结果

当地劳动争议仲裁机构经向双方调解，公司给付陶某某补偿金人民币21,600元（相当于一年的工资总额）。

4. 作者评析

本案发生在《劳动合同法》颁布实施之前，根据《劳动法》第29条的规定，女职工在孕期、产期、哺乳期内，用人单位不得解除劳动合同。在本案中，公司以陶某某怀孕为由，将其辞退是违法的。但陶某某并未对被解除劳动关系提出异议，而是向公司提出经济补偿金的要求。单位提出辞退该女工本身是违法行为，给女工造成损害，陶某某提出经济赔偿的要求也是合理的。但目前对这种情况并未有明确的法律依据。根据法律的规定，女工在"三期"之内的工资及福利是由用人单位支付的，是可以认定的经济损失。为此，仲裁委员会依据这一规定作出了调解。

笔者在此对用人单位支付赔偿金的情况作一归纳：

（1）用人单位违法解除劳动合同或者迫使劳动者解除劳动合同的赔偿金

实践中，许多用人单位因为种种原因，经常违法解除劳动合同，或者迫使劳动者解除劳动合同。

对此，《劳动合同法》第48条规定：用人单位违反本法规定解除或者终止劳动合同，劳动者要求继续履行劳动合同的，用人单位应当继续履行；劳动者不要求继续履行劳动合同或者劳动合同已经不能继续履行的，用人单位应当依照本法第87条规定支付赔偿金。第87条规定：用人单位违反本法规定解除或者终止劳动合同的，应当依照本法第47条规定的经济补偿标准的2倍向劳动者支付赔偿金。

《最高人民法院关于审理劳动争议案件适用法律若干问题的解释》第15条规定：用人单位有下列情形之一，迫使劳动者提出解除劳动合同的，用人单位应当支付劳动者的劳动报酬和经济补偿，并可支付赔偿金：①以暴力、威胁或者非法限制人身自由的手段强迫劳动的；②未按照劳动合同约定支付劳动报酬或者提供劳动条件的；③克扣或者无故拖欠劳动者工资的；④拒不支付劳动者延长工作时间工资报酬的；⑤低于当地最低工资标准支付劳动者工资的。

用人单位违法解除和终止劳动合同，在劳动争议案件中，是最为常见的情况。在实践中，用人单位违法解除和终止劳动合同的原因多种多样，在用人单位处于强势地位的情况下，为保护处于相对弱势的劳动者群体，法律规定了用人单位应承担的经济补偿责任和赔偿责任。

（2）用人单位违法约定试用期的赔偿金

依据《劳动合同法》第83条规定：用人单位违反本法规定与劳动者约定试用期的，由劳动行政部门责令改正；违法约定的试用期已经履行的，由用人单位以劳动者试用期满月工资为标准，按已经履行的超过法定试用期的期间向劳动者支付赔偿金。

此为用人单位违法约定试用期导致的赔偿责任。在实践中，有些用人单位为了节约用工成本，获得较低廉的劳动力价格，往往超过法定期限和劳动者约定试用期，借以削减工资成本。《劳动合同法》对试用期及违反试用期规定应承担的责任进行明确，违反规定的则应承担相应的责任。

（3）用人单位侵害劳动者合法权益导致的赔偿责任

依据《劳动合同法》第85条规定：用人单位有下列情形之一的，由劳动行政部门责令限期支付劳动报酬、加班费或者经济补偿；

劳动报酬低于当地最低工资标准的，应当支付其差额部分；逾期不支付的，责令用人单位按应付金额50%以上100%以下的标准向劳动者加付赔偿金：①未按照劳动合同的约定或者国家规定及时足额支付劳动者劳动报酬的；②低于当地最低工资标准支付劳动者工资的；③安排加班不支付加班费的；④解除或者终止劳动合同，未依照本法规定向劳动者支付经济补偿的。

《劳动法》第91条规定：用人单位有下列侵害劳动者合法权益情形之一的，由劳动行政部门责令支付劳动者的工资报酬、经济补偿，并可以责令支付赔偿金：①克扣或者无故拖欠劳动者工资的；②拒不支付劳动者延长工作时间工资报酬的；③低于当地最低工资标准支付劳动者工资的；④解除劳动合同后，未依照本法规定给予劳动者经济补偿的。

用人单位侵害劳动者合法权益，应该承担相应的赔偿责任。《劳动合同法》在《劳动法》的基础上，详细规定了用人单位支付赔偿金的条件，即逾期支付报酬、经济补偿金的情况下，应承担支付赔偿金之义务。

(4) 用人单位违法经营对劳动者承担的赔偿责任

《劳动合同法》第93条规定：对不具备合法经营资格的用人单位的违法犯罪行为，依法追究法律责任；劳动者已经付出劳动的，该单位或者其出资人应当依照本法有关规定向劳动者支付劳动报酬、经济补偿、赔偿金；给劳动者造成损害的，应当承担赔偿责任。

用人单位违法经营的，如对劳动者造成损害，除应支付劳动报酬、经济补偿和前述的赔偿金以外，如对劳动者造成损害，还应承担损害赔偿责任。

（三）员工行使劳动合同解除权引发的争议

案例指引一：张某与某公司劳动争议案

1. 争议焦点

用人单位不按时支付劳动报酬行为如何认定？

2. 基本案情

张某1998年与某公司签订劳动合同，后该公司被Y公司收购。2001年12月，Y公司的人力资源部总监专程来到北京，对合并后的全体员工宣布合并事宜，以及今后所有的员工的劳动关系、工资福利政策均使用 Y 公司的规定。2002 年 3 月 18 日，员工签收了 Y 公司的《员工手册》。合并前，员工每月享受奖金，合并后按照新规定不享受奖金。2002 年 6 月，张某以公司不按时支付劳动报酬为由，提出辞职，并提请劳动仲裁。其要求是：（1）支付 2002 年 1 月至 2002 年 6 月的奖金及 25% 的经济补偿金；（2）以 4 个月的工资作为经济补偿金并支付相应的赔偿金。仲裁庭裁决驳回了张某的仲裁申请，张某遂向法院提起诉讼。

3. 法院判决

案件审理中，张某不承认 2001 年 12 月知晓要启用 Y 公司的《员工手册》。为证明这个问题，公司请几名公司现职员工到庭作证。但是，鉴于证人的身份与公司有一定的利害关系，故其证言未被法院采信。法院最后判决认定，2002 年 3 月 18 日，员工对 Y 公司的《员工手册》的签收行为是向员工公示的证据，从而作出 3 月 18 日以前依然对员工适用老规定，享受相应的奖金；3 月 18 日后，执行新规定，员工不再享受奖金的判决。

4. 作者评析

公司规章制度的适用性是有条件的。根据《最高人民法院关于审理劳动争议案件适用法律若干问题的解释》第 19 条的规定，公司的规章制度作为人民法院审理劳动争议案件的依据有三个条件：内容不违法、经过民主程序、向劳动者公示。该司法解释第 13 条规定："因用人单位做出的开除、除名、辞退、解除劳动合同、减少劳动报酬、计算劳动者工作年限等决定而发生的劳动争议，用人单位负举证责任。"因此，本案的焦点是：Y 公司的《员工手册》是否合法有效，能否适用？

案件审理中，因张某不承认 2001 年 12 月知晓要启用 Y 公司的《员工手册》。为证明这个问题，公司请几名公司现职员工到庭作证。但是，鉴于证人的身份与公司有一定的利害关系，故其证言不应被法院采信。据此，法院作出的 3 月 18 日以前依然对员工适用老规定，享受相应的奖金；3 月 18 日后，执行新规定，员工不再享受奖金的判决是正确的。

案例指引二：赵某等与鞋厂劳动争议案

1. 争议焦点

用人单位逼迫员工辞职是否应当承担支付经济补偿金和赔偿金的责任？

2. 基本案情

赵某等8名女工万万没有想到，2007年5月签订的为期3年劳动合同，不到一年时间，某鞋厂便自2008年2月起，动不动以货源不足为由，常常让她们"放假"、"停工"，且期间不发任何费用。由于每次"放假"、"停工"都是她们8人，而其他人都一直在紧张、繁忙地工作，种种迹象也表明某鞋厂并不存在"货源不足"问题，通过多方了解，她们终于知道了其中的"猫腻"。原来由于某鞋厂招工计划失误，导致相关人员过剩，而某鞋厂担心其违约解除合同会造成重大损失，便采取如此具有逼迫性的方法，以达到员工"自愿"、"主动"要求解除合同的目的。赵某等8名女工愤怒了。她们在提出解除合同、办理工作交接的同时，要求某鞋厂支付3个月的基本工资，并承担经济补偿和赔偿金。某鞋厂只同意支付3个月的基本工资，对其他则坚决拒绝。为讨个公道，赵某等8名女工于2008年5月初，向劳动争议仲裁委员会申请仲裁，要求某鞋厂支付工资、经济补偿金及赔偿金。

3. 仲裁结果

劳动仲裁委员会认为：虽然是赵某等8名女工自己"主动"提出解除劳动合同，某鞋厂并不存在辞退、解聘、开除等行为，但这种"主动"是由于某鞋厂的恶意所造成，赵某等8名女工具有被迫解除劳动合同的性质，某鞋厂照样必须承担相关责任。遂裁决某鞋厂按计时工资、计件工资、奖金、津贴和补贴、加班加点工资等项目，计算出来的员工平均工资，向赵某等8名女工各支付2300元的经济补偿，并加付各2300元的赔偿金。

4. 作者评析

（1）根据《劳动合同法》第46条之规定，劳动者被迫解除劳动合同的，有权获得经济补偿

劳动者被迫解除劳动合同的情形包括：①用人单位未按照劳动合同约定提供劳动保护或者劳动条件的。②未及时足额支付劳动报酬的；如超过工资发放日期仍未支付工资，少支付加班费等。③未依法为劳动者缴纳社会保险费的；用人单位未缴纳社会保险费或者缴

纳标准低于法定标准的，均为未依法为劳动者缴纳社会保险费。④用人单位的规章制度违反法律、法规的规定，损害劳动者权益的；比如在规章制度中规定加班不支付加班费，未经公司批准不得辞职等规定。⑤因《劳动合同法》第 26 条第 1 款规定的情形致使劳动合同无效的；主要是用人单位以欺诈、胁迫的手段或者乘人之危，使对方在违背真实意思的情况下订立或者变更劳动合同的；用人单位免除自己的法定责任、排除劳动者权利的；用人单位违反法律、行政法规强制性规定的。⑥法律、行政法规规定劳动者可以解除劳动合同的其他情形。本案中，公司强行给员工"放假"、"停工"，即属于"未按照劳动合同约定提供劳动条件"。属于"未按照劳动合同约定提供劳动条件"，即没有保证劳动者完成劳动任务的基本要求。

（2）经济补偿标准不仅是"最低工资"或者"基本工资"

一方面，经济补偿按劳动者在本单位工作的年限，每满 1 年支付 1 个月的工资，6 个月以上不满 1 年的，按 1 年计算；不满 6 个月的，支付半个月的工资。另一方面，工资基数计算标准是指企业正常生产情况下劳动者解除合同前 12 个月的月平均工资，包括计时工资、计件工资、奖金、津贴和补贴、加班加点工资、特殊情况下支付的工资。劳动者的月平均工资低于企业月平均工资的，按企业月平均工资的标准支付。劳动者月工资高于用人单位所在直辖市、设区的市级人民政府公布的本地区上年度职工月平均工资 3 倍的，按职工月平均工资 3 倍的数额支付。值得注意的是，劳动者解除劳动合同，应当事先通知用人单位，办理工作交接，如果一走了之，用人单位可暂不予支付。

（3）用人单位不按规定支付经济补偿的，劳动者可要求加付赔偿金

《劳动合同法》规定：用人单位逾期不支付经济补偿的，由劳动行政部门责令用人单位按应付金额 50% 以上 100% 以下的标准向劳动者加付赔偿金。针对这一点，即使劳动者没有通过劳动仲裁或诉讼程序主张赔偿金，也可以通过劳动监察程序主张权利。

第四节　劳动合同无效争议

一、有关劳动合同无效的法律规定

说到合同无效，很自然就会想起《合同法》第 53 条规定的合同无效的五种情形，但是劳动合同与《合同法》意义上的买卖合同、租赁合同等有着本质的区别。《劳动法》、《劳动合同法》、《最高人民法院关于审理劳动争议案件适用法律若干问题的解释》等对于劳动合同的无效作出了特别规定。《劳动法》第 18 条规定了劳动合同无效的两种情形：违反法律、行政法规的劳动合同；采取欺诈、威胁等手段订立的劳动合同。《劳动合同法》在劳动法的基础上，增加了劳动合同无效的一种情形：用人单位免除自己的法定责任、排除劳动者权利的劳动合同。《劳动法》、《劳动合同法》、《最高人民法院关于审理劳动争议案件适用法律若干问题的解释》还分别对劳动合同无效的法律后果及劳动合同无效的处理作出了规定。

法律	劳动合同无效的情形	劳动合同无效的后果	劳动合同无效的处理
劳动法	第 18 条第 1 款　下列劳动合同无效：（一）违反法律、行政法规的劳动合同；（二）采取欺诈、威胁等手段订立的劳动合同。	第 18 条第 2 款　无效的劳动合同，从订立的时候起，就没有法律约束力。确认劳动合同部分无效的，如果不影响其余部分的效力，其余部分仍然有效。第 97 条　由于用人单位的原因订立的无效合同，对劳动者造成损害的，应当承担赔偿责任。	第 18 条第 3 款　劳动合同的无效，由劳动争议仲裁委员会或者人民法院确认。

法律	劳动合同无效的情形	劳动合同无效的后果	劳动合同无效的处理
劳动合同法	第26条 下列劳动合同无效或者部分无效：（一）以欺诈、胁迫的手段或者乘人之危，使对方在违背真实意思的情况下订立或者变更劳动合同；（二）用人单位免除自己的法定责任、排除劳动者权利的；（三）违反法律、行政法规强制性规定的。	第27条 劳动合同部分无效，不影响其他部分效力的，其他部分仍然有效。第28条 劳动合同被确认无效，劳动者已付出劳动的，用人单位应当向劳动者支付劳动报酬。劳动报酬的数额，参照本单位相同或者相近岗位劳动者的劳动报酬确定。第86条 劳动合同依照本法第二十六条规定被确认无效，给对方造成损害的，有过错的一方应当承担赔偿责任。	第16条第2款 对劳动合同的无效或者部分无效有争议的，由劳动争议仲裁机构或者人民法院确认。
最高人民法院关于审理劳动争议案件适用法律若干问题的解释		第14条 劳动合同被确认为无效后，用人单位对劳动者付出的劳动，一般可参照本单位同期、同工种、同岗位的工资标准支付劳动报酬。根据《劳动法》第九十七条之规定，由于用人单位的原因订立的无效合同，给劳动者造成损害的，应当比照违反和解除劳动合同经济补偿金的支付标准，赔偿劳动者因合同无效所造成的经济损失。	

二、有关劳动合同无效的劳动争议

一个劳动合同的有效成立，必须具备劳动法律所规定的有效要件。由于种种原因，劳动合同所必须的有效要件不能完全具备，这将导致劳动合同的无效或部分无效，从而引发用人单位和劳动者之间的劳动争议。

（一）采用胁迫手段订立的劳动合同无效

案例指引：范某诉某石油开发集团公司纠纷案

1. 争议焦点

某公司是否存在胁迫行为？胁迫订立的劳动合同是否有效？

2. 基本案情

范某从某石油大学毕业后分配到某石油开发集团公司勘探处工作。1985 年，范某为解决夫妻两地分居的问题，向公司领导申请，请求将其妻子调入公司后勤处工作。公司领导考虑到范某工作积极、认真，是技术骨干，答应了其要求。1995 年 3 月 27 日，范某与被诉人原订的劳动合同期限届满，范某不愿再续订劳动合同，于是请调外地工作。但是单位总经理吴某拿出一份"夫妻同进同出"文件指出：范某请调不续订劳动合同，则提前终止其妻子的劳动合同，要走一起走，要留一起留。而且如不调走，范某还必须续签合同 10年，否则按文件执行：停止工作，退出住房。范某只好续订劳动合同，但公司领导认定范某要求调走是不安心工作的表现，决定调离其勘探处的工作而要求其守仓库，范某更加感觉不公平，遂向当地劳动争议仲裁委员会请求仲裁，确认后订的劳动合同无效。

3. 仲裁结果

仲裁庭认为，范某与某石油开发集团公司签订的为期 10 年的劳动合同，是在用人单位胁迫的情况下达成的，不符合劳动合同应当遵循平等自愿、协商一致的订立原则，违反《劳动法》第 18 条的规定，订立的劳动合同无效。据此，作出仲裁决定如下：确认续订的合同无效；用人单位与申诉人劳动关系不能影响其与申诉人妻子已确立的劳动关系。

4. 作者评析

本案是一个典型的以胁迫手段订立劳动合同而无效的例子。

所谓胁迫，是向对方当事人表示施加危害，使其发生恐惧，并且基于此种恐惧而为一定意思表示的行为。它是影响合同效力的原因。胁迫的构成，一是需要胁迫人有胁迫的故意。所谓胁迫的故意，第一层是有使受胁迫人发生恐惧的意思，第二层是有使受胁迫人因恐惧而为意思表示的意思。二是需要胁迫人有胁迫行为。所谓胁迫行为，是胁迫人对于受胁迫人表示施加危害的行为。在我国，一般不问危害是否属于重大，只要使受胁迫人达到发生恐惧的程度就够了。关于受危害的人，我国最高人民法院关于《贯彻执行＜中华人民共和国民法通则＞若干问题的意见（试行）》（以下简称《意见》）第69条规定，受危害的人是公民及其亲友。关于受危害的客体，在我国，按照《意见》第69条规定，危害的客体包括公民及其亲友的生命健康、荣誉、名誉、财产等，法人的荣誉、名誉、财产等。三是需要受胁迫人因胁迫而发生恐惧，即受胁迫人意识到自己或其亲友的某种利益将蒙受较大危害而产生恐怖、惧怕的心理。例如，害怕身体受伤害，生命被剥夺，名誉受损害，财产被毁损，亲人遭伤亡等等。如果受胁迫人并未因胁迫而发生恐惧，或者虽然发生了恐惧，但其恐惧并非因胁迫而发生，都不构成胁迫。四是需要受胁迫人因恐惧而为意思表示，就是说，恐惧和意思表示之间有因果关系。这种因果关系的构成，只需要受胁迫人在主观上是基于恐惧而为意思表示就够了，至于社会一般人认为该恐惧是否足以使受胁迫人为意思表示，则不加考虑。五是需要胁迫人所表示施加危害系属违法或不当。

胁迫的法律效力如何？换言之，胁迫是导致合同无效还是可以被撤销？按《民法通则》第58条第1款规定，胁迫是合同无效的原因。《合同法》对《民法通则》作了改进，仅规定以胁迫手段订立合同损害国家利益应为无效，其余均为可撤销。但是，《劳动法》有特别规定，仍应适用特别规定，即以威胁胁迫手段订立劳动合同归于无效，但无效的认定仍由仲裁机关或人民法院确认。

在本案中，用人单位某石油开发集团公司的行为完全符合胁迫的构成要件，理应确认该续订的劳动合同无效。同时，申诉人与其妻子是不同的民事主体，特别是劳动合同有人身身份的性质，故不能互相影响，其妻子在与某石油开发集团公司订立的劳动合同中是独立的民事主体。劳动合同是劳动者与用人单位确立劳动关系、明确权利义务的协议，订立劳动合同应当遵守平等自愿、协商一致原则。任何用人单位不得迫使劳动者违背真实意思订立劳动合同，即使订立，也不具有法律效力。

（二）用人单位免除自己的法定责任、排除劳动者权利的劳动合同无效

近些年，一些用人单位依仗强势地位，与劳动者签订"霸王合同"，免除自己的法定责任、排除劳动者权利。"用人单位免除自己的法定责任、排除劳动者权利的"这一条规定正是《劳动合同法》根据实际情况新增的内容。用人单位免除自己的法定责任，是指根据有关法律、法规和国家有关规定，该责任应当由用人单位承担，而用人单位通过劳动合同中的约定免除自己的责任。排除劳动者权利，是指该权利是有关法律、法规和国家有关规定明确规定的，而用人单位通过劳动合同中的约定予以否定，明示劳动者不享有该项权利。通常表现为，劳动合同简单化，法定条款缺失，仅规定劳动者的义务，有的甚至规定"生老病死都与企业无关"，"用人单位有权根据生产经营变化及劳动者的工作情况调整其工作岗位，劳动者必须服从单位的安排"等霸王条款。

案例指引：刘某与某建筑公司纠纷案

1. 争议焦点

"工伤及工亡概不负责"的约定是否有效？

2. 基本案情

2006年6月刘某被某建筑公司聘为合同工，从事高空建筑作业。2006年12月刘某在施工中不慎从高楼坠下，当场死亡。刘某家属多次找建筑公司交涉，要求享受工亡待遇。但公司声称，双方订有劳动合同，其中明确约定，工伤及工亡概不负责，且建筑公司也没有参加工伤保险，因此，一切后果只能由刘某自己承担。刘某家属遂向劳动仲裁委员会申请仲裁。

3. 仲裁结果

仲裁庭认为，劳动合同中"工伤及工亡概不负责"的约定违反法律强制性规定，约定无效。

4. 作者评析

本案是典型的造成劳动者人身伤害的免责条款。对于人身的健康和生命安全，法律是给予特殊保护的，并且从整体社会利益的角度来考虑，如果允许免除用人单位对劳动者人身伤害的责任，那么就无异于纵容用人单位利用合同形式对劳动者的生命进行摧残，这与保护公民的人身权利的宪法原则是相违背的。劳动者合同权利的放弃，如果与劳动法的维权宗旨相悖，劳动者放弃权利的行为应当受到限制。

本案发生在《劳动合同法》生效之前，劳动仲裁委员会认为刘某与建筑公司的劳动合同中的"工伤及工亡概不负责"条款即所谓"生死条款"违反了法律法规的强制性规定，应为无效条款。根据有关工伤事故的劳动保护法规，该建筑公司虽未参加工伤保险，但也应参照企业职工工伤保险有关办法支付工伤待遇。据此，建筑公司应支付刘某医疗费、丧葬补助金、一次性供养亲属抚恤金及工亡补助金。

在《劳动合同法》实施之后，劳动者遇到"霸王条款"，可以直接以用人单位免除自己的法定责任、排除劳动者权利的劳动合同无效为由向劳动仲裁委申请仲裁，要求确认劳动合同无效。

（三）内容违反法律规定的劳动合同无效

案例指引：周某诉中外合资某制衣公司劳动纠纷案

1. 争议焦点

周某与中外合资某制衣公司的劳动合同的内容是否违反法律规定？违反法律规定的劳动合同是否有效？

2. 基本案情

1994年4月中旬，一家中外合资制衣公司招用女工，周某应聘被招用；在双方签订劳动合同时，周某考虑到找一份工作不容易，对由用人单位起草的劳动合同内容没有提出任何异议并签了自己的姓名，劳动合同即告成立。合同规定：乙方（周某）每天工作14小时，每小时工资1元；工作期间，乙方因生病、因工或非因工负伤均自行承担，公司概不负责；合同期为3年，乙方每提前1年解除劳动合同，均要支付5000元/年违约赔偿金。

1994年12月20日，勉强支持半年多的周某再也无法承受用人单位的恶劣劳动条件，且工资太低，要求与公司提前终止双方的劳动合同。该公司拒不同意，以要求周某支付1万元违约金阻拦。周某不服，向当地劳动争议仲裁委员会申诉。

3. 仲裁结果

仲裁庭认为，劳动者享有休息权利和劳动保险福利待遇，是我国一项基本劳动法律制度。申诉人与被申诉人签订的劳动合同违反了我国《劳动法》规定的工作时间制度，也违反了有关劳动者在年老、患病、工伤、失业、生育等情况下获得帮助和补偿的权利的法律规定。根据《劳动法》规定，违反法律、行政法规的劳动合同应被认定无效，从订立时起就无法律效力。劳动者周某可不受合同限制。根据同工同酬和延长工时工资支付制度规定，用人单位应补发工资。据此，仲裁结果为：双方签订的劳动合同无效；补付加班工资3300元。

4. 作者评析

本案是有关劳动合同是否有效问题的一个较为典型的案例。我们处理劳动合同纠纷时应首先查明合同是否成立及是否有效。如果合同未成立，就根本谈不上劳动合同纠纷的处理。但有的劳动合同即使形式上是成立了，但由于其欠缺法定的生效要件也是不会发生法律效力的。下面我们结合此案谈劳动合同是否有效的问题。按照《劳动法》的规定，"劳动合同是劳动者与用人单位确立劳动关系，明确双方权利和义务的协议"，劳动合同具备了法定的成立要件即成立。一个劳动合同具备了成立要件并不当然发生法律效力，劳动合同除了形式要件外，还需具备有效的实质性要件。只有具备了有效的、实质性要件劳动合同才能发生劳动关系双方当事人所预期的法律效力。一个劳动合同的有效成立，必须具备劳动法律所规定的有效要件，这就是主体要合格，意思表示要自愿真实，内容要合法、完整，形式符合法定要求，订立程序要完备这四个方面的要件，任缺其一，均可导致劳动合同不能有效成立。本案中的劳动合同，采用了书面形式，并明确规定了有关双方权利义务和违约责任的条款，但有效成立的实质性要件却不完全具备。

无效劳动合同主要表现在以下几个方面：

（1）合同主体不合格，是指劳动合同的一方或双方当事人不具有劳动法规定的主体资格而签订劳动合同的情形。劳动合同主体双方是否具有签约资格，是决定劳动合同法律效力的重要前提。合同主体不合格，即劳动者不具有劳动权利能力和劳动行为能力，或者用人单位不具有劳动权利能力和劳动行为能力。

（2）意思表示不真实，以欺诈、胁迫的手段或者乘人之危，使对方在违背其真实意思的情况下订立或变更劳动合同。在这种状况下签订的劳动合同，其内容基础受外力干涉，故不是真实的意思表示。

（3）内容不合法或不完整，即合同条款违法或合同缺少法定必备条款。通常表现为违反强制性法律规范、权利义务严重不对等而显失公平或低于法定最低劳动标准，用人单位免除自己法定责任、排除劳动者权利。

（4）形式不合法，即要式合同未采用法定的书面形式或标准形式。

（5）订立程序不完备，即订立劳动合同未履行法定程序。

从法律上来看，合同之所以能产生法律效力，就在于当事人的意思表示符合法律的规定。对合法的意思表示，法律赋予其法律上的拘束力，不合法的合同显然不能受到法律的保护，也不能产生当事人预期的法律效果。合同不违反法律是指合同不得违反法律的强行规定。所谓强行规定，是指当事人必须遵守，不得通过协商加以改变。不过，在合同法中也包括了大量任意性规定，这些规定主要是用来指导当事人订立合同的，并不要求当事人必须遵守，当事人可以通过实施合法的行为改变这些规范的内容。一般来说，在法律条文中，任意性规范通常以"可以"做什么来表示，它不要求当事人必须执行，而只是提供了行为的一种标准；而强行性规范通常以"必须"、"不得"等词语表示，它要求当事人必须严格遵守，而不得通过协议加以改变。合同不违反法律，主要指合同的内容合法，即合同的各项条款都必须符合法律、法规的强行规定。合同的内容是指当事人双方订立的合同条款可以确定当事人双方权利和义务的内容。因此，合同的内容要产生法律的效果，必须合法。内容违法，当然导致合同无效。合同的内容合法，同样也应认为在内容上不得违反社会公共利益和社会公共道德，也即理论上所称的公序良俗。将不违反社会公共利益作为合同生效要件，一方面，可以大大弥补法律规定的不足。对于那些表面上虽未违反现行立法的禁止性规定，但实质上损害了全体人民的共同利益，破坏了社会经济生活秩序的合同行为，都应认为是违反了社会的公共利益的行为。另一方面，将社会公共利益作为衡量合同生效的要件，也有利于维护社会公共道德，因为社会公共利益本身也包含了行为内容符合社会公共道德的要求。

劳动合同经法定机关确认无效的法律后果一般是，自订立起就没有法律拘束力。但这并不是说，无效劳动合同不发生任何法律效果。它作为法律事实的一种，必然会在当事人之间产生法律责任问题，也即导致劳动合同无效的当事人基于过错而对他方承担民事责任，甚至可因其行为的严重性程度不同，引发行政责任和刑事责任问题。对此，应理解为自订立时起就无效的劳动合同不能作为确定当事人权利义务的依据，而不应理解为像无效民事合同那样自订立时起，就不对当事人产生权利义务。这是因为，劳动力支出后就不可回收，由此决定了对无效劳动合同已履行部分，即劳动者实施的劳动行为和所得的物质待遇，不能适用返还财产、恢复原状的处理方式，并且对尚未签订书面劳动合同但已为用人单位提供了劳动的劳动者应当依法予以保护。《劳动合同法》第 28 条规定，劳动合同被确认无效，劳动者已付出劳动的，用人单位应当向劳动者支付劳动报酬。劳动报酬的数额，参照本单位相同或相近岗位劳动者的劳动报酬确定。

无效的劳动合同，从订立时起就没有法律约束力，任何一方当事人不得根据无效的劳动合同要求另一方履行或承担违约责任。由于劳动者用以交换的劳动力的特殊性，对于无效劳动合同，不可能采用返还及追缴等办法处理，所以，根据无效劳动合同的特点可以采取相应的处理措施，包括撤销合同、重新订立合同、修改合同和赔偿损失三种。

（1）撤销无效的劳动合同

撤销合同的处理方式，适用于被确认全部无效的劳动合同。全部无效的劳动合同是国家不予以承认和保护的，应通过撤销合同来消灭依据该合同而产生的劳动关系，即劳动合同整体被确认无效。如正在履行的合同，要停止履行。对于已履行的部分，劳动者付出了劳动的，用人单位应当相应地向劳动者支付劳动报酬。劳动报酬的支付，参照本单位相同或相似岗位劳动者的劳动报酬，按照同工同酬的原则确定。劳动合同全部无效而用人单位对此有过错的，如果当事人双方都具备主体资格，劳动者要求订立劳动合同的，在撤销无效的劳动合同的同时，用人单位应当与劳动者依法订立劳动合同。

（2）修改合同

劳动合同部分无效，不影响其他部分效力的，其他部分仍然有效。修改合同的处理，适用于被确认部分无效的劳动合同及程序不合法而无效的劳动合同。劳动合同中的某项条款被确认无效，该项条款不得执行，应依法予以修改。修改后的合法条款应具有溯及力，溯及到该合同生效之时。

③赔偿损失

无效劳动合同所引起的赔偿责任根据过错原则来确定。这一点在《劳动合同法》第86条有规定：劳动合同依照本法第26条规定被确认无效，给对方造成损害的，有过错的一方应当承担赔偿责任。

为什么说本案中的劳动合同内容违法呢？我们对其有关条款作逐一的分析：①关于劳动时间的条款。我国《劳动法》规定的工作时间是每天不超过8小时，平均每周不得超过44小时。1995年5月1日，《国务院关于修改〈国务院关于职工工作时间的规定〉的决定》规定："职工每日工作8小时，每周工作40小时。"用人单位规定的工作时间上限不得超过每日工作8小时，每周工作40小时，否则是违法的，将导致合同无效，而本案中用人单位规定的工作时间是每天14小时，远远超过劳动法有关规定。②关于疾病、工伤待遇。相关法律规定，劳动者在年老、患病、工伤、失业、生育等情况下有获得帮助和补偿的权利。"因工伤而不负责"，这不仅违法，也违反了社会公德。本案中用人单位完全排除了劳动者休息，享受医疗保险、工伤待遇等法定权利，从根本上违反了法律法规的强制性规定。以上的分析，我们完全可以得出该合同是违法的无效的劳动合同。

用人单位应明白，并不是只要双方同意在劳动合同中无论写入什么条款都是有效的，劳动合同内容应符合国家有关法律法规的规定。劳动者享有休息和保险福利权利，是法定权利，是不能以双方协议改变或放弃的。

（四）劳动合同部分无效引发的劳动争议

劳动合同的部分无效并不意味着劳动合同的全部无效。用人单位或劳动者出于各种原因，以劳动合同部分无效为由主张劳动合同全部无效的没有法律依据。

案例指引：马某诉某食品机械厂纠纷案

1. 争议焦点

劳动合同部分无效是否意味整个劳动合同无效？

2. 基本案情

马某于2004年7月份被某食品机械厂招为工人，担任厂部技术科化验员。同年10月份试用期满，双方正式签订劳动合同，有关合同条款如下：合同期限3年，从2004年10月5日起，到2007年10月4日止。实行每周5天，每天10小时工作制。马某工作岗位为技术科化验员。每月工资1800元。若双方在合同履行中产生纠纷，应将纠纷交由某区劳动争议仲裁委员会仲裁。

该劳动合同中，除了工作时间与《劳动法》不符外，其余条款均不违背劳动法及相关法规、规章的规定。2005年3月，马某提出每日工作10小时违反了《劳动法》，要求厂方缩短工作时间。厂长史某当即宣布，既然合同的有关工作时间不合法，就是无效合同，如有意见，就另请高就。4月2日，厂里安排另一人接替，停止马某工作。马某不服，按照劳动合同中的争议处理条款，向某区劳动争议仲裁委员会申诉，要求继续履行劳动合同，并且劳动合同中的劳动时间应当改为每天工作8小时。

某区劳动争议仲裁委员会受案后经过对双方当事人签订的劳动合同的审查，认为劳动合同中的劳动时间条款不符合《劳动法》第36条关于劳动者每日工作时间不超过8小时，平均每周工作时间不超过44小时的工作制度的规定，违反了法律的有关规定，应认定为无效的劳动合同，裁决劳动合同无效，终止劳动关系。马某不服，诉至某区基层人民法院。马某在起诉状中辩称：虽然劳动合同中工作时间不符合法律规定，但其他主要条款仍符合法律，该条款不能影响其他合同条款的效力，仲裁机关的仲裁是错误的，请求人民法院作出判决，继续履行劳动合同，且缩短劳动合同中的工作时间。

3. 判决结果

某区基层人民法院立案后经过询问双方当事人，并查看原来的劳动合同后认为：劳动合同中的工作时间约定不符合《劳动法》的规定，其余条款合法，该不合法条款并不影响其余条款效力；同时，造成工作时间条款约定无效的原因在于用人单位而不在于劳动者。既然其余条款均符合国家法律规定，除将工作时间的条款改按《劳动法》规定执行外，其余条款仍需继续执行。双方劳动关系应继续维持，被告因此而终止合同，停止原告工作的决定是错误的。

某区人民法院判决如下：劳动合同的工作时间条款改为每天工作 8 小时；劳动合同除工作时间条款外仍然有效，应当履行；恢复原告工作，工资照发。

4. 作者评析

本案涉及的核心法律问题是：劳动合同中部分条款无效，对其余条款影响的问题。《劳动法》第 18 条、《劳动合同法》第 27 条均规定，劳动合同部分无效，不影响其他部分效力的，其他部分仍然有效。

劳动合同的内容由劳动合同期限、工作内容、劳动保护和劳动条件、劳动报酬、劳动纪律、劳动合同终止的条件、违反劳动合同的责任等条款组成，其中一个或几个条款无效，并不影响其它条款的效力，特别是合同的整体效力，除无效条款废止或改按国家标准履行外，其余部分仍然应当按照劳动合同约定执行。用人单位不得单方就某一条款无效而轻易宣布取消合同，因为，这对于劳动者而言，往往造成实质上的不公平。

第四章　劳务派遣和非全日制用工争议

一、有关劳务派遣的法律规定

劳务派遣制度，对于解决劳动者的就业问题和用人单位的用工成本问题，曾经起了很大作用。但是，由于追逐利益的驱动和减轻其管理上的责任，用人单位往往不愿意对那些没有特殊要求岗位人员的选择和管理直接负责，劳务派遣制度的出现正好迎合用人单位的这种心理需求。劳务派遣单位的出现，人为地将用人单位和劳动者的直接关系隔开，使单纯的劳动关系变得复杂化，形成用人单位不管人，管人单位不用人的分离局面。劳动者不仅丧失了向谁提供劳动力的选择自由，而且还要面临着用工、管人两家资方单位的压力，这就使得本来就不平衡的劳资关系，变得更加不平衡了。有鉴于此，《劳动合同法》、《劳动合同法实施条例》专门对劳动派遣进行了规范，具体请见下表：

内容	劳动合同法	劳动合同法实施条例
劳务派遣单位的设立	第57条　劳务派遣单位应当依照公司法的有关规定设立，注册资本不得少于五十万元。 第67条　用人单位不得设立劳务派遣单位向本单位或者所属单位派遣劳动者。	第28条　用人单位或者其所属单位出资或者合伙设立的劳务派遣单位，向本单位或者所属单位派遣劳动者的，属于劳动合同法第六十七条规定的不得设立的劳务派遣单位。

内容	劳动合同法	劳动合同法实施条例
劳务派遣中三方的权利义务	第60条 劳务派遣单位应当将劳务派遣协议的内容告知被派遣劳动者。 劳务派遣单位不得克扣用工单位按照劳务派遣协议支付给被派遣劳动者的劳动报酬。 劳务派遣单位和用工单位不得向被派遣劳动者收取费用。 第61条 劳务派遣单位跨地区派遣劳动者的，被派遣劳动者享有的劳动报酬和劳动条件，按照用工单位所在地的标准执行。 第62条 用工单位应当履行下列义务：（一）执行国家劳动标准，提供相应的劳动条件和劳动保护；（二）告知被派遣劳动者的工作要求和劳动报酬；（三）支付加班费、绩效奖金，提供与工作岗位相关的福利待遇；（四）对在岗被派遣劳动者进行工作岗位所必需的培训；（五）连续用工的，实行正常的工资调整机制。 用工单位不得将被派遣劳动者再派遣到其他用人单位。 第63条 被派遣劳动者享有与用工单位的劳动者同工同酬的权利。用工单位无同类岗位劳动者的，参照用工单位所在地相同或者相近岗位劳动者的劳动报酬确定。 第64条 被派遣劳动者有权在劳务派遣单位或者用工单位依法参加或者组织工会，维护自身的合法权益。	第29条 用工单位应当履行劳动合同法第六十二条规定的义务，维护被派遣劳动者的合法权益。

内容	劳动合同法	劳动合同法实施条例
劳务派遣协议的订立	第59条 劳务派遣单位派遣劳动者应当与接受以劳务派遣形式用工的单位（以下称用工单位）订立劳务派遣协议。劳务派遣协议应当约定派遣岗位和人员数量、派遣期限、劳动报酬和社会保险费的数额与支付方式以及违反协议的责任。 用工单位应当根据工作岗位的实际需要与劳务派遣单位确定派遣期限，不得将连续用工期限分割订立数个短期劳务派遣协议。	
劳务派遣中劳动合同的订立及内容	第58条 劳务派遣单位是本法所称用人单位，应当履行用人单位对劳动者的义务。劳务派遣单位与被派遣劳动者订立的劳动合同，除应当载明本法第十七条规定的事项外，还应当载明被派遣劳动者的用工单位以及派遣期限、工作岗位等情况。 劳务派遣单位应当与被派遣劳动者订立二年以上的固定期限劳动合同，按月支付劳动报酬；被派遣劳动者在无工作期间，劳务派遣单位应当按照所在地人民政府规定的最低工资标准，向其按月支付报酬。	第30条 劳务派遣单位不得以非全日制用工形式招用被派遣劳动者。
劳务派遣中劳动合同的解除	第65条 被派遣劳动者可以依照本法第三十六条、第三十八条的规定与劳务派遣单位解除劳动合同。 被派遣劳动者有本法第三十九条和第四十条第一项、第二项规定情形的，用工单位可以将劳动者退回劳务派遣单位，劳务派遣单位依照本法有关规定，可以与劳动者解除劳动合同。	第31条 劳务派遣单位或者被派遣劳动者依法解除、终止劳动合同的经济补偿，依照劳动合同法第四十六条、第四十七条的规定执行。

内容	劳动合同法	劳动合同法实施条例
劳务派遣的适用岗位	第66条 劳务派遣一般在临时性、辅助性或者替代性的工作岗位上实施。	
劳务派遣单位的法律责任	第92条 劳务派遣单位违反本法规定的,由劳动行政部门和其他有关主管部门责令改正;情节严重的,以每人一千元以上五千元以下的标准处以罚款,并由工商行政管理部门吊销营业执照;给被派遣劳动者造成损害的,劳务派遣单位与用工单位承担连带赔偿责任。	

二、有关劳务派遣的劳动争议

(一)劳务派遣协议解除引发的争议

案例指引:玖龙纸业解除外包劳务用工协议案

1. 争议焦点

玖龙纸业解除外包劳务用工协议是否合法?是否需要支付补偿金?

2. 基本案情

2007年12月,玖龙纸业就用工事项分别与两家劳务公司签订了劳务外包协议,协议于2008年3月开始履行。此协议约定由两家劳务公司向玖龙纸业提供劳动用工,并且双方就合同解除等事项进行了明确约定。因技术升级革新,玖龙纸业对原料部部分岗位的需求大幅缩减。通过与两家劳务公司协商,各方一致同意提前解除劳务外包协议。2008年6月16日,两家劳务公司向玖龙纸业提供的劳动用工对此强烈不满,约200人围堵道路,引发了社会的广泛关注。工人表示,按照劳动法规定,应该提前1个月通知,否则应该提高补偿标准。

3. 处理结果

两家劳务公司向劳动者提供了经济补偿。

4. 作者评析

劳务派遣作为一种新型的用工模式，与传统的用工方式有明显的区别，劳务派遣用工最大的特点就是劳动关系与用工关系相分离，表现为"有关系无劳动，有劳动无关系"的特征，被派遣劳动者与劳务派遣单位有劳动关系但无用工关系，与用工单位有用工关系但无劳动关系。劳务派遣单位与用工单位由劳务派遣协议建立合同关系，受民法、合同法调整。用工单位与派遣单位可以在平等自愿协商一致的基础上解除劳务派遣协议，这种解除行为，属于合同双方的意思自治，无需符合《劳动合同法》规定的"裁员"条件，只需用工单位与劳务派遣单位协商一致即可解除。解除劳务派遣协议并不等同于解除劳动合同，因为被派遣劳动者与用工单位之间不存在劳动关系，而是与派遣单位存在劳动关系，派遣协议的解除如导致其失业或受到权利的损害，其有权向派遣单位主张相应的权利。因此，本案中玖龙纸业与劳务派遣单位协商一致解除劳务派遣协议，不违反法律规定。

另外需要注意的，《劳动合同法》、《劳动合同法实施条例》对派遣单位的设立进行了规定。如果派遣单位设立不合法，即使签订了劳务派遣协议，也会因为主体不适格而无效。《劳动合同法》对派遣单位的设立要求有二：（1）《劳动合同法》第57条规定，"劳务派遣单位应当按照《公司法》有关规定设立，注册资本不少于50万元"。这是一个基本的要求。在我国某些地方的人才交流中心，或者是一些类似中心之类的机构，也从事着劳务派遣的活动，但是《劳动合同法》实施以后，这些机构将不能再从事劳务派遣业务，因为《劳动合同法》的规定非常清楚，劳务派遣单位必须按照公司法规定设立，也就是说必须是企业，而且要求注册资本不少于50万元。（2）《劳动合同法》第67条规定，用人单位不得设立劳务派遣单位向本单位或者所属单位派遣劳动者。《劳动合同法实施条例》第28条规定，用人单位或者其所属单位出资或者合伙设立的劳务派遣单位，向本单位或者所属单位派遣劳动者的，属于劳动合同法第67条规定的不得设立的劳务派遣单位。以前，许多单位进行后勤社会化，自己组建一个后勤公司，然后将员工派回原单位工作，以降低原单位的用工风险。这种做法在《劳动合同法》后，将归于无效。

（二）劳务派遣中派遣单位与用工单位应承担的义务争议

案例指引一：曹某与A公司纠纷案

1. 争议焦点

用工单位是否需要支付加班工资？

2. 基本案情

曹某系北京某劳务派遣公司（以下简称A公司）正式职工，与A公司签订有劳动合同，合同期为2005年3月16日至2007年3月15日，其中约定："在本合同的有效期内，曹某在北京电子科技有限公司（以下简称B公司）当保洁员。其在B公司工作期间，作为A公司的内部职工，享受A公司下属企业职工的各种福利待遇，工资为每月1000元。"曹某到B公司上班后，按照规定，其每天早晚必须打扫卫生两次，各2个小时，周六周日为休息日。2005年8月，B公司举行大型活动，为了保持环境的清洁，曹某被安排早中晚各打扫一次，每次的时间为3个小时，这样一直持续一个月。但是曹某并未因此得到加班工资，于是曹某向B公司提出了向其支付加班工资的要求。在多次交涉未果的情况下，曹某向劳动争议仲裁委员会提起申诉，要求B公司支付其从2005年8月16日至同年9月16日的加班工资。

3. 仲裁结果

劳动争议仲裁委员会审理认为：B公司与曹某之间系劳务关系而非劳动关系，B公司与曹某之间不存在劳动权利与义务关系，裁决驳回曹某的申诉请求。

4. 作者评析

《劳动合同法》实施之前，劳务派遣不存在"用人单位支付加班费"的依据。在本案中，争议仲裁委员会驳回曹某的申诉请求是符合当时的劳动法规定的。但是《劳动合同法》实施之后，情况将发生变化。《劳动合同法》第63条规定，"用工单位应当支付……加班费、绩效奖金，提供与工作岗位相关的福利待遇"。笔者将由此展开分析《劳动合同法》实施后，派遣单位和用工单位的义务。

《劳动合同法》第58、62条和《劳动合同法实施条例》第29条规定了劳务派遣单位和用工单位的法定义务；《劳动合同法》第59条规定了劳务派遣单位和用工单位之间的劳务派遣协议内容。由此可见，劳务派遣单位和用工单位的义务可分为：（1）法定义务。劳务派遣单位与劳动者之间形成劳动关系，劳务派遣单位的法定义务为用人单位对劳动者的全部义务。这些义务在《劳动合同法》、《劳动合同法实施条例》中已经有明确的规定。具体而言，劳务派遣单位的法定义务：①不得以非全日制用工形式招用被派遣劳动者，须与被派遣劳动者订立2年以上的固定期限劳动合同，劳动合同除了要有一般劳动合同的必备条款外，还要明确约定被派遣劳动者的用工单位以及派遣期限、工作岗位等情况。②按月支付劳动报酬；被派遣劳动者在无工作期间，按照所在地人民政府规定的最低工资标准，向其按月支付报酬。③将劳务派遣协议的内容告知被派遣劳动者。④不得克扣用工单位按照劳务派遣协议支付给被派遣劳动者的劳动报酬。⑤不得向被派遣劳动者收取费用。⑥解除劳动合同时支付经济补偿金、支付工资、参加社会保险并依法缴费等义务。

用工单位的法定义务包括：①执行国家劳动标准，提供相应的劳动条件和劳动保护。②告知被派遣劳动者的工作要求和劳动报酬。③支付加班费、绩效奖金、提供与工作岗位有关的福利待遇。④对在岗被派遣劳动者进行工作岗位所必须的培训。⑤连续用工的，实行正常的工资调整机制。⑥用工单位不得将被派遣劳动者再派遣到其他用人单位。

（2）约定义务。即通过派遣协议约定劳务派遣单位和用工单位的法定义务之外的用工义务。

案例指引二：彭某与西门子公司劳动纠纷案

1. 争议焦点

劳务派遣是否可以约定违约金？

2. 基本案情

被诉人彭某2005年7月6日与北京外企人力资源服务有限公司南京分公司签约，为期2年，外派到西门子公司北京和上海的分公司；同年7月11日，彭某与西门子公司签订培训协议。2007年6月30日，彭某与派遣公司劳动关系终止后，不愿意再与西门子公司签订劳动合同。西门子公司于8月19日发出退工单和劳动手册，并于8月20日发出通知，要求彭某支付违约金30余万元。9月6日，西门子公司申请仲裁委仲裁。

3. 仲裁结果

仲裁委认为，由于彭某是劳务派遣用工，用人单位不是西门子公司，西门子公司不具有设立违约金的资格，对其请求不予支持。

4. 作者评析

本案说明了劳务派遣与一般的招聘用工相比，用工单位的用工风险相对降低。但是，用工单位在降低风险的同时，也须承担权利丧失的风险。在劳动合同中，用工单位即用人单位，可以就专业技术培训约定服务期和违约金，但是在劳务派遣中，用工单位只有根据派遣协议用工，不能和劳动者约定服务期和违约金。

（三）被派遣劳动者遭受损害引发的劳动争议

劳务派遣是用工单位为了避免用工风险的一种策略。一旦劳动者发生工伤或遭受其他损害，用工单位与劳务派遣单位往往会相互推诿自己的责任，严重损害了劳动者的合法权益，也因此常常发生劳动争议。

案例指引：孙某与某劳务公司及某印刷厂劳动争议案

1. 争议焦点

孙某发生工伤，劳务派遣公司和用工单位是否承担连带责任？

2. 基本案情

孙某系某劳务公司的员工，从1991年起被派到某印刷厂当雇工，在厂里连续工作多年，工资由某印刷厂按月发放，某劳务公司为他交纳了工伤保险。2006年5月10日早晨，孙某在去单位的路上发生了交通事故，经交警认定，孙某负事故的次要责任。之后，孙某跟肇事司机达成协议，从保险公司领取赔偿款2万多元。2007年11月9日，孙某经劳动部门认定为工伤，鉴定为九级伤残。在工伤待遇问题上，劳务公司跟实际用工单位相互推诿，都不愿意单独承担责任。

劳务公司认为，某印刷厂是孙某的实际用工单位，孙某的工伤待遇理应由其负责，自己只负责孙某的工伤保险交费工作。对于从劳动保险报销伤残赔偿金和医疗费事宜他们可以协助孙某办理，对孙某提出的额外索赔项目，劳务公司概不负责。

某印刷厂则认为，孙某只是为其提供劳务，同其不存在劳动关系，由于其发生工伤，不能再为其提供劳务，自己有权终止其提供劳务。对工伤待遇问题，由于工伤保险是由劳务公司为孙某交纳的，理应由劳务公司承担相应的责任。至于孙某提出的解除劳动合同经济补偿金，由于孙某的劳动合同是一年一签，且在2008年1月1日前已经到期，故不同意孙某的请求。

孙某诉至区劳动仲裁委员会，要求劳务公司补发2年工资，按工伤落实相关待遇，并提出了5万多元的赔偿要求。

3. 仲裁结果

劳动争议仲裁委员会裁决：某劳务公司和实际用工单位共同承担孙某的工伤医疗补助金和就业补助金25972元；孙某的医疗费和伤残补助金约2万元由劳务公司通过工伤保险理赔解决；至于经济补偿金问题，由于劳务公司同孙某在2008年1月1日前是一年一签订劳动合同，不能适用《劳动合同法》，故不予支持。

4. 作者评析

在劳务派遣这种特殊用工形式下，劳务派遣单位与被派遣劳动者建立劳动关系，但不用工，即不直接管理和指挥劳动者从事劳动；用工单位直接管理和指挥劳动者从事劳动，但是，与劳动者之间不建立劳动关系。一些用人单位热衷于使用劳务派遣工，除了用人策略上的考虑外，也有规避责任的动机：在劳务工和正式职工之间搞区别待遇，同工不同酬；当劳务工发生工伤、疾病时，一些企业往往以没有建立劳动关系、与派遣机构有协议为借口，转移风险。

《劳动合同法》实施以后，当劳务工发生工伤、疾病时，劳务派遣单位与用工单位之间相互推诿责任的现象将得以遏制。《劳动合同法》第92规定："劳务派遣单位违反本法规定的，由劳动行政部门和其他有关主管部门责令改正；情节严重的，以每人一千元以上五千元以下的标准处以罚款，并由工商行政管理部门吊销营业执照；给被派遣劳动者造成损害的，劳务派遣单位与用工单位承担连带赔偿责任。"也就是说，劳务派遣单位的违法行为造成被派遣劳动者权益受到损害的，应承担赔偿责任的主体包括劳务派遣单位以及用工单位。劳动者可以同时或先后要求劳务派遣单位、用工单位全体或其中之一人履行全部或部分义务，被请求之债务人劳务派遣单位或/和用工单位不得以超出自己应付份额为由，提出抗辩。

当然，用工单位承担连带赔偿责任是有一定条件限制的，依据

《劳动合同法》第92条规定，用工单位与劳务派遣单位承担连带赔偿责任必须具备以下两个要件：（1）劳务派遣单位有违反《劳动合同法》的事实。劳务派遣单位对被派遣劳动者的义务可分为约定义务和法定义务，前者依劳动合同约定产生，后者依法律规定产生。只有劳务派遣单位违反法定义务，用工单位才应承担连带赔偿责任。（2）劳务派遣单位违法事实给被派遣劳动者造成了损害。这里有两层涵义：一是被派遣劳动者有损害；二是劳务派遣单位违法事实与被派遣劳动者损害之间有直接因果联系。这里所谓的损害，应是指对派遣劳动者各种劳动权利和利益侵害所造成的后果，包括财产损失和人身伤亡。这里的损害应是可以确定的，即可以通过金钱计算加以确定；人身伤害则需转化成能以金钱计算的损失才能获得赔偿。

虽然《劳动合同法》第92条对立法目的的实现有积极意义，但是该规定在现实操作中仍有歧义，需要有权解释部门作出明确解释。其歧义之处在于：第92条仅规定，劳务派遣单位违反《劳动合同法》规定，给派遣劳动者造成损害的，用工单位要承担连带赔偿责任，并未规定用工单位违反《劳动合同法》，劳务派遣单位是否应承担连带赔偿责任。如《劳动合同法》第58条仅规定，劳务派遣单位有按月支付劳动报酬的法定义务，第62条规定，用工单位有支付加班费、绩效奖金、提供与工作岗位有关的福利待遇的法定义务。劳务派遣单位违反第58条规定，未按月支付劳动报酬，给派遣劳动者造成损失的，劳动者可依据第92条规定，请求用工单位对该损失承担连带赔偿责任。然而，用工单位违反第62条规定，未支付加班费、绩效奖金以及提供与工作岗位有关的福利待遇，给派遣劳动者造成财产损失的，劳务派遣单位应否承担连带赔偿责任，从第92条规定看，却无法得出肯定的答案。因为依据文义解释，劳务派遣单位无需承担连带赔偿责任；但这种文义解释又与立法目的相冲突，无法完全实现对派遣劳动者权利之双重保障。

对于劳动者民事赔偿请求权实现后，劳务派遣单位和用工单位内部责任分担的确定应当是有约定的，依约定；无约定的，依照所应履行义务来确定，一方面依据《劳动合同法》规定的劳务派遣单位和用工单位法定义务分配，另一方面可以依据劳务派遣协议约定的义务分配。当然，在内部责任承担上还得考虑到双方过错的大小。

（四）劳务派遣中劳动合同的解除争议

案例指引：徐某与肯德基劳动纠纷案

1. 争议焦点：徐某与肯德基是否存在劳动关系？

2. 基本案情

徐某是肯德基配销中心的仓管员，他于1995年2月通过社会招聘进入肯德基的母公司——百胜集团在北京的一家物流中心从事搬运货物等配送工作。2005年10月，徐某因工作失误被肯德基辞退。被辞后徐某想要回为肯德基工作近11年的经济补偿金2万余元，而肯德基公司的说法让徐某感到意外：徐某根本不是肯德基员工，而是被"北京时代桥劳动事务咨询服务有限公司"派遣到肯德基的劳务派遣劳工，肯德基和徐某没有事实劳动关系，有事找劳务派遣公司去。2005年11月28日，徐某向北京市劳动争议仲裁委员会申请仲裁，要求肯德基支付经济补偿金。2006年1月17日，仲裁结果驳回了徐某的申诉。2006年1月25日，徐某不服仲裁结果，诉至东城区人民法院。

3. 法院判决

法院经审理认为，徐某与时代桥公司签有劳动合同，确立了徐某与时代桥公司的劳动关系，后徐某被派遣到肯德基工作，但双方未形成事实劳动关系。法院作出一审判决，驳回了徐某的诉讼请求。

4. 作者评析

本案作为当年的热点案件引发了社会的广泛关注。有关劳务派遣中各方的权利义务在前文中以有详述。在此处，笔者主要就劳务派遣中劳动者被退回派遣单位、劳动合同的解除等问题进行评析。

《劳动合同法》第65条第2款规定，被派遣劳动者有本法第39条和第40条第一项、第二项规定情形的，用工单位可以将劳动者退回劳务派遣单位，劳务派遣单位依照本法有关规定，可以与劳动者解除劳动合同。可见，用工单位退回被派遣劳动者只能是因为劳动者不符合录用条件或者严重违纪违法，以及不胜任工作等情形。这样，劳务派遣单位就可以依照劳动法的规定解除劳动合同。因此，在本案中，肯德基以工作失误辞退徐某是有法律依据的。

下面接着展开论述被派遣劳动者解除劳动合同的情形。《劳动合同法》第65条第1款规定，被派遣劳动者可以依照本法第36条、

第 38 条的规定与劳务派遣单位解除劳动合同。《劳动合同法》第 36 条规定，用人单位与劳动者协商一致，可以解除劳动合同。第 38 条规定："用人单位有下列情形之一的，劳动者可以解除劳动合同：（一）未按照劳动合同约定提供劳动保护和劳动条件的；（二）未及时足额支付劳动报酬的；（三）未依法为劳动者交纳社会保险费的；（四）用人单位的规章制度违反法律、法规的规定，损害劳动者权益的；（五）因本法第二十六条第一款规定的情形致使劳动合同无效的；（六）法律、行政法规规定的其他情形。用人单位以暴力、威胁或者非法限制人身自由的手段强迫劳动者劳动的，或者用人单位违章指挥、强令冒险作业危及劳动者人身安全的，劳动者可以立即解除劳动合同，不需事先告知用人单位。"也就是说，劳动者可以与劳务派遣单位协商解除劳动合同，或者由于劳务派遣单位与用工单位有违法行为的，被派遣劳动者可以与劳务派遣单位解除劳动合同。

对于劳动合同解除或终止后的经济补偿，《劳动合同法实施条例》第 31 条已有明文规定，"劳务派遣单位或者被派遣劳动者依法解除、终止劳动合同的经济补偿，依照劳动合同法第四十六条、第四十七条的规定执行。"

（五）有关非全日制用工的劳动争议

非全日制用工是与全日制用工相对应的一种特殊用工形式。与全日制用工相比，非全日制用工具有成本低、用工灵活的特点。采用非全日制用工的企业越来越多。但是，有的企业为了片面追求降低人工成本，利用劳动者不了解非全日用工的弱点，企图将全日制用工形式变换成非全日制用工，严重损害了劳动者的合法权益。

案例指引：王某与某公司劳动争议案①

1. 争议焦点

王某与某公司是否是非全日制用工关系？非全日用工是劳动关系还是劳务关系？

2. 基本案情

王某多年前下岗失业，为了养活一家人，不得不四处找工作。

---

① 案例来源："劳动合同法在身边（16）非全日制用工 劳动者也有诸多权利"，载《工人日报》2008 年 1 月 14 日。

但由于年龄较大，又没有一技之长，一直找不到合适的工作。不久前，街道办事处给王某介绍了一个工作，到一家公司做保洁。看到工资待遇都不错，王某就开始上班了。公司人力资源部的负责人告诉王某，你做的保洁工是非全日制的临时工，每天工作8小时，主要工作是保持工作环境整洁及主管安排的其他工作，不上保险，工资按月发放；你在公司应当遵守公司的规章制度，服从主管人员的指挥，好好地完成工作。同时，该人力资源部要求王某签订了一份劳务合同，并向王某解释说，非全日制用工人员与公司是劳务关系，所以签劳务合同。

王某刚上班不久，却发生了意外。一天，王某在擦楼梯时，一不小心踩空，从楼梯上摔了下来，造成骨折，花去医药费8000多元。伤愈后，王某回到公司上班，却被告知他与公司的劳务关系已经解除了，王某很纳闷，决定找到人力资源部的负责人理论。但人力资源部负责人对王某说，你可是非全日制用工，与公司是劳务关系，你没给公司做好工作，我们还没找你呢，你还来找我们要说法。王某非常气愤，却感到公司说得似乎也很有道理，毕竟合同白纸黑字写好的，只好忍气吞声、自认倒霉。

3. 作者评析

本案是用人单位利用劳动者法律知识的缺乏而侵害劳动者合法权益的一个典型案例。本案主要涉及两个法律问题：其一，王某与某公司是否是非全日制用工关系？其二，非全日制用工是劳动关系还是劳务关系？

要回答这两个问题，首先必须对非全日制用工的定义和特点进行分析。

根据《劳动合同法》第68条的规定，所谓"非全日制用工"，是指以小时计酬为主，劳动者在同一用人单位一般平均每日工作时间不超过4小时，每周工作时间累计不超过24小时的用工形式。可见，非全日制用工具有以下特征：

第一，全日制用工发生在用人单位和劳动者之间。所谓用人单位，根据《劳动合同法》第2条的规定，是指企业、个体经济组织、民办非企业单位、国家机关、事业单位、社会团体等组织。因此，劳动者直接向其他家庭或个人提供非全日制劳动的，不属于《劳动合同法》所调整的"非全日制用工"的范畴，而是属于一般的劳务合同关系，当事人双方发生的争议不适用劳动争议处理规定。

第二，劳动者在同一单位平均每日工作不超过 4 小时，每周工作时间累计不超过 24 小时。这是非全日制用工的实质标准。在同一个单位中，如果劳动者每日工作时间不超过 4 小时，但每周累计工作时间超过 24 小时的，将构成一般的劳动关系，而不是非全日制用工关系；如果劳动者每天平均工作时间超过了 4 小时，而每周累计不超过 24 小时，也将构成一般的劳动关系，而不是非全日制用工关系。这里的工作时间应理解为劳动合同约定的工作时间，用人单位可以根据实际业务需要，偶尔要求劳动者进行加班，凡超出约定工作时间以外的，用人单位应支付加班工资。为体现非全制用工的特点，禁止用人单位长期要求劳动者加班。有关非全日制用工中加班的问题，可由有关部门作出具体规定。

第三，非全日制用工中工资形式以小时计酬为主。计时工资一般有四种具体计算标准：小时工资制、日工资制、周工资制和月工资制。鉴于非全日制用工临时性、工作时间短且灵活等特点，无论是实行日工资制、周工资制还是月工资制都存在一些客观障碍，容易产生纠纷，因此非全日制用工中适合实行小时计酬方式。

根据《劳动合同法》以及《关于非全日制用工若干问题的意见》的规定，非全日制用工是相对于全日制用工的一类特殊的用工形式，与全日制用工具有较大的区别，具体包括：（1）非全日制用工劳动合同形式不拘书面性，允许达成口头劳动合同。而全日制用工用人单位与劳动者应当订立书面劳动合同。（2）劳动关系双重性甚至多重性，允许同一劳动者同时存在两个或者两个以上的劳动关系。而全日制用工的劳动者只能与一个用人单位订立劳动合同。（3）非全日制用工双方当事人不得约定试用期。（4）非全日制用工劳动关系存续时间具有不确定性，合同双方均可随时解除劳动关系，不必提前通知，用人单位无须支付经济补偿。（5）非全日制用工以小时计酬，结算支付周期最长不超过 15 日。而全日制用工应当按月以货币形式定时向劳动者支付工资。（6）非全日制用工一般只缴纳工伤保险，工伤保险外的社会保险费，用人单位则不是必须为劳动者缴纳的；而全日制用工的用人单位必须缴纳各种社会保险费用。（7）

对于从事非全日制工作的劳动者来说，由于其实行的是小时工资制，可以不执行加班有加班费的有关规定，但用人单位安排其在法定休假日工作的，其小时工资不得低于本市规定的非全日制从业人员法定节假日小时最低工资标准。在全日制用工情况下，用人单位依法安排劳动者在标准工作时间以外工作的，应当按照法定标准支付劳动者加班工资。

通过以上分析，我们可以清楚地发现：王某每天工作 8 小时，工资按月发放，根本不属于非全日制用工，而是属于典型的全日制用工。王某与某公司之间是典型的劳动关系而非劳务关系。

第五章　劳动争议仲裁诉讼程序

根据我国《劳动法》的规定，劳动争议处理的基本形式有以下五种：当事人自行协商解决；向企业劳动争议调解委员会申请调解；向企业主管部门或劳动监察部门申诉；向当地劳动争议仲裁委员会申请仲裁；对劳动行政部门处理决定或仲裁裁决不服的，向人民法院提起诉讼。

随着劳动者权利意识的觉醒和劳动法立法、执法、司法的加强，特别是《劳动合同法》、《劳动合同法实施条例》、《劳动争议调解仲裁法》的公布施行，进入仲裁诉讼程序的劳动争议案件将越来越多。据统计，2005 年全国各级劳动争议仲裁委员会共立案受理劳动争议案件 31.4 万件，2006 年受理的劳动仲裁案件为 317162 件，2005 年人民法院受理的劳动合同争议的一审案件为 126047 件。在 2005 年结案的劳动仲裁案件中，劳动者胜诉的占 47.5%，用人单位胜诉的占 12.9%，双方部分胜诉的占 39.6%。在 2006 年结案的劳动仲裁案件中，劳动者胜诉的占 47%，用人单位胜诉的占 12.6%，双方部分胜诉的占 40.4%。由于劳动仲裁诉讼具有较强的专业性，劳动争议的当事人特别是普通劳动者对于劳动仲裁诉讼程序方面并不是很了解，对于仲裁诉讼中的管辖、时效、证据等直接影响案件结果的问题认识不够，因此，笔者认为，很有必要在本书的最后一部分向读者补充一些程序方面的重要知识。

一、有关劳动争议仲裁诉讼程序的法律规定

当前，有关劳动争议仲裁程序的法律规定主要集中在《劳动法》、劳动部《关于贯彻执行〈中华人民共和国劳动法〉若干问题的意见》、《企业劳动争议处理条例》、《劳动争议调解仲裁法》、《最高人民法院关于审理劳动争议案件适用法律若干问题的解释》等法律文件中。《劳动法》第十章以专章的形式规定了劳动争议处理的方

式、基本原则、劳动仲裁和诉讼的关系、时效等基本问题。劳动部《关于贯彻执行〈中华人民共和国劳动法〉若干问题的意见》则对《劳动法》有关劳动争议的条款进行细化，主要内容包括对受案范围的扩大解释、时效的中止。《劳动争议调解仲裁法》自 2008 年 5 月 1 日起施行，《劳动争议调解仲裁法》在《企业劳动争议处理条例》及其解释的基础上对我国劳动争议仲裁诉讼程序进行了重大调整。我国对于劳动争议诉讼程序并无专门的规定，适用民事诉讼法的一般程序。

另外，在《劳动合同法》、《企业职工带薪年休假实施办法》等法律法规中也散见着有关劳动争议仲裁诉讼程序的规定。如《劳动合同法实施条例》第 37 条规定，劳动者与用人单位因订立、履行、变更、解除或者终止劳动合同发生争议的，依照《中华人民共和国劳动争议调解仲裁法》的规定处理。《企业职工带薪年休假实施办法》第 16 条规定，职工与用人单位因年休假发生劳动争议的，依照劳动争议处理的规定处理。

法律	规定	备注
劳动法	第 77 条　用人单位与劳动者发生劳动争议，当事人可以依法申请调解、仲裁、提起诉讼，也可以协商解决。调解原则适用于仲裁和诉讼程序。 第 78 条　解决劳动争议，应当根据合法、公正、及时处理的原则，依法维护劳动争议当事人的合法权益。 第 79 条　劳动争议发生后，当事人可以向本单位劳动争议调解委员会申请调解；调解不成，当事人一方要求仲裁的，可以向劳动争议仲裁委员会申请仲裁。当事人一方也可以直接向劳动争议仲裁委员会申请仲裁。对仲裁裁决不服的，可以向人民法院提起诉讼。 第 80 条　在用人单位内，可以设立劳动争议调解委员会。劳动争议调解委	劳动法第十章以专章的形式规定了劳动争议处理的方式、基本原则、劳动仲裁和诉讼的关系、时效等基本问题。

法律	规定	备注
	员会由职工代表、用人单位代表和工会代表组成。劳动争议调解委员会主任由工会代表担任。劳动争议经调解达成协议的,当事人应当履行。 第81条 劳动争议仲裁委员会由劳动行政部门代表、同级工会代表、用人单位方面的代表组成。劳动争议仲裁委员会主任由劳动行政部门代表担任。 第82条 提出仲裁要求的一方应当自劳动争议发生之日起六十日内向劳动争议仲裁委员会提出书面申请。仲裁裁决一般应在收到仲裁申请的六十日内作出。对仲裁裁决无异议的,当事人必须履行。 第83条 劳动争议当事人对仲裁裁决不服的,可以自收到仲裁裁决书之日起十五日内向人民法院提起诉讼。一方当事人在法定期限内不起诉又不履行仲裁裁决的,另一方当事人可以申请人民法院强制执行。 第84条 因签订集体合同发生争议,当事人协商解决不成的,当地人民政府劳动行政部门可以组织有关各方协调处理。因履行集体合同发生争议,当事人协商解决不成的,可以向劳动争议仲裁委员会申请仲裁;对仲裁裁决不服的,可以自收到仲裁裁决书之日起十五日内向人民法院提起诉讼。	

法律	规定	备注
劳动部关于贯彻执行《中华人民共和国劳动法》若干问题的意见	82. 用人单位与劳动者发生劳动争议不论是否订立劳动合同，只要存在事实劳动关系，并符合劳动法的适用范围和《中华人民共和国企业劳动争议处理条例》的受案范围，劳动争议仲裁委员会均应受理。 83. 劳动合同鉴证是劳动行政部门审查、证明劳动合同的真实性、合法性的一项行政监督措施，尤其在劳动合同制度全面实施的初期有其必要性。劳动行政部门鼓励并提倡用人单位和劳动者进行劳动合同鉴证。劳动争议仲裁委员会不能以劳动合同未经鉴证为由不受理相关的劳动争议案件。 84. 国家机关、事业组织、社会团体与本单位工人以及其他与之建立劳动合同关系的劳动者之间，个体工商户与帮工、学徒之间，以及军队、武警部队的事业组织和企业与其无军籍的职工之间发生的劳动争议，只要符合劳动争议的受案范围，劳动争议仲裁委员会应予受理。 85. "劳动争议发生之日"是指当事人知道或者应当知道其权利被侵害之日。 86. 根据《中华人民共和国商业银行法》的规定，商业银行为企业法人。商业银行与职工适用《劳动法》、《中华人民共和国企业劳动争议处理条例》等劳动法律、法规和规章。商业银行与其职工发生的争议属于劳动争议的	对劳动法有关劳动争议的条款进行细化，主要内容包括对受案范围的扩大解释、时效的中止。

法律	规定	备注
	受案范围的，劳动争议仲裁委员会应予受理。 87. 劳动法第二十五条第（三）项中的"重大损害"，应由企业内部规章来规定，不便于在全国对其作统一解释。若用人单位以此为由解除劳动合同，与劳动者发生劳动争议，当事人向劳动争议仲裁委员会申请仲裁的，由劳动争议仲裁委员会根据企业类型、规模和损害程度等情况，对企业规章中规定的"重大损害"进行认定。 88. 劳动监察是劳动法授予劳动行政部门的职责，劳动争议仲裁是劳动法授予各级劳动争议仲裁委员会的职能。用人单位或行业部门不能设立劳动监察机构和劳动争议仲裁委员会，也不能设立劳动行政部门劳动监察机构的派出机构和劳动争议仲裁委员会的派出机构。 89. 劳动争议当事人向企业劳动争议调解委员会申请调解，从当事人提出申请之日起，仲裁申诉时效中止，企业劳动争议调解委员会应当在三十日内结束调解，即中止期间最长不得超过三十日。结束调解之日起，当事人的申诉时效继续计算。调解超过三十日的，申诉时效从三十日之后的第一天继续计算。 90. 劳动争议仲裁委员会的办事机构对未予受理的仲裁申请，应逐件向仲裁委员会报告并说明情况，仲裁委员会认为应当受理的，应及时通知当事人。当事人从申请至受理的期间应视为时效中止。	

法律	规定	备注
劳动合同法实施条例	第37条 劳动者与用人单位因订立、履行、变更、解除或者终止劳动合同发生争议的，依照《中华人民共和国劳动争议调解仲裁法》的规定处理。	
劳动争议调解仲裁法	全文	进一步扩大劳动争议案件受案范围，增加用人单位举证责任倒置的情形，打破原有"一调一裁两审"的僵化争议解决模式，部分劳动争议案件将实行一裁终局，延长劳动仲裁的时效
企业劳动争议处理条例	全文	部分内容已经被《劳动争议调解仲裁法》修改。
《中华人民共和国企业劳动争议处理条例》若干问题解释	全文	对《企业劳动争议处理条例》有关条款的细化和补充。

法律	规定	备注
最高人民法院关于审理劳动争议案件适用法律若干问题的解释	全文	在《劳动法》、《企业劳动争议处理条例》的基础上扩大了人民法院劳动争议案件受案范围，确立了合同履行地人民法院管辖优先的原则，明确用人单位的举证责任。
最高人民法院关于审理劳动争议案件适用法律若干问题的解释（二）	全文	主要内容包括："劳动争议发生之日"的解释、列举不属于劳动争议的情形、当事人的确定、时效的中断。
最高人民法院关于民事诉讼证据的若干规定	第6条　在劳动争议纠纷案件中，因用人单位作出开除、除名、辞退、解除劳动合同、减少劳动报酬、计算劳动者工作年限等决定而发生劳动争议的，由用人单位负举证责任。	

二、劳动争议仲裁、诉讼程序

（一）劳动争议仲裁诉讼程序的基本知识

劳动者与用人单位发生纠纷时，如果想运用法律手段，通过劳动仲裁或劳动诉讼来维护自身的权益，就必须了解劳动争议仲裁诉讼程序的一些基本知识：如纠纷是否属于法律规定的劳动争议；纠纷的当事人有哪些，应当以谁为被告；案件由哪个劳动仲裁委员会或人民法院管辖；案件仲裁审理的一般程序是什么，需要耗费多长时间、是否需要支付费用。这些问题能够得到很好的认识直接决定劳动者是否愿意启动劳动仲裁或劳动诉讼程序。

1. 劳动争议的范围

劳动争议的范围即可以纳入劳动仲裁和劳动诉讼程序的案件的范围。是否属于劳动争议，直接决定劳动者能否依据劳动法律，申请劳动仲裁或提起劳动诉讼，从而较好地维护自身的合法权益。从《劳动法》、《企业劳动争议处理条例》到《最高人民法院关于审理劳动争议案件适用法律若干问题的解释》等司法解释，再到《劳动争议调解仲裁法》，劳动争议的范围一步步的扩大。根据《劳动争议调解仲裁法》第2条，劳动争议的范围包括：

（1）因确认劳动关系发生的争议

实践中，由于部分用人单位和劳动者没有订立书面劳动合同，对是否存在事实劳动关系存有争议，以及劳动者发生工伤后难以界定用工主体和责任等情形，都面临确认劳动关系的实际问题，本次立法首次明确确认之诉属于劳动争议范围，是立法的一大亮点。

（2）因订立、履行、变更、解除和终止劳动合同发生的争议

《劳动合同法》第2条规定，用人单位与劳动者建立劳动关系，订立、履行、变更、解除或者终止劳动合同，适用本法。凡是用人单位和劳动者在适用《劳动合同法》过程当中发生的争议，均属于劳动争议范围。《劳动合同法实施条例》第37条规定，劳动者与用人单位因订立、履行、变更、解除或者终止劳动合同发生争议的，依照《中华人民共和国劳动争议调解仲裁法》的规定处理。

（3）因除名、辞退和辞职、离职发生的争议

除名是由用人单位提出与无正当理由旷工的职工解除劳动关系，从职工名册中除掉其姓名的一种行政处理方式。辞退有违纪辞退和正常辞退两种情形。违纪辞退一般是指用人单位对严重违反劳动纪律或规章制度，但不够除名条件，经教育或行政处分仍然无效的职工，决定解除其劳动关系的制度。正常辞退是指用人单位根据劳动者身体健康状况、工作胜任情况和企业客观情况发生变化无法继续履行劳动合同等情形，依据法律法规与劳动者解除劳动合同的制度。辞职是指劳动者根据法律法规或劳动合同的规定，主动提出辞去工作解除劳动关系的行为。离职主要是指自动离职的情形，即劳动者不履行解除劳动关系手续，擅自离岗，或者解除手续没有办理完毕

而离开用人单位的情况。用人单位与劳动者因上述情形发生的争议，均属于劳动争议范围。

（4）因工作时间、休息休假、社会保险、福利、培训以及劳动保护发生的争议

工作时间争议主要体现在工时制度、超时加班等方面。休息休假争议主要体现在法定节假日休息、年休假、探亲假、产假、婚丧假等用人单位是否安排劳动者休息的情形。社会保险争议主要体现在用人单位是否为劳动者缴纳了养老保险、医疗保险、失业保险、生育保险和工伤保险，以及是否存在漏缴少缴的情形。福利主要体现在用人单位是否按照规章制度及劳动合同的约定向劳动者提供除劳动报酬外的其他特殊待遇，如交通补贴、通讯补贴、旅游补贴等福利待遇。培训纠纷主要体现在培训费用、服务期履行情况、违约金支付等情形。一般地，用人单位为劳动者提供培训，约定服务期和违约金，因劳动者未满服务期提出辞职容易产生培训争议。劳动保护争议主要是指为保障劳动者安全健康的工作环境和提供必要的劳动条件而采取的各项保护措施，如劳动安全与卫生保障措施、女职工保护、职业危害防护等发生的争议。用人单位与劳动者因上述情形发生的争议，均属于劳动争议范围。

（5）因劳动报酬、工伤医疗费、经济补偿或者赔偿金等发生的争议

劳动报酬争议主要是指用人单位是否按照规章制度的规定和劳动合同的约定及时足额向劳动者支付工作报酬发生的争议。实践中集中体现在用人单位拖欠、克扣劳动者工资、拒绝支付提成奖金、年度奖金等情形。工伤医疗费争议主要是指用人单位对劳动者在工作期间发生工伤及工伤医疗费用承担问题发生的纠纷。实践中主要表现在由于用人单位没有依法为劳动者缴纳社会保险，劳动者发生工伤后的所有费用均由用人单位承担而用人单位怠于履行义务的情形。经济补偿金争议是指劳动者与用人单位解除或终止劳动关系后，用人单位依法应当根据劳动者在本单位的连续工作年限给予一定经济补偿所产生争议。实践中主要存在用人单位拒绝支付、延迟支付、未足额支付经济补偿金等情形。赔偿金争议主要是指劳动合同当事人违反劳动法律法规，给对方造成损害，应向对方支付相应的赔偿

金额所引发的争议。实践中主要体现在用人单位违法解除劳动合同、用人单位招用与其他用人单位尚未解除劳动关系的劳动者给该用人单位造成损失、劳动者违反保密协议或竞业限制约定给用人单位造成损失等情形。用人单位与劳动者因上述情形发生的争议，均属于劳动争议范围。

（6）法律、法规规定的其他劳动争议

考虑到法律具有相对稳定性和滞后性的特征，一般立法均有这样的兜底条款。为今后可能出现的劳动争议寻求法律上的依据。实践中主要表现在劳动和社会保障部、最高人民法院等部门根据实际情况作出的属于劳动争议范围的行政解释、司法解释。

2. 劳动争议的当事人

劳动争议的当事人是指劳动关系发生争议，以自己的名义申请仲裁或进行诉讼，并受劳动仲裁委员会仲裁裁决或调解书或人民法院的裁判或调解书约束的人。当事人有广义和狭义之分：广义的当事人包括原告和被告、共同诉讼人、第三人；狭义的当事人专指原告和被告。劳动争议当事人的特征：（1）以自己的名义进行申请劳动仲裁或提起诉讼。（2）劳动权利义务发生争执。（3）能够引起劳动仲裁诉讼程序发生、变更或消灭。

劳动争议的当事人是指狭义上的当事人，即用人单位和劳动者。在有些情形下，劳动争议当事人的确定比较复杂，有必要根据民事诉讼法和有关司法解释进行确定。如：丧失或者部分丧失民事行为能力的劳动者，由其法定代理人代为参加仲裁或诉讼活动；无法定代理人的，由劳动争议仲裁委员会或人民法院为其指定代理人。劳动者死亡的，由其近亲属或者代理人参加仲裁诉讼活动。根据《劳动合同法》第2条，用人单位包括企业、个体经济组织、民办非企业单位、国家机关、事业单位以及社会团体。不同的用人单位在劳动仲裁诉讼中的当事人有所不同。（1）法人非依法设立的分支机构，或者虽依法设立，但没有领取营业执照的分支机构，以设立该分支机构的法人为当事人。（2）个体工商户以营业执照上登记的业主为当事人。有字号的，应在法律文书中注明登记的字号。营业执照上登记的业主与实际经营者不一致的，以业主和实际经营者为共同诉讼人。（3）用人单位与其它单位合并的，合并前发生的劳动争议，由合并后的单位为当事人；用人单位分立为若干单位的，其分立前发生的劳动争议，由分立后的实际用人单位为当事人。用人单位分立为若干单位后，对承受劳动权利义务的单位不明确的，分立后的单位均为当事人。(4) 企业法人未经清算即被撤销，有清算组织的，以该清算组织为当事人；没有清算组织的，以作出撤销决定的机构为当事人。(5) 劳务派遣单位或者用工单位与劳动者发生劳动争议的，劳务派遣单位和用工单位为共同当事人。(6) 用人单位招用尚未解除劳动合同的劳动者，原用人单位与劳动者发生的劳动争议，可以列新的用人单位为第三人。原用人单位以新的用人单位侵权为由向人民法院起诉的，可以列劳动者为第三人。原用人单位以新的用人单位和劳动者共同侵权为由向人民法院起诉的，新的用人单位和劳动者列为共同被告。(7) 劳动者在用人单位与其他平等主体之间的承包经营期间，与发包方和承包方双方或者一方发生劳动争议，依法向人民法院起诉的，应当将承包方和发包方作为当事人。

3. 劳动争议的管辖

劳动争议的管辖采取合同履行地管辖优先的原则。《劳动争议调解仲裁法》第21条规定，劳动争议仲裁委员会负责管辖本区域内发生的劳动争议。劳动争议由劳动合同履行地或者用人单位所在地的劳动争议仲裁委员会管辖。双方当事人分别向劳动合同履行地和用人单位所在地的劳动争议仲裁委员会申请仲裁的，由劳动合同履行地的劳动争议仲裁委员会管辖。将劳动合同履行地和用人单位所在地的劳动争议仲裁委员会均列为劳动争议管辖地，扩大了仲裁管辖的选择范围，方便了劳动者维护权益，同时便于劳动争议仲裁委员会查明案件事实真相，作出正确的裁决。但是带来的问题同样棘手，例如用人单位所在地在上海，该用人单位根据上海的地方性法规与员工在上海签订劳动合同，将员工派往北京工作，北京则是劳动合同的履行地。一旦出现劳动争议，员工则可以选择上海或者北京的劳动争议仲裁委员会进行管辖，如选择北京市劳动争议仲裁委员会进行管辖，那么所适用的地方性法规应是北京市地方性法规，而签订合同所依据的是上海市地方性法规，客观上存在各地方性法规不统一的问题，由此产生的法规适用问题将变得无所适从。这对用人单位提出了较高的要求，那就是既要符合合同履行地的法规规定，又要遵守单位所在地的法规规定。

一般说来，劳动争议的一审案件由用人单位所在地或者劳动合同履行地的基层人民法院管辖。《最高人民法院关于审理劳动争议案件适用法律若干问题的解释》第 8 条规定，劳动争议案件由用人单位所在地或者劳动合同履行地的基层人民法院管辖。劳动合同履行地不明确的，由用人单位所在地的基层人民法院管辖。但是，也有少数劳动争议的案件由中级人民法院管辖。《劳动争议调解仲裁法》第 49 条规定，"用人单位有证据证明本法第四十七条规定的仲裁裁决有下列情形之一，可以自收到仲裁裁决书之日起三十日内向劳动争议仲裁委员会所在地的中级人民法院申请撤销裁决……"

另外，劳动争议诉讼遵循还"谁先受理谁管辖"的原则。《最高人民法院关于审理劳动争议案件适用法律若干问题的解释》第 9 条规定，当事人双方就同一仲裁裁决分别向有管辖权的人民法院起诉的，后受理的人民法院应当将案件移送给先受理的人民法院。

4. 劳动争议仲裁诉讼的程序、期限及费用

劳动争议仲裁诉讼具有严格的程序。劳动争议案件一旦启动，就需要在规定的期限内，按照法定程序进行审理。而且劳动仲裁是劳动诉讼的前置程序，对仲裁裁决不服的，才可以向人民法院提起诉讼。

劳动争议仲裁的程序及期限（参见仲裁案件受理、审理流程图）。按照《劳动争议调解仲裁法》第 29 条、43 条规定，当事人向仲裁委员会提交仲裁申请之日起 5 日内，劳动争议仲裁委员会应决定是否受理；决定受理的，应当自受理仲裁申请之日起 45 日内结束；案情复杂需要延期的，经劳动争议仲裁委员会主任批准，可以延期并书面通知当事人，但是延长期限不得超过 15 日。可以看出，从仲裁委员会决定受理，到在法定时间内作出裁决，仲裁审理期限一般为 45 日；最长为 60 日（45＋15）。更重要的是，第 43 条同时规定"逾期未作出仲裁裁决的，当事人可以就该劳动争议事项向人民法院提起诉讼。"这要求仲裁机构必须提高工作效率，防止案件久拖不决。

仲裁案件受理、审理流程图解

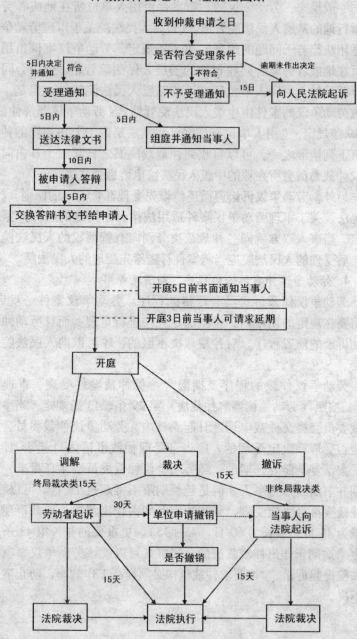

收到仲裁申请之日

是否符合受理条件

5日内决定并通知 · 符合

逾期未作出决定

受理通知

不符合

不予受理通知 — 15日 → 向人民法院起诉

5日内

5日内

送达法律文书

组庭并通知当事人

10日内

被申请人答辩

5日内

交换答辩书文书给申请人

开庭5日前书面通知当事人

开庭3日前当事人可请求延期

开庭

调解

裁决

撤诉

终局裁决类15天

15天

非终局裁决类

劳动者起诉 — 30天 → 单位申请撤销 ········ 当事人向法院起诉

是否撤销

15天

15天

法院裁决

法院执行 ← 法院裁决

劳动争议仲裁诉讼的费用。《劳动争议调解仲裁法》第53条规定，劳动争议仲裁不收费。《诉讼费用交纳办法》规定人民法院劳动争议案件的受理费每件收10元。

（二）劳动争议案件的仲裁或诉讼时效

时效，是指权利人于一定期间内不行使请求劳动仲裁委员会或人民法院保护其权利的请求权，就丧失该项请求权的法律制度。劳动争议案件的时效是指劳动争议的仲裁时效和劳动争议的诉讼时效。超过劳动争议案件的仲裁或诉讼时效提起劳动争议仲裁、诉讼的胜诉权丧失。《劳动争议调解仲裁法》与原有法律相比，由原先的"自劳动争议发生之日起六十日"修改为"劳动争议申请仲裁的时效期间为一年"，大大延长了劳动争议案件的时效，有必要引起劳动者和用人单位的关注。

案例指引：常某等4人与北京某公司劳动争议案

1. 争议焦点

本案是否适用《劳动争议调解仲裁法》1年时效的规定？

2. 基本案情

2007年4月5日，常某入职北京某公司，担任开发拓展部经理职务。然而，从当年5月份起，公司就开始拖欠员工工资。2007年11月13日，常某从公司离职。然而至今，公司仍拖欠着常某自2007年8月到11月13日的工资。常某称，其曾多次与公司总经理协商，但均未果。和常某有着同样经历的还有卢某、袁某和张某。无奈之下，2008年3月，常某等4人向朝阳区劳动争议仲裁委员会提起了申诉，但是，2008年3月25日，常某等4人却接到了《不予受理通知书》，理由是他们的申诉超过了60天的时效。无奈，他们又将公司告上了法庭，要求公司支付拖欠的工资、各种补贴，并给付经济补偿金总计79000余元。

3. 法院判决

法院经审理认为，用人单位应当以货币形式按月支付劳动者工资，不得克扣或者无故拖欠劳动者的工资。北京某公司应当补发拖欠员工的工资。关于是否超过申诉时效的问题，法院认为，2008年5月1日起实施的《劳动争议调解仲裁法》规定了劳动争议申请仲裁的时效期间为1年，故4原告主张的诉讼请求并未超过该法规定的申诉时效。因被告未及时发放工资，故应当支付拖欠工资25%的经济补偿金。最终，法院判决北京某公司支付常某等4人工资、加班费、经济补偿金等总计52000余元。

4. 作者评析

本案系北京法院首次适用2008年5月1日刚刚实施的《劳动争议调解仲裁法》判决的案件。本案涉及的法律问题主要是是否适用《劳动争议调解仲裁法》1年时效的规定。《劳动争议调解仲裁法》属于程序法，程序法不存在法不溯及既往的问题。凡是2008年5月1日尚未审结的案件都应当适用《劳动争议调解仲裁法》。在本案中，2008年5月13日，朝阳区人民法院方作出判决，应当适用《劳动争议调解仲裁法》。而《劳动争议调解仲裁法》第27条规定，劳动争议申请仲裁的时效期间为1年。……劳动关系存续期间因拖欠劳动报酬发生争议的，劳动者申请仲裁不受上述仲裁时效期间的限制；但是，劳动关系终止的，应当自劳动关系终止之日起1年内提出。常某等人2007年11月13日从北京某公司离职。因此，本案的诉讼时效从2008年11月13日起算。到2008年5月13日，只有6个月的时间，不满1年。因而，本案没有超过劳动争议案件的仲裁时效，法院的判决是正确的。

劳动争议申请仲裁的时效。《劳动法》第82条规定，提出仲裁要求的一方应当自劳动争议发生之日起60日内向劳动争议仲裁委员会提出书面申请。《劳动争议调解仲裁法》第27条第1款规定，劳动争议申请仲裁的时效期间为1年。仲裁时效期间从当事人知道或者应当知道其权利被侵害之日起计算。可见，《劳动争议调解仲裁法》大大延长了劳动争议申请仲裁的时效。首先调解仲裁法将劳动法规定的仲裁时效从60日延长至1年。其次，《劳动争议调解仲裁法》将时效的起算由原来的"劳动争议发生之日起"改为"知道或者应当知道其权利被侵害之日起"。

时效的中断、中止。《劳动争议调解仲裁法》第27条第2款、第3款规定，前款规定的仲裁时效，因当事人一方向对方当事人主张权利，或者向有关部门请求权利救济，或者对方当事人同意履行义务而中断。从中断时起，仲裁时效期间重新计算。因不可抗力或者有其他正当理由，当事人不能在本条第一款规定的仲裁时效期间申请仲裁的，仲裁时效中止。从中止时效的原因消除之日起，仲裁时效期间继续计算。该规定与最高人民法院的司法解释相衔接。《最高人民法院关于审理劳动争议案件适用法律若干问题的解释（二）》第 12 条规定：当事人能够证明在申请仲裁期间内因不可抗力或者其他客观原因无法申请仲裁的，人民法院应当认定申请仲裁期间中止，从中止的原因消灭之次日起，申请仲裁期间连续计算。《最高人民法院关于审理劳动争议案件适用法律若干问题的解释（二）》第 13 条规定：当事人能够证明在申请仲裁期间内具有下列情形之一的，人民法院应当认定申请仲裁期间中断：（1）向对方当事人主张权利；（2）向有关部门请求权利救济；（3）对方当事人同意履行义务。申请仲裁期间中断的，从对方当事人明确拒绝履行义务，或者有关部门作出处理决定或明确表示不予处理时起，申请仲裁期间重新计算。

另外，《劳动争议调解仲裁法》第 27 条第 4 款规定，劳动关系存续期间因拖欠劳动报酬发生争议的，劳动者申请仲裁不受上述仲裁时效期间（1 年）的限制；但是，劳动关系终止的，应当自劳动关系终止之日起 1 年内提出。实践中，劳动者在劳动关系存续期间因用人单位拖欠工资等劳动报酬提出劳动争议仲裁申请的情形少之又少，因为劳动者与用人单位基本上不敢对簿公堂，因为对簿公堂的结果就是劳动者走人，"饭碗"不保。在劳动关系结束后仅有 60 天的仲裁申请时间，用人单位又往往以"劳动者在劳动关系存续期间对劳动报酬不存有异议，默认相关事实"为抗辩理由，致使劳动者的合法权益难以获得救济。而事实上，拖欠劳动报酬的问题又比较突出，因此本次立法对因拖欠劳动报酬发生争议的申请仲裁时效做出特殊规定，对劳动者来讲是福音，劳动者对用人单位的拖欠劳动报酬行为有了"秋后算账"的法律保障。

（三）劳动争议的举证责任

证据，证据，还是证据。证据在劳动争议仲裁诉讼中占有极为重要的地位。打官司打的就是证据。谁拥有充足的证据，谁就能在仲裁诉讼中赢得最终的胜利。换言之，如果劳动争议的当事人不能依法提供证据证明其主张就需要承担主张不成立的后果。法律对于劳动争议的举证责任的分担不同于一般民事诉讼，有必要结合具体案例对劳动争议案中的举证责任分担进行详细地分析。

案例指引：佛山市某家具厂与康某事实劳动关系争议纠纷上诉案

1. 争议焦点

劳动争议诉讼中，举证责任如何分担？

2. 基本案情

康某于2005年10月进入王某个体经营的某家具厂工作，从事业务销售的工种，月薪为1500元，另按业务总额的1.7%计算提成。双方没有签订劳动合同。2006年6月14日，某家具厂以康某和另一员工官某在工作期间严重违反纪律、泄露商业秘密，损害了单位利益为由将两人开除，但没有支付康某2006年5月至6月份的工资共2200元，也没有按康某的业务总额190635元支付业务提成。康某多次要求某家具厂支付尚未支付的工资及业务提成，但被某家具厂拒绝。2006年7月26日，康某和另一员工官某向佛山市顺德区劳动争议仲裁委员会申请仲裁，康某要求某家具厂支付其2006年5月、6月的工资共2200元、业务提成3240元。同年9月22日，佛山市顺德区劳动争议仲裁委员会作出仲裁裁决：某家具厂支付康某2006年5月至6月的工资2200元、业务提成3240元；仲裁受理费20元，由康某和官某承担，处理费500元，由某家具厂承担。某家具厂对此不服，遂向法院提起诉讼。

3. 法院判决

一审法院审理认为：康某在王某个体经营的某家具厂工作，双方虽然没有签订劳动合同，但依法已构成事实劳动关系。依照《劳动法》的有关规定，劳动者的合法权益应受保护。康某为某家具厂工作，某家具厂依法应支付相应的劳动报酬。现某家具厂拖欠康某工资2200元和业务提成3240元，属违法行为，依法必须在规定的时间内全额支付拖欠的劳动报酬。上述款项连同某家具厂应承担的250元仲裁费用合共5690元，即某家具厂应向康某支付5690元。由于某家具厂是由王某个人经营，对于该厂所欠的债务，王某应以个人财产承担。针对某家具厂的主张，原审法院作如下回应：（1）某家具厂主张康某工作期间严重违反劳动纪律和单位的规章制度，经常早退及泄露商业秘密，使其利益受到严重损害，故对康某进行罚款，并将康某的工资作为罚款。经查，某家具厂对上述事实并未提供充分证据予以证明，故其主张缺乏依据，不予支持。（2）某家具厂主张康某不能提供真实的证据证明其业务量达到了提成的标准，不应得到提成。经查，康某已提供了 2006 年 6 月 14 日签收人为徐某的收据 1 份、某家具厂出货单 1 份、汇入银行账号复印件 1 份相互印证证明其业务总额为 190635 元，在某家具厂并未提供有效证据证明提成的计算标准的情况下，应按康某主张的业务总额的 1.7% 作为计算提成的标准，据此计算康某应得的业务提成为 3240 元。所以，某家具厂的主张缺乏依据，不予支持。综上所述，依照《中华人民共和国民法通则》第 29 条、《劳动法》第 3 条、第 50 条的规定，判决：一、驳回某家具厂的诉讼请求。二、某家具厂、王某应在判决发生法律效力之日起 15 日内向康某支付工资 2200 元、业务提成 3240 元及康某已预交的应由某家具厂交纳的仲裁费用 250 元，合共 5690 元。案件诉讼费 50 元，由某家具厂承担。

某家具厂不服上述判决，提起上诉称：原审判决认定事实错误，程序违法。一、康某在一审庭审时提交的徐某于 2006 年 6 月 14 日出具的收据，某家具厂在质证时已提出异议，认为根据《最高人民法院关于民事诉讼证据的若干规定》第 34 条的规定，该证据已经过了法律规定的举证期限，但原审法院仍将其作为案件认定事实的依据是错误的。二、康某以徐某于 2006 年 6 月 14 日出具的收据证明其是某家具厂的员工，这属于孤证，但原审法院仅凭该孤证就确认徐某就是某家具厂员工是错误的。三、原审法院以复印件作为证据进行判决是违法的。根据《最高人民法院关于民事诉讼证据的若干规定》第 10 条以及第 19 条的规定，康某提交的"汇入银行账号表"复印件，虽然上面有某家具厂的公章，但该证据材料不是原件，而是复印件，复印件是非常容易伪造的，原审法院对此未予查实就确认徐某于 2006 年 6 月 14 日出具的收据、汇入银行账号复印件与出货单能够相互印证康某的业务总额为 190635 元，这属于错误的认定。综上所述，请求二审法院：一、撤销原审判决，驳回康某的诉讼请求；二、本案一、二审诉讼费用由康某承担。

被上诉人康某答辩称：原审判决正确，某家具厂和王某的上诉无理，请求二审法院驳回上诉，维持原判。

二审法院认为：康某与某家具厂没有签订书面劳动合同，但双方已形成事实劳动关系，因此本案应为事实劳动关系争议。

一、关于康某一审提交有徐某签名的收据是否超过举证期限的问题。首先，该证据康某在仲裁期间已向仲裁委员会提交，而且某家具厂的代理人也对此发表了质证意见；其次，本案一审适用简易程序进行审理，原审法院虽然向当事人发出举证通知书并指定了举证期限，但并未进行庭前证据交换，因此，康某在一审庭审时向法院提交证据并未违反《最高人民法院关于民事诉讼证据的若干规定》。

二、关于徐某的身份及康某的业务额。首先，康某在仲裁期间提交了有徐某签名的收据，但某家具厂质证时并未提出徐某不是其员工，其只是认为该收据因没有某家具厂的盖章和法定代表人的签名而不予确认；其次，康某所提交的《某家具厂出货单》上有徐某的签名，某家具厂在二审中也确认在经营中曾使用过该类型的出货单；再次，虽然康某所提交的汇入银行账户表是复印件，但可与徐某出具的收据以及《某家具厂出货单》相互印证，某家具厂虽对此提出异议，但未能举证予以反驳。基于上述理由，本院对康某的业务额为190635元的事实予以确认。

三、关于提成比例。某家具厂在诉讼中提交了《关于业务员业绩及日常管理奖惩办法》以证明业务员的提成比例，但由于其未能举证证实该规章制度是通过民主程序制定并已向劳动者公示，因此根据《最高人民法院关于审理劳动争议案件适用法律若干问题的解释》第19条的规定，本院对该证据不予确认。根据《广东省工资支付条例》第16条第1款的规定，某家具厂对工资台账有2年的保存义务。康某在二审中提出有其签名的工资单可证实业务提成比例，但某家具厂表示已遗失康某的工资单，由于某家具厂未能提交工资台账以证明康某的工资构成及提成比例，因此某家具厂应承担举证不能的法律后果，本院对康某主张的提成比例予以确认。

综上，因某家具厂未能举证证实康某有严重违反劳动纪律和规章制度的情形，故其扣罚康某的工资缺乏法律依据，某家具厂应向康某支付所欠的工资及业务提成。原审法院判决某家具厂向康某支付工资及业务提成正确，应予维持。某家具厂上诉无理，本院予以驳回。据此，依照《中华人民共和国民事诉讼法》第153条第1款第（一）项的规定，判决驳回上诉，维持原判。

4. 作者评析

本案涉及劳动争议诉讼中举证责任的分担问题。根据法律规定，法院审理劳动争议案件，适用民事诉讼法，因此劳动争议案件中关于举证责任的分担适用民事诉讼法的规定。本案的最终结果是法院根据举证责任的法律规定，认为某家具厂未能举证证实《关于业务员业绩及日常管理奖惩办法》通过民主程序制定并已向劳动者公示，未能提供工资台帐以证明康某的工资构成及提成比例，某家具厂应承担举证不能的法律后果。而康某提供了《某家具厂出货单》、汇入银行账户表复印件，进而法院对康某主张的提成比例予以确认，驳回了某家具厂的诉讼请求。

举证责任是指诉讼当事人对自己提出的诉讼请求所依据的事实或反驳对方的诉讼请求所依据的事实提供证据加以证明的责任。没有证据或证据不足以证明当事人的主张的，由负有举证责任的当事人承担不利后果。

按照我国民事诉讼法和有关司法解释的规定，通常情况下，民事诉讼举证责任分担的一般原则是"谁主张，谁举证"，但是在劳动争议案件中，在有些情况下法律直接规定由用人单位承担举证责任。《最高人民法院关于审理劳动争议案件适用法律若干问题的解释》第13条规定，因用人单位作出的开除、除名、辞退、解除劳动合同、减少劳动报酬、计算劳动者工作年限等决定而发生的劳动争议，用人单位负举证责任。第19条规定，用人单位根据《劳动法》第4条之规定，通过民主程序制定的规章制度，不违反国家法律、行政法规及政策规定，并已向劳动者公示的，可以作为人民法院审理劳动争议案件的依据。换言之，用人单位须就规章制度的效力承担举证责任。《最高人民法院关于民事诉讼证据的若干规定》第6条规定，在劳动争议纠纷案件中，因用人单位作出开除、除名、辞退、解除劳动合同、减少劳动报酬、计算劳动者工作年限等决定而发生劳动争议的，由用人单位负举证责任。《劳动争议调解仲裁法》第6条进一步规定，发生劳动争议，当事人对自己提出的主张，有责任提供证据。与争议事项有关的证据属于用人单位掌握管理的，用人单位应当提供；用人单位不提供的，应当承担不利后果。哪些证据属于由用人单位掌握管理的？在实践中，如劳动者的档案、工资发放清单、考勤记录、绩效考核材料、奖金分配制度、社会保险费缴纳、劳动保护提供、规章制度的制定合法等情况和材料，劳动者一般无法取得和提供，都属于由用人单位掌握管理的证据。法律之所以这样规定，主要在于从公平角度出发，平衡劳动者与用人单位经济实力不对称、信息不对称的态势，保护劳动者的权益。

本案是由于提成奖金的发放而引发的劳动争议，提成奖金属于劳动报酬的范畴，符合最高法院司法解释的规定，某家具厂应当承担不提供提成奖金的证据。某家具厂不能提供证据证明其规章制度的效力，不能提供工资台帐以证明康某的工资构成及提成比例，应当承担举证不利的法律后果。因此，法院的判决是正确的。

根据《民事诉讼法》、《劳动争议调解仲裁法》及有关司法解释，笔者在案例分析的基础上对劳动争议仲裁诉讼的举证责任分担进行归纳：

（1）原告向人民法院提起劳动争议诉讼时应当提交下列证据材料

①原、被告、第三人基本情况的证据材料。当事人为自然人的应证明其姓名、性别、出生年月日、民族、工作单位、户籍所在地、现居住地；当事人为企业、个体经济组织、国家机关、事业组织、社会团体的应证明其工商登记情况或法人登记情况；被告住所地不在本院辖区的，应提交劳动合同履行地在本院辖区的相关证据；列雇主为当事人的，应证明雇主招用人员人数。

②劳动仲裁申诉人向劳动争议仲裁委员会提交的《申诉书》及劳动仲裁委员会的回执或受理通知书。

③劳动争议仲裁委员会做出的仲裁裁决书或不予受理的书面裁定、决定、通知。

④证明原告收到仲裁文书时间的相关证据材料。

（2）用人单位在劳动争议仲裁诉讼中应承担的举证责任

①劳动者已举证证明在用人单位处提供劳动，但用人单位主张劳动关系不成立的，用人单位应当提交反证。

②用人单位应就劳动者已领取工资的情况举证。

③用人单位延期支付工资，劳动者主张用人单位系无故拖欠工

资的，用人单位应就延期支付工资的原因进行举证。

④劳动者主张加班工资的，用人单位应就劳动者实际工作时间的记录举证。

⑤双方当事人均无法证明劳动者实际工作时间的，用人单位就劳动者所处的工作岗位的一般加班情况举证。

⑥用人单位减少劳动者劳动报酬，应就减少劳动报酬的原因及依据举证。

⑦用人单位应就解除劳动合同或事实劳动关系所依据的事实和理由举证。

⑧用人单位主张劳动者严重违反劳动纪律或企业规章制度的，应就劳动者存在严重违反劳动纪律、企业规章制度的事实以及企业规章制度是否经民主程序制定并已向劳动者公示的事实举证。

⑨用人单位应就各种实际已发生的工伤赔偿支付事实举证。

⑩依法应由用人单位承担的其他举证责任。

（3）劳动者在劳动争议仲裁诉讼中承担的举证责任

①劳动者主张工资标准应当高于劳动合同约定或已实际领取的工资数额，劳动者应就其主张的工资标准举证。

②劳动者主张用人单位减少劳动报酬的，应就用人单位减少劳动报酬的事实举证。

③劳动者主张订立无固定期限劳动合同的，由劳动者就订立无固定期限劳动合同条件成立举证。

④劳动者主张工伤赔偿的，应就存在因工伤害的事实及工伤认定、伤残等级及鉴定时间、工伤住院治疗起止时间及费用、同意转院治疗的证明及所需交通费和食宿费、应安装康复器具的证明及费用等举证。

⑤女职工主张"三期"（孕期、产期、哺乳期）权利的，应就存在"三期"的事实、起止时间以及是否存在晚育、难产、领取独生子女证等应增加产假的事实举证。

⑥依法应由劳动者承担的其他举证责任。

（4）当事人在劳动争议仲裁诉讼中，按其主张承担下列举证责任

①主张劳动关系成立的，应当提交相应的劳动合同或就工资领

取、社会保险、福利待遇及工作管理方面提供的相关证据材料。

②当事人主张已解除劳动合同或解除事实劳动关系的，应就此主张举证。

（5）当事人在劳动争议仲裁阶段向仲裁庭提交过的证据材料仍然应当在人民法院指定的举证期限内向人民法院提交，复印来自仲裁案卷的材料应当加盖劳动争议仲裁委员会的证据核对章。

（6）当事人提交证据材料的，均应按照对方当事人的人数提出副本（包括证据清单）。

（7）当事人在举证期限内提交证据材料确有困难的，应当在举证期限内向人民法院申请延期举证，经人民法院准许可以适当延长举证期限。当事人在延长的举证期限内提交的证据材料仍有困难的，可以再次提出延期申请，是否准许由人民法院决定。

（8）当事人申请人民法院调查收集证据的，适用简易程序审理的应当在举证期限届满前提出。

当事人申请人民法院调查收集证据的，适用普通程序审理的案件，应当在举证期限届满前7日提出。

当事人及其诉讼代理人申请人民法院调查收集证据，应当提交书面申请。申请书应当载明被调查人的姓名或者单位名称、住所地等基本情况、所要调查收集的证据的内容、需要由人民法院调查收集证据的原因及其要证明的事实。符合下列条件之一的，当事人及其诉讼代理人可以申请人民法院调查收集证据：①申请调查收集的证据属于国家有关部门保存并须人民法院依职权调取的档案材料。②涉及国家秘密、商业秘密、个人隐私的材料。③当事人及其诉讼代理人确因客观原因不能自行收集的其他材料。

（9）证人应当出庭作证。

适用简易程序审理的案件，当事人申请证人出庭作证应在举证期限届满前向人民法院提出书面申请；适用普通程序审理的案件，当事人申请证人出庭作证应当在举证期限届满前10日提出。

用人单位和劳动者要树立证据意识，用人单位应当保留好法律规定应当保留的相关证据，劳动者也应积极搜寻和保留证据，未雨绸缪。在此，笔者再简单介绍一下证据方面的基础知识。根据《民事诉讼法》第63条规定，证据有书证、物证、视听资料、证人证言、当事人的陈述、鉴定结论、勘验笔录七种。

（1）书证，是指以文字、符号、图表等记载或表达的内容来证明案件事实的证据。作为定案证据的书证具有以下特征：其一，书证是以其记载或表达的思想内容来证明案件事实的；其二，书证的特质载体一般是纸张，但也包括面板、金属、竹木、布料、塑料等；其三，书证的制作方法一般为手写，但也包括打印、雕刻、拼对等；其四，某些书证必须具备法定形式，如身份证、户口簿、承运单等；其五，书证也是一种客观存在的物品，某些证据如果既能以其记载或表达的内容证明案件事实，又能以其外部特征再现案件真实，该种证据则既是书证又是物证。当事人向法院提供书证时，应当提交原件，如提交原件确有困难的，可以提交复制品、照片、副本或节录本。为了便于人民法院审查，当事人提交外文书证时必须附有中文译本。在劳动争议中，最重要的书证有劳动合同、工资条、工作证等。

（2）物证。一切物品均是客观存在的，都有自己的外形、重量、规格、特征等。因此，凡是以自己存在的外形、重量、规格、损坏程度等标志来证明案件事实的一部分或全部的物品及痕迹，即称为物证。民事诉讼中常见的物证有：所有权有争议的物品，履行合同交付的规格、质量有争议的标的物或定作物，侵权行为造成损害的公私财物及侵权用的工具、遗留的痕迹等等。

（3）视听资料。是指利用录像或录音磁带反映出的形象或音响，或以电子计算贮存的数据来证明案件真实的证明材料。视听资料可以分为录音资料、录像资料、电视监控资料、电子计算机贮存资料和运用其他技术设备获得的资料等类型。在诉讼中，常用的视听资料主要有录音带、录像带、电子胶卷、微型胶卷、传真资料、电话录音、雷达扫描资料、电子计算机贮存的资料等等。在劳动争议中，如果不具有劳动合同等书证，通过电话录音等方式获取证据是一个较好的替代选择。在本书中介绍的相貌歧视案中，当事人就是凭借两份录音而最终赢得胜利的。

（4）证人证言。证人就是由于了解案件的真实情况，依法被人民法院传唤作证的人。证人对案件事实所作的陈述为证人证言。证人证言作为一种证据，必须是证人亲眼看到或亲耳听到的，臆想推测的、道听途说的、未来预见的等等，都不能作为证人的证言。我国《民事诉讼法》第70条规定："凡是知道案件情况的单位和个人，都有义务出庭作证。有关单位的负责人应当支持证人作证。""不能正确表达意志的人不能作证。"根据此条的规定，证人的范围包括：第一，证人不仅是自然人，而且包括单位，如果某些单位因业务了解案件事实，不是以个人身份作证，而是以单位代表人身份作证。第二，凡是知道案件情况和能够正确表达意志的人都可以作为证人，并且是一种义务，不得无理拒绝。第三，不能正确表达意志的人不能作为证人。这是指那些生理上有缺陷或精神病人或年幼不能辨别是非、不能正确表达意志的人。对于某些有生理缺陷，如聋子、瞎子等，就其看到听到的事实可以作证；间歇性的精神病人在精神正常期间，能辨别是非、正确表达意志的，可以作为证人；对未成年人，如果他所表达的事实与认识能力大体一致，也允许作为证人。虽然法律没有明文规定不能作为证人的人的范围，但在诉讼实践中通常认为下列两类人员不能作证：一是诉讼代理人不能在同一案件中既是代理人又是证人。如果诉讼代理人对正确查明事实有重要作用，应通知被代理人终止委托代理关系，让其作为证人，这样就可以解决证人的陈述与诉讼代理人地位矛盾的问题。二是办理本案的审判人员、书记员、鉴定人、辩护人员和检察人员也不能同时是本案的证人，不能自己作证、自己审判、自己抗诉，这样会影响案件的正确审理。

(5) 当事人陈述。是指当事人就有关案件的事实情况向人民法院所作的陈述，包括当事人自己说明的案件事实和对对方当事人提出的案件事实的承认。若当事人对陈述的事实进行分析，提出一些意见，以及要求适用某项法律以作出对自己有利的判决等，不能认为是证据。在劳动争议案中，劳动者要善于抓住用人单位的自认。

(6) 鉴定结论。在民事诉讼中，待证事实有时是一些专门性问题，如某文书上的签名是真是假、某工程的合理造价是多少、当事人之间有无亲子关系等，这些事实很难用一般的证据证明，而要由有关专家运用专门知识和专门的技术手段去确定事实真伪。鉴定结论这一证据种类应运而生。鉴定人必须具有解决案件中专门性问题的专门性知识，能够协助人民法院查明案件的事实真相；同时，鉴定人必须公正无私，能够公正地对案件作出结论。如果鉴定人是案件的当事人或者当事人的近亲属，鉴定人与案件有利害关系，或与案件当事人有其他关系可能影响对案件的公正解决，应当自行回避。当事人也有权以口头或者书面方式申请鉴定人回避。这样做是为了保证鉴定人作出公正无私的鉴定结论，防止虚假的鉴定。在劳动争议中，主要的鉴定结论有体检鉴定、伤残鉴定、劳动能力鉴定等。

（7）勘验笔录。是指人民法院为了查明案件的事实，指派勘验人员对与案件争议有关的现场、物品或物体进行查验、拍照、测量，并将查验的情况与结果制成笔录。《民事诉讼法》第73条规定："勘验物证或者现场，勘验人必须出示人民法院的证件，并邀请当地基层组织或者当事人所在单位派人参加。当事人或者当事人的成年家属应当到场，拒不到场的，不影响勘验的进行。有关单位和个人根据人民法院的通知，有义务保护现场，协助勘验工作。勘验人应当将勘验情况和结果制作笔录，由勘验人、当事人和被邀参加人签名或者盖章。"勘验笔录和照片、绘制的图表，在开庭审理时，应当当庭宣读或出示，使每个参加诉讼的人都能了解勘验的事实情况，并听取他们的意见。当事人要求重新勘验的，如要求合理，确有必要的，可以重新勘验。

（四）其他需要注意的程序问题

1. 先行裁决和先予执行

为了保障劳动者的合法权益，减少诉累，《劳动调解仲裁法》制定了先行裁决和先予执行制度。该法第43条第2款规定，仲裁庭裁决劳动争议案件时，其中一部分事实已经清楚，可以就该部分先行裁决。第44条规定，仲裁庭对追索劳动报酬、工伤医疗费、经济补偿或者赔偿金的案件，根据当事人的申请，可以裁决先予执行，移送人民法院执行。仲裁庭裁决先予执行的，应当符合下列条件：（1）当事人之间权利义务关系明确；（2）不先予执行将严重影响申请人的生活。劳动者申请先予执行的，可以不提供担保。

先行裁决与先予执行不同。（1）先行裁决适用于所有的劳动争议案件，只要其中一部分事实已经清楚。而先予执行只适用于追索劳动报酬、工伤医疗费、经济补偿或者赔偿金的案件。（2）先行裁决是劳动仲裁庭的职权行为，先予执行是劳动仲裁庭依申请而为的行为。而且，先予执行还必须满足两个条件，一是当事人权利义务关系明确；二是必须具有紧迫性，不先予执行将严重影响申请人的生活。

对于先予执行，法律不要求劳动者必须提供担保。

2. 部分劳动争议案件实行"一裁终局"

根据《劳动争议调解仲裁法》，部分劳动争议案件实行"一裁终局"。这与原先完全实行"一裁两审"的体制有很大不同。《劳动争议调解仲裁法》第47条规定，下列劳动争议，除本法另有规定的外，仲裁裁决为终局裁决，裁决书自作出之日起发生法律效力：（1）追索劳动报酬、工伤医疗费、经济补偿或者赔偿金，不超过当地月最低工资标准12个月金额的争议；（2）因执行国家的劳动标准在工作时间、休息休假、社会保险等方面发生的争议。

这些案件主要是两类，一类与金钱有关，包括劳动报酬、工伤医疗费、经济补偿、赔偿金；但有数额限制，不超过当地月最低工资标准12个月金额；另一类与法律的强制性规定有关，包括工作时间、休息休假、社会保险等。

"一裁终局"只是针对用人单位而言的，对劳动者则不起作用。《劳动争议调解仲裁法》规定，劳动者对本法第47条规定的仲裁裁决不服的，可以自收到仲裁裁决书之日起15日内向人民法院提起诉讼。简而言之，实行"一裁终局"的案件，劳动者不服裁决内容，是可以起诉，进入诉讼阶段的。这是对劳动者的特殊保护，防止用人单位恶意诉讼，拖延时间，侵害劳动者合法权益。

由于用人单位对"一裁终局"案件的仲裁裁决不服不能提起诉讼，从平衡劳动关系当事人的角度出发，《劳动争议调解仲裁法》对"一裁终局"案件赋予用人单位申请撤销的权利。其中第48条规定，用人单位有证据证明本法第47条规定的仲裁裁决有下列情形之一，可以自收到仲裁裁决书之日起30日内向劳动争议仲裁委员会所在地的中级人民法院申请撤销裁决：（1）适用法律、法规确有错误的；（2）劳动争议仲裁委员会无管辖权的；（3）违反法定程序的；（4）裁决所根据的证据是伪造的；（5）对方当事人隐瞒了足以影响公正裁决的证据的；（6）仲裁员在仲裁该案时有索贿受贿、徇私舞弊、枉法裁决行为的。这些情形，有些是有关程序上的，有些虽然是实体上的内容，但均需要用人单位负举证责任。如果用人单位确实有充分的证据证明"一裁终局"案件具有应当撤销的情形，用人单位向劳动争议仲裁委员会所在地的中级人民法院提起撤销申请，根据《劳动争议调解仲裁法》的规定，人民法院经组成合议庭审查核实裁决有前款规定情形之一的，应当裁定撤销。这里指的"人民法院"是最终管辖的劳动争议仲裁委员会所在地的中级人民法院。

《劳动争议调解仲裁法》同时规定，仲裁裁决被人民法院裁定撤销的，当事人可以自收到裁定书之日起 15 日内就该劳动争议事项向人民法院提起诉讼。"一裁终局"案件仲裁裁决被依法撤销后，当事人可以向人民法院提起诉讼。这里指的"人民法院"是基层人民法院还是中级人民法院？本法并没有明确。从法院的审级制度来讲，应当指的是基层人民法院。因为我国实行的是"二审终审制"，如果受理案件的一审法院是中级法院的话，二审则要向高级人民法院上诉。这与劳动者对"一裁终局"案件仲裁裁决不服向基层人民法院提起诉讼不相匹配。需要特别指出的是，对中级人民法院裁定撤销的仲裁裁决，"当事人"可以向基层人民法院提起诉讼，这里的"当事人"既包括提起撤销裁决申请的用人单位，也包括服从裁决结果的劳动者。

中华人民共和国劳动法

（1994 年 7 月 5 日第八届全国人民代表大会常务委员
会第八次会议通过　1994 年 7 月 5 日中华人民共和国主席
令第 28 号公布　自 1995 年 1 月 1 日起施行）

第一章　总　　则

第一条　为了保护劳动者的合法权益，调整劳动关系，建立和维护适应社会主义市场经济的劳动制度，促进经济发展和社会进步，根据宪法，制定本法。

第二条　在中华人民共和国境内的企业、个体经济组织（以下统称用人单位）和与之形成劳动关系的劳动者，适用本法。

国家机关、事业组织、社会团体和与之建立劳动合同关系的劳动者，依照本法执行。

第三条　劳动者享有平等就业和选择职业的权利、取得劳动报酬的权利、休息休假的权利、获得劳动安全卫生保护的权利、接受职业技能培训的权利、享受社会保险和福利的权利、提请劳动争议处理的权利以及法律规定的其他劳动权利。

劳动者应当完成劳动任务，提高职业技能，执行劳动安全卫生规程，遵守劳动纪律和职业道德。

第四条　用人单位应当依法建立和完善规章制度，保障劳动者享有劳动权利和履行劳动义务。

第五条　国家采取各种措施，促进劳动就业，发展职业教育，制定劳动标准，调节社会收入，完善社会保险，协调劳动关系，逐步提高劳动者的生活水平。

第六条　国家提倡劳动者参加社会义务劳动，开展劳动竞赛和合理化建议活动，鼓励和保护劳动者进行科学研究、技术革新和发明创造，表彰和奖励劳动模范和先进工作者。

第七条　劳动者有权依法参加和组织工会。

工会代表和维护劳动者的合法权益，依法独立自主地开展活动。

第八条　劳动者依照法律规定，通过职工大会、职工代表大会或者其他形式，参与民主管理或者就保护劳动者合法权益与用人单位进行平等协商。

第九条 国务院劳动行政部门主管全国劳动工作。

县级以上地方人民政府劳动行政部门主管本行政区域内的劳动工作。

第二章 促进就业

第十条 国家通过促进经济和社会发展，创造就业条件，扩大就业机会。

国家鼓励企业、事业组织、社会团体在法律、行政法规规定的范围内兴办产业或者拓展经营，增加就业。

国家支持劳动者自愿组织起来就业和从事个体经营实现就业。

第十一条 地方各级人民政府应当采取措施，发展多种类型的职业介绍机构，提供就业服务。

第十二条 劳动者就业，不因民族、种族、性别、宗教信仰不同而受歧视。

第十三条 妇女享有与男子平等的就业权利。在录用职工时，除国家规定的不适合妇女的工种或者岗位外，不得以性别为由拒绝录用妇女或者提高对妇女的录用标准。

第十四条 残疾人、少数民族人员、退出现役的军人的就业，法律、法规有特别规定的，从其规定。

第十五条 禁止用人单位招用未满16周岁的未成年人。

文艺、体育和特种工艺单位招用未满16周岁的未成年人，必须依照国家有关规定，履行审批手续，并保障其接受义务教育的权利。

第三章 劳动合同和集体合同

第十六条 劳动合同是劳动者与用人单位确立劳动关系、明确双方权利和义务的协议。

建立劳动关系应当订立劳动合同。

第十七条 订立和变更劳动合同，应当遵循平等自愿、协商一致的原则，不得违反法律、行政法规的规定。

劳动合同依法订立即具有法律约束力，当事人必须履行劳动合同规定的义务。

第十八条 下列劳动合同无效：

（一）违反法律、行政法规的劳动合同；

（二）采取欺诈、威胁等手段订立的劳动合同。

无效的劳动合同，从订立的时候起，就没有法律约束力。确认劳动合同部分无效的，如果不影响其余部分的效力，其余部分仍然有效。

劳动合同的无效，由劳动争议仲裁委员会或者人民法院确认。

第十九条 劳动合同应当以书面形式订立，并具备以下条款：

（一）劳动合同期限；

（二）工作内容；

（三）劳动保护和劳动条件；

（四）劳动报酬；

（五）劳动纪律；

（六）劳动合同终止的条件；

（七）违反劳动合同的责任。

劳动合同除前款规定的必备条款外，当事人可以协商约定其他内容。

第二十条 劳动合同的期限分为有固定期限、无固定期限和以完成一定的工作为期限。

劳动者在同一用人单位连续工作满 10 年以上，当事人双方同意续延劳动合同的，如果劳动者提出订立无固定期限的劳动合同，应当订立无固定期限的劳动合同。

第二十一条 劳动合同可以约定试用期。试用期最长不得超过 6 个月。

第二十二条 劳动合同当事人可以在劳动合同中约定保守用人单位商业秘密的有关事项。

第二十三条 劳动合同期满或者当事人约定的劳动合同终止条件出现，劳动合同即行终止。

第二十四条 经劳动合同当事人协商一致，劳动合同可以解除。

第二十五条 劳动者有下列情形之一的，用人单位可以解除劳动合同：

（一）在试用期间被证明不符合录用条件的；

（二）严重违反劳动纪律或者用人单位规章制度的；

（三）严重失职，营私舞弊，对用人单位利益造成重大损害的；

（四）被依法追究刑事责任的。

第二十六条 有下列情形之一的，用人单位可以解除劳动合同，但是应当提前 30 日以书面形式通知劳动者本人：

（一）劳动者患病或者非因工负伤，医疗期满后，不能从事原工作也不能从事由用人单位另行安排的工作的；

（二）劳动者不能胜任工作，经过培训或者调整工作岗位，仍不能胜任工作的；

（三）劳动合同订立时所依据的客观情况发生重大变化，致使原劳动合同无法履行，经当事人协商不能就变更劳动合同达成协议的。

第二十七条 用人单位濒临破产进行法定整顿期间或者生产经营状况发生严重困难，确需裁减人员的，应当提前 30 日向工会或者全体职工说明情况，听取工会或者职工的意见，经向劳动行政部门报告后，可以裁减人员。

用人单位依据本条规定裁减人员，在 6 个月内录用人员的，应当优先录用被裁减的人员。

第二十八条　用人单位依据本法第二十四条、第二十六条、第二十七条的规定解除劳动合同的，应当依照国家有关规定给予经济补偿。

第二十九条　劳动者有下列情形之一的，用人单位不得依据本法第二十六条、第二十七条的规定解除劳动合同：

（一）患职业病或者因工负伤并被确认丧失或者部分丧失劳动能力的；

（二）患病或者负伤，在规定的医疗期内的；

（三）女职工在孕期、产期、哺乳期内的；

（四）法律、行政法规规定的其他情形。

第三十条　用人单位解除劳动合同，工会认为不适当的，有权提出意见。如果用人单位违反法律、法规或者劳动合同，工会有权要求重新处理；劳动者申请仲裁或者提起诉讼的，工会应当依法给予支持和帮助。

第三十一条　劳动者解除劳动合同，应当提前 30 日以书面形式通知用人单位。

第三十二条　有下列情形之一的，劳动者可以随时通知用人单位解除劳动合同：

（一）在试用期内的；

（二）用人单位以暴力、威胁或者非法限制人身自由的手段强迫劳动的；

（三）用人单位未按照劳动合同约定支付劳动报酬或者提供劳动条件的。

第三十三条　企业职工一方与企业可以就劳动报酬、工作时间、休息休假、劳动安全卫生、保险福利等事项，签订集体合同。集体合同草案应当提交职工代表大会或者全体职工讨论通过。

集体合同由工会代表职工与企业签订；没有建立工会的企业，由职工推举的代表与企业签订。

第三十四条　集体合同签订后应当报送劳动行政部门；劳动行政部门自收到集体合同文本之日起 15 日内未提出异议的，集体合同即行生效。

第三十五条　依法签订的集体合同对企业和企业全体职工具有约束力。职工个人与企业订立的劳动合同中劳动条件和劳动报酬等标准不得低于集体合同的规定。

第四章　工作时间和休息休假

第三十六条　国家实行劳动者每日工作时间不得超过 8 小时、平均每周工作时间不超过 44 小时的工时制度。

第三十七条　对实行计件工作的劳动者，用人单位应当根据本法第三十六条规定的工时制度合理确定其劳动定额和计件报酬标准。

第三十八条　用人单位应当保证劳动者每周至少休息 1 日。

第三十九条　企业因生产特点不能实行本法第三十六条、第三十八条规定的，经劳动行政部门批准，可以实行其他工作和休息办法。

第四十条　用人单位在下列节日期间应当依法安排劳动者休假：

（一）元旦；

（二）春节；

（三）国际劳动节；

（四）国庆节；

（五）法律、法规规定的其他休假节日。

第四十一条　用人单位由于生产经营需要，经与工会和劳动者协商后可以延长工作时间，一般每日不得超过 1 小时；因特殊原因需要延长工作时间的，在保障劳动者身体健康的条件下延长工作时间每日不得超过 3 小时，但是每月不得超过 36 小时。

第四十二条　有下列情形之一的，延长工作时间不受本法第四十一条规定的限制：

（一）发生自然灾害、事故或者因其他原因，威胁劳动者生命健康和财产安全，需要紧急处理的；

（二）生产设备、交通运输线路、公共设施发生故障，影响生产和公众利益，必须及时抢修的；

（三）法律、行政法规规定的其他情形。

第四十三条　用人单位不得违反本法规定延长劳动者的工作时间。

第四十四条　有下列情形之一的，用人单位应当按照下列标准支付高于劳动者正常工作时间工资的工资报酬：

（一）安排劳动者延长工作时间的，支付不低于工资的 150% 的工资报酬；

（二）休息日安排劳动者工作又不能安排补休的，支付不低于工资的 200% 的工资报酬；

（三）法定休假日安排劳动者工作的，支付不低于工资的 300% 的工资报酬。

第四十五条　国家实行带薪年休假制度。

劳动者连续工作 1 年以上的，享受带薪年休假。具体办法由国务院规定。

第五章　工　资

第四十六条　工资分配应当遵循按劳分配原则，实行同工同酬。

工资水平在经济发展的基础上逐步提高。国家对工资总量实行宏观调控。

第四十七条 用人单位根据本单位的生产经营特点和经济效益,依法自主确定本单位的工资分配方式和工资水平。

第四十八条 国家实行最低工资保障制度。最低工资的具体标准由省、自治区、直辖市人民政府规定,报国务院备案。

用人单位支付劳动者的工资不得低于当地最低工资标准。

第四十九条 确定和调整最低工资标准应当综合参考下列因素:

(一) 劳动者本人及平均赡养人口的最低生活费用;

(二) 社会平均工资水平;

(三) 劳动生产率;

(四) 就业状况;

(五) 地区之间经济发展水平的差异。

第五十条 工资应当以货币形式按月支付给劳动者本人。不得克扣或者无故拖欠劳动者的工资。

第五十一条 劳动者在法定休假日和婚丧假期间以及依法参加社会活动期间,用人单位应当依法支付工资。

第六章 劳动安全卫生

第五十二条 用人单位必须建立、健全劳动安全卫生制度,严格执行国家劳动安全卫生规程和标准,对劳动者进行劳动安全卫生教育,防止劳动过程中的事故,减少职业危害。

第五十三条 劳动安全卫生设施必须符合国家规定的标准。

新建、改建、扩建工程的劳动安全卫生设施必须与主体工程同时设计、同时施工、同时投入生产和使用。

第五十四条 用人单位必须为劳动者提供符合国家规定的劳动安全卫生条件和必要的劳动防护用品,对从事有职业危害作业的劳动者应当定期进行健康检查。

第五十五条 从事特种作业的劳动者必须经过专门培训并取得特种作业资格。

第五十六条 劳动者在劳动过程中必须严格遵守安全操作规程。

劳动者对用人单位管理人员违章指挥、强令冒险作业,有权拒绝执行;对危害生命安全和身体健康的行为,有权提出批评、检举和控告。

第五十七条 国家建立伤亡事故和职业病统计报告和处理制度。县级以上各级人民政府劳动行政部门、有关部门和用人单位应当依法对劳动者在劳动过程中发生的伤亡事故和劳动者的职业病状况,进行统计、报告和处理。

第七章　女职工和未成年工
特殊保护

第五十八条　国家对女职工和未成年工实行特殊劳动保护。

未成年工是指年满 16 周岁未满 18 周岁的劳动者。

第五十九条　禁止安排女职工从事矿山井下、国家规定的第四级体力劳动强度的劳动和其他禁忌从事的劳动。

第六十条　不得安排女职工在经期从事高处、低温、冷水作业和国家规定的第三级体力劳动强度的劳动。

第六十一条　不得安排女职工在怀孕期间从事国家规定的第三级体力劳动强度的劳动和孕期禁忌从事的劳动。对怀孕 7 个月以上的女职工，不得安排其延长工作时间和夜班劳动。

第六十二条　女职工生育享受不少于 90 天的产假。

第六十三条　不得安排女职工在哺乳未满 1 周岁的婴儿期间从事国家规定的第三级体力劳动强度的劳动和哺乳期禁忌从事的其他劳动，不得安排其延长工作时间和夜班劳动。

第六十四条　不得安排未成年工从事矿山井下、有毒有害、国家规定的第四级体力劳动强度的劳动和其他禁忌从事的劳动。

第六十五条　用人单位应当对未成年工定期进行健康检查。

第八章　职业培训

第六十六条　国家通过各种途径，采取各种措施，发展职业培训事业，开发劳动者的职业技能，提高劳动者素质，增强劳动者的就业能力和工作能力。

第六十七条　各级人民政府应当把发展职业培训纳入社会经济发展的规划，鼓励和支持有条件的企业、事业组织、社会团体和个人进行各种形式的职业培训。

第六十八条　用人单位应当建立职业培训制度，按照国家规定提取和使用职业培训经费，根据本单位实际，有计划地对劳动者进行职业培训。

从事技术工种的劳动者，上岗前必须经过培训。

第六十九条　国家确定职业分类，对规定的职业制定职业技能标准，实行职业资格证书制度，由经过政府批准的考核鉴定机构负责对劳动者实施职业技能考核鉴定。

第九章　社会保险和福利

第七十条　国家发展社会保险事业，建立社会保险制度，设立社会保险基金，使劳动者在年老、患病、工伤、失业、生育等情况下获得帮助和补偿。

第七十一条 社会保险水平应当与社会经济发展水平和社会承受能力相适应。

第七十二条 社会保险基金按照保险类型确定资金来源，逐步实行社会统筹。用人单位和劳动者必须依法参加社会保险，缴纳社会保险费。

第七十三条 劳动者在下列情形下，依法享受社会保险待遇：

（一）退休；

（二）患病、负伤；

（三）因工伤残或者患职业病；

（四）失业；

（五）生育。

劳动者死亡后，其遗属依法享受遗属津贴。

劳动者享受社会保险待遇的条件和标准由法律、法规规定。

劳动者享受的社会保险金必须按时足额支付。

第七十四条 社会保险基金经办机构依照法律规定收支、管理和运营社会保险基金，并负有使社会保险基金保值增值的责任。

社会保险基金监督机构依照法律规定，对社会保险基金的收支、管理和运营实施监督。

社会保险基金经办机构和社会保险基金监督机构的设立和职能由法律规定。

任何组织和个人不得挪用社会保险基金。

第七十五条 国家鼓励用人单位根据本单位实际情况为劳动者建立补充保险。

国家提倡劳动者个人进行储蓄性保险。

第七十六条 国家发展社会福利事业，兴建公共福利设施，为劳动者休息、休养和疗养提供条件。

用人单位应当创造条件，改善集体福利，提高劳动者的福利待遇。

第十章 劳动争议

第七十七条 用人单位与劳动者发生劳动争议，当事人可以依法申请调解、仲裁、提起诉讼，也可以协商解决。

调解原则适用于仲裁和诉讼程序。

第七十八条 解决劳动争议，应当根据合法、公正、及时处理的原则，依法维护劳动争议当事人的合法权益。

第七十九条 劳动争议发生后，当事人可以向本单位劳动争议调解委员会申请调解；调解不成，当事人一方要求仲裁的，可以向劳动争议仲裁委员会申请仲裁。当事人一方也可以直接向劳动争议仲裁委员会申请仲裁。对仲裁裁决不服的，可以向人民法院提起诉讼。

第八十条　在用人单位内，可以设立劳动争议调解委员会。劳动争议调解委员会由职工代表、用人单位代表和工会代表组成。劳动争议调解委员会主任由工会代表担任。

劳动争议经调解达成协议的，当事人应当履行。

第八十一条　劳动争议仲裁委员会由劳动行政部门代表、同级工会代表、用人单位方面的代表组成。劳动争议仲裁委员会主任由劳动行政部门代表担任。

第八十二条　提出仲裁要求的一方应当自劳动争议发生之日起60日内向劳动争议仲裁委员会提出书面申请。仲裁裁决一般应在收到仲裁申请的60日内作出。对仲裁裁决无异议的，当事人必须履行。

第八十三条　劳动争议当事人对仲裁裁决不服的，可以自收到仲裁裁决书之日起15日内向人民法院提起诉讼。一方当事人在法定期限内不起诉又不履行仲裁裁决的，另一方当事人可以申请人民法院强制执行。

第八十四条　因签订集体合同发生争议，当事人协商解决不成的，当地人民政府劳动行政部门可以组织有关各方协调处理。

因履行集体合同发生争议，当事人协商解决不成的，可以向劳动争议仲裁委员会申请仲裁；对仲裁裁决不服的，可以自收到仲裁裁决书之日起15日内向人民法院提起诉讼。

第十一章　监督检查

第八十五条　县级以上各级人民政府劳动行政部门依法对用人单位遵守劳动法律、法规的情况进行监督检查，对违反劳动法律、法规的行为有权制止，并责令改正。

第八十六条　县级以上各级人民政府劳动行政部门监督检查人员执行公务，有权进入用人单位了解执行劳动法律、法规的情况，查阅必要的资料，并对劳动场所进行检查。

县级以上各级人民政府劳动行政部门监督检查人员执行公务，必须出示证件，秉公执法并遵守有关规定。

第八十七条　县级以上各级人民政府有关部门在各自职责范围内，对用人单位遵守劳动法律、法规的情况进行监督。

第八十八条　各级工会依法维护劳动者的合法权益，对用人单位遵守劳动法律、法规的情况进行监督。

任何组织和个人对于违反劳动法律、法规的行为有权检举和控告。

第十二章 法律责任

第八十九条 用人单位制定的劳动规章制度违反法律、法规规定的，由劳动行政部门给予警告，责令改正；对劳动者造成损害的，应当承担赔偿责任。

第九十条 用人单位违反本法规定，延长劳动者工作时间的，由劳动行政部门给予警告，责令改正，并可以处以罚款。

第九十一条 用人单位有下列侵害劳动者合法权益情形之一的，由劳动行政部门责令支付劳动者的工资报酬、经济补偿，并可以责令支付赔偿金：

（一）克扣或者无故拖欠劳动者工资的；

（二）拒不支付劳动者延长工作时间工资报酬的；

（三）低于当地最低工资标准支付劳动者工资的；

（四）解除劳动合同后，未依照本法规定给予劳动者经济补偿的。

第九十二条 用人单位的劳动安全设施和劳动卫生条件不符合国家规定或者未向劳动者提供必要的劳动防护用品和劳动保护设施的，由劳动行政部门或者有关部门责令改正，可以处以罚款；情节严重的，提请县级以上人民政府决定责令停产整顿；对事故隐患不采取措施，致使发生重大事故，造成劳动者生命和财产损失的，对责任人员比照刑法第一百八十七条的规定追究刑事责任。

第九十三条 用人单位强令劳动者违章冒险作业，发生重大伤亡事故，造成严重后果的，对责任人员依法追究刑事责任。

第九十四条 用人单位非法招用未满16周岁的未成年人的，由劳动行政部门责令改正，处以罚款；情节严重的，由工商行政管理部门吊销营业执照。

第九十五条 用人单位违反本法对女职工和未成年工的保护规定，侵害其合法权益的，由劳动行政部门责令改正，处以罚款；对女职工或者未成年工造成损害的，应当承担赔偿责任。

第九十六条 用人单位有下列行为之一，由公安机关对责任人员处以15日以下拘留、罚款或者警告；构成犯罪的，对责任人员依法追究刑事责任：

（一）以暴力、威胁或者非法限制人身自由的手段强迫劳动的；

（二）侮辱、体罚、殴打、非法搜查和拘禁劳动者的。

第九十七条 由于用人单位的原因订立的无效合同，对劳动者造成损害的，应当承担赔偿责任。

第九十八条 用人单位违反本法规定的条件解除劳动合同或者故意拖延不订立劳动合同的，由劳动行政部门责令改正；对劳动者造成损害的，应当承担赔偿责任。

第九十九条 用人单位招用尚未解除劳动合同的劳动者，对原用人单位造成经济损失的，该用人单位应当依法承担连带赔偿责任。

第一百条　用人单位无故不缴纳社会保险费的，由劳动行政部门责令其限期缴纳；逾期不缴的，可以加收滞纳金。

第一百零一条　用人单位无理阻挠劳动行政部门、有关部门及其工作人员行使监督检查权，打击报复举报人员的，由劳动行政部门或者有关部门处以罚款；构成犯罪的，对责任人员依法追究刑事责任。

第一百零二条　劳动者违反本法规定的条件解除劳动合同或者违反劳动合同中约定的保密事项，对用人单位造成经济损失的，应当依法承担赔偿责任。

第一百零三条　劳动行政部门或者有关部门的工作人员滥用职权、玩忽职守、徇私舞弊，构成犯罪的，依法追究刑事责任；不构成犯罪的，给予行政处分。

第一百零四条　国家工作人员和社会保险基金经办机构的工作人员挪用社会保险基金，构成犯罪的，依法追究刑事责任。

第一百零五条　违反本法规定侵害劳动者合法权益，其他法律、行政法规已规定处罚的，依照该法律、行政法规的规定处罚。

第十三章　附　　则

第一百零六条　省、自治区、直辖市人民政府根据本法和本地区的实际情况，规定劳动合同制度的实施步骤，报国务院备案。

第一百零七条　本法自 1995 年 1 月 1 日起施行。

中华人民共和国劳动合同法

(2007 年 6 月 29 日第十届全国人民代表大会常务委员
会第二十八次会议通过　2007 年 6 月 29 日中华人民共和国
主席令第 65 号公布　自 2008 年 1 月 1 日起施行)

第一章　总　　则

第一条　为了完善劳动合同制度，明确劳动合同双方当事人的权利和义务，保护劳动者的合法权益，构建和发展和谐稳定的劳动关系，制定本法。

第二条　中华人民共和国境内的企业、个体经济组织、民办非企业单位等组织（以下称用人单位）与劳动者建立劳动关系，订立、履行、变更、解除或者终止劳动合同，适用本法。

国家机关、事业单位、社会团体和与其建立劳动关系的劳动者，订立、履行、变更、解除或者终止劳动合同，依照本法执行。

第三条　订立劳动合同，应当遵循合法、公平、平等自愿、协商一致、诚实信用的原则。

依法订立的劳动合同具有约束力，用人单位与劳动者应当履行劳动合同约定的义务。

第四条　用人单位应当依法建立和完善劳动规章制度，保障劳动者享有劳动权利、履行劳动义务。

用人单位在制定、修改或者决定有关劳动报酬、工作时间、休息休假、劳动安全卫生、保险福利、职工培训、劳动纪律以及劳动定额管理等直接涉及劳动者切身利益的规章制度或者重大事项时，应当经职工代表大会或者全体职工讨论，提出方案和意见，与工会或者职工代表平等协商确定。

在规章制度和重大事项决定实施过程中，工会或者职工认为不适当的，有权向用人单位提出，通过协商予以修改完善。

用人单位应当将直接涉及劳动者切身利益的规章制度和重大事项决定公示，或者告知劳动者。

第五条　县级以上人民政府劳动行政部门会同工会和企业方面代表，建立健全协调劳动关系三方机制，共同研究解决有关劳动关系的重大问题。

第六条　工会应当帮助、指导劳动者与用人单位依法订立和履行劳动合同，并与用人单位建立集体协商机制，维护劳动者的合法权益。

第二章　劳动合同的订立

第七条　用人单位自用工之日起即与劳动者建立劳动关系。用人单位应当建立职工名册备查。

第八条　用人单位招用劳动者时，应当如实告知劳动者工作内容、工作条件、工作地点、职业危害、安全生产状况、劳动报酬，以及劳动者要求了解的其他情况；用人单位有权了解劳动者与劳动合同直接相关的基本情况，劳动者应当如实说明。

第九条　用人单位招用劳动者，不得扣押劳动者的居民身份证和其他证件，不得要求劳动者提供担保或者以其他名义向劳动者收取财物。

第十条　建立劳动关系，应当订立书面劳动合同。

已建立劳动关系，未同时订立书面劳动合同的，应当自用工之日起一个月内订立书面劳动合同。

用人单位与劳动者在用工前订立劳动合同的，劳动关系自用工之日起建立。

第十一条　用人单位未在用工的同时订立书面劳动合同，与劳动者约定的劳动报酬不明确的，新招用的劳动者的劳动报酬按照集体合同规定的标准执行；没有集体合同或者集体合同未规定的，实行同工同酬。

第十二条　劳动合同分为固定期限劳动合同、无固定期限劳动合同和以完成一定工作任务为期限的劳动合同。

第十三条　固定期限劳动合同，是指用人单位与劳动者约定合同终止时间的劳动合同。

用人单位与劳动者协商一致，可以订立固定期限劳动合同。

第十四条　无固定期限劳动合同，是指用人单位与劳动者约定无确定终止时间的劳动合同。

用人单位与劳动者协商一致，可以订立无固定期限劳动合同。有下列情形之一，劳动者提出或者同意续订、订立劳动合同的，除劳动者提出订立固定期限劳动合同外，应当订立无固定期限劳动合同：

（一）劳动者在该用人单位连续工作满十年的；

（二）用人单位初次实行劳动合同制度或者国有企业改制重新订立劳动合同时，劳动者在该用人单位连续工作满十年且距法定退休年龄不足十年的；

（三）连续订立二次固定期限劳动合同，且劳动者没有本法第三十九条和第四十条第一项、第二项规定的情形，续订劳动合同的。

用人单位自用工之日起满一年不与劳动者订立书面劳动合同的，视为用人单位与劳动者已订立无固定期限劳动合同。

第十五条　以完成一定工作任务为期限的劳动合同，是指用人单位与劳动者约定以某项工作的完成为合同期限的劳动合同。

用人单位与劳动者协商一致，可以订立以完成一定工作任务为期限的劳动合同。

第十六条 劳动合同由用人单位与劳动者协商一致，并经用人单位与劳动者在劳动合同文本上签字或者盖章生效。

劳动合同文本由用人单位和劳动者各执一份。

第十七条 劳动合同应当具备以下条款：

（一）用人单位的名称、住所和法定代表人或者主要负责人；

（二）劳动者的姓名、住址和居民身份证或者其他有效身份证件号码；

（三）劳动合同期限；

（四）工作内容和工作地点；

（五）工作时间和休息休假；

（六）劳动报酬；

（七）社会保险；

（八）劳动保护、劳动条件和职业危害防护；

（九）法律、法规规定应当纳入劳动合同的其他事项。

劳动合同除前款规定的必备条款外，用人单位与劳动者可以约定试用期、培训、保守秘密、补充保险和福利待遇等其他事项。

第十八条 劳动合同对劳动报酬和劳动条件等标准约定不明确，引发争议的，用人单位与劳动者可以重新协商；协商不成的，适用集体合同规定；没有集体合同或者集体合同未规定劳动报酬的，实行同工同酬；没有集体合同或者集体合同未规定劳动条件等标准的，适用国家有关规定。

第十九条 劳动合同期限三个月以上不满一年的，试用期不得超过一个月；劳动合同期限一年以上不满三年的，试用期不得超过二个月；三年以上固定期限和无固定期限的劳动合同，试用期不得超过六个月。

同一用人单位与同一劳动者只能约定一次试用期。

以完成一定工作任务为期限的劳动合同或者劳动合同期限不满三个月的，不得约定试用期。

试用期包含在劳动合同期限内。劳动合同仅约定试用期的，试用期不成立，该期限为劳动合同期限。

第二十条 劳动者在试用期的工资不得低于本单位相同岗位最低档工资或者劳动合同约定工资的百分之八十，并不得低于用人单位所在地的最低工资标准。

第二十一条 在试用期中，除劳动者有本法第三十九条和第四十条第一项、第二项规定的情形外，用人单位不得解除劳动合同。用人单位在试用期解除劳动合同的，应当向劳动者说明理由。

第二十二条　用人单位为劳动者提供专项培训费用，对其进行专业技术培训的，可以与该劳动者订立协议，约定服务期。

劳动者违反服务期约定的，应当按照约定向用人单位支付违约金。违约金的数额不得超过用人单位提供的培训费用。用人单位要求劳动者支付的违约金不得超过服务期尚未履行部分所应分摊的培训费用。

用人单位与劳动者约定服务期的，不影响按照正常的工资调整机制提高劳动者在服务期期间的劳动报酬。

第二十三条　用人单位与劳动者可以在劳动合同中约定保守用人单位的商业秘密和与知识产权相关的保密事项。

对负有保密义务的劳动者，用人单位可以在劳动合同或者保密协议中与劳动者约定竞业限制条款，并约定在解除或者终止劳动合同后，在竞业限制期限内按月给予劳动者经济补偿。劳动者违反竞业限制约定的，应当按照约定向用人单位支付违约金。

第二十四条　竞业限制的人员限于用人单位的高级管理人员、高级技术人员和其他负有保密义务的人员。竞业限制的范围、地域、期限由用人单位与劳动者约定，竞业限制的约定不得违反法律、法规的规定。

在解除或者终止劳动合同后，前款规定的人员到与本单位生产或者经营同类产品、从事同类业务的有竞争关系的其他用人单位，或者自己开业生产或者经营同类产品、从事同类业务的竞业限制期限，不得超过二年。

第二十五条　除本法第二十二条和第二十三条规定的情形外，用人单位不得与劳动者约定由劳动者承担违约金。

第二十六条　下列劳动合同无效或者部分无效：

（一）以欺诈、胁迫的手段或者乘人之危，使对方在违背真实意思的情况下订立或者变更劳动合同的；

（二）用人单位免除自己的法定责任、排除劳动者权利的；

（三）违反法律、行政法规强制性规定的。

对劳动合同的无效或者部分无效有争议的，由劳动争议仲裁机构或者人民法院确认。

第二十七条　劳动合同部分无效，不影响其他部分效力的，其他部分仍然有效。

第二十八条　劳动合同被确认无效，劳动者已付出劳动的，用人单位应当向劳动者支付劳动报酬。劳动报酬的数额，参照本单位相同或者相近岗位劳动者的劳动报酬确定。

第三章 劳动合同的履行和变更

第二十九条 用人单位与劳动者应当按照劳动合同的约定，全面履行各自的义务。

第三十条 用人单位应当按照劳动合同约定和国家规定，向劳动者及时足额支付劳动报酬。

用人单位拖欠或者未足额支付劳动报酬的，劳动者可以依法向当地人民法院申请支付令，人民法院应当依法发出支付令。

第三十一条 用人单位应当严格执行劳动定额标准，不得强迫或者变相强迫劳动者加班。用人单位安排加班的，应当按照国家有关规定向劳动者支付加班费。

第三十二条 劳动者拒绝用人单位管理人员违章指挥、强令冒险作业的，不视为违反劳动合同。

劳动者对危害生命安全和身体健康的劳动条件，有权对用人单位提出批评、检举和控告。

第三十三条 用人单位变更名称、法定代表人、主要负责人或者投资人等事项，不影响劳动合同的履行。

第三十四条 用人单位发生合并或者分立等情况，原劳动合同继续有效，劳动合同由承继其权利和义务的用人单位继续履行。

第三十五条 用人单位与劳动者协商一致，可以变更劳动合同约定的内容。变更劳动合同，应当采用书面形式。

变更后的劳动合同文本由用人单位和劳动者各执一份。

第四章 劳动合同的解除和终止

第三十六条 用人单位与劳动者协商一致，可以解除劳动合同。

第三十七条 劳动者提前三十日以书面形式通知用人单位，可以解除劳动合同。劳动者在试用期内提前三日通知用人单位，可以解除劳动合同。

第三十八条 用人单位有下列情形之一的，劳动者可以解除劳动合同：

（一）未按照劳动合同约定提供劳动保护或者劳动条件的；

（二）未及时足额支付劳动报酬的；

（三）未依法为劳动者缴纳社会保险费的；

（四）用人单位的规章制度违反法律、法规的规定，损害劳动者权益的；

（五）因本法第二十六条第一款规定的情形致使劳动合同无效的；

（六）法律、行政法规规定劳动者可以解除劳动合同的其他情形。

用人单位以暴力、威胁或者非法限制人身自由的手段强迫劳动者劳动的，或者用人单位违章指挥、强令冒险作业危及劳动者人身安全的，劳动者可以立即解除劳动合同，不需事先告知用人单位。

第三十九条　劳动者有下列情形之一的，用人单位可以解除劳动合同：

（一）在试用期间被证明不符合录用条件的；

（二）严重违反用人单位的规章制度的；

（三）严重失职，营私舞弊，给用人单位造成重大损害的；

（四）劳动者同时与其他用人单位建立劳动关系，对完成本单位的工作任务造成严重影响，或者经用人单位提出，拒不改正的；

（五）因本法第二十六条第一款第一项规定的情形致使劳动合同无效的；

（六）被依法追究刑事责任的。

第四十条　有下列情形之一的，用人单位提前三十日以书面形式通知劳动者本人或者额外支付劳动者一个月工资后，可以解除劳动合同：

（一）劳动者患病或者非因工负伤，在规定的医疗期满后不能从事原工作，也不能从事由用人单位另行安排的工作的；

（二）劳动者不能胜任工作，经过培训或者调整工作岗位，仍不能胜任工作的；

（三）劳动合同订立时所依据的客观情况发生重大变化，致使劳动合同无法履行，经用人单位与劳动者协商，未能就变更劳动合同内容达成协议的。

第四十一条　有下列情形之一，需要裁减人员二十人以上或者裁减不足二十人但占企业职工总数百分之十以上的，用人单位提前三十日向工会或者全体职工说明情况，听取工会或者职工的意见后，裁减人员方案经向劳动行政部门报告，可以裁减人员：

（一）依照企业破产法规定进行重整的；

（二）生产经营发生严重困难的；

（三）企业转产、重大技术革新或者经营方式调整，经变更劳动合同后，仍需裁减人员的；

（四）其他因劳动合同订立时所依据的客观经济情况发生重大变化，致使劳动合同无法履行的。

裁减人员时，应当优先留用下列人员：

（一）与本单位订立较长期限的固定期限劳动合同的；

（二）与本单位订立无固定期限劳动合同的；

（三）家庭无其他就业人员，有需要扶养的老人或者未成年人的。

用人单位依照本条第一款规定裁减人员，在六个月内重新招用人员的，应当通知被裁减的人员，并在同等条件下优先招用被裁减的人员。

第四十二条　劳动者有下列情形之一的，用人单位不得依照本法第四十条、第四十一条的规定解除劳动合同：

（一）从事接触职业病危害作业的劳动者未进行离岗前职业健康检查，或者疑似职业病病人在诊断或者医学观察期间的；

（二）在本单位患职业病或者因工负伤并被确认丧失或者部分丧失劳动能力的；

（三）患病或者非因工负伤，在规定的医疗期内的；

（四）女职工在孕期、产期、哺乳期的；

（五）在本单位连续工作满十五年，且距法定退休年龄不足五年的；

（六）法律、行政法规规定的其他情形。

第四十三条　用人单位单方解除劳动合同，应当事先将理由通知工会。用人单位违反法律、行政法规规定或者劳动合同约定的，工会有权要求用人单位纠正。用人单位应当研究工会的意见，并将处理结果书面通知工会。

第四十四条　有下列情形之一的，劳动合同终止：

（一）劳动合同期满的；

（二）劳动者开始依法享受基本养老保险待遇的；

（三）劳动者死亡，或者被人民法院宣告死亡或者宣告失踪的；

（四）用人单位被依法宣告破产的；

（五）用人单位被吊销营业执照、责令关闭、撤销或者用人单位决定提前解散的；

（六）法律、行政法规规定的其他情形。

第四十五条　劳动合同期满，有本法第四十二条规定情形之一的，劳动合同应当续延至相应的情形消失时终止。但是，本法第四十二条第二项规定丧失或者部分丧失劳动能力劳动者的劳动合同的终止，按照国家有关工伤保险的规定执行。

第四十六条　有下列情形之一的，用人单位应当向劳动者支付经济补偿：

（一）劳动者依照本法第三十八条规定解除劳动合同的；

（二）用人单位依照本法第三十六条规定向劳动者提出解除劳动合同并与劳动者协商一致解除劳动合同的；

（三）用人单位依照本法第四十条规定解除劳动合同的；

（四）用人单位依照本法第四十一条第一款规定解除劳动合同的；

（五）除用人单位维持或者提高劳动合同约定条件续订劳动合同，劳动者不同意续订的情形外，依照本法第四十四条第一项规定终止固定期限劳动合同的；

（六）依照本法第四十四条第四项、第五项规定终止劳动合同的；

（七）法律、行政法规规定的其他情形。

第四十七条　经济补偿按劳动者在本单位工作的年限，每满一年支付一个月工资的标准向劳动者支付。六个月以上不满一年的，按一年计算；不满六个月的，向劳动者支付半个月工资的经济补偿。

劳动者月工资高于用人单位所在直辖市、设区的市级人民政府公布的本地区上年度职工月平均工资三倍的，向其支付经济补偿的标准按职工月平均工资三倍的数额支付，向其支付经济补偿的年限最高不超过十二年。

本条所称月工资是指劳动者在劳动合同解除或者终止前十二个月的平均工资。

第四十八条　用人单位违反本法规定解除或者终止劳动合同，劳动者要求继续履行劳动合同的，用人单位应当继续履行；劳动者不要求继续履行劳动合同或者劳动合同已经不能继续履行的，用人单位应当依照本法第八十七条规定支付赔偿金。

第四十九条　国家采取措施，建立健全劳动者社会保险关系跨地区转移接续制度。

第五十条　用人单位应当在解除或者终止劳动合同时出具解除或者终止劳动合同的证明，并在十五日内为劳动者办理档案和社会保险关系转移手续。

劳动者应当按照双方约定，办理工作交接。用人单位依照本法有关规定应当向劳动者支付经济补偿的，在办结工作交接时支付。

用人单位对已经解除或者终止的劳动合同的文本，至少保存二年备查。

第五章　特别规定

第一节　集体合同

第五十一条　企业职工一方与用人单位通过平等协商，可以就劳动报酬、工作时间、休息休假、劳动安全卫生、保险福利等事项订立集体合同。集体合同草案应当提交职工代表大会或者全体职工讨论通过。

集体合同由工会代表企业职工一方与用人单位订立；尚未建立工会的用人单位，由上级工会指导劳动者推举的代表与用人单位订立。

第五十二条　企业职工一方与用人单位可以订立劳动安全卫生、女职工权益保护、工资调整机制等专项集体合同。

第五十三条　在县级以下区域内，建筑业、采矿业、餐饮服务业等行业可以由工会与企业方面代表订立行业性集体合同，或者订立区域性集体合同。

第五十四条 集体合同订立后，应当报送劳动行政部门；劳动行政部门自收到集体合同文本之日起十五日内未提出异议的，集体合同即行生效。

依法订立的集体合同对用人单位和劳动者具有约束力。行业性、区域性集体合同对当地本行业、本区域的用人单位和劳动者具有约束力。

第五十五条 集体合同中劳动报酬和劳动条件等标准不得低于当地人民政府规定的最低标准；用人单位与劳动者订立的劳动合同中劳动报酬和劳动条件等标准不得低于集体合同规定的标准。

第五十六条 用人单位违反集体合同，侵犯职工劳动权益的，工会可以依法要求用人单位承担责任；因履行集体合同发生争议，经协商解决不成的，工会可以依法申请仲裁、提起诉讼。

第二节 劳 务 派 遣

第五十七条 劳务派遣单位应当依照公司法的有关规定设立，注册资本不得少于五十万元。

第五十八条 劳务派遣单位是本法所称用人单位，应当履行用人单位对劳动者的义务。劳务派遣单位与被派遣劳动者订立的劳动合同，除应当载明本法第十七条规定的事项外，还应当载明被派遣劳动者的用工单位以及派遣期限、工作岗位等情况。

劳务派遣单位应当与被派遣劳动者订立二年以上的固定期限劳动合同，按月支付劳动报酬；被派遣劳动者在无工作期间，劳务派遣单位应当按照所在地人民政府规定的最低工资标准，向其按月支付报酬。

第五十九条 劳务派遣单位派遣劳动者应当与接受以劳务派遣形式用工的单位（以下称用工单位）订立劳务派遣协议。劳务派遣协议应当约定派遣岗位和人员数量、派遣期限、劳动报酬和社会保险费的数额与支付方式以及违反协议的责任。

用工单位应当根据工作岗位的实际需要与劳务派遣单位确定派遣期限，不得将连续用工期限分割订立数个短期劳务派遣协议。

第六十条 劳务派遣单位应当将劳务派遣协议的内容告知被派遣劳动者。

劳务派遣单位不得克扣用工单位按照劳务派遣协议支付给被派遣劳动者的劳动报酬。

劳务派遣单位和用工单位不得向被派遣劳动者收取费用。

第六十一条 劳务派遣单位跨地区派遣劳动者的，被派遣劳动者享有的劳动报酬和劳动条件，按照用工单位所在地的标准执行。

第六十二条 用工单位应当履行下列义务：

（一）执行国家劳动标准，提供相应的劳动条件和劳动保护；

（二）告知被派遣劳动者的工作要求和劳动报酬；

（三）支付加班费、绩效奖金，提供与工作岗位相关的福利待遇；

（四）对在岗被派遣劳动者进行工作岗位所必需的培训；

（五）连续用工的，实行正常的工资调整机制。

用工单位不得将被派遣劳动者再派遣到其他用人单位。

第六十三条　被派遣劳动者享有与用工单位的劳动者同工同酬的权利。用工单位无同类岗位劳动者的，参照用工单位所在地相同或者相近岗位劳动者的劳动报酬确定。

第六十四条　被派遣劳动者有权在劳务派遣单位或者用工单位依法参加或者组织工会，维护自身的合法权益。

第六十五条　被派遣劳动者可以依照本法第三十六条、第三十八条的规定与劳务派遣单位解除劳动合同。

被派遣劳动者有本法第三十九条和第四十条第一项、第二项规定情形的，用工单位可以将劳动者退回劳务派遣单位，劳务派遣单位依照本法有关规定，可以与劳动者解除劳动合同。

第六十六条　劳务派遣一般在临时性、辅助性或者替代性的工作岗位上实施。

第六十七条　用人单位不得设立劳务派遣单位向本单位或者所属单位派遣劳动者。

第三节　非全日制用工

第六十八条　非全日制用工，是指以小时计酬为主，劳动者在同一用人单位一般平均每日工作时间不超过四小时，每周工作时间累计不超过二十四小时的用工形式。

第六十九条　非全日制用工双方当事人可以订立口头协议。

从事非全日制用工的劳动者可以与一个或者一个以上用人单位订立劳动合同；但是，后订立的劳动合同不得影响先订立的劳动合同的履行。

第七十条　非全日制用工双方当事人不得约定试用期。

第七十一条　非全日制用工双方当事人任何一方都可以随时通知对方终止用工。终止用工，用人单位不向劳动者支付经济补偿。

第七十二条　非全日制用工小时计酬标准不得低于用人单位所在地人民政府规定的最低小时工资标准。

非全日制用工劳动报酬结算支付周期最长不得超过十五日。

第六章 监督检查

第七十三条 国务院劳动行政部门负责全国劳动合同制度实施的监督管理。

县级以上地方人民政府劳动行政部门负责本行政区域内劳动合同制度实施的监督管理。

县级以上各级人民政府劳动行政部门在劳动合同制度实施的监督管理工作中，应当听取工会、企业方面代表以及有关行业主管部门的意见。

第七十四条 县级以上地方人民政府劳动行政部门依法对下列实施劳动合同制度的情况进行监督检查：

（一）用人单位制定直接涉及劳动者切身利益的规章制度及其执行的情况；

（二）用人单位与劳动者订立和解除劳动合同的情况；

（三）劳务派遣单位和用工单位遵守劳务派遣有关规定的情况；

（四）用人单位遵守国家关于劳动者工作时间和休息休假规定的情况；

（五）用人单位支付劳动合同约定的劳动报酬和执行最低工资标准的情况；

（六）用人单位参加各项社会保险和缴纳社会保险费的情况；

（七）法律、法规规定的其他劳动监察事项。

第七十五条 县级以上地方人民政府劳动行政部门实施监督检查时，有权查阅与劳动合同、集体合同有关的材料，有权对劳动场所进行实地检查，用人单位和劳动者都应当如实提供有关情况和材料。

劳动行政部门的工作人员进行监督检查，应当出示证件，依法行使职权，文明执法。

第七十六条 县级以上人民政府建设、卫生、安全生产监督管理等有关主管部门在各自职责范围内，对用人单位执行劳动合同制度的情况进行监督管理。

第七十七条 劳动者合法权益受到侵害的，有权要求有关部门依法处理，或者依法申请仲裁、提起诉讼。

第七十八条 工会依法维护劳动者的合法权益，对用人单位履行劳动合同、集体合同的情况进行监督。用人单位违反劳动法律、法规和劳动合同、集体合同的，工会有权提出意见或者要求纠正；劳动者申请仲裁、提起诉讼的，工会依法给予支持和帮助。

第七十九条 任何组织或者个人对违反本法的行为都有权举报，县级以上人民政府劳动行政部门应当及时核实、处理，并对举报有功人员给予奖励。

第七章 法律责任

第八十条 用人单位直接涉及劳动者切身利益的规章制度违反法律、法规规定的，由劳动行政部门责令改正，给予警告；给劳动者造成损害的，应当承担赔偿责任。

第八十一条　用人单位提供的劳动合同文本未载明本法规定的劳动合同必备条款或者用人单位未将劳动合同文本交付劳动者的，由劳动行政部门责令改正；给劳动者造成损害的，应当承担赔偿责任。

第八十二条　用人单位自用工之日起超过一个月不满一年未与劳动者订立书面劳动合同的，应当向劳动者每月支付二倍的工资。

用人单位违反本法规定不与劳动者订立无固定期限劳动合同的，自应当订立无固定期限劳动合同之日起向劳动者每月支付二倍的工资。

第八十三条　用人单位违反本法规定与劳动者约定试用期的，由劳动行政部门责令改正；违法约定的试用期已经履行的，由用人单位以劳动者试用期满月工资为标准，按已经履行的超过法定试用期的期间向劳动者支付赔偿金。

第八十四条　用人单位违反本法规定，扣押劳动者居民身份证等证件的，由劳动行政部门责令限期退还劳动者本人，并依照有关法律规定给予处罚。

用人单位违反本法规定，以担保或者其他名义向劳动者收取财物的，由劳动行政部门责令限期退还劳动者本人，并以每人五百元以上二千元以下的标准处以罚款；给劳动者造成损害的，应当承担赔偿责任。

劳动者依法解除或者终止劳动合同，用人单位扣押劳动者档案或者其他物品的，依照前款规定处罚。

第八十五条　用人单位有下列情形之一的，由劳动行政部门责令限期支付劳动报酬、加班费或者经济补偿；劳动报酬低于当地最低工资标准的，应当支付其差额部分；逾期不支付的，责令用人单位按应付金额百分之五十以上百分之一百以下的标准向劳动者加付赔偿金：

（一）未按照劳动合同的约定或者国家规定及时足额支付劳动者劳动报酬的；

（二）低于当地最低工资标准支付劳动者工资的；

（三）安排加班不支付加班费的；

（四）解除或者终止劳动合同，未依照本法规定向劳动者支付经济补偿的。

第八十六条　劳动合同依照本法第二十六条规定被确认无效，给对方造成损害的，有过错的一方应当承担赔偿责任。

第八十七条　用人单位违反本法规定解除或者终止劳动合同的，应当依照本法第四十七条规定的经济补偿标准的二倍向劳动者支付赔偿金。

第八十八条　用人单位有下列情形之一的，依法给予行政处罚；构成犯罪的，依法追究刑事责任；给劳动者造成损害的，应当承担赔偿责任：

（一）以暴力、威胁或者非法限制人身自由的手段强迫劳动的；

（二）违章指挥或者强令冒险作业危及劳动者人身安全的；

（三）侮辱、体罚、殴打、非法搜查或者拘禁劳动者的；

（四）劳动条件恶劣、环境污染严重，给劳动者身心健康造成严重损害的。

第八十九条 用人单位违反本法规定未向劳动者出具解除或者终止劳动合同的书面证明，由劳动行政部门责令改正；给劳动者造成损害的，应当承担赔偿责任。

第九十条 劳动者违反本法规定解除劳动合同，或者违反劳动合同中约定的保密义务或者竞业限制，给用人单位造成损失的，应当承担赔偿责任。

第九十一条 用人单位招用与其他用人单位尚未解除或者终止劳动合同的劳动者，给其他用人单位造成损失的，应当承担连带赔偿责任。

第九十二条 劳务派遣单位违反本法规定的，由劳动行政部门和其他有关主管部门责令改正；情节严重的，以每人一千元以上五千元以下的标准处以罚款，并由工商行政管理部门吊销营业执照；给被派遣劳动者造成损害的，劳务派遣单位与用工单位承担连带赔偿责任。

第九十三条 对不具备合法经营资格的用人单位的违法犯罪行为，依法追究法律责任；劳动者已经付出劳动的，该单位或者其出资人应当依照本法有关规定向劳动者支付劳动报酬、经济补偿、赔偿金；给劳动者造成损害的，应当承担赔偿责任。

第九十四条 个人承包经营违反本法规定招用劳动者，给劳动者造成损害的，发包的组织与个人承包经营者承担连带赔偿责任。

第九十五条 劳动行政部门和其他有关主管部门及其工作人员玩忽职守、不履行法定职责，或者违法行使职权，给劳动者或者用人单位造成损害的，应当承担赔偿责任；对直接负责的主管人员和其他直接责任人员，依法给予行政处分；构成犯罪的，依法追究刑事责任。

第八章 附　则

第九十六条 事业单位与实行聘用制的工作人员订立、履行、变更、解除或者终止劳动合同，法律、行政法规或者国务院另有规定的，依照其规定；未作规定的，依照本法有关规定执行。

第九十七条 本法施行前已依法订立且在本法施行之日存续的劳动合同，继续履行；本法第十四条第二款第三项规定连续订立固定期限劳动合同的次数，自本法施行后续订固定期限劳动合同时开始计算。

本法施行前已建立劳动关系，尚未订立书面劳动合同的，应当自本法施行之日起一个月内订立。

本法施行之日存续的劳动合同在本法施行后解除或者终止，依照本法第四十六条规定应当支付经济补偿的，经济补偿年限自本法施行之日起计算；本法施行前按照当时有关规定，用人单位应当向劳动者支付经济补偿的，按照当时有关规定执行。

第九十八条 本法自 2008 年 1 月 1 日起施行。

中华人民共和国劳动合同法实施条例

（2008年9月3日国务院第25次常务会议通过　2008年9月18日国务院令第535号公布　自公布之日起施行）

第一章　总　　则

第一条　为了贯彻实施《中华人民共和国劳动合同法》（以下简称劳动合同法），制定本条例。

第二条　各级人民政府和县级以上人民政府劳动行政等有关部门以及工会等组织，应当采取措施，推动劳动合同法的贯彻实施，促进劳动关系的和谐。

第三条　依法成立的会计师事务所、律师事务所等合伙组织和基金会，属于劳动合同法规定的用人单位。

第二章　劳动合同的订立

第四条　劳动合同法规定的用人单位设立的分支机构，依法取得营业执照或者登记证书的，可以作为用人单位与劳动者订立劳动合同；未依法取得营业执照或者登记证书的，受用人单位委托可以与劳动者订立劳动合同。

第五条　自用工之日起一个月内，经用人单位书面通知后，劳动者不与用人单位订立书面劳动合同的，用人单位应当书面通知劳动者终止劳动关系，无需向劳动者支付经济补偿，但是应当依法向劳动者支付其实际工作时间的劳动报酬。

第六条　用人单位自用工之日起超过一个月不满一年未与劳动者订立书面劳动合同的，应当依照劳动合同法第八十二条的规定向劳动者每月支付两倍的工资，并与劳动者补订书面劳动合同；劳动者不与用人单位订立书面劳动合同的，用人单位应当书面通知劳动者终止劳动关系，并依照劳动合同法第四十七条的规定支付经济补偿。

前款规定的用人单位向劳动者每月支付两倍工资的起算时间为用工之日起满一个月的次日，截止时间为补订书面劳动合同的前一日。

第七条　用人单位自用工之日起满一年未与劳动者订立书面劳动合同的，自用工之日起满一个月的次日至满一年的前一日应当依照劳动合同法第八十二条的规定向劳动者每月支付两倍的工资，并视为自用工之日起满一年的当日已经与劳动者订立无固定期限劳动合同，应当立即与劳动者补订书面劳动合同。

第八条　劳动合同法第七条规定的职工名册，应当包括劳动者姓名、性别、公民身份号码、户籍地址及现住址、联系方式、用工形式、用工起始时间、劳动合同期限等内容。

第九条　劳动合同法第十四条第二款规定的连续工作满10年的起始时间，应当自用人单位用工之日起计算，包括劳动合同法施行前的工作年限。

第十条　劳动者非因本人原因从原用人单位被安排到新用人单位工作的，劳动者在原用人单位的工作年限合并计算为新用人单位的工作年限。原用人单位已经向劳动者支付经济补偿的，新用人单位在依法解除、终止劳动合同计算支付经济补偿的工作年限时，不再计算劳动者在原用人单位的工作年限。

第十一条　除劳动者与用人单位协商一致的情形外，劳动者依照劳动合同法第十四条第二款的规定，提出订立无固定期限劳动合同的，用人单位应当与其订立无固定期限劳动合同。对劳动合同的内容，双方应当按照合法、公平、平等自愿、协商一致、诚实信用的原则协商确定；对协商不一致的内容，依照劳动合同法第十八条的规定执行。

第十二条　地方各级人民政府及县级以上地方人民政府有关部门为安置就业困难人员提供的给予岗位补贴和社会保险补贴的公益性岗位，其劳动合同不适用劳动合同法有关无固定期限劳动合同的规定以及支付经济补偿的规定。

第十三条　用人单位与劳动者不得在劳动合同法第四十四条规定的劳动合同终止情形之外约定其他的劳动合同终止条件。

第十四条　劳动合同履行地与用人单位注册地不一致的，有关劳动者的最低工资标准、劳动保护、劳动条件、职业危害防护和本地区上年度职工月平均工资标准等事项，按照劳动合同履行地的有关规定执行；用人单位注册地的有关标准高于劳动合同履行地的有关标准，且用人单位与劳动者约定按照用人单位注册地的有关规定执行的，从其约定。

第十五条　劳动者在试用期的工资不得低于本单位相同岗位最低档工资的80%或者不得低于劳动合同约定工资的80%，并不得低于用人单位所在地的最低工资标准。

第十六条　劳动合同法第二十二条第二款规定的培训费用，包括用人单位为了对劳动者进行专业技术培训而支付的有凭证的培训费用、培训期间的差旅费用以及因培训产生的用于该劳动者的其他直接费用。

第十七条　劳动合同期满，但是用人单位与劳动者依照劳动合同法第二十二条的规定约定的服务期尚未到期的，劳动合同应当续延至服务期满；双方另有约定的，从其约定。

第三章　劳动合同的解除和终止

第十八条　有下列情形之一的，依照劳动合同法规定的条件、程序，劳动者可以与用人单位解除固定期限劳动合同、无固定期限劳动合同或者以完成一定工作任务为期限的劳动合同：

（一）劳动者与用人单位协商一致的；

（二）劳动者提前 30 日以书面形式通知用人单位的；

（三）劳动者在试用期内提前 3 日通知用人单位的；

（四）用人单位未按照劳动合同约定提供劳动保护或者劳动条件的；

（五）用人单位未及时足额支付劳动报酬的；

（六）用人单位未依法为劳动者缴纳社会保险费的；

（七）用人单位的规章制度违反法律、法规的规定，损害劳动者权益的；

（八）用人单位以欺诈、胁迫的手段或者乘人之危，使劳动者在违背真实意思的情况下订立或者变更劳动合同的；

（九）用人单位在劳动合同中免除自己的法定责任、排除劳动者权利的；

（十）用人单位违反法律、行政法规强制性规定的；

（十一）用人单位以暴力、威胁或者非法限制人身自由的手段强迫劳动者劳动的；

（十二）用人单位违章指挥、强令冒险作业危及劳动者人身安全的；

（十三）法律、行政法规规定劳动者可以解除劳动合同的其他情形。

第十九条　有下列情形之一的，依照劳动合同法规定的条件、程序，用人单位可以与劳动者解除固定期限劳动合同、无固定期限劳动合同或者以完成一定工作任务为期限的劳动合同：

（一）用人单位与劳动者协商一致的；

（二）劳动者在试用期间被证明不符合录用条件的；

（三）劳动者严重违反用人单位的规章制度的；

（四）劳动者严重失职，营私舞弊，给用人单位造成重大损害的；

（五）劳动者同时与其他用人单位建立劳动关系，对完成本单位的工作任务造成严重影响，或者经用人单位提出，拒不改正的；

（六）劳动者以欺诈、胁迫的手段或者乘人之危，使用人单位在违背真实意思的情况下订立或者变更劳动合同的；

（七）劳动者被依法追究刑事责任的；

（八）劳动者患病或者非因工负伤，在规定的医疗期满后不能从事原工作，也不能从事由用人单位另行安排的工作的；

（九）劳动者不能胜任工作，经过培训或者调整工作岗位，仍不能胜任工作的；

（十）劳动合同订立时所依据的客观情况发生重大变化，致使劳动合同无法履行，经用人单位与劳动者协商，未能就变更劳动合同内容达成协议的；

（十一）用人单位依照企业破产法规定进行重整的；

（十二）用人单位生产经营发生严重困难的；

（十三）企业转产、重大技术革新或者经营方式调整，经变更劳动合同后，仍需裁减人员的；

（十四）其他因劳动合同订立时所依据的客观经济情况发生重大变化，致使劳动合同无法履行的。

第二十条　用人单位依照劳动合同法第四十条的规定，选择额外支付劳动者一个月工资解除劳动合同的，其额外支付的工资应当按照该劳动者上一个月的工资标准确定。

第二十一条　劳动者达到法定退休年龄的，劳动合同终止。

第二十二条　以完成一定工作任务为期限的劳动合同因任务完成而终止的，用人单位应当依照劳动合同法第四十七条的规定向劳动者支付经济补偿。

第二十三条　用人单位依法终止工伤职工的劳动合同的，除依照劳动合同法第四十七条的规定支付经济补偿外，还应当依照国家有关工伤保险的规定支付一次性工伤医疗补助金和伤残就业补助金。

第二十四条　用人单位出具的解除、终止劳动合同的证明，应当写明劳动合同期限、解除或者终止劳动合同的日期、工作岗位、在本单位的工作年限。

第二十五条　用人单位违反劳动合同法的规定解除或者终止劳动合同，依照劳动合同法第八十七条的规定支付了赔偿金的，不再支付经济补偿。赔偿金的计算年限自用工之日起计算。

第二十六条　用人单位与劳动者约定了服务期，劳动者依照劳动合同法第三十八条的规定解除劳动合同的，不属于违反服务期的约定，用人单位不得要求劳动者支付违约金。

有下列情形之一，用人单位与劳动者解除约定服务期的劳动合同的，劳动者应当按照劳动合同的约定向用人单位支付违约金：

（一）劳动者严重违反用人单位的规章制度的；

（二）劳动者严重失职，营私舞弊，给用人单位造成重大损害的；

（三）劳动者同时与其他用人单位建立劳动关系，对完成本单位的工作任务造成严重影响，或者经用人单位提出，拒不改正的；

（四）劳动者以欺诈、胁迫的手段或者乘人之危，使用人单位在违背真实意思的情况下订立或者变更劳动合同的；

（五）劳动者被依法追究刑事责任的。

第二十七条　劳动合同法第四十七条规定的经济补偿的月工资按照劳动者应得工资计算，包括计时工资或者计件工资以及奖金、津贴和补贴等货币性收入。劳动者在劳动合同解除或者终止前 12 个月的平均工资低于当地最低工资标准的，按照当地最低工资标准计算。劳动者工作不满 12 个月的，按照实际工作的月数计算平均工资。

第四章　劳务派遣特别规定

第二十八条　用人单位或者其所属单位出资或者合伙设立的劳务派遣单位，向本单位或者所属单位派遣劳动者的，属于劳动合同法第六十七条规定的不得设立的劳务派遣单位。

第二十九条　用工单位应当履行劳动合同法第六十二条规定的义务，维护被派遣劳动者的合法权益。

第三十条　劳务派遣单位不得以非全日制用工形式招用被派遣劳动者。

第三十一条　劳务派遣单位或者被派遣劳动者依法解除、终止劳动合同的经济补偿，依照劳动合同法第四十六条、第四十七条的规定执行。

第三十二条　劳务派遣单位违法解除或者终止被派遣劳动者的劳动合同的，依照劳动合同法第四十八条的规定执行。

第五章　法律责任

第三十三条　用人单位违反劳动合同法有关建立职工名册规定的，由劳动行政部门责令限期改正；逾期不改正的，由劳动行政部门处 2000 元以上 2 万元以下的罚款。

第三十四条　用人单位依照劳动合同法的规定应当向劳动者每月支付两倍的工资或者应当向劳动者支付赔偿金而未支付的，劳动行政部门应当责令用人单位支付。

第三十五条　用工单位违反劳动合同法和本条例有关劳务派遣规定的，由劳动行政部门和其他有关主管部门责令改正；情节严重的，以每位被派遣劳动者 1000 元以上 5000 元以下的标准处以罚款；给被派遣劳动者造成损害的，劳务派遣单位和用工单位承担连带赔偿责任。

第六章　附　　则

第三十六条　对违反劳动合同法和本条例的行为的投诉、举报，县级以上地方人民政府劳动行政部门依照《劳动保障监察条例》的规定处理。

　　第三十七条　劳动者与用人单位因订立、履行、变更、解除或者终止劳动合同发生争议的，依照《中华人民共和国劳动争议调解仲裁法》的规定处理。

　　第三十八条　本条例自公布之日起施行。

中华人民共和国劳动争议调解仲裁法

（2007 年 12 月 29 日第十届全国人民代表大会常务委
员会第三十一次会议通过　2007 年 12 月 29 日中华人民共
和国主席令第八十号公布　自 2008 年 5 月 1 日起施行）

第一章　总　　则

第一条　为了公正及时解决劳动争议，保护当事人合法权益，促进劳动关系和谐稳定，制定本法。

第二条　中华人民共和国境内的用人单位与劳动者发生的下列劳动争议，适用本法：

（一）因确认劳动关系发生的争议；

（二）因订立、履行、变更、解除和终止劳动合同发生的争议；

（三）因除名、辞退和辞职、离职发生的争议；

（四）因工作时间、休息休假、社会保险、福利、培训以及劳动保护发生的争议；

（五）因劳动报酬、工伤医疗费、经济补偿或者赔偿金等发生的争议；

（六）法律、法规规定的其他劳动争议。

第三条　解决劳动争议，应当根据事实，遵循合法、公正、及时、着重调解的原则，依法保护当事人的合法权益。

第四条　发生劳动争议，劳动者可以与用人单位协商，也可以请工会或者第三方共同与用人单位协商，达成和解协议。

第五条　发生劳动争议，当事人不愿协商、协商不成或者达成和解协议后不履行的，可以向调解组织申请调解；不愿调解、调解不成或者达成调解协议后不履行的，可以向劳动争议仲裁委员会申请仲裁；对仲裁结果不服的，除本法另有规定的外，可以向人民法院提起诉讼。

第六条　发生劳动争议，当事人对自己提出的主张，有责任提供证据。与争议事项有关的证据属于用人单位掌握管理的，用人单位应当提供；用人单位不提供的，应当承担不利后果。

第七条　发生劳动争议的劳动者一方在十人以上，并有共同请求的，可以推举代表参加调解、仲裁或者诉讼活动。

第八条　县级以上人民政府劳动行政部门会同工会和企业方面代表建立协

调劳动关系三方机制，共同研究解决劳动争议的重大问题。

第九条 用人单位违反国家规定，拖欠或者未足额支付劳动报酬，或者拖欠工伤医疗费、经济补偿或者赔偿金的，劳动者可以向劳动行政部门投诉，劳动行政部门应当依法处理。

第二章 调 解

第十条 发生劳动争议，当事人可以到下列调解组织申请调解：

（一）企业劳动争议调解委员会；

（二）依法设立的基层人民调解组织；

（三）在乡镇、街道设立的具有劳动争议调解职能的组织。

企业劳动争议调解委员会由职工代表和企业代表组成。职工代表由工会成员担任或者由全体职工推举产生，企业代表由企业负责人指定。企业劳动争议调解委员会主任由工会成员或者双方推举的人员担任。

第十一条 劳动争议调解组织的调解员应当由公道正派、联系群众、热心调解工作，并具有一定法律知识、政策水平和文化水平的成年公民担任。

第十二条 当事人申请劳动争议调解可以书面申请，也可以口头申请。口头申请的，调解组织应当当场记录申请人基本案情、申请调解的争议事项、理由和时间。

第十三条 调解劳动争议，应当充分听取双方当事人对事实和理由的陈述，耐心疏导，帮助其达成协议。

第十四条 经调解达成协议的，应当制作调解协议书。

调解协议书由双方当事人签名或者盖章，经调解员签名并加盖调解组织印章后生效，对双方当事人具有约束力，当事人应当履行。

自劳动争议调解组织收到调解申请之日起十五日内未达成调解协议的，当事人可以依法申请仲裁。

第十五条 达成调解协议后，一方当事人在协议约定期限内不履行调解协议的，另一方当事人可以依法申请仲裁。

第十六条 因支付拖欠劳动报酬、工伤医疗费、经济补偿或者赔偿金事项达成调解协议，用人单位在协议约定期限内不履行的，劳动者可以持调解协议书依法向人民法院申请支付令。人民法院应当依法发出支付令。

第三章 仲 裁

第一节 一般规定

第十七条 劳动争议仲裁委员会按照统筹规划、合理布局和适应实际需要的原则设立。省、自治区人民政府可以决定在市、县设立；直辖市人民政府可以决定在区、县设立。直辖市、设区的市也可以设立一个或者若干个劳动争议仲裁委员会。劳动争议仲裁委员会不按行政区划层层设立。

第十八条 国务院劳动行政部门依照本法有关规定制定仲裁规则。省、自治区、直辖市人民政府劳动行政部门对本行政区域的劳动争议仲裁工作进行指导。

第十九条 劳动争议仲裁委员会由劳动行政部门代表、工会代表和企业方面代表组成。劳动争议仲裁委员会组成人员应当是单数。

劳动争议仲裁委员会依法履行下列职责：

（一）聘任、解聘专职或者兼职仲裁员；

（二）受理劳动争议案件；

（三）讨论重大或者疑难的劳动争议案件；

（四）对仲裁活动进行监督。

劳动争议仲裁委员会下设办事机构，负责办理劳动争议仲裁委员会的日常工作。

第二十条 劳动争议仲裁委员会应当设仲裁员名册。

仲裁员应当公道正派并符合下列条件之一：

（一）曾任审判员的；

（二）从事法律研究、教学工作并具有中级以上职称的；

（三）具有法律知识、从事人力资源管理或者工会等专业工作满五年的；

（四）律师执业满三年的。

第二十一条 劳动争议仲裁委员会负责管辖本区域内发生的劳动争议。

劳动争议由劳动合同履行地或者用人单位所在地的劳动争议仲裁委员会管辖。双方当事人分别向劳动合同履行地和用人单位所在地的劳动争议仲裁委员会申请仲裁的，由劳动合同履行地的劳动争议仲裁委员会管辖。

第二十二条 发生劳动争议的劳动者和用人单位为劳动争议仲裁案件的双方当事人。

劳务派遣单位或者用工单位与劳动者发生劳动争议的，劳务派遣单位和用工单位为共同当事人。

第二十三条 与劳动争议案件的处理结果有利害关系的第三人，可以申请参加仲裁活动或者由劳动争议仲裁委员会通知其参加仲裁活动。

第二十四条 当事人可以委托代理人参加仲裁活动。委托他人参加仲裁活动，应当向劳动争议仲裁委员会提交有委托人签名或者盖章的委托书，委托书应当载明委托事项和权限。

第二十五条 丧失或者部分丧失民事行为能力的劳动者，由其法定代理人代为参加仲裁活动；无法定代理人的，由劳动争议仲裁委员会为其指定代理人。劳动者死亡的，由其近亲属或者代理人参加仲裁活动。

第二十六条　劳动争议仲裁公开进行，但当事人协议不公开进行或者涉及国家秘密、商业秘密和个人隐私的除外。

第二节　申请和受理

第二十七条　劳动争议申请仲裁的时效期间为一年。仲裁时效期间从当事人知道或者应当知道其权利被侵害之日起计算。

前款规定的仲裁时效，因当事人一方向对方当事人主张权利，或者向有关部门请求权利救济，或者对方当事人同意履行义务而中断。从中断时起，仲裁时效期间重新计算。

因不可抗力或者有其他正当理由，当事人不能在本条第一款规定的仲裁时效期间申请仲裁的，仲裁时效中止。从中止时效的原因消除之日起，仲裁时效期间继续计算。

劳动关系存续期间因拖欠劳动报酬发生争议的，劳动者申请仲裁不受本条第一款规定的仲裁时效期间的限制；但是，劳动关系终止的，应当自劳动关系终止之日起一年内提出。

第二十八条　申请人申请仲裁应当提交书面仲裁申请，并按照被申请人人数提交副本。

仲裁申请书应当载明下列事项：

（一）劳动者的姓名、性别、年龄、职业、工作单位和住所，用人单位的名称、住所和法定代表人或者主要负责人的姓名、职务；

（二）仲裁请求和所根据的事实、理由；

（三）证据和证据来源、证人姓名和住所。

书写仲裁申请确有困难的，可以口头申请，由劳动争议仲裁委员会记入笔录，并告知对方当事人。

第二十九条　劳动争议仲裁委员会收到仲裁申请之日起五日内，认为符合受理条件的，应当受理，并通知申请人；认为不符合受理条件的，应当书面通知申请人不予受理，并说明理由。对劳动争议仲裁委员会不予受理或者逾期未作出决定的，申请人可以就该劳动争议事项向人民法院提起诉讼。

第三十条　劳动争议仲裁委员会受理仲裁申请后，应当在五日内将仲裁申请书副本送达被申请人。

被申请人收到仲裁申请书副本后，应当在十日内向劳动争议仲裁委员会提交答辩书。劳动争议仲裁委员会收到答辩书后，应当在五日内将答辩书副本送达申请人。被申请人未提交答辩书的，不影响仲裁程序的进行。

第三节 开庭和裁决

第三十一条 劳动争议仲裁委员会裁决劳动争议案件实行仲裁庭制。仲裁庭由三名仲裁员组成，设首席仲裁员。简单劳动争议案件可以由一名仲裁员独任仲裁。

第三十二条 劳动争议仲裁委员会应当在受理仲裁申请之日起五日内将仲裁庭的组成情况书面通知当事人。

第三十三条 仲裁员有下列情形之一，应当回避，当事人也有权以口头或者书面方式提出回避申请：

（一）是本案当事人或者当事人、代理人的近亲属的；

（二）与本案有利害关系的；

（三）与本案当事人、代理人有其他关系，可能影响公正裁决的；

（四）私自会见当事人、代理人，或者接受当事人、代理人的请客送礼的。

劳动争议仲裁委员会对回避申请应当及时作出决定，并以口头或者书面方式通知当事人。

第三十四条 仲裁员有本法第三十三条第四项规定情形，或者有索贿受贿、徇私舞弊、枉法裁决行为的，应当依法承担法律责任。劳动争议仲裁委员会应当将其解聘。

第三十五条 仲裁庭应当在开庭五日前，将开庭日期、地点书面通知双方当事人。当事人有正当理由的，可以在开庭三日前请求延期开庭。是否延期，由劳动争议仲裁委员会决定。

第三十六条 申请人收到书面通知，无正当理由拒不到庭或者未经仲裁庭同意中途退庭的，可以视为撤回仲裁申请。

被申请人收到书面通知，无正当理由拒不到庭或者未经仲裁庭同意中途退庭的，可以缺席裁决。

第三十七条 仲裁庭对专门性问题认为需要鉴定的，可以交由当事人约定的鉴定机构鉴定；当事人没有约定或者无法达成约定的，由仲裁庭指定的鉴定机构鉴定。

根据当事人的请求或者仲裁庭的要求，鉴定机构应当派鉴定人参加开庭。当事人经仲裁庭许可，可以向鉴定人提问。

第三十八条 当事人在仲裁过程中有权进行质证和辩论。质证和辩论终结时，首席仲裁员或者独任仲裁员应当征询当事人的最后意见。

第三十九条 当事人提供的证据经查证属实的，仲裁庭应当将其作为认定事实的根据。

劳动者无法提供由用人单位掌握管理的与仲裁请求有关的证据，仲裁庭可以要求用人单位在指定期限内提供。用人单位在指定期限内不提供的，应当承担不利后果。

第四十条 仲裁庭应当将开庭情况记入笔录。当事人和其他仲裁参加人认为对自己陈述的记录有遗漏或者差错的，有权申请补正。如果不予补正，应当记录该申请。

笔录由仲裁员、记录人员、当事人和其他仲裁参加人签名或者盖章。

第四十一条 当事人申请劳动争议仲裁后，可以自行和解。达成和解协议的，可以撤回仲裁申请。

第四十二条 仲裁庭在作出裁决前，应当先行调解。

调解达成协议的，仲裁庭应当制作调解书。

调解书应当写明仲裁请求和当事人协议的结果。调解书由仲裁员签名，加盖劳动争议仲裁委员会印章，送达双方当事人。调解书经双方当事人签收后，发生法律效力。

调解不成或者调解书送达前，一方当事人反悔的，仲裁庭应当及时作出裁决。

第四十三条 仲裁庭裁决劳动争议案件，应当自劳动争议仲裁委员会受理仲裁申请之日起四十五日内结束。案情复杂需要延期的，经劳动争议仲裁委员会主任批准，可以延期并书面通知当事人，但是延长期限不得超过十五日。逾期未作出仲裁结果的，当事人可以就该劳动争议事项向人民法院提起诉讼。

仲裁庭裁决劳动争议案件时，其中一部分事实已经清楚，可以就该部分先行裁决。

第四十四条 仲裁庭对追索劳动报酬、工伤医疗费、经济补偿或者赔偿金的案件，根据当事人的申请，可以裁决先予执行，移送人民法院执行。

仲裁庭裁决先予执行的，应当符合下列条件：

（一）当事人之间权利义务关系明确；

（二）不先予执行将严重影响申请人的生活。

劳动者申请先予执行的，可以不提供担保。

第四十五条 裁决应当按照多数仲裁员的意见作出，少数仲裁员的不同意见应当记入笔录。仲裁庭不能形成多数意见时，裁决应当按照首席仲裁员的意见作出。

第四十六条 裁决书应当载明仲裁请求、争议事实、裁决理由、裁决结果和裁决日期。裁决书由仲裁员签名，加盖劳动争议仲裁委员会印章。对裁决持不同意见的仲裁员，可以签名，也可以不签名。

第四十七条 下列劳动争议，除本法另有规定的外，仲裁结果为终局裁决，裁决书自作出之日起发生法律效力：

（一）追索劳动报酬、工伤医疗费、经济补偿或者赔偿金，不超过当地月最低工资标准十二个月金额的争议；

（二）因执行国家的劳动标准在工作时间、休息休假、社会保险等方面发生的争议。

第四十八条 劳动者对本法第四十七条规定的仲裁结果不服的，可以自收到仲裁结果书之日起十五日内向人民法院提起诉讼。

第四十九条 用人单位有证据证明本法第四十七条规定的仲裁结果有下列情形之一，可以自收到仲裁结果书之日起三十日内向劳动争议仲裁委员会所在地的中级人民法院申请撤销裁决：

（一）适用法律、法规确有错误的；

（二）劳动争议仲裁委员会无管辖权的；

（三）违反法定程序的；

（四）裁决所根据的证据是伪造的；

（五）对方当事人隐瞒了足以影响公正裁决的证据的；

（六）仲裁员在仲裁该案时有索贿受贿、徇私舞弊、枉法裁决行为的。

人民法院经组成合议庭审查核实裁决有前款规定情形之一的，应当裁定撤销。

仲裁结果被人民法院裁定撤销的，当事人可以自收到裁定书之日起十五日内就该劳动争议事项向人民法院提起诉讼。

第五十条 当事人对本法第四十七条规定以外的其他劳动争议案件的仲裁结果不服的，可以自收到仲裁结果书之日起十五日内向人民法院提起诉讼；期满不起诉的，裁决书发生法律效力。

第五十一条 当事人对发生法律效力的调解书、裁决书，应当依照规定的期限履行。一方当事人逾期不履行的，另一方当事人可以依照民事诉讼法的有关规定向人民法院申请执行。受理申请的人民法院应当依法执行。

第四章　附　　则

第五十二条 事业单位实行聘用制的工作人员与本单位发生劳动争议的，依照本法执行；法律、行政法规或者国务院另有规定的，依照其规定。

第五十三条 劳动争议仲裁不收费。劳动争议仲裁委员会的经费由财政予以保障。

第五十四条 本法自 2008 年 5 月 1 日起施行。

最高人民法院关于审理劳动争议
案件适用法律若干问题的解释

（2001 年 4 月 16 日　法释〔2001〕14 号）

为正确审理劳动争议案件，根据《中华人民共和国劳动法》（以下简称《劳动法》）和《中华人民共和国民事诉讼法》（以下简称《民事诉讼法》）等相关法律之规定，就适用法律的若干问题，作如下解释。

第一条　劳动者与用人单位之间发生的下列纠纷，属于《劳动法》第二条规定的劳动争议，当事人不服劳动争议仲裁委员会作出的裁决，依法向人民法院起诉的，人民法院应当受理：

（一）劳动者与用人单位在履行劳动合同过程中发生的纠纷；

（二）劳动者与用人单位之间没有订立书面劳动合同，但已形成劳动关系后发生的纠纷；

（三）劳动者退休后，与尚未参加社会保险统筹的原用人单位因追索养老金、医疗费、工伤保险待遇和其他社会保险费而发生的纠纷。

第二条　劳动争议仲裁委员会以当事人申请仲裁的事项不属于劳动争议为由，作出不予受理的书面裁决、决定或者通知，当事人不服，依法向人民法院起诉的，人民法院应当分别情况予以处理：

（一）属于劳动争议案件的，应当受理；

（二）虽不属于劳动争议案件，但属于人民法院主管的其他案件，应当依法受理。

第三条　劳动争议仲裁委员会根据《劳动法》第八十二条之规定，以当事人的仲裁申请超过 60 日期限为由，作出不予受理的书面裁决、决定或者通知，当事人不服，依法向人民法院起诉的，人民法院应当受理；对确已超过仲裁申请期限，又无不可抗力或者其他正当理由的，依法驳回其诉讼请求。

第四条　劳动争议仲裁委员会以申请仲裁的主体不适格为由，作出不予受理的书面裁决、决定或者通知，当事人不服，依法向人民法院起诉的，经审查，确属主体不适格的，裁定不予受理或者驳回起诉。

第五条　劳动争议仲裁委员会为纠正原仲裁裁决错误重新作出裁决，当事人不服，依法向人民法院起诉的，人民法院应当受理。

第六条　人民法院受理劳动争议案件后，当事人增加诉讼请求的，如该诉讼请求与讼争的劳动争议具有不可分性，应当合并审理；如属独立的劳动争议，应当告知当事人向劳动争议仲裁委员会申请仲裁。

第七条　劳动争议仲裁委员会仲裁的事项不属于人民法院受理的案件范围，当事人不服，依法向人民法院起诉的，裁定不予受理或者驳回起诉。

第八条　劳动争议案件由用人单位所在地或者劳动合同履行地的基层人民法院管辖。

劳动合同履行地不明确的，由用人单位所在地的基层人民法院管辖。

第九条　当事人双方不服劳动争议仲裁委员会作出的同一仲裁裁决，均向同一人民法院起诉的，先起诉的一方当事人为原告，但对双方的诉讼请求，人民法院应当一并作出裁决。

当事人双方就同一仲裁裁决分别向有管辖权的人民法院起诉的，后受理的人民法院应当将案件移送给先受理的人民法院。

第十条　用人单位与其他单位合并的，合并前发生的劳动争议，由合并后的单位为当事人；用人单位分立为若干单位的，其分立前发生的劳动争议，由分立后的实际用人单位为当事人。

用人单位分立为若干单位后，对承受劳动权利义务的单位不明确的，分立后的单位均为当事人。

第十一条　用人单位招用尚未解除劳动合同的劳动者，原用人单位与劳动者发生的劳动争议，可以列新的用人单位为第三人。

原用人单位以新的用人单位侵权为由向人民法院起诉的，可以列劳动者为第三人。

原用人单位以新的用人单位和劳动者共同侵权为由向人民法院起诉的，新的用人单位和劳动者列为共同被告。

第十二条　劳动者在用人单位与其他平等主体之间的承包经营期间，与发包方和承包方双方或者一方发生劳动争议，依法向人民法院起诉的，应当将承包方和发包方作为当事人。

第十三条　因用人单位作出的开除、除名、辞退、解除劳动合同、减少劳动报酬、计算劳动者工作年限等决定而发生的劳动争议，用人单位负举证责任。

第十四条　劳动合同被确认为无效后，用人单位对劳动者付出的劳动，一般可参照本单位同期、同工种、同岗位的工资标准支付劳动报酬。

根据《劳动法》第九十七条之规定，由于用人单位的原因订立的无效合同，给劳动者造成损害的，应当比照违反和解除劳动合同经济补偿金的支付标准，赔偿劳动者因合同无效所造成的经济损失。

第十五条 用人单位有下列情形之一，迫使劳动者提出解除劳动合同的，用人单位应当支付劳动者的劳动报酬和经济补偿，并可支付赔偿金：

（一）以暴力、威胁或者非法限制人身自由的手段强迫劳动的；

（二）未按照劳动合同约定支付劳动报酬或者提供劳动条件的；

（三）克扣或者无故拖欠劳动者工资的；

（四）拒不支付劳动者延长工作时间工资报酬的；

（五）低于当地最低工资标准支付劳动者工资的。

第十六条 劳动合同期满后，劳动者仍在原用人单位工作，原用人单位未表示异议的，视为双方同意以原条件继续履行劳动合同。一方提出终止劳动关系的，人民法院应当支持。

根据《劳动法》第二十条之规定，用人单位应当与劳动者签订无固定期限劳动合同而未签订的，人民法院可以视为双方之间存在无固定期限劳动合同关系，并以原劳动合同确定双方的权利义务关系。

第十七条 劳动争议仲裁委员会作出仲裁裁决后，当事人对裁决中的部分事项不服，依法向人民法院起诉的，劳动争议仲裁裁决不发生法律效力。

第十八条 劳动争议仲裁委员会对多个劳动者的劳动争议作出仲裁裁决后，部分劳动者对仲裁裁决不服，依法向人民法院起诉的，仲裁裁决对提出起诉的劳动者不发生法律效力；对未提出起诉的部分劳动者，发生法律效力，如其申请执行的，人民法院应当受理。

第十九条 用人单位根据《劳动法》第四条之规定，通过民主程序制定的规章制度，不违反国家法律、行政法规及政策规定，并已向劳动者公示的，可以作为人民法院审理劳动争议案件的依据。

第二十条 用人单位对劳动者作出的开除、除名、辞退等处理，或者因其他原因解除劳动合同确有错误的，人民法院可以依法判决予以撤销。

对于追索劳动报酬、养老金、医疗费以及工伤保险待遇、经济补偿金、培训费及其他相关费用等案件，给付数额不当的，人民法院可以予以变更。

第二十一条 当事人申请人民法院执行劳动争议仲裁机构作出的发生法律效力的裁决书、调解书，被申请人提出证据证明劳动争议仲裁裁决书、调解书有下列情形之一，并经审查核实的，人民法院可以根据《民事诉讼法》第二百一十七条之规定，裁定不予执行：

（一）裁决的事项不属于劳动争议仲裁范围，或者劳动争议仲裁机构无权仲裁的；

（二）适用法律确有错误的；

（三）仲裁员仲裁该案时，有徇私舞弊、枉法裁决行为的；

（四）人民法院认定执行该劳动争议仲裁裁决违背社会公共利益的。

人民法院在不予执行的裁定书中，应当告知当事人在收到裁定书之次日起30日内，可以就该劳动争议事项向人民法院起诉。

最高人民法院关于审理劳动争议
案件适用法律若干问题的解释（二）

（2006 年 8 月 14 日　法释〔2006〕6 号）

为正确审理劳动争议案件，根据《中华人民共和国劳动法》、《中华人民共和国民事诉讼法》等相关法律规定，结合民事审判实践，对人民法院审理劳动争议案件适用法律的若干问题补充解释如下：

第一条　人民法院审理劳动争议案件，对下列情形，视为劳动法第八十二条规定的"劳动争议发生之日"：

（一）在劳动关系存续期间产生的支付工资争议，用人单位能够证明已经书面通知劳动者拒付工资的，书面通知送达之日为劳动争议发生之日。用人单位不能证明的，劳动者主张权利之日为劳动争议发生之日。

（二）因解除或者终止劳动关系产生的争议，用人单位不能证明劳动者收到解除或者终止劳动关系书面通知时间的，劳动者主张权利之日为劳动争议发生之日。

（三）劳动关系解除或者终止后产生的支付工资、经济补偿金、福利待遇等争议，劳动者能够证明用人单位承诺支付的时间为解除或者终止劳动关系后的具体日期的，用人单位承诺支付之日为劳动争议发生之日。劳动者不能证明的，解除或者终止劳动关系之日为劳动争议发生之日。

第二条　拖欠工资争议，劳动者申请仲裁时劳动关系仍然存续，用人单位以劳动者申请仲裁超过六十日为由主张不再支付的，人民法院不予支持。但用人单位能够证明劳动者已经收到拒付工资的书面通知的除外。

第三条　劳动者以用人单位的工资欠条为证据直接向人民法院起诉，诉讼请求不涉及劳动关系其他争议的，视为拖欠劳动报酬争议，按照普通民事纠纷受理。

第四条　用人单位和劳动者因劳动关系是否已经解除或者终止，以及应否支付解除或终止劳动关系经济补偿金产生的争议，经劳动争议仲裁委员会仲裁后，当事人依法起诉的，人民法院应予受理。

第五条　劳动者与用人单位解除或者终止劳动关系后，请求用人单位返还其收取的劳动合同定金、保证金、抵押金、抵押物产生的争议，或者办理劳动者的人事档案、社会保险关系等转移手续产生的争议，经劳动争议仲裁委员会仲裁后，当事人依法起诉的，人民法院应予受理。

第六条 劳动者因为工伤、职业病，请求用人单位依法承担给予工伤保险待遇的争议，经劳动争议仲裁委员会仲裁后，当事人依法起诉的，人民法院应予受理。

第七条 下列纠纷不属于劳动争议：

（一）劳动者请求社会保险经办机构发放社会保险金的纠纷；

（二）劳动者与用人单位因住房制度改革产生的公有住房转让纠纷；

（三）劳动者对劳动能力鉴定委员会的伤残等级鉴定结论或者对职业病诊断鉴定委员会的职业病诊断鉴定结论的异议纠纷；

（四）家庭或者个人与家政服务人员之间的纠纷；

（五）个体工匠与帮工、学徒之间的纠纷；

（六）农村承包经营户与受雇人之间的纠纷。

第八条 当事人不服劳动争议仲裁委员会作出的预先支付劳动者部分工资或者医疗费用的裁决，向人民法院起诉的，人民法院不予受理。

用人单位不履行上述裁决中的给付义务，劳动者依法向人民法院申请强制执行的，人民法院应予受理。

第九条 劳动者与起有字号的个体工商户产生的劳动争议诉讼，人民法院应当以营业执照上登记的字号为当事人，但应同时注明该字号业主的自然情况。

第十条 劳动者因履行劳动力派遣合同产生劳动争议而起诉，以派遣单位为被告；争议内容涉及接受单位的，以派遣单位和接受单位为共同被告。

第十一条 劳动者和用人单位均不服劳动争议仲裁委员会的同一裁决，向同一人民法院起诉的，人民法院应当并案审理，双方当事人互为原告和被告。在诉讼过程中，一方当事人撤诉的，人民法院应当根据另一方当事人的诉讼请求继续审理。

第十二条 当事人能够证明在申请仲裁期间内因不可抗力或者其他客观原因无法申请仲裁的，人民法院应当认定申请仲裁期间中止，从中止的原因消灭之次日起，申请仲裁期间连续计算。

第十三条 当事人能够证明在申请仲裁期间内具有下列情形之一的，人民法院应当认定申请仲裁期间中断：

（一）向对方当事人主张权利；

（二）向有关部门请求权利救济；

（三）对方当事人同意履行义务。

申请仲裁期间中断的，从对方当事人明确拒绝履行义务，或者有关部门作出处理决定或明确表示不予处理时起，申请仲裁期间重新计算。

第十四条　在诉讼过程中，劳动者向人民法院申请采取财产保全措施，人民法院经审查认为申请人经济确有困难，或有证据证明用人单位存在欠薪逃匿可能的，应当减轻或者免除劳动者提供担保的义务，及时采取保全措施。

第十五条　人民法院作出的财产保全裁定中，应当告知当事人在劳动仲裁机构的裁决书或者在人民法院的裁判文书生效后三个月内申请强制执行。逾期不申请的，人民法院应当裁定解除保全措施。

第十六条　用人单位制定的内部规章制度与集体合同或者劳动合同约定的内容不一致，劳动者请求优先适用合同约定的，人民法院应予支持。

第十七条　当事人在劳动争议调解委员会主持下达成的具有劳动权利义务内容的调解协议，具有劳动合同的约束力，可以作为人民法院裁判的根据。

当事人在劳动争议调解委员会主持下仅就劳动报酬争议达成调解协议，用人单位不履行调解协议确定的给付义务，劳动者直接向人民法院起诉的，人民法院可以按照普通民事纠纷受理。

第十八条　本解释自二〇〇六年十月一日起施行。本解释施行前本院颁布的有关司法解释与本解释规定不一致的，以本解释的规定为准。

本解释施行后，人民法院尚未审结的一审、二审案件适用本解释。本解释施行前已经审结的案件，不得适用本解释的规定进行再审。

图书在版编目（CIP）数据

劳动合同争议处理法律依据与案例指导/徐进，付勇，王洋林著．—北京：中国法制出版社，2008．10

（热点争议处理法律依据与案例指导）

ISBN 978 - 7 - 5093 - 0827 - 1

Ⅰ．劳…　Ⅱ．①徐…②付…③王…　Ⅲ．劳动争议 - 处理 - 基本知识 - 中国　Ⅳ．D922．591

中国版本图书馆 CIP 数据核字（2008）第 158561 号

劳动合同争议处理法律依据与案例指导

LAODONGHETONG ZHENGYI CHULI FALU YIJU YU ANLI ZHIDAO

著者/徐进　付勇　王洋林

经销/新华书店

印刷/涿州市新华印刷有限公司

开本/880 × 1230 毫米 32　　　　印张/ 11.75　字数/ 294 千

版次/2008 年 11 月第 1 版　　　　2008 年 11 月第 1 次印刷

中国法制出版社出版

书号 ISBN 978 - 7 - 5093 - 0827 - 1　　　　定价：30.00 元

北京西单横二条 2 号　邮政编码 100031　　　　传真：66031119

网址：http://www.zgfzs.com　　　　编辑部电话：66066324

市场营销部电话：66033393　　　　邮购部电话：66033288